ILONA BULAZEL

Der Sündenfänger

Über das Buch:

Einem alten Mann wird die Zunge herausgerissen, eine junge Frau stirbt, weil man sie zu Tode gesteinigt hat. Doch diese beiden Opfer sind erst der Anfang einer grauenvollen Mordserie.
Hauptkommissar Jens Stutter und seiner Kollegin Jasmin Nau wird schnell klar, dass der Täter mit seinen brutalen Inszenierungen biblische Szenen nachstellt, aber wie kann man ihn aufhalten? Welche Rolle spielt die psychiatrische Klinik, in der auch die junge Erbin Bellinda Merlhof bis vor Kurzem noch Patientin war und um deren Sicherheit die Beamten fürchten? Und was verheimlicht Stutters alter Freund, der ebenfalls in den Fokus der Ermittler gerät?
Die Polizisten treffen auf einen gefährlichen Gegner, der getrieben von den eigenen Dämonen jede Grenze überschreitet, um seine Gier nach weiteren Opfern zu befriedigen.

Im Psychothriller »Der Sündenfänger« nimmt der Leser an einer atemlosen Jagd durch das mörderische Labyrinth einer kranken Psyche teil.

Ilona Bulazel

DER SÜNDENFÄNGER

Psychothriller

Ilona Bulazel
Sinzheimer Str. 40b
76532 Baden-Baden

E-Mail: kontakt@autorib.de
Website: www.autorib.de
Facebook: http://www.facebook.com/ilonabulazel

ISBN 978-1-98154-404-2

Korrektorat:
Natalie Röllig

Buchsatz:
Die Autoren-Manufaktur, Berlin

Umschlaggestaltung:
Cover Design by James, GoOnWrite.com
Photo Image © iStock/Alex Malikov & Aggie_11

Weitere Informationen zum Druck:
siehe Buchende

Inhalt

»Und nehmt euch in Acht vor der Schlange,
denn auch wenn sie harmlos vor euch kriecht,
ist sie doch tückisch.«

(Nach der Bibel, Altes Testament)

Kapitel 1

Die gefesselte Gestalt betrachtete ihn mit weit aufgerissenen Augen. Ihr dünner, ausgemergelter Körper war fast nackt. Lediglich ein zerrissenes T-Shirt hatte man ihr gelassen. Sie saß in einem Käfig und glich einem verängstigten Tier. Zusammengekauert, Hände und Füße fixiert und ein Knebel im Mund. Ihre weiße, zarte Haut war unter der Schicht von Staub und Dreck kaum zu erkennen. Wie viel mochte sie noch wiegen? Seit Tagen hatte man sie hungern lassen, ein Wunder, dass sie überhaupt noch bei Bewusstsein war.

Hauptkommissar Jens Stutter näherte sich dem Käfig. Vorsichtig leuchtete er mit seiner Taschenlampe über die Balken, unter ihm ging es circa zwanzig Meter in die Tiefe. Hier oben, im Gebälk des alten Tabakschopfes, roch es rauchig. Allerdings wurde der Speicher sicher schon eine ganze Weile nicht mehr zum Trocknen der Pflanzenblätter benutzt. Das Holz war morsch und ächzte bei jedem Schritt, den Stutter machte.

Die magere Gestalt im Käfig wimmerte, und er bedeutete ihr, indem er seinen Zeigefinger auf die Lippen legte, still zu sein. Schließlich konnte er nicht wissen, ob sich noch jemand hier befand. Prüfend leuchtete er in alle Winkel, mehr Vorsicht konnte er sich nicht leisten. Die junge Frau musste schnellstmöglich in ein Krankenhaus, sonst wäre sie das Opfer Nummer sieben eines brutalen Serienmörders.

»Stutter hier, ich habe *sie* gefunden«, flüsterte er ungeduldig in sein Handy, immer noch auf der Hut. Er gab seinen Standort durch, forderte einen Krankenwagen und Verstärkung an und ließ keine Gegenfragen zu.

Als das Gespräch beendet war, wandte er sich an die Gefangene. »Lina«, sagte er fast zärtlich, »alles wird gut.«

Natürlich kannte er ihren Namen. Er wusste alles über sie, ihre Vorlieben, ihren Tagesablauf, selbst ihre geheimsten Träume, denn die hatte ihm das Tagebuch verraten. Als die Vermisstenmeldung der jungen Frau eingegangen war, hatten die Beamten alles auf den Kopf gestellt. Es gab kaum Zweifel daran, dass sie ins Opferprofil passte. Die Eltern hatten ihn angefleht zu helfen. Sie kannten die Bilder der Frauenleichen, die im digitalen Zeitalter auch ihren Weg ins Netz gefunden hatten. Dürre Körper mit fleckiger Haut, vom Leid gezeichnete Gesichter, entstellt und selbst den nächsten Angehörigen fremd.

Stutter sah sich um, fand ein Stück Eisenrohr und machte sich damit am Schloss des fast mannshohen Käfigs zu schaffen, der an eine Vogelvoliere erinnerte und zwischen das Holz geklemmt worden war.

Unbändige Wut überkam ihn, als er Linas hervorstehende Knochen sah. Der, den sie jagten, hatte es auf junge Frauen abgesehen. Seit Monaten suchten sie einen brutalen Mörder, der seine Opfer entführte und dann verhungern ließ. Vermutlich sah er ihnen dabei zu und weidete sich daran, wie sie jeden Tag Gewicht verloren, in sich zusammenfielen und schließlich der Organismus seine Arbeit einstellte. Dann waren sie nutzlos für ihn, und er entsorgte ihre Überreste wie lästigen Hausmüll an irgendeiner abgelegenen Bushaltestelle.

Endlich sprang das Schloss auf, und Stutter schob seinen Arm in den Käfig. Die Taschenlampe, die er vorsichtig zwischen zwei Balken geklemmt hatte, strahlte ihn jetzt an. Die junge Frau blickte in das angespannte Gesicht des Polizisten. Seit den ersten Leichenfunden hatte er kaum noch geschlafen. Dunkle Ringe unter den Augen und die fahle graue Haut zeugten von den Wochen, in denen er sich keine Ruhe gegönnt hatte. Unermüdlich suchte er nach dem »Skelettmörder«, wie dieser von der Presse mittlerweile genannt wurde.

»Sie sind besessen« waren die Worte seines Vorgesetzten gewesen. Es gab Streit, böses Blut und einige Zerwürfnisse mit Kollegen, die sich wohl auch im Nachhinein nicht mehr kitten ließen. Stutter wusste, dass er, wenn es um seine Arbeit ging, kompromisslos war. Zu Problemen kam es immer dann, wenn er den gleichen Einsatz auch von anderen forderte.

»Ich werde dir jetzt den Knebel entfernen und bitte dich, ruhig zu bleiben«, wandte er sich erneut an Lina, in deren Blick nun ein Funke Hoffnung lag.

Noch während Stutter das erleichtert zur Kenntnis nahm, änderte sich jedoch der Gesichtsausdruck der jungen Frau. Der Knebel hinderte sie daran, ihm ein lautes »Vorsicht!« zuzurufen, stattdessen stieß sie einen verzweifelten gedämpften Laut aus, aber es war zu spät.

Stutter wurde von hinten gepackt. Sein Gegner war stark, schien zuerst im Vorteil, allerdings war der Polizist besser ausgebildet. Der Kampf war gefährlich, vor allem, weil die Kontrahenten auf den Holzbalken wenig Halt fanden.

Stutter war sich dessen bewusst, aber sein Angreifer schien keine Gedanken an die eigene Sicherheit zu verschwenden. Er konzentrierte sich ganz auf den Polizisten, der ihm seine kranke, bizarre Welt zu zerstören drohte, in der er bis eben noch so grausam über Leben und Tod geherrscht hatte.

Die Gefangene im Käfig stöhnte, und obwohl sie seit Tagen nicht mehr imstande gewesen war zu weinen, liefen ihr in diesem Moment Tränen über das Gesicht. Nach all den unendlichen Stunden der Verzweiflung und der Hoffnungslosigkeit war da plötzlich dieser Mann aufgetaucht, um sie zu retten. Wie bei einer ausgehenden Kerze, die gerade noch rechtzeitig durch ein wenig Sauerstoff daran gehindert wurde zu erlöschen, war mit dem Erscheinen von Stutter ihr Lebenswille wieder aufgeflammt. Doch schon kehrte die Mutlosigkeit zurück.

Die Schreie der Männer ließen sie die Augen schließen.

Der nächste Schlag von Stutter saß. Der Mörder kam ins Wanken, verlor das Gleichgewicht und stürzte nach hinten. Mit einem diabolischen Grinsen streckte er die Arme aus und griff nach Stutters Jacke. Schraubstöcken nicht unähnlich umklammerten seine Finger den Stoff und rissen den Polizisten mit in die Tiefe.

Der Aufprall war hart, Stutters Sturz wurde vom Körper des Mörders kaum abgefangen. Er lag jetzt auf dem Monster, das er so lange gejagt hatte, und konnte dessen Gesicht sehen.

Kalte Augen starrten Stutter an, und ein Röcheln entschlüpfte der Kehle des Mörders: »Du bist gekommen«, keuchte er mit seinem letzten Atemzug, dann trübte sich sein Blick, und er war tot.

Ab diesem Zeitpunkt vermischte sich für den Polizisten die Realität mit schrecklichen Albträumen. Die Gesichter von toten Mädchen mit weit aufgerissenen Mündern, die riefen »Du bist gekommen«, wechselten sich ab mit Bildern von weiß gekachelten Krankenhauswänden, bunten Lichtern und schemenhaften Gestalten, die ihm die Augenlider anhoben, mit einer Schere seine Kleidung zerschnitten und ihn an Maschinen anschlossen. Jemand rief seinen Namen, er stöhnte, versuchte den unbekannten Gestalten mitzuteilen, dass da noch jemand war, dass Lina in einem Käfig gefangen gehalten wurde, aber irgendetwas hinderte ihn am Sprechen. Er wollte sich bewegen, spürte seinen Körper nicht mehr, und dann war da nur noch ein durchdringender Ton.

Ein Assistenzarzt rief »Nulllinie«, Hände berührten Stutters Brust, pressten kräftig dagegen, Elektroden wurden angelegt und Strom durch den Körper des Polizisten gejagt. Eine junge Krankenschwester in Nonnentracht bekreuzigte sich und sprach ein leises Gebet, während der Arzt alles tat, was er konnte, um den Mann auf dem Operationstisch zu retten.

Kapitel 2

Fünf Jahre später, Ende Oktober

Das Bersten der Fensterscheibe hallte laut durch die Nacht. Es war kalt, die Erde gefroren, und der Wind trieb jedem, der sich hinauswagte, Tränen in die Augen. Das Gebäude lag im Dunkeln, und der Krach, den die niederprasselnden Scherben verursacht hatten, blieb ungehört. Niemand störte sich an dem Eindringling, der sich mit einem ausgesprochenen Hochgefühl von außen durch das Fenster stemmte und völlig lautlos auf der anderen Seite landete.

Der Raum war dunkel und ungemütlich, aber was erwartete man auch von einem Krematorium? Der nächtliche Besucher jedenfalls wusste, dass er nicht mit leeren Händen gehen würde. Aber das, was er suchte, befand sich nicht hier. Sein Weg führte ihn, gelenkt vom Strahl der Taschenlampe, zu den Kühlräumen.

Er hat euch für eure Sünden bestraft, wie ihr es verdient habt, dachte der Mann, während er auf die fünf schmucklosen Holzsärge starrte, die für die Kremation am nächsten Morgen vorbereitet waren.

Er würde sie alle nacheinander öffnen müssen, denn es standen nur Nummern und keine Namen darauf. Der Erste war die letzte Ruhestätte einer alten Frau. Ihr Gesicht von Krankheit gezeichnet, ausgemergelt, mit eingefallenen Wangen und zugebundenem Kiefer, glich sie unter dem weißen Lichtstrahl einer verdorrten Frucht. Man hatte sich keine Mühe mit ihr gegeben.

»Armes Mütterchen«, flüsterte der Fremde, »dir war wohl kein offener Sarg zur Erbauung deiner Lieben vergönnt.«

Er verschloss sorgsam den Deckel und widmete sich dem zweiten Kasten.

»Hier war aber jemand fleißig«, entfuhr es ihm spöttisch.

Im Sarg aufgebahrt lag ein junger Mann, an dem der Leichenbestatter ganze Arbeit geleistet hatte. Die Folgen des Unfalls waren kaum noch zu sehen, doch mussten sie schwerwiegend gewesen sein. Wenn man den Leichnam ganz genau betrachtete, konnte man seitlich am Hals das Flickwerk der Totengräber erkennen.

Es folgte ein leises Seufzen: »Wieder der Falsche.«

Beim Abheben des dritten Deckels konnte man jedoch einen erfreuten Laut vernehmen. Der Eindringling hatte den richtigen Leichnam gefunden.

»So kann es gehen, alter Mann«, sagte er ruhig und strich dem Toten im Sarg wohlwollend über die Stirn. »Jetzt gibst du mir noch, was du mir schuldest, und dann überlasse ich dich dem Höllenfeuer.«

Ein unförmiges Werkzeug mit scharfen Kanten wurde angesetzt, um dem habhaft zu werden, was so dringend benötigt wurde. Niemand würde es bemerken, und wenn doch, dann war nicht davon auszugehen, dass es irgendwen kümmerte. Aber auch das war egal. Es folgte ein letzter Blick in das Gesicht des dicken Mannes, der zu Lebzeiten Spaß an der Sünde gehabt hatte und sich dafür nun vor seinem Schöpfer verantworten musste. Allerdings interessierte das den nächtlichen Besucher nicht mehr, denn er hatte, was er wollte. Ein wenig gönnerhaft rückte er den Schamottstein, den man allen Toten beilegte, bevor sie verbrannt wurden, auf dem Bauch des Alten zurecht. Zusammen mit der Asche würde der am Ende übrig bleiben. Ein feuerfester Stein mit einer Nummer, um den Staub zu identifizieren, der von den Leichen nach dem Aufenthalt in dem etwa 900 Grad heißen Krematoriumsofen übrig blieb. Damit war die Aufgabe des Fremden erledigt.

Der Sargdeckel wurde geschlossen, und der nächtliche Besucher verließ das Gebäude auf demselben Weg, auf dem er auch gekommen war. Dabei betastete er seine Beute, die jetzt in einer kleinen Plastiktüte steckte. Er drehte sie sanft zwischen den Fingern und sprach vor Dankbarkeit ein stilles Gebet.

* * *

Anfang Dezember, psychiatrische Klinik »Zum grünen Park«

Bellinda starrte in den Garten. Aber ihre Aufmerksamkeit galt nicht den kahlen Bäumen oder den niedlichen Meisen, die sich am Vogelhäuschen um einen Fettknödel balgten, sondern voll und ganz dem Krankenpfleger Patrick, der sich gerade fürsorglich um Mildred kümmerte, die leider schon vor Jahren völlig den Verstand verloren hatte. Seit dem Tod ihrer Kinder hielt sich Mildred nämlich für einen von Gott gesandten Engel, dessen oberstes Ziel es war, die Menschen vor drohendem Unheil zu warnen.

Ja, Schicksalsschläge konnten einem übel mitspielen, das wusste Bellinda aus eigener Erfahrung. Sie verfolgte die Szene weiter. Patrick bemühte sich, der nur mit einem dünnen Nachthemd bekleideten Mildred einen Mantel umzulegen und sie ins Haus zurückzuführen. Immerhin war es Anfang Dezember und damit empfindlich kalt.

Die junge Frau am Fenster war zufrieden. Ihr würde es nicht wie Mildred ergehen, die vermutlich nie wieder in die Welt da draußen zurückkehren konnte. Für Bellinda lag die Zukunft nämlich außerhalb der Nervenklinik – und mit Patrick war ihr Leben perfekt. Natürlich durfte momentan noch niemand etwas von ihrer Beziehung erfahren. Patrick gehörte zum Pflegepersonal, deshalb könnte die Bekanntmachung ihrer Verbindung für ihn Ärger bedeuten.

Außerdem wollte sie unter keinen Umständen riskieren, dass sich in letzter Minute noch jemand gegen ihre Entlassung aussprach. Sie vertraute da ganz Patricks Einschätzung der Lage. Vermutlich verzichtete die Klinikleitung nur ungern auf die monatlichen Raten für den Aufenthalt, die erst Bellindas Eltern und nach deren Ableben vor zwei Jahren der Familienanwalt überwiesen hatte. Aber langsam war es an der Zeit, dass sich Bellinda selbst um ihre Angelegenheiten kümmerte. Da der neue Arzt, der nach dem Tod des alten Doktor Esser kurzfristig ihre Behandlung übernommen hatte, ihr eine gute Genesung bescheinigte, konnte sie bald schon selbst über das große Vermögen verfügen, das ihr hinterlassen worden war. Und mit Patrick an ihrer Seite würde sie das Leben künftig in vollen Zügen genießen. Ende des Monats konnte sie die Klinik verlassen, sich ein schönes Haus mit Garten kaufen und dann tun und lassen, was sie wollte.

Als hätte Patrick gespürt, dass ihre Blicke auf ihm ruhten, sah er zum Fenster und hob die Hand zum Gruß.

Mildred folgte seinem Blick und gab ein ungehaltenes Grunzen von sich: »Sie wissen, was der Herr über die Schlange sagt?«, begann sie und wollte ein Bibelzitat vortragen, aber Patrick unterbrach die Frau.

»Ja, und ich weiß auch, was er vom Falschen-Zeugnis-Ablegen hält.«

Während er ihr antwortete, zwinkerte er Mildred zu, was diese unwirsch schnauben ließ. »Ich möchte auf mein Zimmer! Sofort!«, schnauzte sie empört, riss sich los und stapfte Richtung Eingang.

Patrick blickte noch einmal zu Bellinda und hob übertrieben die Schultern, so als wollte er sagen: »Was soll man da machen?«

Die junge Frau winkte ihm zu und lächelte. Vermutlich hatte sich Mildred, im Glauben, eine Gesandte Gottes zu sein, wieder einmal auf einen Wortwechsel mit Patrick eingelassen. Wie gewöhnlich hatte sie dabei vergessen, dass der Pfleger genug Kenntnisse der Bibel hatte, um seine Patientin notfalls zu widerlegen; etwas, das Mildred gar nicht schätzte.

Bellinda wurde aus ihren Gedanken gerissen, denn es klopfte an der Tür.

Eine Schwester öffnete und sagte: »Zeit für die Tanztherapie.«

»Bin schon unterwegs«, antwortete ihr die junge Frau und warf noch einmal einen Blick in den Garten, aber da war Patrick bereits verschwunden.

* * *

Während sich die einundzwanzigjährige Bellinda elfengleich im Kreis drehte und dazu ihren Lieblingssong summte, machte sich Patrick daran, die Medikamentenausgabe vorzubereiten. Obwohl er versuchte sich voll und ganz auf das Abzählen der kleinen bunten Pillen zu konzentrieren, schob sich immer wieder das Bild von Bellindas Gesicht vor sein geistiges Auge. Ja, sie war ein Gottesgeschenk. Das hatte er schon gewusst, als man sie vor vier Jahren eingeliefert hatte. Seit damals fühlte er sich der jungen Frau verbunden. Natürlich nur im Geheimen, niemals hätte er sich ihr aufgedrängt. Aber dann, eines Tages, erkannte auch sie, dass zwischen ihnen ein Band bestand; und es war mehr als eine Seelenverwandtschaft, es war eher so, als würden sie sich eine einzige Seele teilen.

Patrick stöhnte. Jetzt hatte er sich schon wieder verzählt und das ausgerechnet bei Mildreds Medikation. Nicht auszudenken, was mit ihr passieren würde, wenn man ihr die falschen Medikamente verabreichte. Bald müsste er sich nicht mehr mit solchen Arbeiten abgeben. Fünfzehn Jahre als Pfleger waren wirklich genug. Heute war er fünfunddreißig, und wenn er von seinem Job in der Nervenklinik »Zum grünen Park« erzählte, was er nur selten tat, dann fragten ihn die Menschen meistens, wie er das aushielt.

»Mein Glaube macht mich stark«, antwortete er dann für gewöhnlich und wechselte das Thema.

Aber in Zukunft würde sich einiges ändern. Er und Bellinda hatten das alles schon besprochen. Man konnte auch auf andere Weise das Richtige tun, vor allem, wenn die finanziellen Mittel fast unbegrenzt zur Verfügung standen.

»Patrick«, riss ihn die Stimme der Oberschwester aus seinen Gedanken, »haben Sie zufällig meine Schlüsselkarte gesehen?«

»Nein, tut mir leid«, antwortete er prompt und machte sich nicht die Mühe, den Kopf zu heben.

Seine Vorgesetzte verlegte ständig ihre Sachen, das war nichts Neues – aber die Schlüsselkarte, das bedeutete Ärger.

Sie schnappte hinter ihm verzweifelt nach Luft, offensichtlich erwartete sie Trost und Hilfe.

Patrick drehte sich nun doch widerwillig um. Egal wie sehr er es auch versucht hatte, er mochte die Frau nicht. Womöglich hing das damit zusammen, dass sie sich gelegentlich zu Lästereien über die Patienten hinreißen ließ. Auch Bellinda war ihren verbalen Attacken hinter vorgehaltener Hand schon zum Opfer gefallen. Da fiel das Vergeben schwer.

Trotzdem sagte er jetzt: »Keine Bange, ich bin überzeugt, dass sie bald wieder auftaucht.«

* * *

In der gleichen Nacht

Hubert Lauris schlenderte gemächlich zwischen den Regalen und Vitrinen hindurch und betrat mit dem stolzen Blick eines Vaters, der gerade festgestellt hatte, dass sein Sprössling besonders gut geraten war, den Raum mit den Folterinstrumenten. Mit einem leichten Hinken näherte er sich der Nachbildung einer eisernen Jungfrau und strich mit seinen runzligen, knochigen Fingern über das dunkle, unheilvolle Gehäuse.

»Du wirst den Besuchern besonders gut gefallen«, sagte er nun mit einem verschmitzten Lächeln und seufzte glücklich.

Viele Jahre hatte der heute Achtundsiebzigjährige damit verbracht, die Stücke zusammenzutragen. Diese kleine, aber feine Sammlung war sozusagen sein Vermächtnis. Es war gar nicht so einfach gewesen, Unterstützer zu finden, aber jetzt war es geschafft. Sein privates Museum hatte heute das erste Mal die Pforten geöffnet. Vor allem die Schwerpunktthemen seiner Ausstellung *Mittelalter*, *Hexenverfolgung und Glaube* hatten die Besucher begeistert. Der Tag war ein voller Erfolg gewesen. Er schlurfte zufrieden weiter, verscheuchte eine dicke Schmeißfliege, die sich auf der Streckbank niedergelassen hatte, rückte die langen Schwerter gerade, die eigentlich nicht wirklich hierher passten, aber so dekorativ aussahen, und drehte den kleinen Scheinwerfer ein wenig, damit er den gut erhaltenen Zungenausreißer ins rechte Licht rücken konnte.

Allerdings lag ihm ein Ausstellungsstück mehr am Herzen als alle anderen. Das war auch der Grund, warum er diesem Exponat erst am Ende seines nächtlichen Kontrollgangs einen Besuch abstattete. Im nächsten Raum, der gegen die beeindruckende »Folterkammer« für viele Besucher reizlos schien, befanden sich vor allem Dokumente. Die meisten hätten keinen Käufer gefunden, da es lediglich Kopien alter Schriften waren, aber ein Stück war tatsächlich eine echte Rarität und sehr wertvoll. Es handelte sich um eine alte Bibel aus dem 18. Jahrhundert, eine Originalausgabe mit handgefertigten Illustrationen, die sich schon seit Generationen im Besitz der Familie Lauris befand. Natürlich war so ein Buch viel zu kostbar, um von ungeschulten Händen betatscht zu werden. Deshalb hatte Hubert auch extra einen Sockel mit Glaskasten anfertigen lassen, in dem die Bibel, ohne Schaden zu nehmen, betrachtet werden konnte.

Nur widerwillig löste er den Blick von ihr, hätte sie gerne noch einmal in die Hand genommen, aber es war bereits spät und der Tag lang und anstrengend gewesen. Deshalb beschloss er, sich in seine eigenen Räume zurückzuziehen, die im Stockwerk darüber lagen.

Er war bereits im Treppenhaus, als er das Klingeln hörte. Sofort dachte er an einen der Helfer, der vielleicht noch etwas vergessen hatte, heute war es schließlich drunter und drüber gegangen. Daher empfand er keinerlei Argwohn, als er die Haustür öffnete.

* * *

Hubert Lauris spürte den Schmerz, der ihm Tränen in die Augen trieb. Man hatte ihn geknebelt, seine gedämpften Schreie würden also nicht gehört werden. Trotzdem versuchte er erneut, um Hilfe zu rufen. Er lag gefesselt auf der Streckbank, und da ihm beim ersten Angriff die Brille aus dem Gesicht geschlagen worden war, konnte er nur schemenhaft erkennen, was gerade um ihn herum passierte. Wieder spürte er das qualvolle Brennen auf der Haut, dieses Mal am Knöchel seines linken Beines. Er glaubte, ein Lachen zu hören, aber seine Sinne gehorchten ihm vermutlich nicht mehr.

Hubert Lauris wusste, dass er in seinem Alter längst dem Tod näher war als dem Leben, aber das bedeutete noch lange nicht, dass er ohne Kampf gehen würde. Also wand er sich, so gut er konnte, war aber machtlos. Erneut das schreckliche Brennen, dieses Mal auf dem rechten Handrücken. Ein eigenartiger Geruch stieg ihm in die Nase, er erinnerte ihn an verbranntes Fleisch.

Hubert stöhnte und spürte einen Luftzug, jemand wedelte mit einem Gegenstand vor seinen trüben Augen. Mit Entsetzen erkannte er den Zungenausreißer. Der alte Mann keuchte, malte sich das Schlimmste aus, doch noch bevor er seine Gedanken weiterführen konnte, durchfuhr ihn ein so ungeheuerlicher Schmerz, dass er das Bewusstsein verlor.

* * *

Am nächsten Morgen

Bärbel Müller war wie immer pünktlich. Sie versorgte Hubert Lauris schon seit fast zwanzig Jahren. Er war ein netter Mann, wenn vielleicht auch ein wenig schrullig. Die vielen alten Sachen und die dicken, staubigen Bücher waren der umtriebigen Haushälterin beim Putzen zwar ständig im Weg, aber sie mochte Hubert sehr und betrachtete ihn mittlerweile eher als einen entfernten Verwandten denn als Arbeitgeber.

Wenn sie über ihn sprach, dann hob sie ehrfurchtsvoll die Stimme und sagte: »Herr Lauris ist ein Akademiker, ein sehr gebildeter Mann!«

Die Fünfzigjährige wollte die Haustür aufschließen und wunderte sich, dass diese nur zugezogen war. Das sah Herrn Lauris gar nicht ähnlich.

Na ja, kein Wunder, dachte sie, *er ist nicht mehr der Jüngste und gestern, der ganze Trubel, da vergisst man schon einmal etwas.*

Bärbel Müller stieg die drei Stufen nach oben, die direkt zum Museum führten, und wollte schon weiter in das nächste Stockwerk zu den Privaträumen, als sie stutzte.

Missbilligend runzelte sie die Stirn. »Was ist denn das?«, brummte sie ärgerlich und beugte sich hinunter, um ihren Zeigefinger in den weißen Klecks am Boden zu tauchen. Sie schnüffelte geräuschvoll daran und brummte erneut ungehalten. »Lack! Wie soll ich das denn sauber machen?«

Automatisch rief sie nach Hubert Lauris. Schimpfend über die *Sauerei* stapfte sie nach oben, wunderte sich, dass ihr Arbeitgeber nirgends zu finden war, und über das unberührte Bett und beschloss kurzerhand, im Museum nach ihm zu sehen.

Von Weitem rief sie: »Sie werden doch nicht die ganze Nacht aufgeblieben sein! Sie wissen, dass Sie sich schonen müssen, der Arzt …«

Bärbel Müller verstummte. Sie stand nun unter der Tür, die zur »Folterkammer« führte. Das Bild, das sich ihr hier bot, löste einen Schock aus. Bärbel starrte still auf den Leichnam von Hubert Lauris. Es war, als müsste sie sich unbedingt jedes noch so kleine Detail des toten Körpers einprägen, und doch würde sie sich später nur noch an wenig erinnern. Da war der weiße Lack, der, fast getrocknet, wie eine Totenmaske über dem Gesicht des Mannes lag. Sie sah die hochgekrempelten Hosenbeine und die dunklen Flecken in der Größe einer Euromünze auf seiner Haut. Dann erkannte sie den Zungenausreißer, dieses schreckliche Folterinstrument, das normalerweise auf dem Regal lag. Jetzt jedoch umschloss es der Tote mit seiner rechten Hand. Bärbel keuchte, als sie das Stück Fleisch bemerkte, das zwischen der Zange klemmte. Die Gerichtsmedizin würde es später als Lauris' Zunge identifizieren. Und als wäre das noch nicht genug, steckte eines der großen Schwerter im Unterleib des Mannes, es ragte senkrecht in die Höhe. Bärbel dachte absurderweise an kleine Partybrötchen, die von Zahnstochern zusammengehalten wurden, dann rebellierte ihr Magen. Sie schwankte, konnte sich endlich abwenden und stürzte nach draußen. Sie rannte aus dem Haus, direkt in die Arme eines Geistlichen.

»Alles in Ordnung?«, fragte der überrascht. »Ist etwas passiert?«

»Jesus Maria« war alles, was ihm Bärbel antworten konnte, bevor sie in seinen Armen ohnmächtig zusammenbrach.

Kapitel 3

Acht Wochen später

»Und wie war das, als Sie den Skelettmörder überführt haben?«, meldete sich einer der Studenten zu Wort.

Diese Frage musste ja kommen, dachte Jens Stutter.

Sie kam immer, wenn er eines seiner Seminare hielt. Der Fall war damals durch die Presse gegangen und hatte ihn zur Legende gemacht. Er bemerkte, dass ihn seine Zuhörerschaft anstarrte. Im Hörsaal war es mucksmäuschenstill und alle warteten gebannt auf seine Antwort.

»Wie es war?«, sagte er schließlich nachdenklich und wandte sich dabei direkt an den Studenten, der die Frage gestellt hatte. »Ich lag fast anderthalb Jahre im Krankenhaus, mit mehreren schweren Knochenbrüchen, Hirntrauma und einer starken Verletzung der Wirbelsäule. Danach musste ich erst wieder laufen lernen, und bleiben wird mir ein Hinken.« Seine Gesichtszüge waren hart und abweisend, während er sprach. »Ich habe mich hinreißen lassen, dem Jagdfieber nachgegeben und bin dort ohne Verstärkung aufgetaucht.«

»Aber Sie haben das Mädchen gerettet und den Mistkerl aufgehalten!« Der Einwurf kam aus der hinteren Reihe. Alle Köpfe drehten sich um.

Stutter zog überrascht die Augenbrauen in die Höhe. Die junge Studentin sah ihn fast herausfordernd an, und er erkannte in ihr sich selbst. Zumindest sein früheres, junges Ich, voller Idealismus und dem Drang, für Gerechtigkeit zu sorgen. Wieder herrschte gespanntes Schweigen im Saal.

Stutter lenkte ein, und seine Gesichtszüge entkrampften sich. »Ja, das habe ich. Aber man sollte sich nie leichtsinnig selbst in Gefahr bringen. Ich hatte Glück und konnte rechtzeitig die Kollegen verständigen.«

Die Stunde war um, und Stutter war erleichtert. Er bemerkte zwar, dass seine Studenten keine Anstalten machten, den Raum zu verlassen, und noch mehr hören wollten, ignorierte das allerdings, sagte lediglich »Ich danke Ihnen für Ihre Aufmerksamkeit« und verabschiedete sich.

Während er geschäftig seine Aktentasche einräumte und der Strom der angehenden Polizisten an ihm vorbeizog, verfluchte er sich im Stillen dafür, die Dozentenstelle überhaupt angenommen zu haben. Er hätte aussteigen sollen, ganz neu anfangen. Hatte er wirklich geglaubt, die Vergangenheit würde ihn an einer Hochschule für angehende Polizisten nicht einholen? Die jungen Menschen waren neugierig und wissensdurstig, natürlich interessierten sie sich für jemanden wie ihn.

Das Mädchen aus der hinteren Reihe ging nun an ihm vorbei und murmelte: »Es war richtig gewesen!«

Er hob den Kopf, nickte ihr freundlich zu. Vielleicht hätte er ihr sagen sollen, dass die junge Frau, die damals von ihm gerettet worden war, sich nach wenigen Monaten das Leben genommen hatte. Im Prinzip hatte er Lina nicht geholfen, sondern ihr Leiden nur verlängert. Lina hatte einen Brief hinterlassen, in dem sie sich bei Stutter für ihren gewählten Freitod entschuldigte. Er solle ihr vergeben, sie nicht für undankbar halten, aber sie halte es nicht aus, mit den Erinnerungen zu leben …

Ein Fluch rutschte ihm über die Lippen, der durch den nun leeren Hörsaal hallte. Erschöpft ließ sich Stutter auf den Stuhl hinter dem Pult fallen und versuchte nicht mehr daran zu denken. Lustlos zog er einen Apfel aus seiner Tasche, den er gleich wieder hineinfallen ließ, und angelte dafür den zerdrückten Schokoriegel aus dem Seitenfach. Obwohl er seit fast drei Jahren nicht mehr rauchte, hätte er sich jetzt gerne eine Zigarette angezündet. Wieder kramte er in seiner Tasche und fand das zerknitterte Exemplar einer Tageszeitung. Ein bisschen Lesen würde ihn ablenken. Was spielte es da für eine Rolle, dass das Blatt bereits mehrere Wochen alt war. Desinteressiert betrachtete er das Foto auf der ersten Seite und las den zugehörigen Text:

Die Millionenerbin Bellinda Merlhof hat heute ihre Heirat bekannt gegeben. Die Einundzwanzigjährige ehelicht ihren Freund Patrick Sarisch. Der Fünfunddreißigjährige hat ihr über die schwere Zeit nach dem Unfalltod ihrer jüngeren Schwester hinweggeholfen. Das Paar …

Und so weiter und so weiter, dachte Stutter und blätterte um.

Auf der zweiten Seite blickte ihm ein bekanntes Gesicht entgegen, der Name Lutz Härtgen stand unter dem Foto. Stutter las den kurzen Artikel. Offensichtlich hatte sein ehemaliger Kamerad aus der Zeit bei der Bundeswehr große Ambitionen. Härtgen hatte bereits erfolgreich einige politische Ämter durchlaufen und strebte jetzt einen Posten in Brüssel an. Stutter grinste. Wie er Lutz kannte, würde ihm das sicher gelingen. Auch wenn die beiden Männer selten Kontakt hatten, betrachtete Stutter den Politiker als alten Freund.

Wieder blätterte er weiter, vertiefte sich in die Schilderung eines Fußballspiels, das er damals live im Fernsehen gesehen hatte, und stimmte mit der Beurteilung des Verfassers überein, dass der Elfmeter gerechtfertigt gewesen war. Leider gelang es ihm nicht, den kurzen Bericht über einen Raubmord zu übersehen. Der Polizist in ihm speicherte die Schlüsselsätze. Ein alter Historiker aus Offenbach, der ein privates Museum eröffnet hatte, wurde von einem gewalttätigen Einbrecher brutal überwältigt, bevor der Täter ein wertvolles Exponat stahl.

Stutter schüttelte resigniert den Kopf, unterdrückte den Impuls, sich Gedanken über die Vorgehensweise des Täters zu machen, lenkte sich mit einer Filmkritik ab und stopfte die Zeitung, bevor ihn die Todesanzeigen auf der letzten Seite vollständig deprimieren konnten, in den Papierkorb. Es war ohnehin Zeit, sich auf die nächsten Studenten vorzubereiten. Gerade wollte er ein paar Notizen an die Tafel schreiben – da war der fast Fünfzigjährige altmodisch und verzichtete auf digitale Medien –, als sich die Tür öffnete. Es war die Sekretärin des Dekans. Ihre Miene, die sowieso immer etwas sauertöpfisch aussah, wirkte heute noch missgelaunter, und Stutter fühlte sich sofort schuldig.

Ohne Einleitung sagte sie vorwurfsvoll: »Sie haben Ihr Handy nicht an.«

Er hätte ihr entgegnen können, dass er im Unterricht nicht zu telefonieren pflegte, aber er war müde und längst nicht mehr so streitlustig wie vor fünf Jahren, deshalb schwieg er.

»Man erwartet Sie im Büro des Dekans!« war alles, was sie ihm mitteilte, bevor sie so schnell verschwand, wie sie gekommen war.

* * *

Keine Stunde nach dem Gespräch mit dem Dekan saß Jens Stutter im Zug Richtung Frankfurt. Nach seinem Unfall hatte er seine Heimatstadt Karlsruhe nur verlassen, wenn es unbedingt sein musste. Sowieso ging er seither nicht gerne unter Menschen. Das Unterrichten an der Polizeihochschule und die Termine bei seiner Physiotherapeutin waren, wenn er jetzt darüber nachdachte, eigentlich seine einzigen Abwechslungen.

Beim Dekan hatte ihn sein ehemaliger Chef erwartet; Stutter dachte an das Gespräch zurück.

Alles hatte sehr geheimnisvoll geklungen, und er hatte die Geduld verloren.

»Herrgott, ich bin kein Ermittler mehr. Wie kommen Sie überhaupt darauf, dass ich wieder eingesetzt werden kann?«

»Sie können oder Sie wollen nicht?«, fragte sein ehemaliger Vorgesetzter gereizt.

»Wenn Sie es genau wissen möchten …«, begann Stutter, wurde aber von seinem Gegenüber durch ein Handzeichen am Weitersprechen gehindert.

»Sie wurden extra angefordert, von jemandem mit sehr viel Einfluss«, erklärte sein ehemaliger Chef. »Sie kennen Lutz Härtgen?«

Stutter hatte überrascht genickt und seinen Widerstand aufgegeben.

Jetzt sah er aus dem verschmierten Zugfenster und fragte sich, ob er nicht doch beharrlich hätte ablehnen sollen. Aber er war überrumpelt worden, und eigentlich hatte er als Staatsdiener auch keine Wahl. Natürlich wäre ihm die Möglichkeit geblieben, sich aufgrund seines Gesundheitszustandes herauszureden, ganz tief in seinem Inneren jedoch wollte er wieder aktiv mitmischen. Obwohl er das Dozentendasein für einen guten Weg gehalten hatte, fehlten ihm seither die Herausforderungen. Er vermied alles, was mit Verbrechen zu tun hatte, selbst alte Krimis in Schwarz-Weiß im Fernsehen, und doch sehnte er sich immer mehr nach seinem früheren Leben zurück. Blieb nur die Frage, ob er dem noch gewachsen war.

Der Unfall hatte ihn verändert, hatte ihm die eigenen Grenzen gezeigt und die eigene Fehlbarkeit. Was, wenn ihm das noch einmal passierte? Und was, wenn er dann nicht mehr so viel Glück hätte?

Er zwang sich, an Lutz Härtgen zu denken. Warum hatte der ihn nicht einfach privat angerufen? Stutter wusste lediglich, dass es um den Mord an einer Frau ging. In den Nachrichten war davon noch nicht berichtet worden, offensichtlich lag der Leichenfund erst wenige Stunden zurück. Was hatte sein alter Freund damit zu tun? Das Warten, bis der Zug endlich den Frankfurter Hauptbahnhof erreichte, zerrte an Stutters Nerven.

Raucht da etwa jemand? Er hob irritiert den Kopf, bereit, den Sünder sofort zurechtzuweisen, denn im Zug herrschte striktes Rauchverbot – nur um sich schließlich einzugestehen, dass er definitiv einer Geruchshalluzination zum Opfer gefallen war. Vermutlich ausgelöst durch den übermäßig großen Wunsch, die momentane Anspannung mit einer Zigarette niederzukämpfen.

Endlich steuerte die Lok die Frankfurter Bahnhofshalle an. Stutter stand bereits ungeduldig an der Tür.

Auf dem Gleis erwartete ihn ein junger Mann mit perfekt sitzender Föhnfrisur und dunklem Anzug. Er stellte sich als Kommissar Köhler vor.

»Ich soll Sie gleich ins Westend bringen.« Als Stutter ihn fragend ansah, ergänzte der junge Kollege: »Man erwartet Sie.«

»Und wer erwartet mich? Worum geht es überhaupt?«, ergriff der Hauptkommissar die Gelegenheit, endlich mehr zu erfahren.

Aber der andere schien ihn nicht zu hören, sondern bahnte sich einen Weg durch die Hundertschaft von Fahrgästen, die die Bahngleise bevölkerte. Stutter blieb nichts anderes übrig, als seinem menschlichen Rammbock zu folgen.

* * *

Im Wohnhaus von Lutz Härtgen

»Wer ist sie?«, fragte Stutter, der einen Stapel Tatortfotos in Händen hielt, und richtete sich dabei direkt an Lutz Härtgen, der ihm gegenübersaß.

»Eine Assistentin«, antwortete der mit belegter Stimme.

Lutz sah immer noch sehr gut aus. Die Jahre schienen spurlos an ihm vorbeigegangen zu sein, obwohl er im gleichen Alter wie Stutter war. Er gab sich aufgeräumt, als wäre er ganz Herr der Lage, aber der Hauptkommissar spürte, dass etwas nicht stimmte.

»Todeszeitpunkt?«, hakte er weiter nach und ließ die Sache vorerst auf sich beruhen.

»Gegen Mitternacht«, erhielt er Auskunft.

Die kam jedoch dieses Mal nicht von Härtgen, sondern von dem dritten Mann im Raum. Hauptkommissar Tall war der leitende Beamte in dem Fall; er gab sich kollegial, und falls er sich über Stutters Auftauchen ärgerte, dann ließ er sich das nicht anmerken.

Die Tatsache, dass man ihm ohne den geringsten Widerstand alle Informationen gab und die Besprechung in Lutz Härtgens Privathaus stattfand und nicht auf dem Revier, zeigte Stutter, wie viel Einfluss sein Freund hatte. Blieb die Frage, warum er diesen nutzte, um den Mord an einer Assistentin aufklären zu lassen.

»Wie war sie so?« Er hatte bewusst diese Frage gestellt, um mehr über Härtgens Beziehung zum Opfer zu erfahren.

»Sie war eine hervorragende Mitarbeiterin, stets zuverlässig und nur schwer zu ersetzen.«

»Und privat?«, ließ Stutter nicht locker.

»Bedauere, da kann ich leider nicht behilflich sein. So gut habe ich sie nicht gekannt.«

Stutter spürte, dass das nicht die ganze Wahrheit war, und bemerkte außerdem den neugierigen Blick des Kollegen Tall. Offensichtlich schien auch der Frankfurter Ermittler den Worten von Härtgen nicht zu glauben.

»Was ist das in ihrem Gesicht?« Stutter beschloss, das Thema hintanzustellen.

»Weißer Lack. Der Gerichtsmediziner geht davon aus, dass er mit einem Pinsel aufgetragen wurde«, entgegnete Tall. »Außerdem gab es mehrere Verbrennungen. Vermutlich von einer Zigarre.«

»Man hat die Frau gefoltert?«

Tall nickte und presste die Kiefer zusammen. Er war ein leicht untersetzter Mann, der vermutlich winters wie sommers schnell ins Schwitzen kam. Auch jetzt lag ein dünner

Schweißfilm auf seiner Stirn, und das gerötete Gesicht sprach Bände. »Der Mörder hat ihr das rechte Auge entfernt und mitgenommen, vielleicht wollte er eine Trophäe.«

Stutter schwieg, seine Blicke wanderten über die Tatortfotos. Ganz automatisch machte sein Gehirn eine Bestandsaufnahme. Er betrachtete die Frauenleiche, deren weiß lackiertes Gesicht fast den Anschein erweckte, alles sei nur eine Inszenierung mit einer Porzellanpuppe. Die Gestalt auf dem Foto saß gegen eine Tür gelehnt. Die Beine waren nach vorne ausgestreckt, die Hände lagen in ihrem Schoß, so als formte sie damit eine Schale, wie eine Bettlerin, die die Hoffnung hatte, vorbeieilende Passanten würden ihr ein paar Almosen zuwerfen.

Das nächste Bild, das aus der Entfernung aufgenommen worden war, ließ den Fundort der Leiche erkennen.

»Man hat sie vor einer Kirchentür getötet?« Stutter betrachtete überrascht die kleine Kapelle, vor dessen Eingangsportal die Tote saß.

Die Röte in Talls Gesicht wurde dunkler.

In diesem Moment klingelte Härtgens Handy, und er unterbrach das Gespräch. »Ich muss rangehen, Entschuldigung.«

Während er sich in eine Ecke des Raumes zurückzog, lehnte sich Tall mit einem Ächzen nach vorne und wandte sich an Stutter: »Hören Sie, ich weiß, dass Sie damals den Skelettmörder zur Strecke gebracht haben. Sie sind Spezialist für die Perversen, also wenn Sie helfen können, den zu fassen, der für diese Scheiße verantwortlich ist, dann werde ich Sie dabei voll und ganz unterstützen.« Er brummte nachdrücklich und lehnte sich wieder zurück. Offensichtlich war es ihm ein Bedürfnis gewesen, das klarzustellen, denn jetzt, nachdem er es ausgesprochen hatte, wirkte er entspannter.

Stutter nickte, damit waren die Fronten geklärt.

Tall ergriff erneut das Wort: »Unser Opfer heißt Sarah Roter, achtundzwanzig, seit einem Jahr verheiratet. Ihr Mann, ein Sozialpädagoge, ist gerade auf einer Fortbildung in Berlin. Wir erwarten ihn heute Abend zurück.«

»Ich kann kein Blut auf den Bildern sehen. Was war die Todesursache?«

Tall schnaubte, und man hatte den Eindruck, es bereitete ihm Unbehagen, die Antwort zu geben. »Die Frau hatte mehrere Hämatome und eine Schädelverletzung. Der Fundort ist nicht der Tatort. Aber mehr wissen wir noch nicht. Die Gerichtsmedizin nimmt gerade die Autopsie vor«, schloss er bedauernd.

* * *

Nachdem sich Tall verabschiedet hatte, standen sich Lutz Härtgen und Jens Stutter das erste Mal allein gegenüber. Spontan umarmte Härtgen seinen alten Freund.

»Mann, tut gut, dich zu sehen. Wie lange ist das her?«

»Du hast mich im Krankenhaus besucht«, erinnerte ihn Stutter und lächelte bedauernd. »Irgendwie war ich danach immer beschäftigt«, entschuldigte er sich dafür, dass er keine Versuche unternommen hatte, den Kontakt zu halten.

Härtgen winkte ab. »Das gilt wohl für uns beide.« Er legte ein charmantes Lächeln auf, ähnlich dem auf seinen Wahlkampfplakaten, und fuhr fort: »Ich danke dir jedenfalls, dass du gekommen bist.«

»Hatte ich denn eine Wahl?«, gab Stutter ein wenig sarkastisch zurück.

»Ich wusste nicht, an wen ich mich sonst hätte wenden können.«

»Hauptkommissar Tall scheint mir ein fähiger Mann.«

Härtgen wollte sich durch die Haare streichen, hielt aber in letzter Sekunde inne. Rechtzeitig war ihm wieder eingefallen, dass diese Geste einen unschönen Wuschelkopf zur Folge hätte. Stattdessen ging er zu einer Vitrine, die als Barschrank fungierte.

»Auch einen?«, fragte er seinen Freund, der ablehnte.

»Wäre es nicht an der Zeit, mir zu sagen, was wirklich los ist?«, hakte Stutter ohne besondere Freude nach.

Zuerst machte Härtgen ein verdutztes Gesicht, spielte den Überraschten, gab seinen Widerstand allerdings auf, als ihm klar wurde, dass Stutter hartnäckig bleiben würde.

»Sarah war eine enge Mitarbeiterin, mir liegt am Herzen, dass ihr Tod aufgeklärt wird.«

»Natürlich«, erwiderte Stutter trocken, gab seinem Gegenüber aber durch den Tonfall deutlich zu verstehen, dass ihm das nicht reichte.

»Also schön«, lenkte dieser schließlich ein. »Sarah kannte viele Interna, auch was meine Pläne für die Zukunft anging. Seit ich bekannt gegeben habe, mich für Brüssel zu bewerben, richtet man den Fokus auf mich. Die Presse, politische Konkurrenz, Neider …« Er trank einen Schluck und verzog das Gesicht. »Bin eigentlich kein Freund von dem scharfen Zeug, aber nichts beruhigt besser die Nerven«, sagte er wie nebenbei, hob dann den Kopf und blickte Stutter direkt an. »Ich glaube, der Mord hat mir gegolten. Eine Warnung womöglich, damit ich mich zurückziehe.«

Sein alter Freund stutzte. »Ist das nicht etwas zu weit hergeholt?«

»Man schickt mir Drohbriefe und E-Mails. Ganz zu schweigen von den Kommentaren in den sozialen Netzwerken«, verteidigte sich Härtgen. Als er sah, dass der Hauptkommissar zweifelnd die Stirn runzelte, fügte er noch an: »Ich brauche jemanden in meiner Nähe, dem ich vertrauen kann. Deshalb habe ich dich angefordert, weil du nicht nur Polizist, sondern auch ein Freund bist.«

»Verstehe«, murmelte Stutter. »Du musst uns die Schreiben aushändigen, damit wir in diese Richtung ermitteln können.«

»Selbstverständlich, ich dachte mir schon, dass ihr die braucht. Meine Sekretärin müsste sie bereits zusammengesucht haben.«

Die Männer verabschiedeten sich, und während sich Härtgen erleichtert in seinem Stuhl zurücklehnte, als er allein war, verließ ein nachdenklicher Stutter das Haus. Sein nächster Weg führte ihn zur Dienststelle von Tall, dort wollte er sich einen Überblick über den Stand der Ermittlungen verschaffen.

* * *

Etwa zur gleichen Zeit in der Nachbarschaft

»Ich habe die Polizei gesehen«, sagte Patrick zur Begrüßung und drückte Bellinda, die gerade bäuchlings auf dem breiten Sofa lag und ein Einrichtungsmagazin durchblätterte, einen Kuss auf die Stirn.

»Wirklich?«, fragte sie neugierig.

»Ja, beim Haus von Lutz Härtgen steht ein Streifenwagen.«

»Was erwartest du? Er ist prominent.«

»Vielleicht hätten wir uns von diesem Viertel fernhalten sollen«, gab Patrick zu bedenken.

»Und auf all die Vorteile verzichten? Niemals!«, entgegnete ihm Bellinda. »Wer weiß, vielleicht kommt die Polizei auch zu uns, wäre das nicht spannend?«

»Warum sollten sie zu uns kommen?«, fragte Patrick eine Spur schärfer.

»Na, weil wir Nachbarn sind. Im Fernsehen befragen sie immer als Erstes die Nachbarn. Vermutlich weil Nachbarn hinter den Vorhängen stehen und sich gegenseitig beobachten. Wir wären also mögliche Zeugen.«

»Kaum anzunehmen, dass ein Beamter mit etwas Grips vermutet, wir könnten von unseren Fenstern aus über den parkähnlichen Garten und dann auch noch über die Grundstücksmauern spähen.«

»Trotzdem, Nachbarn bekommen so einiges mit.«

»Und was wüsstest du über Lutz Härtgen zu sagen?«

»Vielleicht, dass ich ihn nicht mag.«

Patrick grinste. »Dafür mag er dich umso mehr. Immerhin hat er sich sehr intensiv mit deiner Oberweite befasst.«

Bellinda rollte mit den Augen. Es stimmte. Da sie und Patrick seit ihrer Hochzeit regelmäßig an Wohltätigkeitsveranstaltungen teilnahmen, jedes Mal mit einem üppigen Spendenscheck, kannten sie den Politiker Härtgen, der wusste, wie man öffentliche Auftritte zu seinem Vorteil nutzte, bereits persönlich. Sie hatten bei einer Gala ein paar Worte gewechselt, und Härtgen war es schwergefallen, Bellinda in die Augen und nicht ständig in das wohlgeformte Dekolleté zu blicken. Ihre Nachbarschaft war zwar rein zufällig, aber seit diesem ersten Zusammentreffen waren sie sich immer wieder begegnet.

»So gesehen wäre es ja nur gerecht, wenn die Polizei hier auftauchen würde, damit ich denen etwas über den Unhold von nebenan erzählen kann. Vielleicht sollte ich mich selbst bei denen melden.«

Patrick sah sie durchdringend an. »Das ist nicht dein Ernst, oder?«

Sie schien Spaß daran zu haben, ihn zu necken. »Warum denn nicht?«

»Ich will keine Polizei im Haus, hast du verstanden?« Er wurde laut.

Bellinda sah ihn mit ihren großen, unschuldigen Augen vorwurfsvoll an. »Was ist denn los mit dir?«

Er wiederholte ungeduldig seine Worte: »Ich will keine Polizei im Haus, das wird ja nicht so schwer zu verstehen sein.«

»Ist ja schon gut, ich wollte nur ein wenig Spaß haben«, entgegnete sie wütend und sprang auf. »Ich gehe tanzen«, zischte sie und stürmte aus dem Zimmer.

»Bellinda, Schatz«, rief er ihr hinterher, aber schon hörte er die Musik, die nun durchs ganze Haus dröhnte.

Während sich Patrick überlegte, wie er die Wogen wieder glätten könnte, betrachtete sich Bellinda vor dem Spiegel im Sportraum. Sie hatten geheiratet, sich hier eingerichtet und genossen ihre Verbundenheit, aber wenn Patrick so war wie eben, dann ärgerte sich Bellinda. Sie hatte so viele Jahre in dieser schrecklichen Klinik verbracht, dass sie einfach nur noch Spaß haben wollte. Immer nur vorsichtig sein führte doch dazu, dass man versauerte.

Die Tür öffnete sich. Es war Patrick. Er kam mit schuldbewusster Miene auf sie zu, stellte sich hinter sie und legte die Arme um ihren zarten Körper.

»Lass uns bitte nicht streiten«, flüsterte er ihr liebevoll ins Ohr.

Sie schmiegte sich an ihn und vergaß ihren Ärger.

»Ich werde alles tun, um dich glücklich zu machen«, versicherte er ihr, bevor sie begannen sich leidenschaftlich zu küssen.

* * *

Es war bereits später Nachmittag, als Jens Stutter über der Akte von Sarah Roter brütete. Hauptkommissar Tall, der ihm ein kleines Zimmer auf dem Revier zur Verfügung gestellt hatte, betrat aufgeregt den Raum. Im Schlepptau hatte er einen kleinen Mann, der Stutter aus irgendeinem Grund an zähes Leder denken ließ. Vielleicht war es die schlanke Gestalt mit dem ovalen Schädel, über den sich die Haut spannte, oder der verkniffene Gesichtsausdruck. Jedenfalls war Stutter überzeugt, dass Talls Begleiter kein einfacher Zeitgenosse war.

Etwas, das sich sofort bestätigte, als der Mann nun das Wort an ihn richtete: »Ich mache für gewöhnlich keine Hausbesuche, habe so schon genug zu tun, nur dass das klar ist. Frage mich sowieso, warum diese Leiche mehr Rechte hat als alle anderen.«

Tall griff peinlich berührt ein und stellte die Männer vor: »Das ist Doktor Grot, der Gerichtsmediziner, und das ist Hauptkommissar …«

Grot winkte ab. »Einerlei.« Er knallte eine dünne Akte auf den Tisch und gab unwillig eine Zusammenfassung.

Stutter hörte dem Mann konzentriert zu, stellte keine Fragen und hob überrascht die Augenbrauen, als der Mediziner schließlich sagte: »Die Tatwaffe sind ein oder mehrere Pflastersteine.«

»Sie wurde mit einem Stein erschlagen?«, hakte Tall nach.

Grot blähte wie ein Stier die Nasenflügel auf. »Nein, das habe ich nicht gesagt«, blaffte er. »Die Steine wurden aus einiger Entfernung auf sie geworfen. Man hat diese Frau zu Tode gesteinigt! Und was das Auge betrifft, das wurde sehr stümperhaft entfernt. Womöglich wurde der Augapfel mit einem scharf gefeilten Teelöffel herausgehoben.«

Offensichtlich hatte der Mediziner sein Wissen mitgeteilt, denn im nächsten Moment eilte er ohne Abschiedsgruß davon.

»Man hat sie gesteinigt?«, wiederholte Tall ungläubig die Worte des Arztes.

Stutter las bereits den Bericht, in dem dieser Punkt ausführlich beschrieben war. Die Frau wurde nach Eintritt des Todes bewegt und vom eigentlichen Tatort fortgeschafft. Man hatte die Leiche also gezielt vor die Kirchentür gesetzt. Die zahlreichen Hämatome und auch die Schädelverletzung am Hinterkopf waren durch Steinquader entstanden. Außerdem gab es an Hand- und Fußgelenken Spuren, die darauf zurückzuführen waren, dass man sie gefesselt hatte. Anzeichen für sexuellen Missbrauch existierten nicht. Es folgten allgemeine Angaben, wie die Feststellung, dass sich Sarah Roter zwei Zahnimplantate hatte machen lassen und ihr eine Spirale zur Schwangerschaftsverhütung eingesetzt worden war.

»Der Mörder hat die Leiche inszeniert«, sagte Stutter nachdenklich. Sein Blick wanderte zurück zu Doktor Grots

Aufzeichnungen. »Die Verbrennungen stammen eindeutig von einer Zigarre«, murmelte er und betrachtete die Bilder des entkleideten Leichnams. Man konnte kein Muster erkennen. Die runden, dunklen Wunden verteilten sich ungleichmäßig auf der Haut.

»Was glauben Sie, was dahintersteckt?«, riss ihn Tall aus seinen Gedanken.

»Schwer zu sagen, aber ich schätze, das war geplant. Kein spontaner Mord, keine Affekthandlung. Der Täter hat recht sorgfältig gearbeitet.« Er winkte Tall zu sich und reichte ihm eine Fotografie. »Sehen Sie den weißen Lack auf ihrem Gesicht? Er ist sauber aufgetragen. Außerdem geriet der Mörder nicht in Panik, er ist abgebrüht, überzeugt von sich und dem, was er tut, und riskiert dafür sogar, entdeckt zu werden. Die Leiche so akkurat vor der Kapelle zu platzieren, ist nur möglich, wenn man konzentriert vorgeht. Für mich sieht es nicht so aus, als hätte er sie in Eile abgeladen.«

Stutter hatte sich den Tatort bereits zusammen mit Talls jungem Kommissar angesehen. Die kleine Kirche, die vor allem für Hochzeiten genutzt wurde, lag zwar außerhalb der Frankfurter City nahe des Flusses Nidda in einem der Landschaftsschutzgebiete, aber längst nicht in menschenleerem Grün. Laut Bericht des Gerichtsmediziners hatte man das Opfer am frühen Morgen vor die Kapelle gesetzt, Rückschlüsse dazu lieferten die Wetterdaten. Es hatte bis fünf Uhr dreißig geregnet, die Kleidung der Frau war jedoch trocken. Gefunden wurde sie gegen sieben. Um halb sechs Uhr morgens musste der Mörder zwar noch nicht mit neugierigen Ausflüglern rechnen, aber Stutter hatte sich informiert; Jogger und Hundeausführer waren durchaus auch schon zu früher Stunde unterwegs. Dass ein Hundebesitzer die Leiche schließlich gefunden und der Polizei gemeldet hatte, bestätigte die Überlegungen des Polizisten.

»Aber was war das Motiv? Warum macht sich jemand so viel Mühe? Warum nicht einfach nur umbringen?«, warf Tall ein.

»Das frage ich mich auch.« Stutter nahm wieder die Tatortfotos in die Hand. Er dachte an seinen Freund Lutz Härtgen, der der Meinung war, der Mord wäre eine Botschaft an ihn. Es lag daher nahe, noch einmal mit dem Politiker zu sprechen. An Tall gewandt sagte er: »Falls Sarah gezielt ausgewählt wurde, kann uns vielleicht die Befragung des Ehemanns weiterhelfen.«

»Wir erwarten ihn in zwei Stunden«, erklärte Tall.

Stutter verzog das Gesicht, er hasste es zu warten. »Dann sollten wir uns in der Zwischenzeit durch die Datenbanken wühlen. Die Kaltschnäuzigkeit und Präzision des Täters könnten darauf zurückzuführen sein, dass das nicht sein erster Mord war. Wir müssen das unbedingt überprüfen.«

Tall nickte und verließ den Raum, während sich Stutter hinter das Telefon klemmte. Es dauerte mehrere Vorzimmerdamen lang, bis er endlich mit Lutz Härtgen persönlich sprechen konnte, aber leider verlief die Unterhaltung ergebnislos. Härtgen konnte sich nicht erklären, warum man seine Assistentin auf diese Weise getötet und anschließend in Szene gesetzt hatte.

»Wir haben die Drohbriefe und E-Mails gesichtet, auch die Einträge im Internet«, sagte Stutter schließlich, »keine der Formulierungen lässt auf eine Verbindung zu dem Mord schließen.«

»Du klammerst diese widerlichen Schmierfinken also einfach aus?«, fragte Härtgen ein wenig gereizt.

»Ich klammere gar nichts aus, kann aber bis jetzt keinen Anhaltspunkt dafür entdecken, dass man dir mit dem Mord eine Warnung schicken wollte. Trotzdem werden wir die Absender, sobald wir deren Identität kennen, überprüfen. Und ich will nicht damit sagen, dass ich die alle für harmlos halte, aber ich denke einfach, deren Aggression hätte sich direkt gegen dich gerichtet und nicht gegen deine Assistentin.«

»Soll mich das jetzt beruhigen?« Härtgen am anderen Ende lachte gekünstelt, dann räusperte er sich und fragte: »Habt ihr schon mit Sarahs Mann gesprochen?«

Stutter verneinte das.

»Und wie geht es jetzt weiter?«

»Die Leiche wurde erst vor ein paar Stunden gefunden, ich bin noch keinen halben Tag hier, und Tall ist ein fähiger Mann. Aber wir brauchen Zeit, um unsere Arbeit machen zu können.«

»Schon gut«, lenkte Härtgen ein. »Ich bin Politiker, was erwartest du da? Ich muss meinen Mitmenschen auf die Nerven gehen«, versuchte er einen Witz, den Stutter mit einem versöhnlichen »Schon in Ordnung« kommentierte, bevor er sich schließlich verabschiedete.

Kaum hatte er den Hörer aufgelegt, klingelte der Apparat erneut. Es war Hauptkommissar Tall, der aufgeregt sagte: »Das sollten Sie sich ansehen, kommen Sie in mein Büro.«

Keine Minute später stand Stutter neben Talls Schreibtisch.

»Ich denke, das ist das, wonach Sie gesucht haben.«

Tall deutete auf seinen Monitor, und Stutter erkannte auf dem Bildschirm die Leiche eines älteren Mannes, in dessen Unterleib bizarrerweise ein langes Schwert steckte.

Kapitel 4

Etwas später in Wiesbaden

»Sie sollten froh sein, wenn die Angelegenheit nichts nach sich zieht«, schnaufte Klaus Meier, seines Zeichens Kommissariatsleiter.

Sein Gegenüber, Kommissarin Jasmin Nau, war alles andere als froh. Zornig hielt sie dagegen: »Sie ziehen mich von einem wichtigen Fall ab. Wir stehen so kurz vor dem Durchbruch.«

»Ihr Team wird das auch ohne Sie schaffen«, sagte der Vorgesetzte nun ebenfalls gereizt. »Außerdem glaube ich nicht, dass die Sie nach dem, was vorgefallen ist, als Kollegin gerade besonders ernst nehmen. Seien Sie dankbar, dass ich Sie aus der Schusslinie bringe. Sie sind Polizistin, Ihnen wird das Getuschel sicher nicht entgangen sein.«

»Ich war im Recht«, verteidigte sich Jasmin. Dabei blitzten ihre grünen Augen gefährlich.

»Körperverletzung? In welchem Gesetzbuch ist das keine Straftat?«

Sie wollte erneut widersprechen, aber der Kommissariatsleiter hatte genug, er wurde laut: »Es reicht, ich werde das nicht mit Ihnen diskutieren. Man hat in Frankfurt einen Experten für Straftaten mit religiösem Hintergrund angefordert. Packen Sie Ihr Zeug zusammen und machen Sie sich umgehend auf den Weg. Hauptkommissar Tall wartet bereits.«

»Und seit wann bin ich dieser Experte?«, knurrte Jasmin.

»Sie sind die einzige Beamtin, die ein Theologiestudium hat.«

»Ich habe vor der Zwischenprüfung abgebrochen und nicht einmal das Grundstudium beendet.«

»Das muss reichen. Jemand anderen haben wir momentan nicht, und Tall muss zwei Morde aufklären. Vorerst werden Sie sein Team unterstützen.«

Sie wollte erneut ansetzen, aber Meier hob die Hand. »Es ist entschieden. Und jetzt raus!«

Jasmin Nau stand im düsteren Flur und atmete tief durch. Sie hatte sich diese kurzfristige Versetzung selbst zuzuschreiben, und das wusste sie auch, aber es schmerzte trotzdem, sich das einzugestehen. Zurzeit schien alles den Bach runterzugehen. Ihre Ehe, der Job – und plötzlich fühlte sie sich wieder als Versagerin. So wie damals, als sie das Studium abgebrochen hatte. Warum holte sie das auch ausgerechnet heute wieder ein? Automatisch fuhr sie sich durch die dunklen, kurzen Haare, die daraufhin in alle Richtungen abstanden. Ihr war es egal, zumal das ihrem Aussehen keinen Abbruch tat.

Ein Kollege von der Streife kreuzte ihren Weg, als sie sich zu ihrem eigenen Büro aufmachte.

»Muss ich in Deckung gehen?«, fragte er provozierend, und Jasmin hätte ihm dafür am liebsten eine reingehauen. Stattdessen machte sie gute Miene zum bösen Spiel und schüttelte nur resigniert den Kopf. Vielleicht war es tatsächlich besser, eine Weile die Dienststelle zu wechseln.

Wehmütig dachte sie daran, wie sie für ihren aktuellen Fall gekämpft hatte. Es ging um eine religiöse Gruppe, die als Sekte eingeordnet werden sollte. Die Mitglieder wurden nicht nur um ihr Vermögen gebracht, sondern auch ausgebeutet und von der Außenwelt isoliert. Sie waren dicht daran, endlich handfeste Beweise geliefert zu bekommen und damit den Anführern das Handwerk zu legen. Etwas, das vor allem Jasmins Hartnäckigkeit zu verdanken war. Nach all den Jahren in der zweiten Reihe wäre das der Durchbruch für sie gewesen, und jetzt zog man sie ab. Kurz spielte die Kommissarin mit dem Gedanken, sich krankzumelden, aber verwarf diesen gleich wieder. Jetzt aus der Reihe zu tanzen, wäre ein Fehler, der sie am Ende ihren Job kosten könnte. Und der war im Moment sowieso schon genug gefährdet.

* * *

Eineinhalb Stunden später betrat Jasmin Nau die Dienststelle von Hauptkommissar Tall. Man führte sie sofort in einen Besprechungsraum, in dem sich bereits zwei Männer befanden. Der eine war korpulent und schien trotz der kühlen Temperatur, die in dem Zimmer herrschte, zu schwitzen. Sein Gesicht war leicht gerötet, die Hemdsärmel hatte er sich nach oben gekrempelt, und unter seinen Achseln dehnten sich feuchte Flecken auf dem Stoff aus. Der andere dagegen sah aus, als wäre er gerade einem Modejournal entsprungen. Den Anzug, den er trug, schien er als zweite Haut zu empfinden, so selbstverständlich bewegte er sich darin. Und bis auf seine angespannten Gesichtszüge deutete nichts darauf hin, dass er hier arbeitete und nicht nur ein zufälliger Gast war.

»Hauptkommissar Tall?«, sagte Jasmin und sah nun fragend von einem zum anderen.

Der Schwitzende trat auf sie zu und reichte ihr die Hand, dann stellte er seinen Kollegen vor. »Das ist Hauptkommissar Jens Stutter.«

Sie stotterte als Erwiderung ihren eigenen Namen und starrte Stutter ungeniert an, bis sie bemerkte, wie peinlich das war.

Jeder der jungen Polizisten kannte den Namen des Hauptkommissars, der so selbstlos im Kampf gegen das Verbrechen sein Leben aufs Spiel gesetzt hatte, um einen Mörder zu fassen. Natürlich gab es auch die Stimmen, die sein damaliges Vorgehen für leichtsinnig hielten. Jasmin gehörte nicht zu denen. Sie hatte den Mann immer bewundert, und jetzt stand sie ihm gegenüber. Mit einem Mal ahnte sie, dass sich dieser unfreiwillige Ausflug ins Frankfurter Revier vielleicht als Chance herausstellen könnte. Stutter war nicht irgendwer. Wie es hieß, hatte er den aktiven Dienst quittiert; wenn er also hier war, dann musste es sich um etwas Großes handeln.

»Sie sind Expertin für religiös motivierte Straftaten?«, richtete Stutter das Wort an Jasmin, die zusammenzuckte, als sie aus ihren Gedanken gerissen wurde, und dabei nicht gerade einen sehr souveränen Eindruck machte.

Stutter war bereits dabei, sein Urteil über die Kommissarin zu fällen, die er für zu jung hielt, um in irgendetwas Expertin zu sein, und außerdem befürchtete er, ihr würde es am nötigen Engagement fehlen. Immerhin stand sie nur da, ohne nach dem Fall zu fragen, so als hätte man sie geschickt, um lediglich eine Kaffeebestellung aufzunehmen.

Im letzten Moment riss sich Jasmin zusammen und versuchte die Situation zu retten. »Tut mir leid. Ich bin nur überrascht, Sie zu treffen. Man sagte mir, Hauptkommissar Tall hätte mich angefordert.«

Sein Gesicht nahm einen missbilligenden Ausdruck an, der so viel bedeutete wie »Was spielt das für eine Rolle?«.

Aber noch bevor er seine Ungeduld in Worte fassen konnte, sagte sie: »Ich hörte, Sie haben zwei Morde. Vielleicht sollten wir gleich beginnen.«

Ein kurzes Lächeln huschte über Stutters Gesicht, und er war mit der jungen Kollegin versöhnt.

Tall breitete die Tatortfotos auf der Tischplatte aus und öffnete im Computer die entsprechenden Dateien.

»Eines noch«, warf Jasmin ein. »Man hat mich als Expertin geschickt, weil ich vor meinem Polizeidienst ein Theologiestudium angefangen habe.« Sie unterließ es, das Wort »Abbruch« zu verwenden, und sagte stattdessen: »Sie sollten wissen, dass ich nicht über einen Abschluss verfüge. Allerdings bin ich momentan die einzige Kollegin, die man Ihnen so schnell zur Verfügung stellen konnte, ich …«

»Sehen Sie sich die Akten an«, unterbrach Stutter ihre Erklärungen. Es klang weder genervt noch unfreundlich, dennoch verstummte die Kommissarin und betrachtete die Tatortfotos.

»Hubert Lauris war ein achtundsiebzigjähriger Historiker, der ein kleines Museum eröffnet hat. Es gab Ausstellungen zum Thema Hexenverfolgung, Inquisition und Glaube. Er wurde zuerst mit einer brennenden Zigarre gefoltert …« Stutters Finger deutete auf ein Bild, auf dem man die Verbrennung des linken Auges erkennen konnte. Der Oberkörper zeigte Brandstellen, und es gab diverse Wundmale an Armen und Beinen. »Ihm wurde weißer Lack über das Gesicht geschüttet, die Zunge herausgerissen, das rechte Auge entfernt und ein Schwert in den Bauch gerammt. Der Täter stahl eine wertvolle Bibel. Das war auch der Grund, warum die Kollegen in Offenbach zuerst von einem brutalen Raubmord ausgingen. Erst das zweite Opfer stellt den Zusammenhang zwischen den Morden her.« Wieder deutete er auf eine Fotografie. »Sarah Roter wurde gesteinigt und vor einer Kirche abgesetzt.«

Jasmin schluckte, ließ sich aber nicht anmerken, wie sehr sie die Bilder der Opfer berührten. Sie kam nicht aus dem Morddezernat, sondern von der Abteilung für Organisierte Kriminalität. Diese toten Menschen so nüchtern zu betrachten und sie nur darauf zu reduzieren, dass ihre Leichen Informationen über den Täter liefern konnten, fiel ihr schwer. Sie musste unwillkürlich an den brennenden Schmerz denken, den der alte Mann empfunden haben musste, als die glühende Spitze der Zigarre seinem Augapfel immer näher gekommen war und dann die unerträgliche Hitze seine Haut versengt hatte. Fast glaubte sie, ein Zischen zu hören bei der Vorstellung, wie die natürlich gegebene Feuchtigkeit des Auges dabei verdampft war. Und dann das Herausschneiden des rechten Auges, warum tat jemand so etwas?

Jasmin Nau spürte deutlich den Druck, der gerade auf ihr lastete. Die Männer starrten sie erwartungsvoll an. Gerade noch rechtzeitig kämpfte sie die Panik nieder und besann sich auf das, was sie gelernt hatte: Mit der objektiven Bestandsaufnahme beginnen, Daten sammeln, dann auswerten und schließlich beurteilen.

»Ich kann Ihnen nicht sagen, ob der, der das getan hat, ein fanatischer Gläubiger ist oder es nur so aussehen lassen will. Aber vermutlich kennt er sich mit der Bibel aus. Bei beiden Morden spielt er darauf an.«

»Wie?«, hakte Stutter interessiert nach.

Jasmin drehte sich zu ihm um. »War Ihr zweites Opfer eine Ehebrecherin?«

»Wir haben bisher noch wenig über Sarah Roter erfahren. Den Ehemann können wir erst später vernehmen. Aber wie kommen Sie darauf?« Es war Tall, der die Frage stellte.

Die Kommissarin lächelte dünn. »Die Steinigung könnte ein Indiz dafür sein. Im Alten Testament wird die Todesstrafe in Form von Steinigung öfter erwähnt. Im Neuen Testament gibt es eine Begegnung zwischen Jesus und einem wütenden Mob. Die Menge will eine Frau steinigen, die man beim Ehebruch erwischt hat. Jesus sagt sinngemäß: ›Geht hin und richtet sie, aber bedenkt, dass der, der seine Hand als Erster erhebt, frei von Schuld sein sollte.‹«

»Dann könnte unser Mörder Sarah also des Ehebruchs beschuldigt haben. Was ist mit dem Lack in ihrem Gesicht?«, fragte Stutter weiter.

»Weiß ist für viele Menschen die Farbe der Reinheit, ein Zustand, den man nach einer Bestrafung beziehungsweise nach geleisteter Buße erreichen kann. Abgesehen davon werden Engel weiß dargestellt, das Gleiche gilt für die jungfräuliche Braut, Taufgewänder sind weiß und nicht zu vergessen die weiße Taube des Friedens.«

»Fällt Ihnen auch etwas zu dem fehlenden Auge ein?«, drängte Stutter interessiert.

»Leider ja. Im Zusammenhang mit der Untreue heißt es im Matthäusevangelium, dass sich der potenzielle Sünder jede Gliedmaße abtrennen soll, die nach unkeuschen Handlungen trachtet.«

»Vereinfacht ausgedrückt: Wer seine Finger nicht bei sich behalten kann, soll sie sich abhacken«, brummte Tall.

Jasmin antwortete ernst: »So ungefähr. Und wer einen sündigen Blick riskiert, soll sich das Auge entfernen.«

Tall schüttelte den Kopf. »Aber wie passt das zu unserem ersten Opfer? Lauris war weder verheiratet noch hatte er eine Freundin. Wem hätte der untreu sein können?«

Die Kommissarin bemühte sich um eine Erklärung. »Eventuell hielt ihn der Täter der Untreue gegenüber Gott für schuldig. Man hat ihm die Zunge herausgerissen. Womöglich geschah das, weil sich Lauris in seinem Museum kritisch zum Thema Glaube geäußert hat.«

»Also ist unser Mörder ein Fanatiker, der seine Opfer grundsätzlich für schuldig hält«, ergänzte Tall besorgt.

Niemand widersprach dem Frankfurter Beamten.

»Und wie passen die Verbrennungen mit der Zigarre dazu?«, fragte Stutter weiter, der den Überlegungen der Kollegen bisher ohne Einwände gefolgt war.

Jasmin runzelte die Stirn und zog eine Schnute. »Da bin ich überfragt. Mir fällt spontan keine Geschichte aus der Bibel ein, die dazu wirklich passt.« Fast entschuldigend blickte sie zu Stutter. »Feuer spielt in den biblischen Erzählungen natürlich eine Rolle, und selbstverständlich kann man Verse verdrehen und auslegen, bis sie zu den Verbrennungen passen ...«

»Was ist Ihr persönlicher Eindruck?«, drängte sie Stutter zu einer Antwort.

»Ich denke, die Verbrennungen mit der Zigarre haben nichts mit der Bibel zu tun«, sagte sie schließlich beherzt.

Kurz herrschte nachdenkliches Schweigen, da ergriff Jasmin Nau erneut das Wort: »Aber das mit dem Schwert ist interessant.«

Die beiden Männer starrten sie an.

»Jesus sagt im Neuen Testament etwas wie: ›Betrachte mich nicht als denjenigen, der Eintracht schafft unter den Menschen, sondern betrachte mich als denjenigen, der eine Waffe bei sich trägt.‹«

»Und die Waffe ist ein Schwert?«, fragte Tall ungläubig.

»So steht es geschrieben«, entgegnete Jasmin Nau, »zumindest in manchen Versionen des Matthäusevangeliums. Und diese Textstelle wird seit jeher heftig diskutiert. Vor allem, wenn es darum geht, wie wörtlich sie zu nehmen ist.«

»Der, mit dem wir es zu tun haben, scheint sie sehr wörtlich zu nehmen.«

Bevor die Beamten weiter spekulieren konnten, öffnete sich die Tür, und ein Kollege meldete, dass der Ehemann von Sarah Roter soeben eingetroffen sei.

* * *

»Ich habe sie geliebt, sie war meine Frau.« Bernd Roter saß in sich zusammengesunken am Tisch. Seine Augen waren vom Weinen gerötet, und auch jetzt vor den Beamten hielt er die Tränen nicht zurück. Eigentlich war er kaum in der Verfassung für eine Vernehmung, aber die Polizisten hatten keine Wahl und mussten versuchen, über ihn an Informationen zu gelangen.

Allerdings schüttelte Bernd Roter bei den folgenden Fragen jedes Mal verneinend den Kopf. Laut ihm hatte es keine ungewöhnlichen Vorkommnisse, keine Feinde, keine Drohungen oder Ähnliches im Leben seiner ermordeten Frau Sarah gegeben.

»Wie war Ihre Ehe?«, mischte sich unvermittelt Jens Stutter ein, der an das dachte, was er erst kurz zuvor von Jasmin erfahren hatte.

»Gut, sehr gut«, gab ihm der Befragte, ohne zu zögern, Auskunft. Bernd Roter gelang es nicht, ein Schluchzen zu unterdrücken, als er erneut sagte: »Ich habe sie geliebt!«

»Und Sarah, hatte sie die gleichen Gefühle?«

Der Mund des Ehemanns verzog sich zornig. »Was wollen Sie damit sagen? Wir waren einander alles. Wir wünschten uns Kinder, eine große Familie.«

Jens Stutter horchte auf und setzte sich automatisch etwas aufrechter hin. »Sie wollten Kinder? Wann?«

Die Frage überraschte den anwesenden Hauptkommissar Tall und wohl auch den Zeugen.

Letzterer gab leicht gereizt Auskunft: »Wenn Sie es genau wissen wollen, dann hofften wir, dass Sarah bald schwanger werden würde.«

»Das heißt, Ihre Frau hat keine Verhütungsmittel benutzt?«

Roter wurde ungehalten: »Nein, aber ich wüsste nicht, was Sie das angeht.«

Für einen Moment zögerte Stutter mit seiner nächsten Frage. Er überlegte, ob er sie überhaupt stellen sollte, entschied sich aber schließlich dafür – denn eines war ihm gerade klar geworden, hier stimmte etwas ganz und gar nicht. »Sie behaupten also, nicht gewusst zu haben, dass Ihre Frau sich eine Spirale zur Schwangerschaftsverhütung hatte einsetzen lassen?«

Bernd Roters Kiefer klappte nach unten. Er sah aus, als hätte man ihm soeben mit aller Wucht ins Gesicht geschlagen.

In diesem Augenblick verstand auch Tall und ärgerte sich bereits darüber, dass ihm das entgangen war. Der Gerichtsmediziner hatte schließlich in seinem Bericht erwähnt, dass die Tote eine Spirale benutzt hatte.

»Ich frage Sie noch einmal, Herr Roter, wie stand es um Ihre Ehe?«

Der Mann brach nun endgültig zusammen. Er rang mit den Händen, schluchzte laut und griff nicht zum Taschentuch, obwohl ihm die Nase lief. Er erinnerte Stutter an einen kleinen Jungen, der gestürzt war und sich das Knie aufgeschlagen hatte. Ein Junge, der vor Schmerz um Hilfe rief und immer mehr daran verzweifelte, dass keiner zu ihm kam.

Der Hauptkommissar gab ihm Zeit, bedrängte ihn nicht und hoffte darauf, dass der Witwer endlich aufhören würde, ihnen etwas vorzumachen.

Tatsächlich schien Roter, nachdem er sich etwas gefasst hatte, gewillt, offen mit den Beamten zu sprechen. »Ich habe sie geliebt und liebe sie immer noch. Ganz ehrlich, ich habe keine Ahnung, was jetzt werden soll. Es ist, als hätte sie mich einfach zurückgelassen.« Wieder ein Schluchzen, dann fummelte er endlich umständlich ein gebrauchtes, nasses Papiertaschentuch aus der Jacke. »Ich denke, dass sie mich auch geliebt hat, zumindest am Anfang«, fuhr er fort. Sein Blick suchte nun den von Stutter. »Sie hat sich sogar meinetwegen taufen lassen, damit wir uns in der katholischen Kirche trauen lassen konnten. So etwas macht man doch nur aus Liebe, oder?«

Stutter nickte automatisch und war höchst alarmiert. »Sie sind ein gläubiger Mensch?«, fragte er scheinbar nebenbei.

»Natürlich«, antwortete sein Gegenüber irritiert. »Ich bin so erzogen. Spielt das denn eine Rolle?« Der letzte Teil des Satzes klang vorwurfsvoll.

Auf eine unverbindliche Handbewegung des Hauptkommissars hin sprach Bernd Roter weiter. »Aber wenn Sie schon fragen, Sarah hat mich gelegentlich sogar zum Gottesdienst begleitet, nur weil sie wusste, dass mir das etwas bedeutete. Alles war so perfekt und dann, vor ungefähr einem halben Jahr, veränderte sie sich. Anfangs dachte ich, es wäre der Stress bei der Arbeit, aber das war es nicht. Sie hatte plötzlich kaum noch Zeit für mich, sprach selten über Babys ...« Er hielt inne, und seine Gedanken schweiften zurück in eine glückliche Vergangenheit. »... früher, da konnte sie gar nicht genug darüber reden. Wir mussten uns alle Reportagen über werdende Eltern im Fernsehen ansehen, und dann, plötzlich, war alles anders.« Er vergrub das Gesicht in den Händen, und sein Körper bebte leicht.

»Was ist passiert?«, drängte Stutter ihn weiterzusprechen.

Der Ehemann von Sarah Roter ließ die Hände sinken. Seine Miene war unbeweglich, bevor sie sich plötzlich voller Wut verzerrte. »Sie hat es geleugnet, als ich sie danach gefragt habe, aber … die Spirale, jetzt weiß ich es.«

»Was wissen Sie?«, fragte Stutter und wirkte dabei wie ein lauernder Geier.

»Dass sie einen Liebhaber hatte.«

* * *

Am späten Abend im Wohnhaus von Lutz Härtgen

»Du hast mich benutzt, hast unsere Freundschaft missbraucht«, schleuderte Jens Stutter seinem ehemaligen Bundeswehrkameraden entgegen. »Deshalb bin ich hier. Du brauchst mich, um deine schmierigen, kleinen Affären zu vertuschen.«

»Wenn du so redest, hörst du dich an wie eine Ehefrau«, entgegnete Lutz Härtgen leichthin.

Der Scherz verfehlte seine Wirkung.

»Das ist nicht nur hinterhältig, sondern auch ungesetzlich. Du hältst wichtige Informationen in einem Mordfall zurück. Weißt du eigentlich, wie das aussieht? Man wird dir vorwerfen, deinen Einfluss missbraucht zu haben, um deine Affäre zu vertuschen!«

Endlich gab Härtgen seine überhebliche Haltung auf. »Ja, Scheiße, ich weiß, ich habe Mist gebaut!«, sagte er und ließ sich auf einen Sessel fallen. Dieses Mal hielt er nicht inne, als seine Hand automatisch zum Kopf wanderte. Er fuhr sich hektisch durch die Haare und hatte plötzlich nur noch wenig mit dem Strahlemann auf seinen Werbeplakaten gemein.

»Es ist nicht so, wie du denkst«, sagte er anschließend zerknirscht und blickte seinen Freund an.

Stutter rang immer noch um Fassung. Seine Gefühle waren gemischt, er hatte eine verdammte Wut im Bauch und war dazu auch persönlich enttäuscht. Er dachte an Jasmin Naus Worte nach der Vernehmung von Bernd Roter.

Das Erste, was sie ihm auf dem Gang entgegengerufen hatte, war: »Also doch eine Ehebrecherin.« Stutter hätte ihr gerne eine unfreundliche Antwort gegeben, hielt sich aber zurück.

Dann berührte ihn Hauptkommissar Tall am Arm und sagte: »Wir müssen reden.«

Sie gingen in ein kleines Büro, und Stutter hatte das Gefühl, vor dem Schuldirektor zu stehen.

Noch bevor Tall ihm die entscheidende Frage stellen konnte, sagte Stutter: »Ich wusste es nicht!«

Offensichtlich glaubte ihm der Frankfurter Beamte, hakte aber trotzdem nach: »Aber wir vermuten beide, dass Härtgen der geheimnisvolle Liebhaber ist, oder?«

»Ich befürchte es«, hatte ihm Stutter gepresst geantwortet und sich sofort auf den Weg zu Härtgens Haus gemacht.

Dessen Frage holte ihn zurück ins Hier und Jetzt.

»Woher wisst ihr es überhaupt? Sarah und ich waren sehr vorsichtig gewesen. Ich bin mir sicher, dass keiner etwas bemerkt hat.«

»Dazu kann ich dir nichts sagen, das sind vertrauliche Informationen«, antwortete Stutter knapp.

»Es war Sarahs Ehemann, nicht wahr? Sie hatte befürchtet, er würde Verdacht schöpfen.«

Stutter gab ihm keine Antwort darauf. Es stimmte, Roter hatte geahnt, dass seine Frau eine Affäre hatte, aber angeblich nicht gewusst, wer sein Nebenbuhler gewesen war. Für die Beamten jedoch machte mit Härtgen als Sarahs Liebhaber alles erst einen Sinn. Nur so erklärte sich dessen Interesse an dem Fall; deshalb hatte der Politiker sich in die Ermittlungen eingeschaltet und seinen alten Freund an Bord geholt. Natürlich hatte Stutter gehofft, er und Tall würden sich in Bezug auf Härtgens Rolle irren – aber so wie es aussah, war das Offensichtliche auch das Richtige.

»Du dachtest, ich würde es für dich vertuschen?« Stutter hatte sich zwar vorgenommen, alles Persönliche außen vor zu lassen, aber der Ärger war doch zu groß. »Du dachtest, dieser abgewrackte Stutter, der längst raus ist aus dem aktiven Dienst, würde dafür sorgen, dass deine Geheimnisse unter Verschluss bleiben. Um der alten Zeiten willen, oder warum?«, blaffte er sein Gegenüber an. »Dir ist völlig egal, wer Sarah Roter umgebracht hat, Hauptsache, dein Name bleibt rein.« Automatisch kamen dem Beamten die weiß lackierten Gesichter der Opfer in den Sinn.

»So ist das nicht«, versuchte ihn sein Freund zu beschwichtigen. Stutters wütender Blick ließ ihn schnell anfügen: »Mir ist sehr daran gelegen, dass Sarahs Mörder gefunden wird. Aber ich wollte eine objektive Ermittlung. Wenn man das mit der Affäre erst einmal herausgefunden hätte, wären alle über mich hergefallen, und die Aufklärung des Mordes hätte nur noch eine untergeordnete Rolle gespielt.«

»Blödsinn, spar dir das für den Wahlkampf. Tu bloß nicht so, als wäre es dir zu irgendeinem Zeitpunkt darum gegangen, der Gerechtigkeit zu dienen. Du wolltest nur deine eigene Haut retten.«

»Du tust mir unrecht, ich …«

Stutter unterbrach ihn ungeduldig. »Wo warst du in der Nacht ihres Todes?«

»Warte, du denkst, ich habe etwas mit Sarahs Ermordung zu tun? Das ist nicht dein Ernst!« Härtgen war nun sichtlich empört.

»Was ist? Passt dir die Frage nicht? Willst du mich wieder von dem Fall abziehen lassen? Aber die Fragen werden gestellt werden, wenn nicht von mir, dann von einem Kollegen.«

»Ich war auf der Charity-Veranstaltung, genau wie Sarah und hundert andere Menschen.«

»Wann bist du gegangen?«

»Gegen eins. Ich bin nach Hause gefahren und dortgeblieben.«

»Zeugen?«

»Meine Frau, aber …« Er zögerte. »… es wird doch nicht nötig sein, sie da mit hineinzuziehen, oder?«

Stutter gab ihm keine Antwort, sondern fuhr mit dem Verhör fort: »Und du hast dich in dieser Nacht nicht mehr mit Sarah getroffen?«

»Nein«, gab Härtgen entrüstet zurück, »wir trafen uns nie nachts! Wenn du es genau wissen willst, konzentrierten wir uns auf die Sonntagvormittage.«

»Warum?«

»Ganz einfach.« Härtgen fand langsam zu seiner schnippischen Art zurück. »Mara geht sonntags immer zur Kirche. Das macht sich gut, wenn sich die Frau eines Volksvertreters dort zeigt. Die Leute mögen das, zumindest sieht das mein PR-Team so. Und Sarahs Mann war ganz offensichtlich ein eifriger Betbruder, somit war der Sonntagvormittag ideal.«

Stutter verzog angewidert das Gesicht.

»Du findest das natürlich unmoralisch«, warf ihm Härtgen vor. »Aber ich bin ein Mann, der rund um die Uhr unter Strom steht, ich habe ein Recht auf Entspannung.«

Der Hauptkommissar ließ die letzte Bemerkung seines Freundes unkommentiert.

Sie hatten Sarahs Weg in der Mordnacht zurückverfolgt. Die junge Frau war ebenfalls auf der Charity-Veranstaltung gewesen, genauso wie Härtgen, verließ diese um halb eins, kam aber nie in ihrer Wohnung an. Ihren Wagen hatte sie jedenfalls auf dem Parkplatz zurückgelassen. Deshalb hakte Stutter noch einmal nach: »Hättest du dein Haus unbemerkt verlassen können?«

Härtgen musste ihm zwar nicht ehrlich antworten, aber er war klug genug, es zu tun. Denn hätte man ihn erst einmal im Fokus, würden die Beamten sicher schnell selbst herausfinden, dass er und seine Frau getrennte Schlafzimmer hatten und niemand vom Personal im Haus wohnte.

»Ja, das hätte ich, aber ich bin in dieser Nacht nirgendwo hingegangen.«

»Und deine Frau?«

Härtgen starrte ihn mit offenem Mund an: »Mara?«

»Was glaubst du? Dass wir die betrogenen Ehegatten nicht überprüfen?«

»Das ist doch lächerlich«, entgegnete der Politiker bemüht darum, selbstbewusst zu klingen.

»Warum hast du dich nicht einfach von deiner Frau getrennt?«, fragte Stutter unvermittelt.

Härtgen riss die Augen auf, dann sagte er resigniert: »Du hast keine Ahnung, wie das Geschäft läuft, oder?« Er stand auf und ging im Zimmer auf und ab. »Mara kommt aus einer alten, ehrwürdigen Familie mit vielen hervorragenden Kontakten, die mir so manche Tür geöffnet haben. Würden wir uns trennen, stände ich mit leeren Händen da. In meiner Branche ist man auf ein Netzwerk angewiesen.«

»Ist das so?«, entgegnete Stutter kalt.

»Verurteile mich nicht, immerhin benutze ich mein Amt, um die Menschen voranzubringen. Ich leiste gute Arbeit in meinem Job!«

Als er bemerkte, dass sein Freund darauf nicht reagierte, fragte er direkt: »Was wird denn nun? Mit was muss ich rechnen?«

»Hauptkommissar Tall wird dir noch einige Fragen zu deiner Affäre mit Sarah Roter stellen, und es wäre von Vorteil, ihm ohne Ausflüchte zu antworten. Und ich muss mit deiner Frau sprechen. Keinem von uns ist daran gelegen, deine schmutzige Wäsche in der Öffentlichkeit zu waschen. Du hättest von Anfang an ehrlich sein können. Wir leisten nämlich auch gute Arbeit in unserem Job!«

* * *

In der Nacht

»Was geschieht mit mir?« Der Mann im Krankenbett hatte Mühe zu sprechen. Er spürte, wie die Flüssigkeit, die gemächlich vom Tropf über einen langen Schlauch in seinen Blutkreislauf geleitet wurde, ihm mehr und mehr das Bewusstsein raubte.

»Das muss ein Irrtum sein«, lallte er kaum verständlich. »Keine Narkose, nicht operieren, ich bin hier wegen eines …« Das letzte Wort wäre *Ausschlags* gewesen, aber es auszusprechen war ihm nicht mehr möglich.

Eine Hand zog das Laken beiseite, und mit großer Mühe wurde der Patient in einen Rollstuhl gehievt. Anschließend zog man ihm nachlässig eine Jacke an und breitete eine große Decke über seinem Körper aus. Als er schließlich auf den Flur geschoben wurde, wirkte er wie ein Schlafender.

Niemand störte sich daran, als der seltsame Krankentransport durch einen Seitenausgang in der Dunkelheit verschwand.

Kapitel 5

Am nächsten Tag

Hauptkommissar Tall war mittlerweile mehr als dankbar dafür, von seinem Kollegen Jens Stutter bei den Ermittlungen unterstützt zu werden. Vor allem jetzt, da er sich auch noch um einen brisanten Entführungsfall kümmern musste.

»Ich helfe gern«, sagte Stutter gerade, als ihm Tall darlegte, dass er einen personellen Engpass hatte.

»Man hat einen gewissen Edgar Klein entführt. Ein bekannter Unternehmer der Region. Die von oben machen uns die Hölle heiß, jeder Beamte wird gebraucht.«

Stutter hatte Mitleid mit Tall. Es war furchtbar in einer Mordermittlung mit den Angehörigen der Opfer sprechen zu müssen, ihnen die schreckliche Nachricht zu überbringen und dann all die intimen Fragen zu stellen. Bei einer Entführung verlief die Untersuchung ähnlich, aber die Familie hatte die Hoffnung, am Ende den geliebten Menschen wiederzusehen. Aber was, wenn man das Opfer nicht rechtzeitig retten konnte? Wenn aus den Entführern Mörder wurden?

»Gibt es schon eine Lösegeldforderung?«, fragte Stutter schnell, um nicht weiter über die möglichen Szenarien nachdenken zu müssen.

Tall schüttelte frustriert den Kopf. »So etwas habe ich in all meinen Dienstjahren noch nicht erlebt. Man hat den Mann aus einem Krankenhaus entführt, das muss man sich vorstellen. Wer rechnet denn mit so etwas?«

»Und keine Zeugen?«

»Nichts. Die haben sein Fehlen erst bemerkt, als die Krankenpfleger am nächsten Morgen das Frühstück verteilt haben. Einzig auffällig war, dass wohl zur gleichen Zeit eine größere Menge Mullbinden aus einem Verbandsraum gestohlen wurde.«

»Gibt es da einen Zusammenhang?«

»Momentan können wir keinen entdecken.«

»Aber wieso entführt jemand einen kranken Mann? Ist dieser Edgar Klein so wohlhabend, dass sich das Risiko lohnt?«

Tall stieß einen leisen Seufzer aus. »Eigentlich ist der Mann nicht wirklich krank.«

Stutter sah seinen Kollegen fragend an, und dieser beeilte sich, das eben Gesagte weiter auszuführen: »Er ist kein Pflegefall. Laut seiner Tochter hielt er sich dort nur auf, um sich wegen seiner Psoriasis behandeln zu lassen. Schuppenflechte, ein Hautausschlag«, fügte Tall noch erklärend an.

»Wenn ich etwas tun kann ...«, bot Stutter an.

»Ich wäre tatsächlich erleichtert, wenn Sie sich weiter an den Ermittlungen in den Mordfällen beteiligen würden. Ich hoffe, dass Sie wegen der Sache mit Härtgen jetzt nicht wieder aussteigen.«

Trotz der Umstände musste Stutter lächeln. »Die Erfahrung, dass ein Mensch, den ich für einen Freund gehalten habe, in Wirklichkeit gar keiner ist, mache ich nicht das erste Mal. Letzten Endes bin ich ja wegen der Opfer hier. Also solange mich niemand abzieht, können Sie auf mich zählen.«

Tall wollte sich bedanken, wurde aber von Jasmin Nau unterbrochen, die mit einem Stapel Papiere das Zimmer betrat.

»Störe ich?«, fragte sie, ohne wirklich darauf eine Antwort zu erwarten, denn schon im nächsten Augenblick teilte sie den beiden Männern ihre Entdeckung mit. Sie hatte am Vortag noch bis spät in die Nacht die Akten studiert und war auf ein interessantes Detail gestoßen. »Ich habe mir gedacht, da sich im Moment alle auf Sarah Roter konzentrieren, sehe ich mir noch einmal den Fall Hubert Lauris an. Jedenfalls finde ich, es ist ein bemerkenswerter Zufall, dass die Haushälterin, die Lauris' Leiche entdeckte, ausgerechnet mit einem Geistlichen zusammenstieß, als sie aus dem Haus stürzte, um Hilfe zu holen.«

»Das ist tatsächlich interessant«, sagte Stutter anerkennend. Er hatte bislang noch keine Zeit für ein intensives Aktenstudium gehabt. Immerhin war er erst seit gestern in Frankfurt und die Verbindung zwischen den Morden noch ganz frisch.

»Wissen wir den Namen des Mannes?«

»Nicht nur das. Es handelt sich um einen gewissen Pfarrer Lerhard. Er hat die Vertretung für einen kranken Gemeindepfarrer übernommen. Aber es kommt noch besser. Pfarrer Lerhard hat sich gegen Hubert Lauris und sein Museum gestellt.«

Sie reichte ihm die Kopie eines Zeitungsausschnittes, es war ein Leserbrief. Stutter überflog die Zeilen. Der Verfasser hielt Lauris' Ausstellung für gotteslästerlich. Er warf dem Historiker vor, nicht objektiv zu informieren, sondern nur Stimmung gegen die Kirche machen zu wollen. Es fielen Worte wie Frevler, Sünder und – das war besonders überraschend – es gab sogar Drohungen, in denen Lauris Gottes Zorn und schreckliche Strafen für sein lästerliches Treiben prophezeit wurden.

»Wir müssen uns mit Lerhard unterhalten, finden Sie seine Adresse heraus.«

Tall schaltete sich wieder ein: »Ich habe veranlasst, dass man Bernd Roters Alibi überprüft. Er war in Berlin, der Barmann des Hotels hat ihn dort bis gegen dreiundzwanzig Uhr bedient. Er hätte niemals zur Tatzeit in Frankfurt sein können.« Kurz sah der Frankfurter Ermittler zu Stutter. »Härtgen können wir leider nicht so leicht von der Liste streichen. Sarah Roter war seine Geliebte, vielleicht wollte sie mehr als das und Härtgen lehnte eine Scheidung ab. Sie drohte womöglich, ihn auffliegen zu lassen, und er bringt sie um. Eine klassische Situation, und sein Alibi ist lückenhaft.

Einzig das fehlende Motiv bei dem Mord an Hubert Lauris spricht für ihn.«

»Wäre Härtgen wirklich so dumm, den Mord auf diese aufwendige Weise zu inszenieren? Das bringt ihn doch noch viel mehr in die Schusslinie«, gab Jasmin zu bedenken.

Stutter war froh, dass das Argument von der Kommissarin kam. Seit sich Härtgens wahre Rolle in dem Fall herausgestellt hatte, fiel es dem Hauptkommissar schwer, noch Partei für seinen alten Freund zu ergreifen, ohne das Gefühl zu haben, nicht objektiv zu sein.

Wieder wanderte Talls Blick zu Stutter. »Sie glauben nicht, dass er unser Täter ist, oder?«

»Ehrlich gesagt, nein. Ganz unter uns, Sie beide wissen, dass er mich ausgetrickst hat, um diese Affäre unter den Teppich zu kehren. Vermutlich ist er ein Intrigant und geht seinen Weg mit einer gewissen Kaltschnäuzigkeit. Aber seine Waffen sind Lügen und Heucheleien. Jemanden umzubringen, und dann auf diese Weise …« Er brach ab.

»Sie denken, ihm fehlen dazu die Eier!«, platzte Jasmin Nau heraus, ohne nachzudenken. Im nächsten Augenblick lief sie rot an. Sie war es gewohnt, in ihrem Team frei zu sagen, was sie dachte. Darüber hatte sie ganz vergessen, dass sie noch keine vierundzwanzig Stunden in einem fremden Dezernat war und gerade über einen hochrangigen Politiker sprach, der auch noch mit ihrem derzeitigen Vorgesetzten befreundet war.

Tall presste die Lippen zusammen, um ein Lachen zu unterdrücken, während Stutter eine Augenbraue anhob und die Kollegin kritisch betrachtete.

»Es tut mir leid«, stammelte diese verlegen.

»Entschuldigen Sie sich nie dafür, dass Sie Ihre Arbeit tun. Sie haben einen Verdächtigen eingeschätzt, und ich denke, sogar äußerst zutreffend.« Weiter ging Stutter nicht darauf ein und hielt es für unnötig, die Kollegin wegen ihrer flapsigen Ausdrucksweise zu tadeln. Ihm waren im Zusammenhang mit Härtgen gestern Nacht noch ein paar ganz andere Bezeichnungen durch den Kopf gegangen. Langsam war sein Zorn zwar verflogen, aber die Enttäuschung saß wie eine hartnäckige Klette in seinem Inneren fest.

»Ich will als Erstes mit dem Geistlichen sprechen, der gegen Hubert Lauris Front gemacht hat und dann unterhalte ich mich mit Mara Härtgen. Die Kollegin Nau sollte mich begleiten«, wechselte Stutter das Thema und sah fragend zu Tall.

»Das ist eine gute Idee. Die Kriminaltechnik sieht sich noch in der Wohnung von Bernd und Sarah Roter um, vielleicht findet sich dort eine brauchbare Spur.«

* * *

Edgar Klein öffnete die Augen.

Gott sei Dank, dachte er und glaubte, er hätte nur einen bösen Traum gehabt, wäre immer noch in der Klinik, würde dort im Bett liegen und …

Er stockte, das war nicht das Hospital. Erst jetzt wurde ihm klar, dass das gedämpfte Licht nicht aus der gedimmten Neonröhre über seinem Krankenhausbett stammte, sondern Kerzenschein war. Er bewegte den Kopf, wollte die Arme anheben, aber die hatte man mit Lederriemen fixiert. Das Gleiche galt für seine Beine. Jemand hatte ihn auf einen Stahltisch geschnallt, wie einen Patienten, der drohte, einen Anfall zu bekommen. Verzweifelt versuchte er, sich zu orientieren. War da Musik? Er glaubte, sanfte Klänge würden sein Ohr erreichen. Aber da er mittlerweile auf ein Hörgerät angewiesen war, das er jetzt nicht trug, konnte er keinesfalls sicher sein.

Langsam gewöhnten sich seine Augen an das flackernde Licht, das den düsteren Raum kaum zu erhellen vermochte.

Und dann, völlig unerwartet, spürte er einen unerträglichen Schmerz auf der Brust. Eine stechende Hitze drang durch seine dünne Haut, bohrte sich in das darunterliegende Gewebe und schien sich über seinen gesamten Oberkörper auszubreiten. Er roch verbranntes Fleisch und wusste, dass es sein eigenes war. Kurz ließ die Qual nach, nur um gleich darauf erneut zu beginnen. Als ihm die dritte Verbrennung auf der Brust zugefügt wurde, verlor er das Bewusstsein. Schemenhafte Bilder tauchten vor seinen Augen auf. Er befürchtete, bereits auf der anderen Seite zu sein. Wartete auf ihn dort nicht ein Engel? Edgar betete zu einem Gott, an dessen Existenz er nie wirklich geglaubt hatte, aber sein Gebet nach Erlösung wurde nicht erhört. Brutale Schläge ins Gesicht brachten ihn zurück in die Welt der Sterblichen. Sein Leid sollte noch längst nicht vorbei sein, erst später würde man ihn in die Dunkelheit schicken.

Langsam begannen fremde Hände ihn zu bandagieren. Mullbinden wurden ihm erst um die Beine, dann den Unterleib bis hoch zum Hals geschlungen, wobei die Arme, eng an den Körper gepresst, ebenfalls unter den Verbandsschichten verschwanden, fast wie bei einer altägyptischen Mumie. Zuletzt wickelte man ihm den Mull um den Kopf. Schicht für Schicht lag nun über seinen Augen, bis er nicht einmal mehr das flackernde Licht sehen konnte. Er fing an, um Hilfe zu rufen, aber schon steckte man ihm einen Knebel in den Mund, am Ende waren nur noch die Nasenlöcher frei.

»Du solltest gleichmäßig atmen und nicht versuchen zu schreien, sonst erstickst du an dem Knebel, und du willst doch gerettet werden …«, flüsterte ihm eine Stimme zu.

So eng eingesponnen wurde er panisch. Das Gefühl, sein Brustkorb müsste eine unglaubliche Last tragen, verstärkte sich, und die Angst zu ersticken brachte ihn fast um den Verstand. Was hatte man nur mit ihm vor? Unfähig, sich zu bewegen, lag er da und musste ertragen, was mit ihm geschah.

»Es wird später ganz bei dir liegen«, verhöhnte ihn die fremde Stimme, »in vier Tagen sehen wir weiter!«

Dann spürte er die kalte Flüssigkeit auf seinem Gesicht, die durch die Mullbinden sickerte und drohte ihn zu ersticken. Sie roch nach Farbe, und Edgar konnte kaum noch die Luft einatmen, die nun mit diesem unerträglich ätzenden Chemiegeruch versetzt war. Der Lack verstopfte ihm die Nasenlöcher, und er kämpfte mit einem qualvollen Erstickungstod, während jemand die Kerzen um ihn herum löschte.

»Wir sehen uns in vier Tagen!« war der letzte Gruß, den man an ihn richtete, bevor er in seiner einsamen, stillen Grabstätte zurückgelassen wurde.

* * *

In der psychiatrischen Anstalt »Zum grünen Park«

»Da ist diese Dunkelheit, immer diese Dunkelheit!« Das Ächzen der Frau klang gequält. »Wenn ich ins Licht zurückkehre, dann erinnere ich mich nicht daran, was in der Dunkelheit passiert ist.« Jetzt fing sie an zu flüstern: »Aber ich befürchte, ich habe schlimme Dinge getan.«

»Was für Dinge?«, meldete sich die Stimme auf der anderen Seite des Beichtstuhls zu Wort.

»Furchtbare Dinge, Dinge, die mir Gott niemals verzeihen wird.«

»Der Herr ist ein gütiger Gott«, hörte die Frau Pfarrer Lerhard sagen, und Wut überkam sie.

»Ein gütiger Gott, der mich auf diese Weise straft?«

»Vielleicht ist es eine Prüfung, eine Prüfung, der du dich stellen musst!«

»Ich will, dass das aufhört!« Die Stimme der Frau wurde lauter. »Ich will«, wiederholte sie jetzt wütend und gedehnt, »dass es aufhört!«

»Er wird dir einen Weg zeigen, und jetzt beichte deine Sünden.«

Aber die Angesprochene wollte auf einmal keine Absolution mehr, sie quälte die Furcht vor der eigenen Person, und dann, als hätte sie den Platz im Beichtstuhl mit einer anderen getauscht, veränderte sich ihr Tonfall. Sie sprach jetzt mit der Ruhe eines Menschen, der stets die Kontrolle behielt. Gleichzeitig lag in allem, was sie sagte, eine leichte Drohung. »Du, Pfaffe, kannst mir nicht helfen, du kannst niemandem helfen, nicht einmal dir selbst.«

»Beichte deine Sünden, meine Tochter«, versuchte der junge Pfarrer Lerhard auf der anderen Seite des Rosenholzgitters die Frau anzuleiten.

Aber die schien ihm überhaupt nicht mehr zuzuhören.

»Welche Sünden, Pfaffe?«, giftete sie jetzt und hatte offensichtlich Vergnügen daran, ihr Gegenüber zu beleidigen. »Mein Herz ist rein. Kannst du das auch von deinem behaupten?«

»Wenn du nichts zu sagen hast, dann solltest du Frieden im stillen Gebet suchen«, bemühte sich der Geistliche um Geduld.

»Ich«, zischte die Frau und drückte die Lippen an die Trennwand. »Ich finde meinen Frieden im Schmerz! Und du? Wo findest du ihn? Zwischen den Schenkeln einer Hure?«

Lerhard errötete und bemerkte, wie sein Herz zu rasen begann. Obwohl es in dem Beichtstuhl düster war, schien es, als würde die Frau das bemerken.

Sie lachte laut auf. »Du Heuchler, du elender Heuchler. Du willst mir vergeben? Es gibt keine Vergebung, nicht für mich und nicht für dich!«

Der Pfarrer schluckte schwer. Sie war schon öfter zur Beichte erschienen, sprach meist von Sünden, die sie begangen hatte, an die sie sich jedoch nicht mehr erinnern konnte. Normalerweise wirkte sie nur wie ein verwirrter Geist, aber heute war es anders. Die Frau machte ihm das erste Mal Angst. Und was sollte diese Bemerkung über seine Sünden?

Was wusste sie?

»Ich kann dir keine Absolution erteilen, wenn du die Beichte nicht ablegst.«

Plötzlich war es still, dann vernahm der Geistliche ein leises Wimmern.

Es klang jämmerlich, verzweifelt, und als sie zu sprechen begann, war jede Heimtücke aus ihrer Stimme verschwunden. »Er wird kommen, der Sündenfänger wird kommen!«, schluchzte die Beichtende.

»Der Sündenfänger?«, fragte Lerhard überrascht.

»Nimm dich in Acht, Pfaffe, er findet auch dich!«, wieder hatte sich die Stimmlage geändert. Der letzte Satz war voller Schadenfreude ausgesprochen worden. Es folgte ein Kichern, und dann verließ die Frau ohne Gruß den Beichtstuhl.

Der Geistliche war versucht, ihr hinterherzugehen, um mehr zu erfahren, doch da betrat schon der Nächste den Raum der Vergebung, und Pfarrer Lerhard musste seinen seelsorgerischen Pflichten nachkommen.

* * *

Als Jens Stutter und seine Kollegin Jasmin Nau die Flure der psychiatrischen Anstalt entlanggingen, stießen sie fast mit einer Frau zusammen, die ihnen eilig entgegenkam. Sie stammelte umständlich eine Entschuldigung und starrte dabei mit aufgerissenen Augen zum Hauptkommissar, erst ungläubig, dann als würde sie ihn erkennen. Plötzlich entschlüpfte der Frau ein hysterisches Kichern, so als hätte sie eine Eingebung gehabt, kurz darauf hastete sie davon.

»Was war denn das für eine Spinnerin?«, brummte Jasmin Nau, die heute besonders schlechte Laune hatte.

Am Morgen hatte ein Schreiben von der Scheidungsanwältin ihres Mannes im Briefkasten gelegen, das offensichtlich ankündigen sollte, dass Jasmin Nau nicht nur die Betrogene, sondern auch diejenige sein würde, die zur Kasse gebeten wurde.

»Alles in Ordnung?«, hakte Stutter deshalb nach, als er ihre Stimmung bemerkte, bekam als Antwort aber lediglich einen weiteren Brummton, der alles hätte bedeuten können. Er ließ es dabei bewenden und hielt ihr die nächste Tür auf.

Sie hatten erfahren, dass Pfarrer Lerhard nur aushilfsweise in der Gemeinde tätig war und dass unter anderem die Betreuung der Patienten der psychiatrischen Anstalt zu seinen Aufgaben gehörte. Pfarrer Silb, der Geistliche der Gemeinde, lag nämlich gerade mit einem komplizierten Oberschenkelhalsbruch in einer Kurklinik im Harz, und dessen Haushälterin hatte ihnen, nachdem sie in aller Ausführlichkeit die Röntgenbilder von Hochwürden beschrieben hatte, mitgeteilt, dass der junge Pfarrer Lerhard hier zu finden sei. Dabei war es ihr nicht gelungen zu verbergen, dass sie Hochwürdens Ersatzmann nicht besonders schätzte.

Vor dem Aufenthaltsraum wies ihnen eine völlig überarbeitete Krankenpflegerin den Weg zu Pfarrer Lerhards Wirkungsstätte.

Die Klinikkapelle war nicht groß, aber erst vor Kurzem renoviert worden. Es roch noch leicht nach Farbe, obwohl der Weihrauchduft fast alles überdeckte.

»Wir werden ihn hier wahrscheinlich nicht antreffen«, sagte Stutter gerade flüsternd und sah sich um.

Das Holz der Kirchenbänke war poliert, die vielen brennenden Kerzen tauchten das kleine Gotteshaus in ein schummriges Licht, und die drei zierlichen Mosaikfenster bildeten biblische Szenen ab, so wie man es meistens in katholischen Kirchen sah. Eine kleine schlichte Tafel gab Auskunft darüber, dass ein ansässiger Unternehmer die wertvollen Fenster gestiftet hatte.

Unschlüssig betrachtete Stutter das Weihwasserbecken. Er war nicht getauft und wusste auch nicht, in welcher Reihenfolge man sich bekreuzigte. Sollte er so tun, als ob, um sich respektvoll zu zeigen, oder wäre das eher eine Verunglimpfung?

»Was ist?«, fragte Jasmin Nau neben ihm.

»Ich bin kein Katholik.«

Sie zuckte mit den Schultern, aber noch bevor sie antworten konnte, trat jemand aus dem Schatten und sagte: »Im Haus Gottes ist jeder willkommen.«

Vor ihnen stand ein junger Geistlicher; er hatte dunkle, wellige Haare. Eine seiner Locken stand ein wenig störrisch vom Kopf ab, und seine Gesichtszüge hatten etwas sehr Markantes.

Jasmin dachte: *Wieder einer für die Frauenwelt verloren*, ließ sich aber nichts anmerken.

»Wir sind dienstlich hier«, antwortete Stutter dem Pfarrer schließlich und stellte sich und seine Kollegin vor.

»Sind Sie Pfarrer Lerhard?«

»Ja, der bin ich, was kann ich für Sie tun?«

»Es geht um den Mord an Hubert Lauris«, entgegnete der Hauptkommissar.

Lerhard versteifte sich. »Verstehe, wir sollten vielleicht ins Büro gehen.«

Kurze Zeit später saßen die drei im Besprechungszimmer des Pfarrers. Im Tageslicht erkannte Jasmin, dass der Geistliche noch jünger wirkte als in der düsteren Kirche. Seine Züge waren angespannt, und die gefalteten Hände schienen verkrampft.

»Sie haben Herrn Lauris einiges vorgeworfen«, kam Stutter ohne Umschweife zum Thema. Dabei zog er eine Kopie des Leserbriefs aus der Tasche.

Lerhard senkte den Kopf. »Man hat mich deshalb getadelt. Vielleicht bin ich da etwas über das Ziel hinausgeschossen. Ich bete dafür, dass mir der Herr Gelassenheit schenkt.« In seinen Worten lag weder Ironie noch Sarkasmus.

Was für ein ungewöhnlich ernster junger Mann, dachte Stutter.

»Sie waren am Morgen nach Lauris' Tod vor dessen Haus?«

»Ja«, gab der Geistliche unumwunden zu, »ich wollte mich entschuldigen. Meine Vorgesetzten hatten mich dazu aufgefordert.«

»Es geschah also nicht freiwillig?«, hakte Stutter sofort nach.

Lerhard errötete und senkte erneut den Kopf. »Ich gebe zu, dass mir bis heute die Einsicht fehlt, aber ich weiß, dass es mir nicht zusteht, ein Urteil zu fällen.«

»Würden Sie uns vielleicht kurz erläutern, wie Ihr Verhältnis zu Hubert Lauris war?«

»Wir kannten uns eigentlich nicht«, antwortete Lerhard offen. »Ich las in der Zeitung von der Ausstellung. Erst dachte ich mir nichts dabei, das sind ja keine neuen Themen, und die Kirche hat sich damit schon oft auseinandersetzen müssen. Aber dann veröffentlichte Herr Lauris einige Artikel, die ich als ungeheuerlich empfand. Die dort gemachten Äußerungen richteten sich auf eine geradezu verleumderische Weise gegen ...« Er bemerkte gerade noch rechtzeitig, dass er eben dabei war, sich zu ereifern, und verstummte. »Jedenfalls fand ich es notwendig, darauf zu reagieren, und verfasste ebenfalls einen Artikel.«

»Sind Sie Herrn Lauris irgendwann persönlich begegnet?«

»Nein, und ich bedauere das. Denn jetzt habe ich keine Gelegenheit mehr, mich zu entschuldigen. Aber ich bete für seine Seele.«

»Das wird ihm wohl nichts nützen«, murmelte Jasmin Nau vor sich hin und erntete von Stutter dafür einen vorwurfsvollen Blick.

Lerhard, dem der Kommentar der Beamtin nicht entgangen war, sah sich genötigt, etwas zu erwidern. »Da irren Sie sich, es nützt immer.«

Jasmin schnaubte und presste die Lippen aufeinander.

Bevor Lerhard reagieren konnte, sagte Stutter: »Sie wissen ja bereits, dass Herr Lauris ermordet wurde.«

Der Geistliche bekreuzigte sich.

»Wir haben Grund zu der Annahme, dass sein Mörder eine Botschaft hinterlassen wollte. Dass die Tat einen religiösen Hintergrund hat.«

Der Pfarrer wurde nervös. »Wie meinen Sie das?«

»Waren Sie bei der Museumseröffnung?«, überging Stutter die Frage des Geistlichen.

»Ich? Nein. Ich sagte doch bereits, wir sind uns nie persönlich begegnet.«

»Sie haben ihn an dem Eröffnungsabend nicht aufgesucht?«, bohrte Stutter weiter.

»Nein, erst am nächsten Morgen wollte ich zu ihm, aber ich war zu spät.«

»Kennen Sie eine Frau Namens Sarah Roter?«

»Nein.« Dann jedoch schien ihm etwas einzufallen. »Doch, es gab einen Bericht in den Nachrichten, bei dem dieser Name fiel.« Plötzlich schlug er sich die Hand vor den Mund. »Die Frau, die man gestern Tod vor einer Kapelle gefunden hat!«

»Genau.« Stutter zeigte ihm ein Foto.

Es war nicht zu übersehen, dass Lerhard die Frau auf dem Bild erkannte. Es schien, als ob er jetzt nur noch widerwillig Auskunft gab. »Ja, jetzt weiß ich, wer das ist. Sie war auch auf der Charity-Veranstaltung zusammen mit den Härtgens.«

»Sie kennen Lutz Härtgen?« Der Hauptkommissar war überrascht.

»Sicher, er selbst hat eine beträchtliche Summe gespendet, damit diese Kirche renoviert werden konnte, und auch noch weitere Wohltäter akquiriert. Bei der Charity-Veranstaltung zeigte er sich ebenfalls großzügig. Wir betreuen einige der gemeinnützigen Projekte, für die man dort gesammelt hat, deshalb war meine Anwesenheit erforderlich.«

»Und haben Sie mit Frau Roter gesprochen?«

Lerhard schüttelte den Kopf. Er erinnerte sich noch gut an den Abend. Wut hatte er empfunden, als ihm das falsche Spiel der Frau aufgegangen war. Zufällig hatte er beobachtet, wie verdorben dieses Weib in Wahrheit war. Und jetzt hatte sie Gottes Zorn getroffen.

Lerhard bemerkte, dass ihn der Polizist anstarrte. Schnell schüttelte er erneut verneinend den Kopf, er würde sich hüten, seine Beobachtungen diesem Mann mitzuteilen. Der würde doch nur wieder die falschen Schlüsse ziehen. Gezwungenermaßen sprach er mit den beiden, das verlangte schon sein Amt. Als Geistlicher konnte er sich der weltlichen Gerechtigkeit schließlich nicht ablehnend gegenüber zeigen. Mord war eine Todsünde – aber was, wenn es Gottes Wille gewesen war, dass diese Sünder hatten sterben müssen?

»Herr Pfarrer, ich muss Sie fragen, wo Sie in der Nacht von Hubert Lauris' Tod waren.«

Jasmin Nau wirkte bei der Frage überrascht. Sie hätte darauf gewettet, dass sich Stutter nicht trauen würde, einen Gottesmann auf diese Weise zu vernehmen.

Auch Lerhard war erstaunt, riss sich aber zusammen und gab bereitwillig Auskunft. Leider war sein Alibi nicht gerade berauschend. Allein im Pfarrhaus ohne Zeugen gewesen zu sein, strich ihn nicht von der Verdächtigenliste; das Gleiche galt für den Abend nach der Charitiy-Veranstaltung. Blieb nur die Frage, ob ihm Stutter einen zweifachen Mord zutraute.

Nachdem sich die Beamten schließlich von dem Geistlichen verabschiedeten hatten und ins Freie getreten waren, wirkte der Hauptkommissar nachdenklich. »Er wäre ein perfekter Kandidat. Neigt zum Fanatismus, ist Bibelexperte, hatte eine Verbindung zu beiden Opfern, und ich bin mir sicher, dass er etwas verschweigt.«

»Und was machen wir jetzt?«

»Wir versuchen, mehr über ihn herauszufinden.«

Stutter ließ seinen Blick über die parkähnliche Anlage schweifen. »Schön hier, so friedlich«, sagte er gerade, als er bemerkte, dass eine Frau ihn anstarrte.

Es war die gleiche, mit der er schon im Flur zusammengestoßen war und die dieses merkwürdige Kichern ausgestoßen hatte. Jetzt jedoch blickte sie ernst zu ihm herüber, dann plötzlich streckte sie langsam den Arm aus und deutete mit ihrem knochigen Zeigefinger auf den Hauptkommissar.

»Das ist ja unheimlich«, raunte Jasmin neben ihm, »sollte da nicht eine Aufsichtsperson sein?«

Wie aus dem Nichts tauchte hinter ihnen ein Pfleger auf. Offensichtlich hatte er ihre letzte Bemerkung gehört und beeilte sich atemlos zu erklären: »Keine Sorge, unsere Mildred ist ganz umgänglich.« Schon eilte er zu der Patientin und forderte sie mit mehr oder weniger Nachdruck dazu auf, den Arm endlich zu senken.

»Wir verschwinden besser«, schlug Jasmin vor.

»Einverstanden«, erwiderte Stutter, und während die Beamten Richtung Ausgang gingen, konnten sie die Blicke der Frau namens Mildred in ihrem Rücken spüren.

* * *

Lerhard beendete voller Ungeduld seinen Dienst in der psychiatrischen Klinik »Zum grünen Park«. Er machte sich nicht die Mühe, im Pfarrhaus anzurufen, um der Haushälterin mitzuteilen, dass er später käme. Wozu auch? Es erwartete ihn ja doch niemand. Die Gemeinde stand geschlossen hinter dem alten Pfarrer Silb, betrachtete Lerhard als Eindringling und hatte entschieden, die eigenen Nöte hintanzustellen, bis der kranke Hirte aus der Kur zu seinen Schäfchen zurückkehren konnte. Lerhard war längst klar, dass man ihn und seine manchmal zu deutlichen Worte nicht mochte. Nach dem ersten Gottesdienst leerten sich die Kirchenbänke zusehends.

Während des Priesterseminars hatte man ihm geraten, etwas versöhnlicher mit den Menschen zu sein, aber das wollte ihm einfach nicht gelingen. Er verachtete sie für ihre Schwächen, wenn er jetzt darüber nachdachte, dann hasste er sie sogar dafür.

Mit grimmiger Miene schloss er seine Bürotür ab und schlüpfte in die dicke Winterjacke. Sein Ärmel verdrehte sich, und er hatte Mühe, den wattierten Stoff überzuziehen, als der Widerstand plötzlich nachgab.

»Warten Sie, ich helfe Ihnen.«

Erst jetzt bemerkte er, dass jemand hinter ihm stand und den Jackenärmel anhob.

Er drehte sich um und sah in das hübsche Gesicht einer Krankenpflegerin. Lerhard kam seit ein paar Wochen regelmäßig hierher, hatte die junge Frau aber noch nie zuvor gesehen.

»Mein erster Tag«, sagte sie entschuldigend, so als hätte sie seine Gedanken erraten.

»Vielen Dank«, gab der Geistliche etwas kurz angebunden zurück, und Enttäuschung machte sich auf dem Gesicht von Schwester Alicia breit; der Name stand auf dem Anstecker an ihrem Kittel. Sie hatte ein sanftes Gesicht mit braunen Rehaugen und vollem Mund.

»Ich muss los«, blaffte der Pfarrer und würdigte die junge Frau keines weiteren Blickes. Stattdessen flehte er um Stärke, während er mit ausladenden Schritten den Empfangsbereich durchquerte.

Sein Weg führte ihn aus den Vororten direkt in die Innenstadt. Er hatte die Straßenbahn genommen und darauf geachtet, dass man ihn nicht als Geistlichen erkannte. Eigentlich war er dazu angehalten, sich stets als solcher zu erkennen zu geben – aber da, wo es ihn nun hinführte, schien es ihm besser, die eigene Identität verborgen zu halten.

Normalerweise kam er nur nachts zu dem Haus mit der abgeblätterten Fassade und den eingeschlagenen Fenstern im Keller. Ein Obdachloser lag quer über dem Gehweg und schlief seinen Rausch aus. Ein säuerlicher Geruch stieg von seinem Körper auf, als der Pfarrer an ihm vorbeiging. Er sprach ein stilles Gebet für den Mann, dann verschwand er im Hauseingang. Eine Frau in Minirock und Lederstiefeln, die ihr bis über die Knie reichten, kam ihm entgegen.

»Na, mein Hübscher, kann ich etwas für dich tun?«

Sie drängte sich dicht an ihn, und er roch ihren Atem, eine Mischung aus Tabak und Pfefferminz. Große Kreolen baumelten an ihren Ohrläppchen, und die rote Farbe auf ihrem Mund wirkte wie Blut. Trotz der Kälte war ihr dünner Mantel vorne geöffnet, ihre großen Brüste steckten in einem viel zu knappen Oberteil.

»Ich mache dir auch einen Sonderpreis, weil es noch so früh am Tag ist.«

Lerhard schnappte nach Luft und wusste nicht, wo er seinen Blick hinwenden sollte.

Die Frau drängte sich, als sie seine Verlegenheit bemerkte, noch dichter an ihn. »Wir können es gleich hier machen, na komm schon!«

Ihre Hände wanderten zum Reißverschluss seiner Jacke. Noch ehe er es verhindern konnte, zog sie diesen auf und gab sofort einen kreischenden Laut von sich, als sie seinen Priesterkragen entdeckte. Sie lachte ordinär und schien begeistert, sein Geheimnis gelüftet zu haben. »Willst du mit mir über die Sünde sprechen?«, hauchte sie lasziv in Richtung des Pfarrers und wollte seine Hose öffnen, als er ausholte und ihr mit der Hand ins Gesicht schlug.

Die Frau auf ihren hohen Absätzen kam ins Taumeln und wäre beinahe gestürzt, hätten ihr nicht ein paar Mülltonnen Halt gegeben.

»Komm nicht in meine Nähe«, fauchte Lerhard aggressiv und ging mit schnellen Schritten an ihr vorbei.

Er war bereits im zweiten Stockwerk, als sie ihm hinterherschrie: »Glaubst du, dort oben wirst du eine Heilige finden?« Ein böses Lachen folgte, bevor sie rief: »Vermutlich bin ich dir nur nicht verdorben genug, was?« Sie rieb sich die Wange und fluchte laut: »Scheißkerl!«

Lerhard hielt im nächsten Stockwerk an. Er lehnte gegen die Wand und versuchte sich zu beruhigen. Er hatte die Hand gegen einen anderen Menschen erhoben, das war nicht richtig gewesen. Aber diese Frau wollte ihn in Versuchung führen. Sie war die Schlange, gegen die er sich wehren musste.

Schnell schloss er seine Jacke. Tief in seinem Inneren wusste er, dass er diesen verruchten Ort nicht ganz uneigennützig aufsuchte, aber er konnte nicht dagegen ankämpfen. Seine Berufung und die heutigen Ereignisse gaben ihm zum Glück einen unverfänglichen Vorwand. Endlich an seinem Ziel angekommen, hämmerte er gegen die Tür. Allerdings dauerte es eine Weile, bis ihm geöffnet wurde.

»Du?«, begrüßte ihn Stella überrascht. »Was willst du denn schon wieder?«

»Mit dir reden.« Er trat ein, und sie schloss hinter ihm die Tür.

»Worüber?« Ihre Haltung war provozierend.

»Hast du jemandem von meinen Besuchen erzählt?«

»Warum? Ist es dir peinlich, mit einer *gefallenen Frau* gesehen zu werden?«, antwortete sie ihm schnippisch.

Er sah sie immer noch forschend an, bis sie schließlich sagte: »Mit wem hätte ich reden sollen? Kein Schwein interessiert sich für meine Besucher.«

Lerhard kam sich mit einem Mal albern vor. Was spielte denn das Geschwätz einer verwirrten Seele für eine Rolle? Die Frau, die ihn heute im Beichtstuhl beschimpft hatte, war nicht mehr im Vollbesitz ihrer geistigen Kräfte gewesen. Sie wusste nichts, sondern hatte lediglich auf gut Glück mit haltlosen Beschuldigungen um sich geworfen. Und er war darauf hereingefallen und sofort wie ein geblendetes Schaf zu Stella gerannt.

»Bist du deshalb hier? Weil du denkst, ich hätte mein *Beichtgeheimnis* verletzt?«, riss sie ihn aus seinen Überlegungen.

»Ich bin gekommen, weil ich über das hier mit dir reden will.« Er machte eine ausladende Handbewegung, um auszudrücken, dass er Stellas Leben meinte.

Wie selbstverständlich trat er in die kleine Küche und hatte sofort das Bedürfnis, ein Fenster zu öffnen.

Sie folgte ihm. Stella war der »Künstlername«, den sie sich zugelegt hatte. Für gewöhnlich empfing sie ihre Freier erst ab dem späten Nachmittag, deshalb hatte sie auch noch geschlafen, als das ohrenbetäubende Klopfen sie unsanft ihren Träumen entriss. Als Folge dessen war sie nur in einen dünnen, ausgeblichenen Bademantel gehüllt. Lerhard wünschte sich, sie würde diesen endlich zuziehen, Stella kannte jedoch keinerlei Schamgefühl. Ohne es zu wollen, musste er auf die weißen, festen Brüste starren, die kaum vom Stoff bedeckt wurden. Als sie sich jetzt amüsiert über sein Erröten auf den alten Küchenstuhl fallen ließ und sich eine ihrer dünnen Zigaretten anzündete, spreizte sie die Beine, sodass er ihre rasierte Scham sehen konnte. Sie sog gierig den Rauch ein, bevor sie ihm antwortete: »Wenn du im Gegenzug ein bisschen für mich spendest, Schätzchen, kannst du frei über meine Zeit verfügen.«

Lerhards Züge verfinsterten sich, als er ihr Desinteresse bemerkte. »Du kannst dieses Leben doch nicht wirklich wollen, oder?«

Wenn er sie besuchte, lief es immer nach diesem Schema ab. Es wäre ihr leichtgefallen, seine Worte vorherzusagen.

»Und wo soll ich hin, wenn ich dieses Leben hinter mir lasse?«, tat sie ihm den Gefallen.

»Ich werde einen Platz für dich finden. Es gibt Einrichtungen, die Frauen wie dir helfen können.«

»Und wenn ich gar keine Hilfe brauche?« Stella hatte Spaß an diesen Gesprächen. Sie brachten ein wenig Abwechslung in ihr Leben, und davon abgesehen tat es ganz gut, jemanden zu haben, der zumindest vorgab, in Sorge um ihr Wohlergehen zu sein. Wäre er auch noch bereit, ein paar Scheine rüberwachsen zu lassen, dann hätte sie mit ihm einen angenehmen Freier an Land gezogen. Eines Tages, da war sie sich sicher, würde sie ihn genau dazu machen. Stella glaubte dem Geistlichen mit dem männlichen, fast schon hübschen Gesicht nämlich nicht ein Wort. Sie kannte die Männer und war noch auf keinen getroffen, der an der Rettung ihrer Seele interessiert gewesen wäre. Am Ende wollten sie alle nur das eine, und das war ihr Körper.

Als sie vor einigen Wochen zufällig in der Kirche von Pfarrer Lerhard gelandet war, hätte sie nie damit gerechnet, dass sich daraus eine Art Arrangement entwickeln könnte. Es hatte wie aus Eimern geschüttet, sie war von einem Freier im Auto mitgenommen worden, es hatte Streit wegen des Preises gegeben, und der miese Drecksack hatte sie einfach aus dem Wagen gezerrt und in dieser gottverlassenen Vorstadt ausgesetzt.

Die Kirche war offen und trocken, und so wollte sie auf einer der Bänke ausharren, bis das Unwetter vorbei war. Hätte sie geahnt, dass dieser Pfarrer in ihr ein Zeichen Gottes sah, wäre sie vermutlich nicht geblieben. Seither behauptete er, sie retten zu wollen. Aber vielleicht war es ja so, dass sie sich gegenseitig retteten. Sie bekam etwas Fürsorge zu spüren und er ein wenig schmutzige Lust. Nach Stellas Meinung gehörte beides zum Leben. Zufrieden registrierte sie, dass er ihre Schenkel betrachtete, und ließ deshalb mit einem provozierenden Lächeln ihre Hand mit der Zigarette zwischen ihre Beine gleiten.

Lerhard schluckte schwer und verfolgte wie hypnotisiert ihre Bewegungen. Seine Stimme gehorchte ihm nicht mehr, als er versuchte beim Thema zu bleiben. Ihr Mund öffnete sich jetzt leicht, als sie den Rauch ausstieß, ihre Zunge fuhr über die vollen Lippen.

Er spürte das schmerzhafte und zugleich lustvolle Ziehen im Unterleib.

Das ist der Satan, er versucht mich, dachte Lerhard, der seine körperlichen Begierden nicht zügeln konnte.

Der Wunsch, sie zu berühren, wurde gerade übermächtig. Er trat einen Schritt auf sie zu, und Stella bot ihm mit einem triumphierenden Grinsen ihren Schoß an.

»Na los, der erste Fick ist kostenlos«, sagte sie einschmeichelnd.

Oh ja, sie würde es genießen, ihn zu verführen, ihn wie einen Hund an der Leine zu halten, das wäre ihr eine Gratisnummer wert.

Es war nicht das erste Mal, dass sie ihn fast so weit hatte, aber auch heute wich er in letzter Sekunde zurück.

»Ich wünschte, du wärst tot!« Im nächsten Augenblick machte er einen Satz und packte die Frau brutal an den Schultern. Er zog sie in die Höhe, schüttelte sie und schrie: »Hörst du, ich wünschte, du wärst tot!«

Dann stürzte er aus dem Zimmer und rannte die ausgetretenen Treppenstufen nach unten. An den Rückweg würde er sich später kaum erinnern können. Er kam erst wieder zu sich, als er in seinem kargen Zimmer im Pfarrhaus auf dem Boden kniete. Er hatte sich nackt ausgezogen und schlug sich selbst mit einer Geißel. Blutende Striemen verteilten sich über seinen Rücken, und die Haut riss stellenweise auf.

»Ich muss stark sein!«, schrie er dabei, und Tränen der Verzweiflung liefen ihm über das Gesicht. Es war nicht das erste Mal, dass er auf diese Weise nach Vergebung suchte, und doch zog es ihn immer wieder zu Stella. Der Gedanke an ihre weiße Haut erregte ihn immer noch, und er schreckte nicht davor zurück, sich erneut zu geißeln, während er um Erlösung bat.

Kapitel 6

Bellinda hatte länger geschlafen als sonst, was vermutlich an dem gestrigen Abend lag, der so unglaublich entspannt verlaufen war. Sie kicherte leise in ihr Kissen. Sie und Patrick waren wirklich füreinander geschaffen.

Allerdings war ihr eine gewisse Rastlosigkeit an ihm aufgefallen. Inständig hoffte die junge Frau, er würde sich bald in das neue Leben, das Bellinda für sie beide geplant hatte, hineinfinden. Vielleicht fehlte ihm sein Beruf. Bellinda war es gewohnt, keiner Beschäftigung nachzugehen. Sie hatte keine Ahnung davon, wie es war, sich den eigenen Lebensunterhalt verdienen zu müssen. Im Haus der Familie Merlhof hatte man nie über Geld gesprochen, es sei denn, es war darum gegangen, es wohltätig einzusetzen. Ansonsten hielt man sich zurück und genoss das große Vermögen, das sich ständig zu mehren schien.

Patrick kam aus einfachen, ärmlichen Verhältnissen. Er sprach nicht gerne über die Vergangenheit, trotzdem hatte er Bellinda erzählt, dass seine Eltern beide Alkoholiker gewesen waren. Sein einziger Halt war zu jener Zeit der Gemeindepfarrer gewesen. So fand Patrick seinen Glauben, obwohl ihn seine Eltern darin nie unterstützten. Sogar das Gegenteil war der Fall. Sie verboten ihm regelrecht, die Kirche zu besuchen. Der Pfarrer versuchte, mit den Eltern zu sprechen, und setzte sich sogar mit dem Jugendamt in Verbindung, aber letztlich kam jede Hilfe zu spät. Die Sache endete sehr dramatisch.

Eines Morgens, Patrick war gerade zwölf Jahre alt, saß sein Vater mit einer Kopfverletzung vornübergekippt im Sessel vor dem Fernseher, die Mutter lag mit gebrochenem Genick auf den Waschbetonplatten hinter dem Haus, neben ihr fand man einen blutverschmierten Hammer. Ein Polizist erklärte ihm später, dass in der Nacht die Mutter im Suff den Vater erschlagen hätte und anschließend aus dem Fenster gesprungen sei. Das Ehepaar war für seine gewalttätigen Auseinandersetzungen bekannt, und so begegnete man dem Jungen mit äußerstem Mitgefühl. Der Pfarrer hatte ihn damals damit getröstet, dass das alles nur eine schwere Prüfung wäre, aus der er am Ende aber gestärkt hervorgehen würde. Patrick verinnerlichte diesen Gedanken, und deshalb hatte der Glaube für ihn auch heute noch eine große Bedeutung.

Bellinda hingegen hatte bisher mit Religion wenig anfangen können, ließ sich aber gerne von Patricks Begeisterung mitreißen.

Sie rekelte sich in den weichen Kissen. Endlich fing ihr Leben an, bedeutend zu werden. Alles lief bestens, bis auf die Sorge um Patrick. Es kam vor, dass er nachts unruhig im Haus herumgeisterte oder durch den Garten streifte. Wenn sie ihn darauf ansprach, dann gab er ihr meist die Antwort, er würde auf diese Weise seinem Gott nahe sein. Zugegeben, manchmal fand es Bellinda ein wenig nervig, dass *sein Gott* einen so hohen Stellenwert hatte, aber solange sie immer noch die Nummer eins in Patricks Leben war, konnte sie das akzeptieren.

»He, Schlafmütze«, hörte sie die Stimme ihres Ehemanns, als er mit einem Frühstückstablett das Zimmer betrat.

»Ich habe geschlafen wie ein Baby«, antwortete Bellinda und schenkte ihm ihr strahlendes Lächeln. »Was machen wir heute?«, fragte sie voller Tatendrang.

»Das wird dir vermutlich gefallen«, erwiderte Patrick mit einer gewissen Zurückhaltung.

»Was ist los?«, reagierte Bellinda irritiert.

»Die Polizei hat angerufen. Sie wollen uns befragen.«

»Ach«, sagte Bellinda leichthin, »deshalb brauchst du dir doch keine Gedanken zu machen. Die werden alle befragen, die auf der Charity-Party waren.«

»Trotzdem habe ich die Erfahrung gemacht, dass es besser ist, der Polizei aus dem Weg zu gehen. Ganz egal, ob man schuldig oder unschuldig ist.«

Sie lächelte verschmitzt. »Keine Sorge, die werden uns ganz sicher mit äußerster Zuvorkommenheit behandeln. Diese Art von Abwechslung ist bestimmt …«

Ihr fehlten die Worte, und er ergänzte mit wenig Begeisterung: »Enttäuschend? Unnötig?« Um das Gesagte zu entschärfen, grinste er dabei spitzbübisch. »Meine Meinung dazu kennst du.«

»Ja, aber da wir nun schon einmal so nett gebeten werden«, sagte sie vergnügt lachend, »werden wir doch nicht unhöflich sein!«

Während Bellinda unbeschwert nach einem passenden Outfit für eine polizeiliche Vernehmung suchte, betrachtete Patrick verstohlen seine Frau. Sie erinnerte ihn in diesem Moment mehr denn je an ein kleines, vergnügtes Vögelchen, das Gefahr lief, vor lauter Übermut gegen die Scheibe einer geschlossenen Terrassentür zu klatschen und sich dabei das Genick zu brechen.

* * *

Zur gleichen Zeit machten sich Hauptkommissar Stutter und Jasmin Nau auf den Weg zu Mara Härtgen. Kurz zuvor hatten sie noch einen interessanten Anruf von den Kollegen erhalten: Man hatte das Personal befragt, das bei der Charity-Party ausgeholfen hatte. Ein Angestellter der Cateringfirma behauptete, einen Streit zwischen dem Opfer Sarah Roter und der Frau von Lutz Härtgen beobachtet zu haben. Der Mitarbeiter konnte zwar nicht verstehen, worüber die Frauen gesprochen hatten, schien aber überzeugt, dass die Auseinandersetzung mehr als nur eine harmlose Diskussion gewesen war.

Stutter betrat deshalb mit einer gewissen Anspannung erneut das Wohnhaus der Härtgens. Während ihn seine früheren Besuche immer in Lutz' Arbeitszimmer geführt hatten, brachte heute ein schüchternes Dienstmädchen ihn und Jasmin Nau in den Salon, der auch ohne Weiteres Bestandteil einer Schlossführung hätte sein können. Das Mobiliar war kostbar und alt. Verschiedene Stilrichtungen waren geschmackvoll miteinander kombiniert worden und eigentlich viel zu wertvoll, um wirklich benutzt zu werden. Jasmin Nau rechnete fest damit, dass gleich jemand käme und ihnen ein Paar Filzpantoffeln vor die Füße stellte, um den edlen Bodenbelag zu schützen.

Das Dienstmädchen bot Kaffee an, den die Polizisten ablehnten. Kaum war die junge Frau verschwunden, betrat auch schon Mara Härtgen den Raum. Ihr Auftritt glich dem einer Schlossherrin.

Ohne Frage ist die Einrichtung auf deinem Mist gewachsen, dachte Jasmin Nau nicht ganz neidlos.

Außerdem missfiel ihr die Zeugin. Die Selbstsicherheit und Arroganz, mit der Mara Härtgen ihnen nun die Hand reichte, ärgerte die junge Kommissarin. Wie schafften das manche Menschen nur? Sie selbst hatte immer noch Herzklopfen, wenn sie sich einem Fremden vorstellen musste.

»Bitte nehmen Sie doch Platz«, forderte Mara die Beamten auf und ließ sich selbst lässig auf einem Stuhl nieder, der so aussah, als könnte er nur mit Mühe das Gewicht eines erwachsenen Menschen tragen.

Stutter entschied sich für einen chintzbezogenen Sessel, und Jasmin plumpste wenig damenhaft auf ein Biedermeiersofa, dessen Lehne so weit hinten angebracht war, dass ihre Füße über dem Boden baumelten.

Hauptkommissar Stutter hatte Mara unauffällig gemustert. Was für eine aparte Frau. Sie war vermutlich noch keine vierzig, hatte rote Haare, die sie zu einem festen Zopf geflochten trug, und die weiße Haut einer Marmorstatue. Ihre hellblauen Augen funkelten angriffslustig.

Jasmin Nau hatte keinen Zweifel daran, dass diese Frau, im Gegensatz zu ihrem Ehemann, durchaus »die Eier« hätte, einen Mord zu begehen.

»Sie wissen, warum wir hier sind?«, begann Stutter das Gespräch.

Mara hob den Kopf ein wenig an und streckte das Kinn nach vorne. Um ihren Mund kräuselten sich ein paar Falten, so als würde sie ein Lachen unterdrücken.

»Sie sind ein Freund meines Mannes?«, entgegnete sie. Ihre Stimme war unerwartet tief, aber sehr angenehm.

»Das stimmt«, erwiderte Stutter und wollte seine Frage wiederholen.

Sie hob gebieterisch die Hand. »Schon gut, ja, ich weiß, warum Sie hier sind. Es geht um Sarah.« Ihre Züge verhärteten sich augenblicklich, und sie glich jetzt erst recht einer Göttin aus Stein.

»Wie standen Sie zu Frau Roter?«

Mara wich der Antwort aus, indem sie sagte: »Sie war die Assistentin meines Mannes.« Ihre Stimme wurde leiser, und sie schluckte schwer.

»Sie wissen, dass man sie ermordet hat?« Stutter beobachtete die Veränderung im Gesicht der Frau und hatte augenblicklich das starke Gefühl, etwas übersehen zu haben.

Sie nickte, sah ihn aber nicht mehr an.

Es war ein Bauchgefühl, seine Intuition, die den Hauptkommissar dazu veranlasste, ein ungewöhnliches Manöver auszuführen.

Seine Stimme klang gefühllos, fast gleichgültig, als er sagte: »Man hat sie gefesselt, an Händen und Füßen, dann gefoltert, indem man eine brennende Zigarre auf ihrem Körper ausgedrückt hat, immer wieder …«

»Hören Sie auf«, unterbrach ihn Mara jämmerlich krächzend.

»Aber das war noch nicht alles, man hat Sarah Roter brutal zu Tode gesteinigt«, fuhr der Hauptkommissar unbarmherzig fort, sodass er selbst von Jasmin Nau einen schockierten Blick erntete.

»Hören Sie auf!«, schrie Mara verzweifelt.

»Sie hat gelitten, bis zum Schluss«, setzte Stutter nach.

»Hören Sie auf!« Mara Härtgen brach zusammen. Die Tränen liefen ihr über die weißen Wangen, ihr Körper bebte, und als sie jetzt sagte »Bitte aufhören«, war es nicht mehr als ein verzweifeltes Flüstern, das kaum zu vernehmen war.

Härtgen reichte der Frau schweigend ein Taschentuch, dann stand er auf und ging zu der kristallenen Karaffe, die auf einem der polierten Beistelltische stand. Er entfernte den Glaskorken, roch daran, war mit dem Ergebnis zufrieden und schüttete gut drei Finger breit von der braunen Flüssigkeit in ein Glas.

Ohne Eile brachte er das Getränk Mara Härtgen. Sie nahm dankbar einen Schluck, und sofort rötete sich ihr Gesicht, offensichtlich war sie starken Alkohol nicht gewohnt.

Jasmin Nau sah von einem zum anderen. Sie hatte keine Ahnung, was hier gerade passierte, und sah fragend zu dem Hauptkommissar.

Der setzte sich Mara, die immer noch schluchzte und mit zittrigen Fingern das Taschentuch knetete, gegenüber.

»Sie sollten uns jetzt die Wahrheit sagen, Frau Härtgen.«

Ihre hellblauen Augen, die vor Tränen schwammen, sahen ihn beinahe trotzig an, als sie leise zu sprechen begann: »Ich habe Sarah geliebt, mehr als mein Leben, und irgendein brutales Schwein hat sie mir genommen. Das ist die Wahrheit, Herr Hauptkommissar!«

Jasmin Nau entschlüpfte ein fassungsloses »Was?«, aber die Frau von Lutz Härtgen schenkte ihr keine Aufmerksamkeit.

»Haben Sie zufällig eine Zigarette?«, fuhr Mara beherrschter fort. »Ich wollte eigentlich aufhören, Sarah zuliebe, sie hasst Zigarettenrauch, sie hasste …« Erneut musste sich die Frau des Politikers sammeln.

Jasmin kramte schnell in ihrer Jackentasche, zog ein zerdrücktes Zigarettenpäckchen sowie ein Feuerzeug heraus und reichte beides der Frau. Gerne hätte sie sich jetzt selbst eine angezündet, aber das wäre wohl unpassend gewesen.

»Ich weiß nicht, wie Sie es herausgefunden haben«, begann Mara, neigte leicht den Kopf und sagte: »Vermutlich haben Sie ein gutes Gefühl für Menschen. Etwas, das in Ihrem Beruf wohl unerlässlich ist.«

Stutter gab ihr keine Antwort, aber sie spürte, dass er echtes Mitgefühl empfand, und das half ihr, offen zu sein.

»Es ist nicht leicht, sich immer verstellen zu müssen. Eigentlich dachte ich, das wäre mein Schicksal und mein Leben bestünde aus nichts weiter als aus einer ewigen Wiederholung der immer gleichen Lügen. Dann traf ich Sarah. Ich war sofort verliebt, es glich einem Blitzschlag. Wissen Sie, wie besonders so etwas ist? Es war wie ein Geschenk, endlich dem Menschen gegenüberzustehen, der für mich bestimmt war.«

»Und Sarah hat Ihre Gefühle erwidert?«

»Ja.« Sie ließ den Tränen freien Lauf. »Das hat sie, und wir waren beide so glücklich.«

»Und Ihr Mann?«

»Mein Mann?« Sie sah ihn müde lächelnd an. »Mein Mann hat lediglich versucht, mich zu schützen.«

Es gelang Stutter nicht ganz, seine Überraschung zu verbergen, als er daraufhin erwiderte: »Er hat es also gewusst.«

Sie zog an ihrer Zigarette, so als könne die ihr Halt geben. »Natürlich hat er das. Ich weiß, dass Sie befreundet sind, nehmen Sie es ihm trotzdem nicht übel. Er ist, wie er ist.«

»Er wollte Sie beschützen?«, mischte sich jetzt das erste Mal Jasmin Nau ein, die befürchtete, das Gespräch würde in eine falsche Richtung abdriften.

Mara sah sie mitleidig an. »Sie können sich vermutlich nicht vorstellen, dass Lutz und ich trotz allem Freunde sind.«

Bevor die Kommissarin antworten konnte, griff Stutter ein. Seine Stimme klang scharf. »Ehrlich gesagt, kann ich mir das tatsächlich nur schwer vorstellen. Also bitte, was genau tat Ihr Mann, um Sie zu schützen?«

»Als wir von Sarahs Tod erfuhren, wollte er einen Skandal verhindern.«

»Aber ist es nicht so, dass jetzt, wo Frau Roter tot ist, ein wichtiger Störfaktor für seine Karriere beseitigt ist?«

»Reden Sie nicht so von ihr«, fauchte Mara, der erneut Tränen über das Gesicht liefen. »Sie war kein Störfaktor.«

Stutter, einer weiteren Eingebung folgend, entschloss sich, mehr Druck zu machen, um endlich die Wahrheit zu erfahren: »Ihr Mann steht kurz davor, eine weitere Stufe der Erfolgsleiter nach oben zu klettern. Zugegeben, wir sind mittlerweile alle aufgeschlossen, was homosexuelle Beziehungen angeht. Vielleicht hätte es ihm sogar einige Sympathien eingebracht, wenn bekannt geworden wäre, dass die Frau des großen Härtgen eine lesbische Geliebte hat. Aber ich bin mir ganz sicher, dass seine Konkurrenten diese Geschichte gegen ihn verwendet hätten. Wie wahrscheinlich ist es da, dass Lutz Härtgen Interesse am Ableben von Sarah Roter hatte?«

»Nein«, fuhr sie auf, »so war das doch gar nicht!«

»Wie war es dann?«, hakte Stutter schroff nach.

»Lutz wusste schon seit Langem von meiner sexuellen Orientierung. Anfangs war es schwer für ihn.« Sie sah den Hauptkommissar direkt an. »Auch wenn Sie das vielleicht jetzt nicht verstehen können, aber Lutz liebt mich tatsächlich. Ich hätte das nie gedacht. Als er mir damals den Antrag machte, wusste ich um sein ehrgeiziges Naturell, und ich hielt ihn für einen Frauenhelden. Ich dachte, das ist der Mann, der keine Probleme damit hat, wenn ich mein eigenes Leben führe und ihm seine Affären lasse. Doch so war es nicht, und als er dann erkannte, dass ich ihn nur zur Tarnung geheiratet habe, da brach für ihn eine Welt zusammen. Aber wir haben uns arrangiert. Ich half ihm mit den Verbindungen und dem Geld meiner Familie, zumindest seine beruflichen Träume zu erfüllen, spielte die liebende Ehefrau, und er ließ mir meine Geheimnisse.«

Die Frage, die Jasmin auf der Zunge lag, schien Härtgens Frau zu erahnen, deshalb fuhr sie fort: »Als ich jünger war, hätte ich es nie geschafft, mich zu outen. Ich hatte Angst davor, wollte nicht mit meiner Familie brechen.«

»Wie wäre das mit Sarah weitergegangen?«, hakte Stutter nach. Ihn interessierten vor allem die Fakten.

»Lutz und ich wollten uns offiziell trennen. Allerdings erst, wenn er diesen Job in Brüssel sicher in der Tasche hätte. Sarah wäre anschließend mit mir fortgegangen.«

»Sie wollten als Paar zusammenleben?«

»Ja, aber nicht hier. Sie wissen, dass ich sehr vermögend bin. Wir hätten irgendwo anders neu angefangen. Aber das sollte alles ohne großes Aufsehen stattfinden.«

»Und Sarah wollte ihren Mann verlassen?«, fragte Jasmin Nau.

»Ja, sie hatte sowieso schon befürchtet, dass er etwas ahnt. Er sprach davon, Kinder zu bekommen …«

»Deshalb hat sich Frau Roter eine Spirale einsetzen lassen«, sagte Stutter mehr zu sich selbst.

»Ja. Sie hatte natürlich nicht mehr vor, mit ihrem Mann eine Familie zu gründen.«

Stutter verzog das Gesicht. »Warum hat Ihr Mann dann mir gegenüber behauptet, er wäre Sarah Roters Liebhaber gewesen?«

Mara schluckte. »Er hat geahnt, dass man bei den Ermittlungen herausfinden würde, dass Sarah eine Affäre hatte. Und dass die Spur zu uns führt, war ja vorhersehbar. Ich war schrecklich in Panik, dachte, dass ich es nicht ertragen könnte, wenn es auf diese Weise ans Licht käme, da hat er es auf sich genommen. Und es so dargestellt, als wäre der Mord eine Drohung gegen seine Person.« Sie verzog gequält den Mund. »Irgendwie spielt das jetzt alles keine Rolle mehr.«

Stutter war sich nicht sicher, ob Lutz nur aus Sorge um Mara gelogen hatte oder aus purer Berechnung. Ein Mann mit Affären war in der Öffentlichkeit immer noch besser angesehen als ein gehörnter. Wenn er Maras Worten Glauben schenken konnte, war sein Freund ein fürsorglicher Mensch. Womöglich handelte es sich bei dem Politiker aber auch nur um einen hervorragenden Schauspieler.

»Mein Mann hat ganz sicher nichts mit Sarahs Tod zu tun, das müssen Sie mir glauben.«

Stutter sah sie durchdringend an, dachte an die fehlenden Alibis des Ehepaars Härtgen und sagte schließlich: »Seit Beginn der Ermittlungen erzählen Sie uns alle beide nur Lügen. Mein Glaube wird nicht ausreichen, um Sie von der Verdächtigenliste zu streichen.«

Mara biss sich auf die Unterlippe, wollte etwas sagen, schwieg aber – wohl wissend, dass der Polizist durch ein weiteres falsches Wort nur noch verärgerter sein würde.

»Was war mit dem Streit am Abend ihres Todes?«

Mara zögerte.

»Man hat Sie beide gesehen.«

»Also schön«, gab sie nach. »Wir hatten gestritten. Sarah verlor wieder einmal die Nerven. Sie wollte nicht mehr länger warten und sich von ihrem Mann scheiden lassen. Sie sagte, sie könne ihn kaum noch um sich ertragen.«

»Warum? War er gewalttätig?«

»Nein, nein«, wehrte Mara ab. »Aber er suchte die Nähe zu Sarah, auch sexuell, und das war ihr zuwider. Wenn sie ihn jedoch zurückwies, dann stellte er Fragen, bedrängte sie. Sarah hatte ihm gegenüber ein schlechtes Gewissen.«

»Sie wollte also die Vereinbarung nicht einhalten?«

»Hören Sie auf. Ich weiß doch, wohin das führen soll«, blaffte sie wütend. »Aber Sie irren sich. Sarah hat schließlich, wie immer, nachgegeben, es ging ja nur noch um ein paar Wochen. Wir hätten das hinbekommen.« Ihr makelloses Gesicht, jetzt von der Trauer gezeichnet, hatte sie abgewandt, als sie sagte: »Weder ich noch Lutz haben etwas mit Sarahs Tod zu tun.«

Stutter hielt es nicht für notwendig, ihr zu erklären, dass die Indizien dagegensprachen. Stattdessen fragte er: »Gab es sonst jemanden, mit dem Sarah Streit hatte?«

»Nein«, entgegnete Lutz Härtgens Frau spontan, hielt dann aber doch inne, und eine kleine steile Falte erschien über ihrem Nasenrücken, genau zwischen den Augenbrauen. »Allerdings … Ich glaube jedoch nicht, dass das etwas zu bedeuten hat.«

»Überlassen Sie das uns«, unterbrach sie Stutter. »Was wollten Sie sagen?«

»Am Abend der Charity-Veranstaltung hat Sarah eine merkwürdige Äußerung gemacht. Sie sagte, da sei jemand, der sie offensichtlich für eine Sünderin hielt. Sie hätte das am Blick des Mannes gespürt.«

Die beiden Beamten sahen sich automatisch an.

»Wen hat sie damit gemeint?«

Die Art, wie der Hauptkommissar die Frage stellte, ließ Mara schnell weitersprechen: »Sarah war der Meinung, man könnte ihr ansehen, dass sie ein Geheimnis hatte. Ihr fiel es schwer, so zu tun, als ob. Jedenfalls hatte sie dauernd das Gefühl, man würde sie durchschauen. Einmal dachte sie sogar, unser Dienstmädchen wüsste Bescheid. Ich hielt das für ausgeschlossen. Unsere Haushaltshilfe ist eine nette Person und sehr fleißig, aber sie besitzt leider nicht einmal genügend Verstand, um einen Telefonhörer richtig auf die Gabel zu legen. Sarah war, was das anging, schnell verunsichert. Deshalb habe ich ihre Bemerkung überhaupt nicht ernst genommen.«

»Aber kam Ihnen die Wortwahl nicht eigentümlich vor? Immerhin sprach sie von sich als ›Sünderin‹?«

Dieses Mal zuckte Mara hilflos mit den Schultern. »Ich dachte, sie spielt damit einfach nur auf ihren Mann an, der wohl ein sehr religiöser Mensch ist. Sie hat immer gesagt:

›Wenn Bernd es erfährt, werden ihn meine Sünden umbringen‹.« Es folgte eine Pause, dann stieß sie einen heftigen Fluch aus. »Verdammt, ich hätte nachfragen sollen. Denken Sie, sie hat von ihrem Mörder gesprochen? Womöglich war der dann sogar auf der Charity-Party. Ich hätte das ernst nehmen müssen, aber dann haben wir uns gestritten, und später blieb keine Zeit mehr …« Ihre Stimme überschlug sich.

»Wir wissen nicht, ob Sarahs Bemerkung etwas zu bedeuten hat, aber wir werden dem natürlich nachgehen«, gab Stutter ein wenig milder zurück.

Die Beamten erhoben sich, und Mara brachte sie zur Tür. Sie richtete noch einmal das Wort an den Hauptkommissar: »Werden Sie den, der Sarah das angetan hat, finden?«

Jasmin Nau wollte schon eine unverbindliche Antwort geben, als Stutter ihr zuvorkam und mit harter Stimme sagte: »Darauf können Sie sich verlassen!«

* * *

Die nächsten Tage arbeiteten die Polizisten daran, die zahlreichen Zeugenaussagen aufzunehmen. Die Befragungen gestalteten sich schwierig, da viele der Gäste der Charity-Party nicht im Frankfurter Raum wohnten, manche lebten sogar im Ausland. Trotzdem taten die Beamten ihr Bestes. Auch Hauptkommissar Tall, der Tag und Nacht an dem Entführungsfall Edgar Klein arbeitete, kam an seine Grenzen. Bisher war keine Lösegeldforderung eingegangen – etwas, das die Ermittler das Schlimmste befürchten ließ. Ein womöglich interessantes Detail war, dass die Tochter von Edgar Klein ebenfalls besagte Charity-Veranstaltung besucht hatte. Kleins Tochter bestätigte außerdem, dass der Klinikaufenthalt ihres Vaters kein Geheimnis gewesen war.

Stutter und Jasmin Nau hatten sich den Arbeitsplatz von Sarah Roter angesehen und natürlich noch einmal mit dem

Ehemann gesprochen. Der blieb dabei, dass er keine Ahnung gehabt habe, wer der geheimnisvolle Liebhaber seiner Frau gewesen sei, und wirkte nicht nur niedergeschlagen, sondern auch zutiefst schockiert, als er erfuhr, dass Sarah eine lesbische Beziehung gehabt hatte. Stutter neigte dazu, ihm seine Unwissenheit zu glauben.

Das Verhältnis zwischen Stutter und Lutz Härtgen blieb frostig.

Mittlerweile hatte Jasmin Nau versucht, Licht in die Sache zu bringen, indem sie Verbindungen zwischen den Örtlichkeiten prüfte. Auf der Schautafel der Mordkommission konnte man anhand einer Karte gut erkennen, dass sich bisher alles in einem überschaubaren Radius abgespielt hatte. Zwischen dem ersten Tatort in Offenbach, dem Museum von Hubert Lauris, und dem Veranstaltungsort der Charity-Gala, der im Frankfurter Westend lag, genauso wie Härtgens Wohnhaus, hatte man je nach Route eine Fahrstrecke von etwa zwanzig Kilometern. Der Fundort der Leiche von Sarah Roter war nicht viel weiter entfernt. Zwischen Offenbach und der Frankfurter City befanden sich die Gemeinde von Pfarrer Lerhard und die psychiatrische Klinik »Zum grünen Park«, die er betreute. Auch die Wohnung von Bernd und Sarah Roter lag nicht weit von der Frankfurter Innenstadt entfernt. Allerdings konnte man daraus längst keine Rückschlüsse auf den Täter ziehen.

Stutter hatte natürlich nicht alle Vernehmungen selbst führen können, dafür war die Zahl der Gäste und Mitarbeiter bei der Veranstaltung zu groß gewesen.

Deshalb wusste er auch nicht, wen er vor sich hatte, als plötzlich eine junge Frau an seinen Schreibtisch trat und mit zarter Stimme fragte: »Hauptkommissar Stutter?«

Der Beamte blickte auf. »Was kann ich für Sie tun?«, antwortete er höflich und dachte automatisch an eine Elfe, als sich sein Gegenüber noch einen Schritt näherte. Sie glich einer Eisläuferin, die mit ruhigen, gleichmäßigen Bewegungen über das gefrorene Wasser glitt.

»Ich bin Bellinda Merlhof.« Sie machte automatisch eine Pause, so wie sie es immer tat. Meistens erinnerten sich die Leute an den bekannten Familiennamen, das ersparte ihr langatmige Erklärungen.

Auch auf Stutters Gesicht erschien ein Erkennen.

»Ich war auf der Veranstaltung.« Sie zögerte, suchte offenbar nach den richtigen Worten und sagte schließlich: »Nach der man diese arme Frau getötet hat.«

Der Hauptkommissar verstand, dass er eine Zeugin vor sich hatte, und bat die Frau, Platz zu nehmen. Nicht ohne eine gewisse Faszination nahm er zur Kenntnis, dass selbst diese alltägliche Bewegung bei Bellinda wie die Darbietung einer Balletttänzerin wirkte. Während sie ihm ein schüchternes Lächeln zuwarf, besann er sich und rief im Computer ihre bereits getätigte Zeugenaussage auf.

»Ja, hier habe ich es.« Er begann zu lesen und murmelte vor sich hin: »Sie waren mit Ihrem Mann Patrick dort, haben mit Frau Roter nicht gesprochen, sie aber gesehen.« Er blickte auf. »Ist Ihnen denn noch etwas eingefallen?« Es gelang ihm nicht gänzlich, einen hoffnungsvollen Unterton zu vermeiden.

Sie sah ihn ernst an, wirkte ein wenig verloren und bearbeitete mit den Fingern die ganze Zeit den Henkel ihrer kleinen Handtasche. »Na ja«, begann die junge Frau zögerlich, »ich wollte eigentlich gar nicht hierherkommen. Ehrlich gesagt, fühle ich mich deshalb ein wenig unwohl.«

Stutter verspürte sofort den Wunsch, dieser Frau jedes Unwohlsein zu ersparen. Besorgt sagte er deshalb: »Dafür gibt es keinen Grund, Sie brauchen nichts zu befürchten.«

Sie senkte den Kopf und wirkte dabei wie ein kleines Mädchen. »Mein Mann, er weiß nicht, dass ich hier bin.«

»Verstehe«, nuschelte Stutter und fragte sich, warum das so war. Er bedrängte sie nicht, denn erfahrungsgemäß neigten die Menschen ohne Druck dazu, mehr zu sagen, als sie eigentlich wollten.

»Sie dürfen nicht falsch über Patrick denken. Er vertraut der Polizei nur nicht.« Diese Bemerkung klang beinahe wie eine Frage, als wollte sie ihn dahingehend prüfen.

»Ich nehme an, er hat dafür einen guten Grund.«

Wieder das elfenhafte Lächeln, bevor sie sagte: »Als Kind hat er sich von den Behörden im Stich gelassen gefühlt.«

»Bedauerlich«, entgegnete Stutter ernst.

»Jedenfalls ist mir tatsächlich noch etwas eingefallen, aber vermutlich ist das unwichtig.« Es sah so aus, als wollte sich die junge Frau erheben und verabschieden.

»Vielleicht sollten Sie mir darlegen, um was es geht?«, hielt sie Stutter zurück.

»Also schön«, fuhr Bellinda fort. »Ich habe mich daran erinnert, dass die Tote zur gleichen Zeit wie wir die Veranstaltung verlassen hat. Wir hatten die Autos in unterschiedlicher Richtung geparkt, und mir war nicht wohl, irgendwie schwindelig, ich konnte mich kaum noch auf den Beinen halten. Vermutlich war der Tag einfach zu stressig gewesen. Nicht dass Sie annehmen, ich hätte zu viel getrunken.« Sie lächelte charmant. »Jedenfalls hat Patrick mich sofort nach Hause gebracht, und ich bin schon während der Fahrt eingeschlafen. Aber kurz bevor ich eingestiegen bin, habe ich mich doch noch einmal umgedreht, und da habe ich bemerkt, dass diese Sarah Roter ihr Auto aufgeschlossen hat, aber nicht eingestiegen ist. Stattdessen lehnte sie sich dagegen und starrte zum Ausgang. Fast so, als würde sie auf jemanden warten. Und sie hat uns beobachtet, als wollte sie sich vergewissern, dass wir fortfahren. Ich hatte in diesem Moment das starke Gefühl, wir würden sie stören.«

Stutter straffte sich automatisch: »Und war da noch eine andere Person?«

Bellinda schüttelte bedauernd den Kopf: »Nein, das ist es ja eben. Womöglich bilde ich mir das auch nur ein, und sie wollte in Wahrheit lediglich eine Zigarette rauchen.« Sie seufzte. »Ich bin keine Hilfe, oder?«

»Jeder Hinweis ist wichtig«, antwortete ihr Stutter, der seine Enttäuschung kaum verbergen konnte. Allerdings hatte Sarah Roter nicht zum Rauchen am Wagen gestanden, das konnte er nach dem Gespräch mit Mara Härtgen ausschließen. Härtgens Frau hatte ihm nämlich gesagt, dass Sarah Zigarettenrauch gehasst hatte. Daher wäre es durchaus möglich gewesen, dass das Opfer auf jemanden gewartet hatte. Vielleicht tatsächlich auf ihren Mörder?

»Ich habe nur diese arme Frau am Auto gesehen«, versuchte Bellinda sich erneut zu erinnern, dabei kniff sie konzentriert die Augen zusammen. »Mehr kann ich leider nicht sagen, aber diese Beobachtung hat mich nervös gemacht, ich wollte das loswerden.«

»Wir sind Ihnen sehr dankbar, und wenn Ihnen noch etwas einfällt, egal was, melden Sie sich doch bitte.«

»Natürlich, das mache ich bestimmt«, sagte sie rasch und erhob sich wieder auf diese grazile Weise, bevor sie wie ein Schmetterling hinausschwebte.

Stutter hatte das Bedürfnis, mehr über die junge Erbin zu erfahren, und startete eine Internetsuche. Gleichzeitig erinnerte er sich daran, vor gar nicht allzu langer Zeit etwas über sie gelesen zu haben. Es war kein Problem, die Geschichte der jungen Frau zu erfahren. Überrascht stellte er fest, dass Bellinda bis vor Kurzem noch Patientin in der psychiatrischen Klinik »Zum grünen Park« gewesen war und nach ihrer Entlassung einen der Pfleger geheiratet hatte.

Grund für ihren Aufenthalt war laut Zeitung eine Familientragödie. Stutter las interessiert den Artikel:

»*... die junge Bellinda, gerade siebzehn Jahre, musste mit ansehen, wie ihre zwei Jahre jüngere Schwester im Ferienhaus der Eltern verbrannte. Das Feuer brach mitten in der Nacht aus, vermutlich ein defektes Kabel, das zu schmoren anfing. Wäh-*

rend sich Bellinda ins Freie retten konnte, kam für das andere Kind der Familie jede Rettung zu spät. Bellinda erlitt einen Nervenzusammenbruch und wurde eingeliefert …«

Obwohl er nicht hätte sagen können warum, wollte er mehr über den Brand vor vier Jahren erfahren und bat einen Kollegen, ihm die entsprechenden Unterlagen zu besorgen, bevor er beschloss, der Schautafel von Jasmin Nau ein weiteres Fähnchen hinzuzufügen.

»Wofür steht das?«, fragte diese daraufhin neugierig.

»Dort wohnt vielleicht eine wichtige Zeugin«, antwortete Stutter und erzählte ihr von Bellindas Besuch.

Kapitel 7

Am nächsten Tag

Der Anruf kam gegen neun Uhr morgens. Stutter und Jasmin Nau erreichten den Tatort, als die Männer und Frauen der Gerichtsmedizin und Kriminaltechnik gerade mit der Arbeit begannen. Die beiden Beamten standen in dicken Winterjacken auf dem unwirtlichen Gelände des Schrottplatzes und hörten zum dritten Mal die Klagen des Besitzers, eines gewissen Ruben Waritsch.

»Wie lange soll das denn noch dauern?«, knurrte er gerade erneut. »Ich habe schließlich ein Geschäft zu führen.«

Jasmin Nau betrachtete angewidert den schmierigen Typen, dessen fettiges, dünnes Haar in langen Strähnen am Kopf klebte. Trotz der Kälte trug der Mann eine offene Jacke, die den unschönen Blick auf ein fleckiges Doppelrippunterhemd und gekräuselte Brustbehaarung freigab.

Stutter antwortete ihm etwas Unverbindliches, und die Kommissarin ließ ihren Blick weiterschweifen. Abseits standen die Töchter von Ruben Waritsch, Lena und Tanja. Die beiden hatten den Toten in dem Kofferraum eines alten Schrottwagens gefunden.

Die Mädchen, fünfzehn Jahre alte Zwillinge, drängten sich dicht aneinander. Sie waren nicht sonderlich groß, dafür aber kräftig, so als wären sie körperliche Arbeit gewohnt. Automatisch nahm Jasmin an, dass die zwei kein Leben führten, um das sie jemand beneiden würde. Die Teenager schienen sich ohne Worte zu verständigen, nur ab und zu flüsterten sie sich etwas ins Ohr.

Optisch konnte man die jungen Frauen kaum unterscheiden. Sie trugen fast identische Kleidung: Dicke, dreckverschmierte Winterstiefel und lange gesteppte blaue Mäntel. Nur die großen Ohrenschützer, die sich eng um ihre Köpfe schmiegten, unterschieden sich in der Farbe; einer war rot, der andere blau.

Als würden sie Jasmins Blick spüren, schossen plötzlich ihre Köpfe herum, und die beiden sahen zu der Polizistin. Sie hatten keine hübschen Gesichter, sondern teigige, plumpe Mienen. Noch dazu waren sie offensichtlich mit einem Augenleiden gestraft. Bei jedem Mädchen hatte das linke Auge eine starke Trübung und schien blind zu sein, vielleicht ein Geburtsfehler. Dann, ohne Vorwarnung, verzogen beide gleichzeitig den Mund und lächelten in Jasmins Richtung. Dabei wurden spitze Zähne sichtbar, die im Verhältnis zu dem breiten, roten Zahnfleisch winzig waren und deshalb wie Stummel wirkten. Die Polizistin zuckte zusammen und kam nicht umhin, an Rattenschwänze zu denken, als ihr auffiel, dass die beiden Frauen ihr farbloses, helles Haar zu je zwei langen Zöpfen geflochten hatten. In der nächsten Sekunde war das Lächeln verschwunden, und die Mädchen begannen unangenehm zu starren. Jasmin überlief ein Schauer, daher drehte sie sich lieber wieder in Richtung des Vaters, der immer noch zornig auf und ab lief und dabei gelegentlich unappetitlich auf den Boden spuckte.

Tall hatte sich ebenfalls eingefunden und blickte voller Unbehagen auf den Leichnam, den man mittlerweile aus dem Kofferraum geholt und auf eine Bahre gelegt hatte.

Der Körper war in eine dicke Schicht Mullbinden gehüllt und das Gesicht mit weißem Lack überzogen, der mittlerweile angetrocknet war. Nur dort, wo einmal der rechte Augapfel gewesen war, hatte der Täter den Mull zerschnitten, um das Sehorgan besser entfernen zu können. Wenn man den zerfransten Verband im ersten Moment sah, entstand der Eindruck, ein aasfressender Vogel hätte dem Opfer nach dem Tod das Auge ausgepickt.

»So was ist mir mein Lebtag noch nicht untergekommen«, sagte der Gerichtsmediziner Dr. Grot grimmig. Dabei warf er einen vorwurfsvollen Blick in Stutters Richtung, als wäre der durch sein Hiersein für die schrecklichen Taten verantwortlich.

»Können wir ihn identifizieren?«, fragte Tall mit belegter Stimme.

Grot gab ihm keine Antwort, sondern begann äußerst vorsichtig, nachdem sein Assistent entsprechende Fotos gemacht hatte, den Mullverband über dem Gesicht zu lösen.

»Der Lack hat ihm die Nasenlöcher verklebt«, stellte er dabei fest. »Das Auge wurde wie bei den anderen anscheinend nachträglich entfernt.«

Tall sah nervös auf die Leiche und ahnte schon, bevor das Gesicht restlos frei lag, wen er da vor sich hatte. Schließlich stieß er einen tiefen Seufzer aus.

»Edgar Klein.«

»Sie wissen, wer das ist?«, fragte Grot daraufhin überflüssigerweise.

»Unser Entführungsopfer«, antwortete der Hauptkommissar resigniert.

»Könnten wir vielleicht einen Blick auf seine Brust werfen«, schaltete sich Stutter ein, der Grots ungehaltenen Blick ignorierte.

Der Gerichtsmediziner schnitt widerwillig auch den Verband über dem Brustbein auf, und wie von Stutter befürchtet kamen darunter die Spuren von Verbrennungen zum Vorschein.

»Ein weiteres Opfer«, schnappte Jasmin. »Es war also von Anfang an keine Entführung, bei der es um Lösegeld ging, sondern geplanter Mord.«

»Was hat diese Inszenierung der Leiche zu bedeuten?« Stutter fuhr ungeduldig herum. »Können Sie sich einen Reim darauf machen? Welche Bibelstelle hatte der Mörder im Sinn?«, wandte er sich an Jasmin.

Die Kommissarin gab ihm keine Antwort, sondern stapfte zu dem Wagen, in dem man Edgar Klein gefunden hatte. Die Kriminaltechniker gestatteten ihr, den Kofferraum zu schließen. Waritsch hatte ihnen mitgeteilt, dass der Deckel beschmiert gewesen sei, deshalb hätten seine Töchter ihn auch geöffnet.

Jasmin las nun, was dort mit roter Sprühfarbe stand: »Vier Tage, und ihr erwacht!«

Sie atmete geräuschvoll aus, und in der kalten Luft wirkte das, als hätte sie den Rauch einer Zigarette ausgestoßen.

»Ich habe so eine Ahnung«, sagte sie beunruhigt.

Stutter, der ihr gefolgt war, sah sie erwartungsvoll an.

»Ich würde auf Lazarus tippen. Jesus hat ihn von den Toten zurückgeholt.« Sie unterbrach sich und machte ein ernstes Gesicht, bevor sie sagte: »Und zwar nach vier Tagen.«

»Lazarus also«, murmelte Stutter und versuchte sich an irgendetwas zu erinnern, was er im Zusammenhang mit dem Namen schon einmal gehört hatte.

Jasmin half aus: »Lazarus war in sein Grab gelegt worden, bedeckt mit Leichentüchern. Das würde die Mullbinden erklären. Jesus kam vier Tage später zu dem Grab und hat Lazarus auferstehen lassen. Und noch etwas ...« Jasmin sah in Richtung der Bahre, die gerade in den Wagen der Gerichtsmedizin geschoben wurde. »Lazarus ist der Schutzheilige der Leprakranken und Aussätzigen ...«

Stutter schüttelte ungläubig den Kopf, bevor er erwiderte: »Also könnte man Edgar Klein wegen seiner Hautprobleme als Opfer ausgewählt haben?«

»Sieht so aus«, stimmte ihm die Kommissarin zu. »Leider hilft uns das nicht bei der Tätersuche. Diese Bibelgeschichten sind bekannt und leicht nachzulesen. Damit können wir den Kreis der Verdächtigen nicht eingrenzen.«

Stutter gab ihr recht. »Wir sollten mit den Zwillingen sprechen, die die Leiche gefunden haben. Der Vater bestreitet ja, irgendetwas gesehen zu haben. Womöglich wissen die beiden mehr.«

Kurze Zeit später begaben sich Tall, Stutter und Jasmin Nau zusammen mit der Familie Waritsch in den Bürocontainer des Schrottplatzes. Darin war es eiskalt, und selbst der stets schwitzende Tall rieb sich die Hände, um die Finger zu wärmen.

Waritsch blieb weiterhin unfreundlich. »Nichts als Ärger«, murrte er und schob unwillig ein paar staubige Stühle zum Tisch, damit sich alle setzen konnten.

»Was müsst ihr auch diesen verfluchten Kofferraum öffnen?«, schnauzte er seine Töchter an.

»Ich denke, die Familie des Opfers ist froh, nun Gewissheit zu haben. Und Sie hätten die Leiche sicher auch nicht erst im Frühjahr finden wollen«, verteidigte Stutter die jungen Frauen.

Die sahen ihn daraufhin interessiert an und warfen sich anschließend einen vielsagenden Blick zu.

Jasmin fand die Gegenwart der beiden unangenehm. Sicher, sie taten ihr leid. Jetzt aus der Nähe betrachtet wurde noch deutlicher, dass die zwei niemals zu Schönheiten heranreifen würden. Aber trotzdem hatten die Mädchen etwas an sich, das die Kommissarin beunruhigte.

Waritsch quittierte die Zurechtweisung mit einem Schulterzucken und ließ sich breitbeinig auf seinen Stuhl fallen. »Na los, machts Maul auf und erzählt der Polizei, wie ihr da draußen herumgeschnüffelt habt.«

Stutter verzog das Gesicht, unterließ es aber, den Vater erneut zu ermahnen. Lena und Tanja sahen sich zwar an, begannen aber nicht zu sprechen. Noch einmal forderte sie Stutter freundlich auf, ihm zu erzählen, was am Morgen geschehen war.

»Na los«, blökte ihr Vater ungeduldig, und endlich machte eines der Mädchen den Anfang.

»Wir waren wie jeden Morgen auf unserer Runde.«

»Welche Runde?«, hakte der Hauptkommissar nach.

»Wir …« Der Teenager brach ab und senkte den Kopf, was ihre Schwester dazu veranlasste, sie tröstend in den Arm zu nehmen.

Die Polizisten sahen verständnislos zum Vater.

»Herrgott«, bellte der, »dieses Gefühlsgedusel macht mich noch fertig.« Er fuhr sich mit den ölverschmierten Fingern über das Gesicht, und plötzlich wurde sein Blick glasig. »Es ist wegen meiner Frau, Gott hab sie selig.« Umständlich stand er auf, stapfte zum Schrank und holte eine halb volle Flasche Schnaps und kleine Gläser aus der untersten Schublade. Die Polizisten schüttelten einträchtig verneinend den Kopf, als er die Schnapsgläser, die er sich wie Fingerhüte über seine wurstigen Finger gestülpt hatte, fragend in ihre Richtung schwenkte.

»Na dann nicht«, grummelte er und schenkte sich einen Kurzen ein, den er auf ex trank. »Meine Frau ist verstorben, das liegt jetzt drei Jahre zurück. Und die beiden Leuchten hier glauben, wenn sie den Spuren ihrer Mutter folgen, dann bringt das was.«

Es folgte eine Pause, in der er einen weiteren Schnaps herunterstürzte, dann fuhr er fort: »Meine Frau hat morgens immer die Zäune kontrolliert. Jeden Tag ist sie Meter für Meter das Grundstück abgelaufen, war mindestens eine Stunde unterwegs.« Er wandte sich ab und murmelte: »War ne gute Frau, fleißig.«

»Ihr Verlust tut uns sehr leid«, entgegnete Stutter nun etwas sanfter. »Aber da Sie gerade von Kontrolle sprechen, frage ich mich, ob denn jemand einfach so Ihr Grundstück betreten könnte?«

Waritsch antwortete mit einem Schnauben. »Möglich wärs, ich kann ja nicht alles allein machen, die ganze Arbeit auf dem Schrottplatz und im Büro und dann die Mädchen …«

»Haben Sie einen Wachhund?«

»Der ist abgehauen«, brummte Waritsch vorwurfsvoll.

»Und das Tor am Eingang?«

»Schließt nicht mehr richtig, aber ich bin ja sowieso die meiste Zeit hier. Außer …«

»Außer?«, ließ Hauptkommissar Stutter nicht locker.

»Wenn wir in der Klinik sind.«

»In welcher Klinik?« Dieses Mal war es Jasmin, die nachhakte.

Mit der Flasche in der Hand kam der Schrottplatzbetreiber zurück zum Tisch und hievte sich umständlich auf seinen Stuhl. »Die Mädchen gehen dorthin. Die Tante vom Jugendamt hielt es für eine gute Idee.«

»Dürften wir erfahren, worum es bei der Behandlung geht?«, fragte Stutter höflich.

»Trauerbewältigung oder so was eben. Diese Psycho-Anstalt hat einen Kinder- und Jugendtherapeuten, der soll den beiden helfen. Aber ich bezweifle, dass das was bringt. Immer wieder über die gleiche Scheiße reden lässt sie ja kaum weniger stinken, das ist zumindest meine Psychologie«, beantwortete er die Frage und zog geräuschvoll die Nase hoch.

»Wie ist der Name der Klinik?«, fragte Stutter interessiert nach.

»Zum grünen Park«, sagten die Zwillinge gleichzeitig und wie aus der Pistole geschossen. Dabei lächelten sie wieder auf bizarre Weise, dieses Mal dachte Jasmin an schnappende Krokodile.

»Ihr seid also über den Schrottplatz gelaufen und dann?«, nahm Stutter die Befragung wieder auf.

»Wir sahen die rote Farbe auf dem Kofferraum«, begann die eine ihren Satz, den die andere mit den Worten »und wollten nachsehen« beendete.

So verlief die gesamte Vernehmung. Allerdings erfuhren die Polizisten nicht viel Neues – die Zwillinge hatten den Deckel des Kofferraums geöffnet und die Leiche gefunden.

Außerdem waren sie sich ganz sicher, dass der Wagen am Vortag noch nicht besprüht gewesen war. Und da gestern Ruben Waritsch seine Töchter wieder zu einem Termin in die psychiatrische Klinik gefahren hatte, wäre es ein Leichtes für den Täter gewesen, die Leiche während dieser Zeit in besagten Kofferraum zu legen, zumal das Schloss schon seit Langem kaputt war.

»Ist euch denn irgendetwas aufgefallen in den letzten Tagen oder Wochen?«, stellte Stutter die nächste Frage. Er nahm an, dass die Mädchen meist auf dem Gelände waren. Das Wohnhaus der Familie schloss nämlich an den Bürocontainer an.

Waritsch war ein Trinker und sicherlich nicht in der Lage, sein Eigentum zu überwachen. Sie hatten vorhin schon bemerkt, dass an vielen Stellen die Zäune eingerissen waren. Aber womöglich bekamen die Mädchen mehr mit. Als der Beamte sie nun dazu befragte, sahen sie sich zwar an, schüttelten dann aber völlig synchron die Köpfe.

Der Polizist wusste nicht, ob er ihnen glauben konnte.

»Wenn ihr etwas gesehen habt, dann müsst ihr uns das sagen«, forderte er sie nun mit Nachdruck auf.

»Los, macht den Mund auf«, mischte sich der Vater ein, der einen weiteren Schnaps trank, dieses Mal direkt aus der Flasche.

»Wir wissen nichts«, versicherten sie daraufhin im Duett.

»Ihr seid keine Kinder mehr. Der Polizei Informationen vorzuenthalten, ist strafbar«, wagte Stutter einen weiteren Versuch.

Wieder wurden Blicke gewechselt, dann folgte eine unerwartete Reaktion. Die Teenager begannen albern zu kichern. Ihr Lid über dem trüben Auge zuckte dabei unnatürlich, während das gesunde heftig blinzelte, so als bekämen die beiden gerade einen Anfall. Sowohl Tall als auch Jasmin Nau wären jetzt am liebsten sofort aufgesprungen und gegangen.

Waritsch lief bereits rot an und hätte vermutlich einen Schrei fahren lassen, hätte Stutter ihn nicht mit einem Handzeichen davon abgehalten.

»Was ist denn so lustig?«, fragte der Hauptkommissar freundlich.

»Es ist so weit«, gluckste Lena vergnügt. Und wie immer beendete ihre Schwester den Satz, indem sie sagte: »… der Sündenfänger ist gekommen, er hat den Mann in den Kofferraum gelegt.«

»Der Sündenfänger? Wer ist das?«, hakte Stutter nach und versuchte dabei nicht zu viel Druck auf die Teenager auszuüben.

Die schienen sich nun erst recht zu amüsieren und kicherten über die Unwissenheit der Erwachsenen.

»Der Sündenfänger kommt und schlachtet die Menschen ab«, sagte die eine schließlich besserwisserisch. »Dabei ist er richtig brutal, echt fies!«, ergänzte die andere.

Der Hauptkommissar sah zu dem Vater, der zuckte mit den Achseln. »Keine Ahnung, das ist das Internet, da kommen die auf lauter blöde Ideen.«

»Das sind keine blöden Ideen«, ereiferte sich Lena. »Sie können Mildred fragen, die weiß Bescheid«, versicherte Tanja.

»Mildred?«

»Ja, die lebt in der Klinik ›Zum grünen Park‹.«

Stutter riss bei dieser Information überrascht die Augen auf und versuchte mehr zu erfahren. »Und lebt dieser Sündenfänger auch in der Klinik?«, fragte er behutsam.

Die beiden pressten die Lippen zusammen, um das Lachen zu unterdrücken, und schüttelten die Köpfe.

»Mensch, reißt euch zusammen«, griff dieses Mal Ruben Waritsch ein und knallte die flache Hand auf die Tischplatte. Instinktiv rückten die Zwillinge noch näher zusammen und blickten trotzig zu Stutter.

»Habt ihr jemand auf dem Schrottplatz gesehen? Jemand, der sich an dem Kofferraum zu schaffen gemacht hat?« Stutter sprach mit Nachdruck. »Es ist wichtig, dass ihr mir eine ehrliche Antwort gebt!«

Die beiden hatten offensichtlich begriffen und murmelten: »Wir haben niemanden gesehen.«

»Und der Sündenfänger?«

»Wir haben niemanden gesehen«, wiederholten die beiden jetzt deutlich.

»Aber Mildred hat euch von diesem Mann erzählt.«

Dieses Mal nickten die zwei zustimmend.

»Kennt Mildred ihn denn?«

Es folgte ein synchrones Schulterzucken.

Stutter betrachtete die Zwillinge nachdenklich, überlegte, ob er ihnen noch weitere Fragen stellen sollte, entschied sich dann aber dagegen.

»Ich denke, vorerst sind wir hier fertig«, sagte er deshalb beherrscht und war froh, wieder an die frische Luft zu gelangen.

Draußen war es kaum kälter als im Inneren von Waritschs Büro.

»Der Sündenfänger?«, stieß Jasmin überrascht aus. »Ist das ein Hirngespinst oder ein Hinweis? Ich kann mich noch gut an diese Mildred erinnern. Ein gruseliges Weib.«

»Ja, aber wir sollten trotzdem mit ihr reden. Manchmal verbirgt sich hinter solchen bizarren Geschichten ein Funke Wahrheit. Vielleicht weiß sie tatsächlich irgendetwas.«

Tall mischte sich ein: »Ich schlage vor, Sie fahren mit der Kollegin Nau noch einmal in die psychiatrische Klinik. Ist doch komisch, dass deren Name ständig im Zusammenhang mit einer Mordermittlung auftaucht. Ich will wissen, ob die einen ihrer Patienten vermissen, vielleicht ist das unser Täter. Und reden Sie mit den Ärzten, eventuell war es einem Patienten möglich, unbemerkt das Gelände zu verlassen. Und dann diese Mildred. Wer ist die Frau? Und wer ist der *Sündenfänger?* Klären Sie das. Wenn die sich auf stur stellen, besorgen wir einen Beschluss. Ich spreche mit dem Gerichtsmediziner und der Kriminaltechnik, womöglich gibt es da noch etwas Neues. Die Familie von Klein ist mittlerweile unterrichtet, ich versuche, dort mehr zu erfahren.«

* * *

In der psychiatrischen Klinik »Zum grünen Park«, kurze Zeit später

Dr. Schwarz, ein Mann Mitte dreißig, wirkte aufgeräumt und freundlich. »Mildred? Was wollen Sie denn von Mildred?« Er schien verwundert darüber, dass die Polizei mit der Langzeitpatientin sprechen wollte.

Stutter wusste, dass sie ohne richterlichen Beschluss hier waren. Der Arzt war also keineswegs verpflichtet, ihnen Auskunft über die Patientin oder seine Zustimmung zu einem Gespräch mit ihr zu geben.

»Im Prinzip geht es nur um etwas, das uns zwei Zeugen gesagt haben. Wir bräuchten eine Bestätigung von Mildred«, entgegnete ihm der Hauptkommissar.

»Und was für Zeugen waren das?«

Stutter dachte, dass es nicht schaden könne, dem Mann seine Frage zu beantworten, vielleicht würde der sich im Gegenzug dann auskunftsbereiter zeigen. Also legte er seine Karten auf den Tisch.

Doktor Schwarz zog die Augenbrauen in die Höhe. »Die Zwillinge, Lena und Tanja Waritsch?«

»Sie sind überrascht?«

»Ehrlich gesagt, ja. Die Mädchen sind ebenfalls Patientinnen von mir. Ich hätte nicht gedacht, dass sich die beiden ausgerechnet mit Mildred anfreunden würden.«

Jasmin hingegen fand, dass das Trio hervorragend zueinanderpasste, behielt das jedoch für sich.

»Es wäre also vorstellbar, dass die drei aufeinandergetroffen sind?«, setzte Stutter nach.

»Ja. Mildred darf zwar die Klinik nicht verlassen, aber innerhalb des Gebäudes kann sie sich, wie fast die meisten Patienten, frei bewegen. Wir haben nur einmal die Woche Kinder- und Jugendsprechstunde, ansonsten gibt es nur wenige ambulante Patienten.« Doktor Schwarz blickte nun noch interessierter zu dem Polizisten, bevor er schließlich sagte: »Was haben die Zwillinge erzählt?«

Stutter kam sich ein wenig albern vor, als er die Worte der Mädchen wiederholte.

Aber der Arzt zeigte keinerlei Verwunderung. Das Gegenteil war der Fall, und er schien genau zu wissen, worum es ging.

»Der Sündenfänger? Na, den kann auch ich Ihnen vorstellen, bitte kommen Sie mit.«

Kurze Zeit später standen sie in einem der Aufenthaltsräume. »Vermutlich hat Mildred den Waritsch-Zwillingen dieses Bild gezeigt, und die Fantasie ist mit den beiden durchgegangen.«

Die Beamten betrachteten das Gemälde. Es wurde von zwei Lampen angestrahlt und hätte aufgrund seiner dunklen Farben und der düsteren Stimmung auch in einer Kirche hängen können.

Auf einem kleinen Schild darunter stand: »Der Sündenfänger – von Gabriel Willer.«

* * *

Die hohen Flammen der Altarkerzen flackerten unruhig und warfen gespenstische Schatten an die Wände. Der halb nackte Frauenkörper auf dem Opfertisch stemmte sich gegen die Fesseln an Händen und Füßen. Über das Gesicht der Gefangenen hatte man eine weiße Maske gezogen, deren Züge vollkommen ausdruckslos waren. Ein Spruch in Latein wurde aufgesagt, dann hob eine verhüllte Gestalt neben dem Altar eine silberne Schale an. Das Kerzenlicht brach sich in der polierten Oberfläche.

»Es ist vollbracht«, rief die Person voller Eifer, und man erkannte, dass sich eine Frau hinter dem dunklen Gewand verbarg.

»Somit ist es an der Zeit, die Sünderin zu bestrafen«, erklang nun ein tiefer Bass. Ein Mann trat hervor. Sein Blick war abwesend, so als wäre nur sein Körper im Hier und Jetzt, während sein Geist in anderen Sphären schwebte. Er trug lediglich einen engen Lendenschurz. Sein braun gebrannter, durchtrainierter Körper glänzte vom Öl, mit dem er sich eingerieben hatte. Dunkle Haare, am Oberkopf zusammengebunden, gaben ihm das Aussehen eines wilden Kriegers. Er streckte die Hand aus, und sofort reichte ihm die Frau in der Kutte ein Messer. Es hatte beinahe die Größe einer Machete, allerdings mit einer gezackten Klinge ähnlich der von Sägeblättern.

Ohne Hast tauchte er es in die silberne Schale und hob es anschließend ins Licht. Eine rote Flüssigkeit tropfte über den Stahl, bildete ein Rinnsal, das vom Schaft des Messers direkt über die muskulösen Unterarme des Mannes lief.

»Bist du bereit zu sterben?«, richtete er das Wort an die Geisel auf dem Altar.

»Bitte lasst mich doch gehen«, stammelte die hilflos und riss unter der Maske die Augen angstvoll auf.

Sie erhielt jedoch keine Antwort, wand sich erneut und stieß einen Schrei aus, als der Mann nun das Messer direkt auf ihren flachen Bauch legte.

Anschließend kletterte er geschickt zu ihr hinauf. Auf allen vieren beugte er sich über sie und hatte dabei die angriffslustige Haltung eines Kojoten, so als warte er nur auf eine falsche Bewegung, um dann zuzubeißen.

»Lass sie leiden«, flüsterte die Frau in der Kutte gehässig. »Sie soll Schmerz spüren für all ihre Sünden!«

»Oh ja, das wird sie. Nur der Schmerz führt zur Erlösung.«

Er berührte sie mit den Händen, streifte ihr über die bebenden Brüste, richtete sich dann auf und ließ sich von seiner Gefährtin eine brennende Kerze reichen.

»Spürst du schon das Höllenfeuer?«, flüsterte er mit irrem Blick und bewegte die Flamme nur wenige Millimeter über dem gefesselten Frauenkörper hin und her, so als würde ihm das ein unbändiges Vergnügen bereiten. »Es wird noch tausendmal heißer Brennen«, drohte er. Dabei tropfte Wachs auf die Haut der gefesselten Frau, und diese schrie vor Schmerz auf.

* * *

In der psychiatrischen Klinik

»Du meine Güte«, entfuhr es Jasmin Nau, als sie das Bild nun näher betrachtete. »Was ist das?«

Stutter starrte ebenfalls auf das Gemälde. Einerseits faszinierte ihn die Darstellung, andererseits stieß sie ihn ab.

Die Gestalt im Vordergrund sollte ganz offensichtlich den Sündenfänger verkörpern. Sein Kopf hatte am ehesten Ähnlichkeit mit einem dämonischen Hund und saß auf einem Menschenkörper. In den Händen hielt das Untier blutige Messer. Sein Zähnefletschen und die stechenden Augen schienen direkt dem zu gelten, der ihn betrachtete. Bilder mit dieser Technik zu malen, war sicher nicht einfach. Den Hintergrund erfasste man erst auf den zweiten Blick. Im Feuer liegende aufgeschlitzte Leichen, unverkennbar die Opfer des Monsters im Vordergrund, stapelten sich auf dem Boden.

»Ganz schön brutal«, kommentierte Jasmin, die sich fragte, ob in solch einer Umgebung nicht etwas Beruhigenderes angebracht wäre.

»Ja, aber damit auch nahe an der Realität«, gab Doktor Schwarz zurück.

»Wissen Sie, was es bedeutet?«, wollte Stutter wissen.

»Ehrlich gestanden halte ich es einfach für eine Vision des Künstlers von der Apokalypse.«

»Sie meinen *die Apokalypse*, das Ende der Welt, die Offenbarung des Johannes?«, hakte Jasmin interessiert nach. »Wie kommen Sie darauf?«

Auch Stutter war gespannt auf die Antwort.

Doktor Schwarz sah die beiden überrascht an. »Sie scheinen die Arbeiten von Gabriel Willer nicht zu kennen.«

Er betrachtete ihre Gesichter und wusste, dass er damit richtiglag. »Gut, es ist ganz einfach. Willer malt ausschließlich Motive dieser Art. Religiöse Bestrafung, Opferung, Morde aus der Bibel, Aberglaube, Hexenverfolgung, so was eben.«

Stutter kniff die Augen zusammen. »Ist Herr Willer denn ein gläubiger Mensch?«

Schwarz lachte. »Also, so gut kenne ich den Mann nicht. Ich bin ihm nur ein paar Mal begegnet.«

»Und wann war das?«

»Zum Beispiel, als wir die Kapelle nach der Renovierung eingeweiht haben. Ein Abend mit den Sponsoren. Willer gehörte auch zu den Spendern.«

»So wie der Politiker Lutz Härtgen?«, hakte Stutter nach.

»Genau. Härtgen und Edgar Klein und …«

Der Hauptkommissar unterbrach den Arzt: »Sagten Sie gerade Edgar Klein?«

»Ja, der Mann hat ein großes Fensterbauunternehmen. Von ihm stammten die Mosaikfenster«, antwortete Schwarz bereitwillig.

Stutter verzog das Gesicht. Natürlich, das hätte ihm auffallen müssen. In der Kapelle hatte man die Tafel mit dem Namen des Wohltäters angebracht. Er hatte das damals registriert, aber nicht auf den Namen geachtet.

»Wann war diese Eröffnung?«

»Im Dezember letzten Jahres, der junge Pfarrer hatte gerade die Vertretung übernommen, daran kann ich mich noch erinnern.«

Die Beamten wechselten einen vielsagenden Blick.

»Können Sie sich auch noch daran erinnern, wer Härtgen begleitet hat?«

Schwarz errötete leicht, als er antwortete: »Seine Frau« – so wie er das sagte, hörte man heraus, dass die schöne Rothaarige großen Eindruck auf den Arzt gemacht hatte – »und seine Sekretärin oder Assistentin, aber den Namen weiß ich nicht mehr.«

»Und dieses Bild, wie lange hängt das schon hier?«

Schwarz zuckte mit den Achseln: »Das kann ich Ihnen nicht sagen, es war schon da, als ich letztes Jahr diese Stelle angetreten habe.«

»Sie sind erst seit Kurzem in der Klinik?«

»Ja, ich hatte Glück. Normalerweise ist es schwer, eine leitende Position in so einer interessanten Arbeitsumgebung zu finden.« Den Begriff »gut bezahlt«, ließ er aus. »Aber mein Vorgänger ist völlig unerwartet verstorben. Ich kam von einem Auslandsaufenthalt zurück, war gerade frei und ...« Er machte ein Gesicht, als wollte er »Bingo!« sagen, schwieg jedoch, weil er das vermutlich in Anbetracht der Umstände für unangebracht hielt.

»Wenn Sie die medizinische Leitung haben, dann können Sie uns doch sicher Auskunft darüber geben, ob einer Ihrer Patienten vermisst wird?«

Doktor Schwarz lächelte: »Nein, wir sind vollzählig.« Er schnalzte mit der Zunge, bevor er sagte. »Ich verstehe das. Sie suchen einen Mörder, und die Patienten einer Einrichtung wie der unseren bieten sich da natürlich an, aber hier gelten strenge Sicherheitsvorkehrungen. Tagsüber ist es den Patienten gestattet, den Park aufzusuchen, aber von dort gelangt man nicht nach draußen. Das geht nur über den Hauptausgang des Gebäudes, und für den benötigt man eine spezielle Schlüsselkarte. Um zwanzig Uhr wird die Klinik verschlossen, auch der Zugang zum Park. Kein Patient könnte also nachts hinaus.«

»Haben Sie denn auch Fälle von religiösem Fanatismus?«, wechselte der Hauptkommissar das Thema. Gäbe es nämlich ein Sicherheitsrisiko, dann würde es ihnen dieser Mann bestimmt nicht sagen.

Wieder ein Lächeln von Schwarz, dieses Mal wirkte es mitleidig: »Was Sie Fanatismus nennen, beschreibe ich als die Suche nach Halt. Ja, einige unserer Patienten finden in der Religion die Rettung. Wir ermutigen sie dazu nicht, aber manchen hilft es tatsächlich.«

»Und die anderen?«, ließ Stutter nicht locker.

»Das kommt darauf an. Manche können daran auch kaputtgehen.« Es war eine ehrliche Antwort, etwas, das der Hauptkommissar dem Mann anrechnete.

»Sie würden denen zutrauen, im Namen Gottes zu töten?«

»Nein, aber eine kranke Psyche vorhersagen zu wollen, wäre vermessen. Allerdings tun wir unser Bestes, um zu verhindern, dass die Krankheit Züge annimmt, die Gefahr für den Betroffenen oder seine Umgebung bedeuten. Wir wirken mit Therapie ein, und wenn das nicht hilft, mit Medikamenten. Sie können darauf vertrauen, dass wir in dieser Hinsicht kein Risiko eingehen.«

»Was ist mit Mildred? Ich bin ihr das letzte Mal begegnet, und sie wirkte …« Stutter suchte nach Worten.

»Ich nehme an, Sie wollten *verstörend* sagen?«

Der Beamte nickte.

»Ich darf Ihnen nicht einfach Auskunft geben, kann aber sagen, dass von Mildred keinerlei Gefahr ausgeht«, fügte der Arzt an.

»Wir müssten mit ihr sprechen. Natürlich können Sie bei dem Gespräch dabei sein.«

»Einverstanden, sagen wir, gleich morgen früh.« Er sah

Stutters Unmutsfalte wegen der Verzögerung und erklärte: »Sie war letzte Nacht sehr unruhig, und ich musste ihr Sedativa geben. Glauben Sie mir, morgen ist ein besserer Tag.«

In dem Moment öffnete sich die Tür, und eine aufgeregte Oberschwester rief: »Schnell, Herr Doktor, ein Notfall auf der Zwei!«

Der Arzt war sofort alarmiert und verließ mit kurzem Gruß und eiligem Schritt den Raum.

* * *

»Au!«, schrie die Frau auf dem Altar noch einmal. Sie hörte auf, sich zu winden, und rief außer sich vor Zorn: »Mann, Jan, du Arschloch, was soll das denn?«

Ein lautes »Schnitt« entzauberte die Szenerie.

Lichter gingen an, und die Menschen hinter den Kameras kamen in Bewegung.

Vera Lenardo kniff verärgert die roten Lippen zusammen. Es war, als wäre die Welt zurzeit gegen sie, und jetzt musste sie sich auch noch mit diesen Dilettanten herumschlagen.

Mit großen Schritten durchquerte sie das Filmset und blieb neben dem Holzquader stehen, den man zum Altar umfunktioniert hatte.

»Was?«, zischte sie zwischen ihren weißen Zähnen hervor. »Was ist so schwer an diesem Dreh?«

»Er hat mich verbrannt«, jammerte die junge Frau, die das Opfer spielen sollte. Man hatte ihr die Fesseln abgenommen und die Maske hochgeschoben. Jetzt rieb sie sich die leichte Hautrötung, die das Kerzenwachs verursacht hatte.

»Verbrannt?« Vera hatte ihre Tonlage verändert, und jeder, der sie kannte, zog vorsichtshalber das Genick ein.

»Wenn du nicht einmal ein bisschen Wachs aushältst, meine Liebe« – sie trat näher auf die Darstellerin zu – »dann wirst du künftig höchstens in einem drittklassigen Porno deine Talente unter Beweis stellen können.«

Der Mann mit der wilden Frisur lachte auf, ein Fehler, denn sofort schenkte Vera ihm ihre Aufmerksamkeit. Sie blickte demonstrativ auf den engen Lendenschurz, bevor sie zornig sagte: »Und für dich, mein Lieber, wird es nicht einmal mehr dazu reichen.«

Damit drehte sie sich um und ließ die beiden stehen.

Der Regisseur nahm das als Zeichen und rief: »Alles noch mal auf Anfang!«

Vera hörte seine Anweisungen nicht mehr. Sie war wutschnaubend aus dem Raum gestürmt, nur um ausgerechnet dem Chef des Senders in die Arme zu laufen.

»Vera, meine Liebe«, sagte der so zuckersüß, dass sie sofort Gefahr witterte. »Gut, dass ich dich treffe.« Der zweite Satz aus seinem Mund kam ihr bereits wie ein Angriff vor. »Wir müssen über deine Sendung sprechen« war das Messer, das ihr eine tödliche Verletzung zufügen sollte.

»Was ist damit?«, fragte sie jedoch freundlich, obwohl ihre Nerven bereits zum Zerreißen gespannt waren.

»Nun …« Er legte kameradschaftlich den Arm um ihre schmalen Schultern und bugsierte sie so zu einer Sitzecke, wo sie ungestört sprechen konnten. »Du weißt, wir sind nur ein kleiner Haufen …« Auch seine flapsige Ausdrucksweise war kein gutes Zeichen. »Und meine Partner haben in letzter Zeit Bedenken geäußert.«

»Ich liefere eine gute Show, was gibt es da für Bedenken?«

»Das ist es eben, du lieferst eine Show!«

Sie wollte widersprechen, aber er hob gebieterisch die Hand. Der Kumpel war verschwunden, der Buchhalter hatte seinen Platz eingenommen.

»Wir wollen keine Show, wir wollen Realität. Als du damals mit dem Vorschlag angekommen bist, eine Sendung über religiös motivierte Verbrechen zu machen, da hast du uns das als seriöse Reportagen verkauft.«

»Und ihr wolltet mehr Action, also haben wir angefangen, Szenen nachzustellen. Es gibt bei allem einen Bezug zu echten Verbrechen.«

Na ja, bei manchen zumindest, fügte Vera in Gedanken an, behielt diesen Kommentar aber wohlweislich für sich.

»Pillepalle«, wiegelte ihr Chef ab. »Dieses Gekasper interessiert doch keinen mehr. Die Quoten sinken jede Woche, weil die Menschen schaurige Realität wollen und keinen abgeschmackten Hokuspokus.«

»Und wie soll ich das anstellen? Selbst losziehen und im Namen Satans wildfremden Menschen die Herzen rausschneiden?«

»Wäre ein Anfang«, antwortete der Senderchef mit einem amüsierten Lächeln. »Du hast gesagt, du lieferst uns, was wir wollen. Die Sache ist einfach, entweder *du* machst das oder jemand anderes.«

* * *

Nur zwei Stunden später saß Vera beim Frisör.

»Rot, wirklich rot?«, fragte Arne entsetzt und zog einen beleidigten Schmollmund. »Wir haben dir ein so wundervolles Blond verpasst, und jetzt willst du meine Arbeit einfach so ruinieren?«

Arne war eigen, was seine Kreationen anging, und er konnte es sich leisten, die Diva zu spielen. Kunde bei einem begehrten Frisör zu sein, galt nach wie vor als Statussymbol. Und in Arnes Kartei aufgenommen zu werden, war fast schwieriger, als die Mitgliedschaft in einem renommierten Golfklub zu erhalten.

»Ich bin mir sicher, du kriegst auch das hin!«

Der Meister der Haarpracht beantwortete Veras Kommentar nur mit einem ungehaltenen Schnaufen und rief nach seinem Gehilfen, der auch sein Lebenspartner war.

»Purzelchen«, wie Arne ihn nannte, schlug entsetzt die Hände über dem Kopf zusammen, als er von Veras Wunsch erfuhr.

»Du musst ihr davon abraten, Hase!«, drängte er deshalb seinen Gefährten.

Vera war ab diesem Zeitpunkt Luft für die beiden, die eifrig die gesamte Palette der Rottöne durchdiskutierten. Die junge Frau war zufrieden. Wenn jemand aus ihr eine verführerische Rothaarige machen konnte, dann Arne. Sie betrachtete ihr Spiegelbild. Jetzt zahlte es sich aus, dass sie in den letzten Monaten keinen Tag Urlaub gehabt hatte. Sie war so bleich wie eine Porzellanpuppe, und die braunen Augen mit den geschwungenen Wimpern wirkten daher fast schwarz. Mit den roten Haaren würde sie fantastisch aussehen.

Sie wusste, was man hinter ihrem Rücken flüsterte; ihr Team nannte sie den »blonden Hai«. Damit konnte Vera leben, aber nicht mit dem Ende ihrer Karriere. Zu hart hatte die Achtundzwanzigjährige dafür gearbeitet. Vor zwei Jahren schaffte sie dann den Durchbruch und bekam eine eigene Sendung. Zugegeben, sie hatte es sich seither bequem gemacht, die Recherche vernachlässigt und nur noch auf die erfundenen Szenen gesetzt, die sie besonders reißerisch aufgezogen hatte. Aber offensichtlich wirkte das nicht mehr. Allerdings war Vera Lenardo ein Stehaufmännchen und hatte bereits einen Plan B.

Heute würde sie Kontakt mit einem alten Freund aufnehmen, er hatte ihr schon einmal geholfen. Sie betrachtete die aufgeschlagene Zeitschrift auf ihrem Schoß. Auf einer Doppelseite war Lutz Härtgen abgebildet, und der Text berichtete über den Mord an dessen Assistentin. Während Arne etwas unwirsch ihr schulterlanges Haar durchbürstete, las sie zwischen den Zeilen des reißerischen Artikels.

Fakten fand sie wenig, aber ihr reichte der Umstand, dass man die Leiche vor einer Kapelle abgelegt hatte. Das musste genügen, um die Quoten ihrer Sendung zu erhöhen. Tatsächlich hielt die Polizei sämtliche Details unter Verschluss, auch vom Politiker Härtgen gab es keine Stellungnahme. Eigentlich merkwürdig, da der nicht gerade dafür bekannt war, die Öffentlichkeit zu scheuen. Normalerweise hätte sie sich nicht die Mühe gemacht nachzuforschen, denn meist kam dabei nicht viel Spektakuläres heraus. Deswegen waren die erfundenen Geschichten auch definitiv besser. Aber da man sie unter Druck setzte, blieb ihr keine Wahl.

Sie dachte an die Worte ihrer verstorbenen Mutter, die immer zu sagen gepflegt hatte: »Alles ist für etwas gut.«

Offensichtlich stimmte diese Weisheit. Denn jetzt zahlte es sich aus, dass Vera vor ungefähr zweieinhalb Jahren einen heftigen, wenn auch peinlichen One-Night-Stand mit Härtgen gehabt hatte, wenn man das überhaupt so nennen konnte. Auf der Rückbank seiner Limousine war er regelrecht über Vera hergefallen, die ganze Sache hatte drei Minuten gedauert, und danach hatte sie sich noch anhören müssen, wie sehr er seine Frau liebte.

Sie hatte ihn damals genervt gefragt, warum er dann mit anderen Frauen schlafen würde – seine Antwort war in ihren Augen die eines typischen Fremdgängers gewesen: »Das ist kompliziert, das würdest du nicht verstehen!«

Wenigstens hatte er Wort gehalten und sie jemandem vorgestellt, der wieder jemanden kannte und so weiter, bis sie beim Senderchef gelandet war.

Heute Abend würde sie erneut versuchen über Lutz Härtgen ihre Träume zu verwirklichen.

Sie grübelte noch eine ganze Weile über ihr Vorhaben nach, und erst als Arne sie mit einem »Bitte schön« aus ihren Gedanken riss, sah sie bewusst in den Spiegel.

Die Frau, die ihr jetzt entgegenstarrte, schien auf den ersten Blick eine Fremde zu sein, aber eine äußerst attraktive Fremde. Der Frisör hatte ganze Arbeit geleistet und mit dem warmen Rotton, den er ausgewählt hatte, perfekt Veras Typ unterstrichen.

Purzelchen eilte herbei und war voller Lob für den Meister. Der wiederum strahlte über das ganze Gesicht, weil er das Gefühl hatte, einmal mehr das absolut Unmögliche geschafft zu haben.

Vera, was Gefühle anging sonst eher zurückhaltend, umarmte den Frisör voller Dankbarkeit.

»Du hast mir das Leben gerettet«, flüsterte sie ihm dabei ins Ohr und bezahlte gerne den Rechnungsbetrag, von dem eine vierköpfige Familie vermutlich eine Woche lang hätte leben können.

Kapitel 8

In der Zwischenzeit hatte der Gerichtsmediziner Dr. Grot einen ersten vorläufigen Bericht angefertigt. Wie vermutet war Edgar Klein unter den lackgetränkten Mullbinden erstickt. Die Verbrennungen, die ihm vor seinem Tod zugefügt worden waren, stammten wie auch bei den anderen beiden Opfern von einer Zigarre. Dieses Mal gab es jedoch noch ein interessantes Detail: Man hatte den Leichnam mit Benzin übergossen. Der Arzt vermutete, dass der Täter auf diese Weise Spuren vernichten wollte. Außerdem ging Grot davon aus, dass Edgar Klein vor vier Tagen, also relativ kurz nach seiner Entführung, verstorben war.

Während Hauptkommissar Tall mit Kleins Familie sprach, hatten sich Stutter und Jasmin Nau auf die Suche nach dem Maler Gabriel Willer gemacht. Sie hatten eine kleine Odyssee hinter sich, als sie endlich den Kontakt zu dem Künstler herstellen konnten, der bereit war, die Beamten in seinem Loft nicht weit vom Frankfurter Bahnhofsviertel zu empfangen.

Sie erreichten die ehemalige Industriehalle gegen Mittag. Die Rollläden an den großen Fenstern, die man nachträglich in die unverputzte Fassade eingesetzt hatte, waren noch verschlossen.

Auf ihr Klingeln wurde nicht sofort reagiert, und die Polizisten glaubten schon, sich in der Tür geirrt zu haben, denn ein Namensschild konnten sie nirgends entdecken, als ihnen schließlich doch noch geöffnet wurde. Gabriel Willer war wesentlich jünger, als sie vermutet hatten. Sie schätzten ihn auf etwa fünfundzwanzig.

Willer seinerseits musterte die Polizisten neugierig. Vor allem Jasmin hatte es ihm angetan. Er scannte sie regelrecht und versuchte nicht einmal, sein Interesse an ihr zu verbergen.

Frecher Kerl, ging es der Kommissarin durch den Kopf, die nur ungern zugab, dass sie sich auch ein wenig geschmeichelt fühlte. Immerhin sah Gabriel Willer blendend aus. Und seine Augen hatten etwas Rastloses, was ihm den anziehenden Charme eines Bad Boys verlieh.

»Sie kommen wegen meiner Bilder?«, sagte er schließlich anstatt einer Begrüßung und gähnte ungeniert.

»Wir kommen wegen einer Mordermittlung«, schleuderte ihm Stutter entgegen, den es ärgerte, wenn Menschen sich unhöflich benahmen.

»Von mir aus«, entgegnete der Künstler lahm und ließ sie einfach unter der Tür stehen, während er die kleine Treppe zum Wohnraum nach oben stieg. Offensichtlich sollten sie ihm folgen. Willer trug nur einen Bademantel, ein sehr altes, abgetragenes Frotteeexemplar, das noch von seinem Großvater hätte stammen können. Es war ursprünglich dunkelbraun gewesen, aber jetzt konnte man die verblasste Originalfarbe nur noch schwer erkennen.

Im oberen Raum wartete dann die nächste Überraschung auf die Beamten. Was sie dort vorfanden, war kein Wohnzimmer, sondern ein riesiges Atelier, das die gesamte Fläche des Stockwerks einnahm. Überall standen Leinwände, bemalt, zerrissen, lieblos gegen die Wand gelehnt, oder sorgfältig mit Schutzfolie überzogen. Die Regalböden, so schien es, bogen sich unter ihrer Last. Unmengen von Farbtuben, Pinseln und sonstigen Utensilien, die der Künstler zum Arbeiten benötigte, stapelten sich dort. Für einen Außenstehenden erinnerte das Atelier eher an eine chaotische Sammlung von Sondermüll. Es roch nach Terpentin und Lack, und erst jetzt bemerkte Jasmin, dass der Mann an Händen und Füßen voller Farbspritzer war. Nur der Bademantel war verschont geblieben. Da alle Rollläden geschlossen waren, empfing sie gleißendes Neonlicht.

»Sie haben gearbeitet?«, fragte Stutter interessiert und näherte sich dem unfertigen Werk auf der Staffelei.

»Ich habe es versucht, aber mir fehlt heute die Inspiration, das ist Schrott!«

Stutter empfand das anders, ihn bewegte das Bild. Die auf dem Boden kniende Frau mit den angsterfüllten Augen schien ihn direkt anzublicken. Der junge Mann besaß ein Talent dafür, seine Darstellungen lebendig wirken zu lassen. Mit einem gewissen Unbehagen erkannte der Hauptkommissar aber auch, dass neben der Frau kleine Steinbrocken lagen.

»Darf ich nach dem Titel fragen?« Stutter bemühte sich, möglichst gelassen zu klingen, war innerlich aber angespannt.

»Wenn Sie erst den Titel brauchen, um es zu erkennen, dann habe ich wohl versagt«, entgegnete der Künstler und lächelte so entwaffnend, dass selbst Stutter nicht umhinkonnte, den jungen Mann einen Augenblick lang sympathisch zu finden.

Willer griff zwischen seine Farbtuben und zog eine Bierdose hervor. Als er sie öffnete, schäumte die Flüssigkeit über seine Hand. Er trank einen großen Schluck und wischte sich die Finger am Morgenmantel ab. Dann ließ er sich auf eine Couch fallen, die voller Tücher und farbverschmierter Lappen war. Er hatte die Beine lässig angezogen, und der Bademantel gab die Sicht auf seine nackte Männlichkeit frei. Jasmin bereitete es Schwierigkeiten, darüber hinwegzusehen.

Schließlich sprach Stutter ein Machtwort: »Herr Willer, wir ermitteln in einem Mordfall! Drei Menschen sind tot. Also bitte, stehlen Sie uns nicht unsere Zeit. Beantworten Sie nur unsere Fragen und tun Sie uns allen einen Gefallen und bedecken Sie gefälligst Ihren Penis.«

Willer, der es offensichtlich selten mit Menschen zu tun hatte, die ihm seine Spielchen nicht durchgehen ließen, grinste amüsiert.

»Sorry«, sagte er, »Sie sind sicher einer von der harten Sorte.« Stutter hob nur eine Augenbraue, was den jungen Mann endlich veranlasste, sich aufrecht hinzusetzen und den Bademantel züchtig zuzuziehen.

Trotzdem konnte er es nicht unterlassen, sich noch einmal provozierend an Jasmin zu wenden: »Ich male immer nackt. Da fühle ich mich lebendiger, und ich muss hinterher keine Kleider waschen.«

Die Kommissarin errötete, und Stutter griff ein. »Also, wie heißt das Bild?« Er deutete mit dem Finger auf die Staffelei.

»Wenn das für Sie so wichtig ist … Ich werde es ›Die Steinigung‹ nennen.« Daraufhin trank er einen Schluck des warmen Dosenbiers und rülpste geräuschvoll.

Während Stutter ihm mit Freuden eine gelangt hätte, wäre Jasmin am liebsten sofort mit Gabriel Willer ins Bett gesprungen.

»Gut, dann bräuchte ich Ihr Alibi für die Morde«, sagte Stutter kühl.

»Müssten Sie mir jetzt nicht zuerst sagen, dass ich das Recht auf einen Anwalt habe?«, entgegnete der Künstler daraufhin spöttisch. Allerdings straften ihn die nervös blinzelnden Augen bezüglich seiner Abgebrühtheit Lügen.

Stutter war das nicht entgangen.

Der hat Angst, dachte der Hauptkommissar nicht ohne eine gewisse Genugtuung. Er ignorierte daher die Bemerkung und fragte erneut nach dem Alibi.

»Ich war mit meiner Mutter zusammen. Sie wird Ihnen das bestätigen können.«

»Ihre Mutter?«, hakte Jasmin ungläubig nach, und sofort verlor der Maler einen Teil seiner Anziehungskraft.

Stutter hätte sich gewünscht, seine Kollegin wäre mit ihrer Frage nicht so herausgeplatzt, aber da das nicht mehr zu ändern war, fuhr er ganz direkt fort: »Sie wohnen mit Ihrer Mutter zusammen?«

Willer zögerte. »Meine Mutter ist Witwe, ich bin ihr einziges Kind, daher fühle ich mich verpflichtet, ihr beizustehen.«

»Wann ist Ihr Vater denn gestorben?«

»Vor zwanzig Jahren!«

Noch bevor einer der Beamten daraufhin etwas sagen konnte, hörten sie das Aufschließen der Haustür. Es folgte ein Rufen, die Stimme der Frau klang unangenehm schrill. »Schätzchen, arbeitest du?«

Gabriel Willer verzog ärgerlich das Gesicht. »Mutter, ich bin im Atelier, die Polizei ist da!«

Kaum hatte er diesen Satz ausgesprochen, stürzte auch schon Frau Willer in den Raum und glich dabei einer zähnefletschenden Wölfin, die gerade einen Unbefugten bei ihren Jungen überraschte.

»Was wollen Sie hier?«, fuhr sie die Beamten an, trat hinter ihren Sohn, der sich schicksalsergeben auf dem Sofa lümmelte, und legte ihm beide Hände auf die Schulter. Die Geste hatte etwas Besitzergreifendes, und Jasmin beäugte die Frau nun mit besonderem Interesse.

Lydia Willer war eine unglaublich attraktive Witwe. Vermutlich hatte sie ihr Kind sehr jung bekommen, denn sie war höchstens Mitte vierzig. Die enge Röhrenjeans und die bunte Winterjacke verstärkten das jugendliche Bild der Frau. Die Haare trug sie ganz kurz, allerdings passte die Frisur hervorragend zu ihrem symmetrischen Gesicht, das lediglich ein paar feine Linien als Zeichen des Alterns aufwies.

»War es nett beim Frisör?«, fragte ihr Sohn ohne wirkliches Interesse.

»Schätzchen, was spielt denn das jetzt für eine Rolle?«, erwiderte seine Mutter, als würde sie einem Dreijährigen Antwort geben, griff sich dann aber doch an den Kopf.

Zu den Polizisten gewandt knurrte sie: »Also, worum geht es?«

Stutter schwieg beharrlich, schließlich war er nicht verpflichtet, der Mutter eines erwachsenen Mannes Auskunft zu geben. Ihn interessierte viel mehr, wie der Künstler auf die Einmischung reagierte.

»Was ist hier los, Schätzchen?«, wandte sich Frau Willer schließlich genervt an ihren Sohn, als sie bemerkte, dass ihre herrische Art bei den Beamten nicht wirkte.

»Mord, Mutter«, sagte der endlich, und Frau Willer stöhnte auf.

»Oh mein Gott«, rief sie entsetzt, umrundete die Couch und platzierte sich neben dem jungen Mann. Dabei legte sie zärtlich ihre Hand auf seinen Oberschenkel.

»Jemand hat während der Ermittlungen meinen ›Sündenfänger‹ erwähnt.« Und an Stutter gewandt: »Da habe ich Sie doch am Telefon richtig verstanden, oder?«

»Eines deiner besten Bilder«, fügte die Mutter stolz an.

»Wir haben es gesehen, beeindruckend«, sagte Stutter auf eine Weise, die nicht erkennen ließ, ob er es wirklich so meinte oder nur höflich sein wollte.

Gabriel betrachtete den Polizisten mit zusammengekniffenen Augen, so als wollte er das herausfinden, während Frau Willer blaffte: »Und du überlässt es einem Haufen Irrer.«

Die Erklärung für die Großzügigkeit des Künstlers folgte direkt aus dessen Mund. Gereizt erwiderte er: »Vergiss nicht, dass ich selbst einer von diesen *Irren* war!«

Stutter horchte auf. »Sie waren Patient in der Klinik?«

»Aber, Schätzchen, das kann man doch nicht vergleichen«, ignorierte Frau Willer den Hauptkommissar. »Du bist ein Künstler, eine sensible Natur. Natürlich durchlebst du Phasen, in denen du Beistand benötigst. Aber das ist etwas anderes. Man kann dich nicht mit diesen Spinnern über einen Kamm scheren. Ich hätte dich niemals bei diesen Verrückten lassen dürfen.«

»Mutter!«, fuhr Gabriel sie an.

Tatsächlich schwieg die Frau daraufhin, tat aber so, als wäre ihr der wütende Tonfall des Sohnes nicht aufgefallen.

Der wandte sich nun an Stutter: »Ich hatte schwere Depressionen, und ich war freiwillig dort. Die haben mir sehr geholfen.«

»Ja.« Frau Willer schnalzte mit der Zunge. »Vor allem dieses kleine Flittchen.«

»Lass Bellinda da raus.« Dieses Mal sprang Gabriel auf. Seine Haltung veränderte sich, und er blitzte seine Mutter zornig an.

Wieder verharmloste die die Reaktion des Sohnes, indem sie die Hände hob, ebenfalls aufstand und säuselte: »Schon gut, ich bin schon still. Aber du wirst doch zugeben, dass Bellinda« – den Namen spie sie verächtlich aus – »dir kein Glück gebracht hat.«

Der Hauptkommissar war neugierig. »Sie kennen Bellinda Merlhof?«

Obwohl die Mutter versprochen hatte zu schweigen, lieferte sie voller Gehässigkeit die Antwort: »Er ist ihr hinterhergelaufen wie ein kleines Hündchen, und dabei hatte sie sich längst für diesen bigotten Krankenpfleger entschieden, der aussieht wie ein Höhlenmensch. Furchtbarer Kerl.«

»Du solltest uns jetzt vielleicht allein lassen«, sagte Gabriel sehr leise und sehr bedrohlich.

Endlich schien auch seine Mutter zu bemerken, dass sie den Bogen überspannt hatte.

Das verlegene Schweigen, das nun entstand, unterbrach sie mit einem affektierten spitzen Aufschrei: »Ach, da fällt mir ein, dass ich noch einen Termin habe.« Sie ließ es sich nicht nehmen, vor Gabriel zu treten, um ihm einen Kuss zu geben. Sie wollte seinen Mund berühren, doch er drehte in letzter Sekunde den Kopf zur Seite und hielt ihr die Wange hin.

Stutter befragte sie noch nach den Alibis ihres Sohnes, die sie alle bestätigte. Allerdings war dem Hauptkommissar längst klar geworden, dass diese Frau ihren Spross immer decken würde, egal, um welchen Vorwurf es ginge.

Mit hoch erhobenem Haupt verschwand Lydia Willer schließlich in der nächsten Etage, offensichtlich die Wohnräume der Familie. Jasmin war sich ziemlich sicher, dass sie das folgende Gespräch belauschen würde.

»Meine Mutter ist sehr um mein Wohl besorgt«, nuschelte Gabriel geistesabwesend und nahm wieder seinen Platz auf dem Sofa ein.

»Sie waren also ebenfalls Patient in der Klinik«, lenkte Stutter das Gespräch zurück.

»Ja, aber das liegt länger zurück. Letztes Jahr, noch bevor Doktor Schwarz dort die Leitung übernommen hat. Ich war bei seinem Vorgänger, Doktor Esser.«

»Der, der so plötzlich verstorben ist?«

Gabriel nickte und starrte vor sich hin. »Ein Jammer, er war ein guter Arzt. Kurz nach seinem Ableben habe ich die Klinik verlassen. Bellinda war ebenfalls dort, wir haben uns gut verstanden, das war alles. In der Klinik entstand übrigens auch das Bild. Eine Patientin hat mir die Legende vom Sündenfänger erzählt, und plötzlich musste ich ihn einfach zeichnen. Ich finde, er ist jetzt an dem Platz, an den er gehört.«

»Es gibt eine Geschichte zu dem Sündenfänger?« Jasmin blickte den Maler überrascht an. »Wer war die Patientin, die Ihnen davon erzählt hat?«

»Mildred.«

Stutter hatte sich so etwas schon gedacht und war nun gespannt, die Hintergründe zu erfahren.

»Mildred ist fasziniert von der Bibel und dem ganzen Drumherum.«

»Gilt das nicht auch für Sie?« Stutter machte eine Handbewegung und deutete damit an, dass er Willers Bilder meinte.

Der Künstler lachte und wirkte wieder so charmant, dass Jasmin die hässliche Szene zwischen ihm und seiner Mutter fast vergaß.

»In gewisser Weise trifft das sicher zu. Aber mich fasziniert mehr der Einfluss, den so ein Buch auf die Menschen hat, als der Inhalt selbst.«

»Verstehe«, erwiderte Stutter, »Sie sind also kein Gläubiger.«

Wieder das vergnügte Lachen. »Nein, wohl eher nicht.«

»Und was ist das jetzt für eine Geschichte vom Sündenfänger?«, hakte dieses Mal Jasmin nach.

Gabriel wandte sich ihr zu, und es folgte ein Augenzwinkern, bevor er zu erzählen begann.

* * *

An diesem Abend kreuzte Vera Lenardo wie zufällig den Weg des Politikers Lutz Härtgen. Sie war zwar in den letzten Jahren bequem geworden, das hieß aber nicht, dass sie vergessen hatte, wie eine Recherche funktionierte. Herauszufinden, wo sich Härtgen heute Abend aufhalten würde, war daher einfach gewesen.

Die Galerie hatte gerade erst eröffnet, aber dem Inhaber war es gelungen, einige renommierte Künstler der Region auszustellen. Das zog Prominenz an, die wiederum die Presse, und das war auch für Härtgen unbezahlbare Werbung.

Vera hatte ein sündhaft teures rotes Kleid an, das ihren Körper wie ein enger Schlauch umschloss. Die High Heels in gleicher Farbe ließen ihren Gang weich und wogend werden. Die frisch gefärbten Haare umschmeichelten die bleichen Schultern und das üppige Dekolleté, dem sie mit einem entsprechenden BH nachgeholfen hatte. In diesem Aufzug konnte sie unmöglich den Blicken von Lutz Härtgen entgehen. Und tatsächlich, sie stand gerade bei einer Gruppe, die den Ausführungen des Galeriebesitzers lauschte, als man sie vorsichtig von hinten antippte. Sie drehte sich langsam um, tat überrascht und erfreut, als sie in das Gesicht von Lutz Härtgen sah.

»Vera …« Er wollte ihren echten Namen sagen, aber sie legte ihm geschickt den Zeigefinger auf den Mund.

»Scht!«, machte sie verführerisch, »die Zeiten haben sich geändert, die Vergangenheit ist vergangen.«

Er lachte und zog sie mit den Augen beinahe aus. Die roten Haare schienen ihm zu gefallen, erinnerten ihn vermutlich an seine Frau, worauf es Vera auch angelegt hatte.

Wie zur Bestätigung sagte er als Nächstes: »Ich hätte dich beinahe nicht erkannt, die neue Frisur steht dir hervorragend!«

Sie tat geschmeichelt, hakte sich bei ihm unter und schlenderte mit ihrem Opfer zu einer Skulptur, die bei den Besuchern kein besonderes Interesse erregte.

»Bist du allein hier?«, fragte sie vorsichtshalber, obwohl ihre Quelle ihr das bereits versichert hatte.

Er schien so abgelenkt von seinen Fantasien, dass er ihr kaum diese einfache Frage beantworten konnte. Sie spürte seine Blicke und wusste, das würde ein Kinderspiel werden.

* * *

Jens Stutter, Jasmin Nau und Hauptkommissar Tall hatten sich in einer kleinen Kneipe getroffen, bevor sie sich in den verdienten Feierabend verabschieden wollten. Der Wirt war unverkennbar ein hart gesottener Faschingsfan. Da bald die heiße Phase des närrischen Treibens begann, hatte er nämlich den gesamten Innenraum der Wirtschaft in eine Ausstellungsstätte für Karnevalsmasken verwandelt. Jasmin hätte nicht behaupten können, dass sie es besonders gemütlich fand, zwischen all den ausdruckslosen Plastikgesichtern zu sitzen. Und auch die bunten Ballons und Luftschlangen, die wie das Dickicht eines Dschungels die freie Sicht versperrten, machten es für die Kommissarin nicht besser.

Wenigstens ist der Kaffee gut, wenn ich schon die ganze Zeit von einem weinenden Clown angestarrt werde, dachte sie gerade, als Tall sagte: »Der Sündenfänger ist demnach eine erfundene Figur aus der Zeit der großen Hexenverfolgung. Ein Mythos, etwas, um Kindern Angst einzujagen.«

»Genau«, antwortete ihm Jasmin, »allerdings ist die Geschichte des Sündenfängers nicht allzu weit verbreitet, deshalb kennt sie auch kaum jemand. Ich jedenfalls habe noch nie davon gehört. Wenn Sie so wollen, ein alter Aberglaube.«

»Willer hat uns erzählt, dass man diesen Sündenfänger für den menschlichen Spürhund der Inquisition gehalten hat. Es gibt offensichtlich nicht viele Darstellungen, die noch erhalten sind, aber meist wird er tatsächlich mit einem Furcht einflößenden Hundekopf abgebildet, der auf einem menschlichen Körper sitzt.«

»Und dieser Sündenfänger spürt die Sünden auf?«, stellte nun Tall die nächste Frage.

»Er spürt sie nicht nur auf und entlarvt dadurch den Sünder, es geht darüber hinaus: Zuerst bestraft er die Sünder auf grausame Weise, und dann fängt er deren Sünde ein und trägt sie fortan mit sich. Ist ein bisschen wie bei uns«, fügte Stutter nachdenklich an. Er machte ein angestrengtes Gesicht, als er erklärte, wie er das meinte. »Wenn wir einen Straftäter verhaftet haben, bleiben dessen Sünden auch noch eine ganze Weile in unseren Köpfen. Ich kenne keinen Kollegen, der nicht einen Sack voller Schrecken mit sich herumträgt.«

»Wohl war«, stimmte ihm Tall zu, den der Mord an Edgar Klein sehr betroffen gemacht hatte.

»Sie tragen keine Schuld«, wandte sich Stutter an den Kollegen. »Sie hätten Klein niemals retten können. Er war schon zum Tode verurteilt, als man ihn entführt hat.«

Die Worte waren kein Trost für den Frankfurter Ermittler. Er nippte an seinem Kaffee und versuchte nicht im Selbstmitleid zu versinken. »Vermutlich haben Sie recht, mit allem.« Er seufzte. »Und mit den Jahren wird die Last der eingefangenen Sünden, die wir zu tragen haben, immer schwerer!«

* * *

Der Fahrer von Lutz Härtgen hatte sie unbemerkt in die Tiefgarage des Hotels gebracht. Keiner begegnete ihnen, als sie mitten in der Nacht die großzügige Suite betraten.

Kaum dass sich die Tür hinter ihnen schloss, begann Lutz Härtgen sich auszuziehen. Vera hoffte darauf, dass auch dieses Mal alles schnell vorbei wäre. Schließlich war sie nicht am Sex interessiert, sondern an den Möglichkeiten, die sich ihr durch diese kurze Prostitution boten.

Härtgen hatte diese Suite offensichtlich fest angemietet, denn wie Vera bemerkte, lagen persönliche Dinge herum.

»Sei ganz entspannt, niemand wird uns hier stören«, keuchte er, während er ungeduldig an seinem Krawattenknoten riss.

»Das ist gut«, hauchte Vera, die mittlerweile der schnellen Nummer auf dem Rücksitz den Vorzug gegeben hätte.

»Gibt es hier auch etwas zu trinken?«, fragte sie, um sich darüber klar zu werden, wie sie es anstellen sollte, ans Ziel zu kommen.

Härtgen eilte sofort zur Minibar und schwenkte kurz darauf eine Champagnerflasche. Er grinste über das ganze Gesicht. Vera genügte ein Blick, um zu wissen, wie aufgegeilt er bereits war.

Sie trat auf ihn zu und flüsterte provozierend: »Na los, mach ihn auf.« Parallel dazu öffnete sie ihm die Hose und griff hinein. Er stöhnte, und sie begann sofort, seine Männlichkeit zu massieren.

»Halt, warte«, rief er ein wenig hilflos. Während er an abturnende Dinge dachte, sah Vera verstohlen auf die Uhr. Heute Nacht lief noch eine ihrer Lieblingsserien. Wenn sie sich beeilte, schaffte sie es noch rechtzeitig nach Hause.

Vielleicht sollte ich ihm einen blasen, schoss es ihr durch den Kopf. *Dann brauche ich mich nicht einmal auszuziehen. Aber womöglich erwartet er dann, dass ich das Zeug schlucke, außerdem will ich ihn in einer anderen Position …*

Deshalb verwarf sie den Gedanken, ließ von ihm ab und nahm das Champagnerglas mit einem zuckersüßen Lächeln entgegen, während er versuchte, die Ausbeulung in seiner Hose durch Gedankenkraft niederzukämpfen.

»Wie ist es dir denn so ergangen?«, fragte er höflich und hoffte auf eine langweilige Geschichte, die seine Libido drosseln konnte.

Vera hingegen war genervt. Fürs Reden blieb später noch Zeit, zuerst wollte sie den Sex hinter sich bringen. Sie leerte ihr Glas in einem Zug und stolzierte mit wackelnden Hüften zum Bett. Ihre kleine Handtasche warf sie dabei lässig auf die Kissen am Kopfende. Dann drehte sie sich um und öffnete den Reißverschluss ihres Kleides. Es glitt nach unten und gab den Blick auf einen Spitzen-BH und das passende Etwas, das als Höschen fungieren sollte, frei. »Na komm schon, du wichtiger, wichtiger Mann. Lass uns Spaß haben.« Aus ihrem BH-Körbchen zauberte sie wie aus dem Nichts ein Kondom und schwenkte es jetzt in der Luft wie er zuvor die Champagnerflasche.

Härtgen vergaß seine Vorsätze, die Sache langsam und mit Genuss angehen zu lassen. Er entledigte sich hektisch der restlichen Kleider und trat nackt auf sie zu. Sein Mund suchte den ihren. Er küsste sie, biss sie gierig in die Lippen und begrapschte sie überall. Vera ließ es zu und lachte lüstern auf, als er ihr das teure Höschen zerriss.

Nachdem sie ihm das Kondom übergestreift hatte, konnte er sich kaum noch beherrschen. Gierig presste er mit dem Knie ihre Schenkel auseinander und stieß sie aufs Bett. Sie spreizte die Beine und feuerte ihn an, bediente sich dabei schmutziger Worte und ließ sich im Gegenzug von ihm als Schlampe beschimpfen. Offensichtlich turnten ihn diese verbalen Gefechte an, denn innerhalb kürzester Zeit erreichte er laut stöhnend den Höhepunkt.

Vera keuchte: »Meine Güte, du bist ja wie ein Stier!«

Er lachte auf, und sie spürte seinen schweren Körper. Es war Zeit für ihren Plan, deshalb legte sie ihm die Handflächen auf die Schultern und übte leichten Druck aus. »Denkst du nicht, ich habe es verdient, auch ein wenig verwöhnt zu werden?«

Er verstand und grinste, küsste sie auf den Mund, den Hals, ließ seine Lippen über ihre Brüste und den Bauchnabel wandern und liebkoste schließlich zärtlich die Innenseiten ihrer Schenkel. Vera gab ihm mit quietschenden Geräuschen zu verstehen, wie sehr sie angeblich seine Berührungen genoss, während sie mit der Hand einen kleinen Gegenstand aus ihrer Handtasche angelte.

Noch ehe Härtgen reagieren konnte, erhellte ein Blitz das Halbdunkel der Suite, und er schreckte hoch.

Vera richtete sich ebenfalls auf und rutschte auf dem Bett Richtung Kopfstütze. Sie machte sich nicht die Mühe, ihre Scham zu bedecken, sondern tippte hektisch etwas in ihr Handy, bevor sie es mit dem zufriedenen Ausdruck einer vollgefressenen Katze langsam in ihre Handtasche zurückschob. Die Beine nun angewinkelt und immer noch leicht gespreizt sah sie den Politiker an.

»Hast du mich jetzt etwa mit deinem Handy fotografiert?«, fragte er völlig perplex.

»Oh ja, mein Lieber. Genauer gesagt, habe ich dich beim Oralverkehr fotografiert, die exakte Bezeichnung ist wohl *Cunnilingus*. Aber wen interessieren schon Worte? ›Lasst Bilder sprechen‹ ist mein Motto!«

Damit schwang sie sich grazil aus dem Bett.

Härtgen sprang auf und wollte nach der Handtasche greifen, aber sie war schneller und umklammerte das Accessoire mit ihren Fingern.

»Das ist mein Eigentum!«, sagte sie bestimmt.

Ihr nackter Körper war leicht verschwitzt, und ihre Brüste bebten. Normalerweise hätte Härtgen, der ihr nun gegenüberstand, bei ihrem Anblick erregt sein müssen, aber die Angst, die er plötzlich empfand, machte das unmöglich.

Sie schien das ebenfalls zu bemerken und sah mit dem Anflug eines amüsierten Grinsens zwischen seine Beine.

»Du gibst mir sofort dieses Handy!«, sagte er wütend und ging auf sie zu.

»Oh nein, lass das!« Vera sah ihn herausfordernd an. »Das Foto habe ich mir bereits als E-Mail geschickt. Du solltest also nicht mehr darüber nachdenken, wie du es in die Finger bekommst, sondern eher darüber, wie du verhindern kannst, dass es andere in die Finger bekommen.«

»Du willst mich erpressen? Du miese Schlampe, du ...«, brüllte er wütend.

Vera lachte ihn aus und begann ihre Kleider zusammenzusuchen. Als sie das zerrissene Höschen aufhob, zuckte sie nur mit den Schultern, was so viel zu bedeuten hatte wie: trotz allem eine lohnende Investition.

Er beobachtete sie, wie sie ohne Hast das enge rote Kleid überstreifte und in die Schuhe schlüpfte. Vor dem Spiegel richtete sie sich die Haare und zog die Lippen nach, während sie ihm in aller Ruhe darlegte, was sie von ihm als Gegenleistung dafür erwartete, dass dieses kompromittierende Foto nicht der Öffentlichkeit zugänglich gemacht würde.

Härtgen seinerseits saß auf dem Bett, den Kopf in die Hände gestützt und ein Kissen über seiner Scham. Er würde ihr geben, was sie wollte. Das Foto wäre vielleicht für einen anderen Mann ohne Bedeutung, aber ihn würde es den Posten in Brüssel kosten. Eine Affäre war heute zwar keine große Sache mehr, aber Sexbilder im Internet akzeptierten die Wähler deshalb noch lange nicht. Außerdem befürchtete er, dass seine Frau Mara nicht in der Lage war, einen Skandal dieser Art im Moment durchzustehen.

»Wir sind uns also einig?«, riss ihn Veras überhebliche Stimme aus den Grübeleien.

Er nickte, sah sie dabei aber nicht an.

Sie ließ sich auf einen Sessel fallen und schlug die Beine übereinander, bevor sie aufreizend sagte: »Dann lass mal hören, Herr Härtgen!«

* * *

In der Nacht

»Es ist also so weit?«, flüsterte Mildred, »du bist gekommen, um meine Sünden zu fangen?«

Die Nacht war hell. Ein prächtiger Vollmond stand hoch am Himmel, und keine Wolke verdeckte die Sicht. Bei jedem Schritt, den Mildred tat, knirschte der gefrorene Rasen unter ihren nackten Füßen, und beim Ausatmen entstanden unförmige Schwaden.

»Ich wusste, dass du eines Tages kommen würdest, wo ich doch schon so lange auf dich warte.«

Mildred kniff die Augen zusammen und glaubte deutlich zwischen den Bäumen eine Gestalt zu sehen. Sie ging darauf zu, murmelte ein Gebet und unterdrückte die Furcht, die sie einen kurzen Augenblick lang empfand. Es war wie auf dem Gemälde. Der Sündenfänger hatte sie aufgespürt.

»Ich habe Strafe verdient«, krächzte sie und war sich sicher, dass ihr die schemenhafte Gestalt bei den Hecken zuwinken würde. Für einen Moment verschwamm das Bild. Zwischen den Tannen, die den hohen Zaun dahinter verdeckten, schien niemand zu sein, aber dann nahm sie erneut eine Bewegung wahr. Ja, jetzt sah sie es ganz deutlich. Sie erhielt ein Zeichen. Der Sündenfänger wies ihr den Weg. Sie folgte dem ausgestreckten Arm, und ein friedvolles Lächeln erschien auf ihrem Gesicht.

Natürlich, dachte sie, *er führt mich zum Teich.*

Es war ein angenehmes Gefühl, alles, was passierte, zu verstehen. Wo sonst hätte es enden sollen als im Wasser. Mildred spürte nicht, wie ihr bereits die Fußzehen erfroren, sie konzentrierte sich einzig auf ihr Ziel. Der dämonische Hund würde sie in den verdienten Tod führen, so wie es ihr vorherbestimmt war.

Sie näherte sich dem Gewässer. Stand ihr Vollstrecker nicht schon da? Doch, auf der anderen Seite, das musste er sein! Wieder war das Mondlicht ein Verbündeter, und so gab es für Mildred keinen Zweifel daran, dass sie eine Gestalt am anderen Ufer in die Mitte des Teichs lotsen wollte.

»Ich komme«, rief sie deshalb und begann schneller zu gehen. Schließlich hüpfte sie fast Richtung Wasser und erinnerte entfernt an Bilder von jungen Mädchen, die fröhlich eine Sommerwiese überquerten. Aber es war kalt, und Mildreds Haut, die durch das dünne Nachthemd keinen Schutz gegen die Witterung erfuhr, verfärbte sich bereits bläulich. Trotzdem strahlte sie über das ganze Gesicht und bemerkte nicht das Zittern ihres Körpers, als sie ihr Ziel endlich erreichte. Eine Eisschicht hatte das Gewässer überzogen.

Ein leichter Wind kam auf, und Mildred glaubte, es wäre die Hand Gottes, die ihr sanft, aber bestimmt die Richtung wies.

Voller Entschlossenheit trat sie auf die Eisplatte und ignorierte das leise Knacken. Ihre Handflächen hatte sie vor der Brust aneinandergelegt, so als wollte sie beten, als führte sie eine Prozession an. Ihre Schritte waren nun nicht mehr leicht, sondern ehrfurchtsvoll. Jedes Auftreten wurde vom Knacken des gefrorenen Untergrunds begleitet, und dann, in der Mitte des Teiches, gab die Eisdecke nach. Wie eine Falltür schnellte die Schicht unter Mildreds Füßen nach unten und riss die Frau mit sich.

Das eiskalte Wasser nahm ihr den Atem, sie ruderte mit den Armen, suchte instinktiv nach Rettung, konnte aber die Lücke im Eis nicht mehr finden. Stattdessen berührten ihre

Hände von unten die hart gefrorene Oberfläche, in der es kein Loch mehr zu geben schien, so als hätte sie das Wasser verschlungen und sich die Eisdecke darüber sofort wieder geschlossen. In Wirklichkeit hatte Mildred nur die Orientierung verloren und sich deshalb von der Öffnung entfernt, anstatt sich darauf zuzubewegen.

Auch wenn ihr Geist noch vor wenigen Minuten bereit gewesen war, dem Schöpfer gegenüberzutreten, kämpfte ihr Körper bis zuletzt ums Überleben. Ihre Hände stemmten sich gegen das Eis, aber sie hatte keine Chance. Der Sauerstoff ging ihr aus, und das kalte Wasser tat sein Übriges.

In diesem Augenblick glaubte sie, er, der Sündenfänger, würde sein dämonisches Gesicht von oben gegen das Eis pressen und ihr tief in die Seele blicken. Wie aus einem tiefen Schlaf gerissen, wusste sie plötzlich, welches Unrecht sie einst begangen hatte. Alles war klar wie seit Jahrzehnten nicht mehr. Sie erinnerte sich an jedes noch so kleine Detail: Warum sie in die Klinik gekommen war, weshalb sie sich Gott so nahe und gleichzeitig so fern fühlte und welche Sünden sie all die Jahre mit sich getragen hatte.

Du wirst sie mir jetzt abnehmen, dachte sie in ihren letzten Sekunden, hörte auf, nach einem Ausweg zu suchen, kämpfte nicht mehr länger gegen das Unvermeidliche an, sondern ließ einfach los.

Kapitel 9

Psychiatrische Klinik »Zum grünen Park«, am nächsten Morgen

Hauptkommissar Stutter wäre am liebsten aus der Haut gefahren, als er am zugefrorenen Teich der Klinik stand. Doktor Schwarz hatte ihn sofort verständigt, als einer der Angestellten den Leichnam von Mildred unter dem gefrorenen Eis entdeckt hatte.

»Wie ist sie dahin gekommen?«, fragte Jasmin Nau schockiert.

Ein Mitarbeiter der Kriminaltechnik gab ihr Auskunft: »Sie ist eingebrochen, so wie es aussieht, in der Mitte. Die Nacht war so kalt, dass sich an der Bruchstelle bereits eine neue dünne Schicht gebildet hat, deshalb sieht es vom Ufer so aus, als wäre die Eisdecke geschlossen.«

»Aber das ist doch allerhöchstens ein Ententeich, der ist doch nicht tief«, argumentierte Jasmin, die einfach nicht wahrhaben wollte, dass ein Mensch so leicht in eine tödliche Falle geriet.

»Wenn sie unter das Eis gekommen ist, hatte sie keine Chance. Und dann mitten in der Nacht, da verliert man sofort die Orientierung. Selbst am Tag ist es schwer, das zu überleben.«

»Ganz zu schweigen von dem Schock durch das kalte Wasser«, mischte sich Dr. Grot, der Gerichtsmediziner, ein.

Stutter hatte heute noch stärker als sonst den Eindruck, die Haut des Mannes würde kaum ausreichen, seinen Schädel zu bedecken. Wie gewohnt gab sich der Mediziner auch bei diesem Aufeinandertreffen unzugänglich. »Mal sehen, wie wir den Leichnam unbeschadet bergen können.« Es klang verärgert, als der Arzt fragte: »Gibt es da etwa einen Zusammenhang mit den Morden?«

Sie betrachteten die tote Mildred durch das Eis und konnten feststellen, dass ihr kein Auge entnommen worden war. Stutter kam dabei der Gedanke an einen gläsernen Sarg.

Jetzt blieb er dem Gerichtsmediziner die Antwort schuldig, da Doktor Schwarz zu ihnen stieß.

»Wie konnte das nur passieren?«, fragte der entsetzt und sah dabei jämmerlich aus.

Deshalb empfand Jasmin auch beinahe Mitleid mit dem Mann, als Stutter ihn anschnauzte: »Wie das passieren konnte? Das frage ich Sie!«, entgegnete der Hauptkommissar gereizt. Er bemühte sich nicht einmal darum, die Stimme zu senken. »Sie hatten uns versichert, dass es einem Patienten nicht möglich wäre, das Gebäude nachts zu verlassen.«

»Ja, aber …«, stotterte Doktor Schwarz.

»Diese Frau«, unterbrach ihn Stutter unwirsch und deutete mit dem Finger auf den Teich, »die war aber draußen, und dafür will ich jetzt sofort eine Erklärung!«

Nachdem das Eis aufgebrochen worden war und man Mildreds Leichnam geborgen hatte, übernahm Dr. Grot die erste Leichenschau. »Ich kann keine Anzeichen von Gewalt erkennen. Keine Verbrennungen, die Augäpfel sind unversehrt …«, sagte er mit rauer Stimme.

»Könnte es Selbstmord gewesen sein?«, hakte Stutter nach. Er rechnete eigentlich schon mit einer schnippischen Antwort des Mannes, aber die blieb aus. »Wer kann schon sagen, was in einem Menschen vorgeht, der in so einer Einrichtung lebt?«, stellte er stattdessen eine Gegenfrage.

»Sie haben recht«, entgegnete der Hauptkommissar.

Jasmin Nau schaltete sich ein. »Aber ist das nicht eine merkwürdige Methode, sich das Leben zu nehmen?«

Grot bewegte den Kopf hin und her und gab ein leises Zungenschnalzen von sich. »Ihre Generation scheint sich nicht mehr an die endlose Reihe von Liebesfilmen zu erinnern, in denen unglückliche Frauen regelmäßig ihrem Leid im Wasser ein Ende gesetzt haben.«

Die Kommissarin ließ sich davon nicht überzeugen: »Aber sie konnte doch gar nicht wissen, ob die Eisschicht einbricht oder nicht. Ich tippe eher auf einen Unfall. Die Frau war immerhin geistig instabil.« Jasmin vermied das Wort verrückt, weil es ihr irgendwie unhöflich erschien. »Viel wahrscheinlicher ist doch, dass sie in einem Anflug von geistiger Umnachtung hier draußen unterwegs gewesen ist.«

»Egal mit welcher Absicht sie sich hier draußen aufhielt, es bleibt die Frage, wie ihr das überhaupt gelungen ist«, warf Stutter ein.

In diesem Moment hob der Gerichtsmediziner ein kleines Plastikrechteck in die Höhe. Er hatte es in der aufgesetzten Tasche an Mildreds Nachthemd gefunden. »Das ist eine Schlüsselkarte, ich denke, das erklärt das Wie.«

Eine halbe Stunde später wussten sie auch, woher die Schlüsselkarte stammte. Die Oberschwester saß völlig aufgelöst in Doktor Schwarz' Büro und gab zu, dass ihr die Karte bereits im letzten Dezember abhandengekommen sei. Um Ärger zu vermeiden, hatte sie damals behauptet, ihr Hund wäre beim Ausräumen ihrer Handtasche über das kleine Teil »gestolpert«, hätte es für ein Spielzeug gehalten und bis zur Unkenntlichkeit zerkaut. Der nette Kollege aus der IT war nicht misstrauisch gewesen und hatte ihr die Karte ohne Aufheben ersetzt.

»Wie konnten Sie nur!«, schnauzte Doktor Schwarz. »Sie gehören zu einer Handvoll Angestellter, die eine Universalkarte haben.« An die Polizisten gewandt fügte er noch an: »Nur die Oberschwester hat unbeschränkt überall Zugang, der Rest des Pflegepersonals erhält lediglich beschränkte Zugangsrechte. Eine weitere Sicherheitsmaßnahme.« Sein Blick suchte den der Oberschwester. »Sie hätten das melden müssen.«

»Ich weiß«, antwortete die Angestellte in kläglichem Tonfall. »Aber dann hätte man die Anlage neu programmieren müssen, und ich fürchtete den Ärger.«

»Den Sie jetzt erst recht haben werden«, giftete der leitende Mediziner. »Mildred könnte noch leben«, setzte er grausam nach, was bei der Oberschwester einen sirenenartigen Heulton auslöste.

Schwarz schickte die Frau hinaus und sah schuldbewusst zu den Beamten. »Ich hatte keine Ahnung, das müssen Sie mir glauben.«

Stutter ging darauf nicht ein, sondern fragte: »Es wäre Mildred also seit letztem Dezember möglich gewesen, die Klinik nach Belieben zu verlassen?«

Schwarz nickte verlegen.

»Gibt es denn keine Kameras hier?«, fragte Jasmin etwas fassungslos.

»Natürlich gibt es die, aber doch nicht überall.«

»Und die, die es gibt, kann man wahrscheinlich umgehen?« Dieses Mal fasste Stutter nach.

Man sah dem Arzt an, dass er sich gerade sehr unwohl fühlte. Er rang mit den Händen. »Hören Sie, wir wollen unsere Patienten nicht ausspionieren. Deshalb sind die Kameras gut sichtbar angebracht. Sie dienen dem Schutz, nicht der Bespitzelung.«

»Wir sind uns also darüber einig, dass man sich durch das Gebäude bewegen kann, ohne von den Kameras erfasst zu werden. Außerdem kann man die Klinik und sogar das Grundstück mit der Schlüsselkarte von ihrer Oberschwester Tag und Nacht unbemerkt verlassen?«

»Ja, so ist es! Und bevor Sie fragen: Eine elektronische Erfassung der Kartenbenutzung erfolgt nicht.«

»Dann erzählen Sie uns von Mildred, warum war sie hier? Und kommen Sie mir nicht mit einem richterlichen Beschluss. Momentan könnte ihre tote Patientin nämlich die Hauptverdächtige in mehreren Mordfällen sein.«

Schwarz signalisierte sofort Kooperationsbereitschaft, etwas, das Stutter ein wenig alarmierte. Eigentlich hatte er erwartet, der Arzt würde seine Patientin vehement verteidigen und die Vorwürfe als absurd zurückweisen, aber nichts dergleichen geschah. Stattdessen rief er Mildreds Akte im Computer auf, druckte einige Seiten aus und reichte sie über den Tisch.

Die Beamten überflogen den Text. »Hier steht, Mildred war aufgrund einer gerichtlichen Entscheidung in der Klinik«, sagte Jasmin Nau überrascht. Schwarz sank immer mehr in sich zusammen und stöhnte leise, als die Kommissarin ausrief: »Sie hat einen Doppelmord begangen?«

* * *

Zur gleichen Zeit

Lena und Tanja Waritsch hatten sich in das Wrack eines alten Schulbusses zurückgezogen. Schon seit Jahren war das ihr geheimes Versteck. Das ausgeschlachtete Fahrzeug war unter einem Berg Schrottautos begraben, und man musste schon sehr genau wissen, wie man in diesen Blechhaufen hineingelangen konnte. Da Ruben Waritsch, der Vater der Mädchen, sich meist wenig Gedanken über deren Verbleib machte und außerdem nicht gewitzt genug gewesen wäre, sie ausgerechnet in dem Karosserieturm zu vermuten, fühlten sie sich hier sicher vor seinen neugierigen Blicken.

Die Schwestern kuschelten sich in eine Ecke des Busses, die sie mit alten Kissen und ehemaligen Sitzbezügen eingerichtet hatten. Mit Begeisterung zogen sie nun den Laptop aus dem Rucksack und beteten, dass die Internetverbindung heute funktionierte. Dann verfolgten sie mit geröteten Gesichtern und dem befremdlichen Grinsen, das Jasmin Nau so sehr verschreckt hatte, die Reportage von Vera Lenardo.

Seit dem frühen Morgen flimmerte die seit Neustem rothaarige Reporterin über alle Bildschirme. Lena und Tanja gehörten zu den Fans ihrer Sendung.

»Wir müssen ihr Bescheid geben ...«, bestimmte Lena.

»... schließlich haben wir das dritte Opfer gefunden, sie kann uns interviewen«, beendete Tanja den Satz.

»Das wird ein Spaß, und wir kommen ins Fernsehen ...«

»... werden große Stars, und das alles wegen ein paar Toten.«

Sie kicherten vergnügt und schickten Vera Lenardos Sender eine entsprechende E-Mail.

* * *

Vera Lenardo hatte das Gefühl, gerade in Lichtgeschwindigkeit einen Achttausender bestiegen zu haben. Ihr Chef hatte ihr fast den roten Teppich ausgerollt.

»Hut ab«, war er voller Überschwang auf sie zugetreten. »Wir sind die Einzigen, die solche Informationen haben, das werden Rekordquoten!«

Vera hatte sich daraufhin geheimnisvoll gegeben, etwas von einer Quelle gemurmelt und darauf verwiesen, dass sie eben ein Profi in ihrem Beruf sei.

Dem Senderchef war es letzten Endes egal, woher Vera die Informationen hatte, Hauptsache, die Veröffentlichung würde keine Verleumdungsklage zur Folge haben.

Ansonsten konnte die Reporterin ab sofort schalten und walten, wie es ihr beliebte. Sie erhielt die beste Sendezeit und keine Vorgaben, was die Auswahl der Beiträge anging. Mit einem Kamerateam wollte sie heute die drei Tatorte aufsuchen, da kam es ihr sehr gelegen, dass ihr die Waritsch-Zwillinge eine E-Mail gesendet hatten, in der sie die Bereitschaft zu einem Interview bekundeten.

»Die Mädchen sind fünfzehn Jahre alt«, sagte gerade ihr Assistent, der es übernommen hatte, mit dem Schrottplatz zu telefonieren. »Der Vater scheint gerne einen zu trinken, klang bei unserem Gespräch zumindest so. Aber er lässt uns rein.«

»Ein versoffener Penner, umso besser, dann brauche ich vermutlich nur etwas Kleingeld, damit er uns freie Hand lässt«, entgegnete Vera kaltschnäuzig. »Solche Typen tun doch für Geld alles«, fügte sie noch abschätzig an.

* * *

Psychiatrische Klinik »Zum grünen Park«

»Mildred war eine verurteilte Mörderin?«, wandte sich Stutter an Doktor Schwarz.

»Sie wurde für unzurechnungsfähig erklärt. Das Ganze liegt über dreißig Jahre zurück.«

»Hier steht, sie hat ihre beiden Kinder ertränkt. Das Mädchen war sechs Jahre alt gewesen, der Junge vier. Und Sie hielten es nicht für nötig, uns das mitzuteilen?«

»Sie haben nicht danach gefragt«, entgegnete der Arzt etwas trotzig.

»Ich habe Sie sehr wohl danach gefragt. Ich wollte wissen, ob jemand Ihrer Patienten fähig sei, einen Mord zu begehen.«

»Und ich habe Ihnen wahrheitsgemäß geantwortet. Ich hielt und halte Mildred nicht für fähig, diese drei Morde begangen zu haben.«

Bevor Stutter seinem Ärger über diese Antwort Luft machen konnte, fuhr der Arzt fort: »Sie wurde therapiert und medikamentös eingestellt. Und selbst wenn sie die Klinik hätte verlassen können, wäre sie nicht in der Lage gewesen, sich durch die Frankfurter Innenstadt zu bewegen, ohne aufzufallen. Sie hatte kein Auto, kein Geld und nicht einmal ausreichend Kenntnis der Umgebung.«

Der Hauptkommissar sah ein, dass das ein Argument für Mildreds Unschuld war, allerdings ließ er den Arzt nicht so schnell vom Haken: »Und wenn sie Ihnen nur etwas vorgemacht hat? Können Sie das zu hundert Prozent ausschließen? Womöglich war sie die ganze Zeit vollkommen klar. Vielleicht hatte sie draußen einen Komplizen.«

Doktor Schwarz schüttelte den Kopf. »Da war niemand, es gab keine Familie mehr.«

»Ich möchte die gesamte Akte Ihrer Patientin«, fuhr Stutter immer noch aufgebracht fort.

»Das ist die ganze Akte. Beziehungsweise kann ich Ihnen noch die Medikamentenverordnungen kopieren.«

Jasmin räusperte sich. »Sie sagen, Mildred ist seit dreißig Jahren hier, da muss es doch Protokolle von den vielen psychiatrischen Sitzungen geben. Sie können uns die Unterlagen auch als Datei übergeben, wenn der Umfang für einen Ausdruck zu groß ist«, schlug die Kommissarin deshalb vor.

Doktor Schwarz fiel wieder zurück in seine jämmerliche Haltung. »Sie haben mich falsch verstanden. Ich meine das wortwörtlich. Mehr haben wir nicht. Der Rest fehlt.«

»Was?«, fuhr Stutter ihn aufgebracht an.

»Nach dem Tod meines Vorgängers, Doktor Esser, waren wohl einige Patientenakten verschwunden. Doktor Esser hat kaum etwas im Computer festgehalten, er war da altmodisch. Meist fertigte er handschriftliche Notizen zu seinen Sitzungen an.«

»Und die hat man nicht mehr gefunden?« Jasmin Nau klang ungläubig.

»Die Klinikleitung hat damals vermutet, sie wären in dem allgemeinen Chaos und Entsetzen, die auf Doktor Essers plötzliches Dahinscheiden folgten, verloren gegangen.«

»Das heißt, Sie hatten keine Patientenakten, als Sie hier anfingen?«

Schwarz verneinte das vehement. »Nein, so war das nicht. Es fehlten nur die Unterlagen einer Handvoll Patienten.«

»Von wem?« Stutter folgte bei dieser Frage einer plötzlichen Eingebung.

»Eigentlich darf ich das nicht sagen, aber« – er sah das wütende Gesicht des Hauptkommissars und erklärte schnell – »aber in Anbetracht der Umstände …« Er zögerte und sagte schließlich: »Mit Mildred waren es sieben Akten, die gefehlt hatten. Zwei Patienten waren, als ich anfing, bereits in einer anderen Einrichtung untergebracht. Die Namen weiß ich nicht mehr, kann ich Ihnen aber heraussuchen. Ansonsten handelte es sich um die Waritsch-Zwillinge, Lena und Tanja, Bellinda Merlhof und Gabriel Willer.«

Die Beamten sahen sich sprachlos an. Konnte das ein Zufall sein?

Kaum hatten sie die Klinik verlassen, rief Stutter Hauptkommissar Tall an, um diesen ins Bild zu setzen. Er wollte gerade vorschlagen, alles über den Tod von Doktor Esser herauszufinden, als er von dem Frankfurter Kollegen unterbrochen wurde: »Sie sollten sich sofort die Nachrichten ansehen. Irgendwer hat gequatscht!«

Hektisch ging Jasmin über ihr Handy online. Die beiden Polizisten hörten mit offenem Mund der rothaarigen Reporterin zu, die sämtliche Details über die Mordfälle ausplauderte. Im gleichen Augenblick erschien ein Übertragungswagen vor der Klinik. Es hatte etwas Unwirkliches, als genau jene Reporterin aus dem Wagen sprang, die parallel dazu auch auf dem kleinen Display von Jasmins Handy sprach.

Vera Lenardo war sofort in ihrem Element. Sie erkannte Stutter, ehe der eine Chance hatte, sich der Frau zu entziehen. Wie ein Jäger spurtete die Frau auf ihn zu; das Mikrofon fest umklammert und vom Kameramann, der ihr hinterherhetzte, gefilmt.

»Hier treffen wir auch direkt auf Hauptkommissar Jens Stutter, den Mann, der damals den Skelettmörder zur Strecke gebracht hat!« Ihre Stimme war geübt, sie verhaspelte sich nicht, sondern gab souverän einige Details aus Stutters

Leben wieder, bevor sie vor ihn trat und fragte: »Dass man jemanden wie Sie hinzugezogen hat, bedeutet doch sicher, dass ein gefährlicher Serienkiller am Werk ist?«

Die Stirn des Beamten legte sich in Falten. Er hasste Presseauftritte.

»Wie wir erfahren haben, ist der Mörder religiös motiviert, ist es denn …«

Der Beamte verlor die Geduld. »Hören Sie sofort auf zu filmen!«, schrie er den Mann mit der Kamera an. Der wich einen Schritt zurück und blickte zu seiner Chefin.

»Abschalten!«, schnauzte Stutter erneut.

»Wir befinden uns nicht auf Privatbesitz«, klärte ihn Vera Lenardo auf.

»Das ist mir scheißegal«, brüllte Stutter, »Sie behindern unsere Arbeit!«

Jasmin hatte plötzlich das Gefühl, eingreifen zu müssen. Sie kannte nur zu gut die Anzeichen, wenn jemand kurz vor dem Durchdrehen war. Manchmal gelang es nicht einmal dem abgebrühtesten Menschen, cool zu bleiben.

»Sie behindern nicht nur unsere Arbeit, Sie scheinen über Täterwissen zu verfügen. Vielleicht stecken Sie hinter den Verbrechen. Ich sollte Sie auf der Stelle festnehmen.«

»Ach tatsächlich?«, provozierte ihn Vera weiter, die nichts lieber in ihrer nächsten Sendung zeigen würde als einen außer Kontrolle geratenen Beamten.

Stutter machte einen Schritt auf die Frau zu, aber da stellte sich ihm Jasmin in den Weg. »Wir gehen!«, sagte sie knapp und bestimmt.

Der Hauptkommissar atmete geräuschvoll aus, er hatte sich wieder im Griff. Ohne ein weiteres Wort drehte er sich um und ging in Richtung Dienstwagen.

Jasmin wandte sich noch einmal an die Reporterin: »Die Frage bleibt«, sagte sie völlig ruhig. »Woher haben Sie Ihre Informationen?«

»Ich muss meine Quelle schützen.«

»Auch wenn Ihre Quelle ein Mörder ist? Wollen Sie die Verantwortung für weitere Tote tragen? Vielleicht sollten wir einen Richter einschalten, der blockiert dann erst einmal die Ausstrahlung Ihrer Sendung, bis dieser Punkt geklärt ist.« Jasmin lehnte sich damit weit aus dem Fenster, hatte keine Ahnung, ob das wirklich der Fall sein würde, aber die Drohung blieb nicht ohne Wirkung.

Vera gab dem Kameramann genervt ein Zeichen, und der stoppte die Aufnahme.

»Ich habe meine Hausaufgaben gemacht, das ist alles. Ich war besser als die anderen, das kommt vor. Irgendwer muss ja die Erste sein.« Sie gewann wieder an Selbstsicherheit. »Dafür können Sie mich nicht belangen. Die Presse ist neutral. Ich berichte nur, ich mache die Nachrichten nicht.«

»Ach wirklich?«, entgegnete ihr Jasmin Nau voller Sarkasmus, bevor sie sich umdrehte und davonstapfte.

»Diese elende Kröte«, geiferte Vera hinter der Polizistin her. »Will mir drohen, na warte.«

Der Kameramann schien belustigt darüber, dass seine Chefin sich hatte einschüchtern lassen, was ihm sofort einen entsprechenden Kommentar einbrachte.

»Ich hoffe, du hast nicht alles verwackelt. Dachte schon, du machst dir vor Angst in die Hosen, als Stutter dich angegangen ist. Wenn du keine Nerven für den Job hast, dann suche ich mir einen anderen Kameramann.«

Ohne seine Antwort abzuwarten, ging sie zum Tor und klingelte. »Ich gehöre zu Hauptkommissar Stutter«, blaffte sie ungeduldig in die Gegensprechanlage, und man öffnete ihr sofort. Niemand hielt sie auf, als sie das Gelände betrat. »Filme alles, was du kriegen kannst!«, wies sie ihren Begleiter an und beglückwünschte sich selbst zu diesem Schachzug.

Lutz Härtgen war für sie ein wahrer Volltreffer, pflichtschuldig hatte er sie angerufen. Er wusste zwar nicht, ob der Todesfall in der Klinik in Zusammenhang mit den anderen

Morden stand, aber Vera genügte Stutters Anwesenheit, um die Geschichte zu verwerten.

* * *

Stutter tobte wie ein Orkan durch die Dienststelle. Als ihm einfiel, dass der Wutausbruch über die undichte Stelle eigentlich Tall zugestanden hätte, war bereits alles gesagt worden, auch das, was vielleicht besser ungesagt geblieben wäre.

Hauptkommissar Tall war in allem einer Meinung mit dem Kollegen und nahm ihm nicht übel, dass er sich hatte hinreißen lassen.

»Besser hätte ich es nicht ausdrücken können«, sagte er schließlich zum schuldbewusst dreinblickenden Stutter.

»Das wirft uns dermaßen zurück«, versuchte der sich zu erklären. »Trotzdem hatte ich kein Recht, Ihren Leuten eine Standpauke zu halten. Tut mir leid, aber irgendwer lässt Informationen durchsickern, was uns die Arbeit erschwert. Da draußen läuft ein Mörder frei herum …«

Tall schob seinen Kollegen in den Besprechungsraum. »Ich glaube nicht, dass das einer meiner Leute war«, sagte der Frankfurter Beamte ruhig.

»Aber wer weiß sonst noch über solche Details Bescheid?«

Der Kollege zögerte, bevor er schließlich zu sprechen begann: »Ich wollte vor den anderen nicht davon anfangen, aber Sie wissen ja, dass wir momentan alle Informationen auch an das Büro von Härtgen weitergeben.«

* * *

Als Stutter die Büros von Lutz Härtgen betrat, wagte es niemand, sich dem wütenden Beamten in den Weg zu stellen. Er riss die Tür zu den Räumen seines Freundes auf und hatte fest vorgehabt, den Politiker am Kragen zu packen und quer über die Tischplatte zu ziehen, bevor er ihm dann ordentlich eine verpasst hätte. Aber als Härtgen, der seinen Kopf in den Händen vergrub, jetzt aufblickte, verpuffte Stutters Wut. Er konnte keinen Mann schlagen, der sowieso schon am Boden lag. Und genau diesen Eindruck machte der ehemalige Bundeswehrkamerad des Polizisten im Augenblick.

Eigentlich war Stutter davon überzeugt gewesen, Härtgen würde alles leugnen und die Schuld auf einen Mitarbeiter schieben, aber nicht einmal ein Wortgefecht war dem Hauptkommissar vergönnt. Der Politiker saß mit rot geäderten Augen – ob vom Weinen oder vom Alkohol ließ sich schwer sagen – am Schreibtisch und blickte ihn schuldbewusst und reuig an. Beides nahm Stutter den Wind aus den Segeln. Er fluchte laut und derb, schloss die Tür hinter sich und setzte sich seinem Freund gegenüber.

»Wir müssen reden«, sagte er ruhig, und Härtgen nickte zustimmend.

Als Stutter anschließend wieder in die Dienststelle kam, hatte er das Gefühl, um Jahre gealtert zu sein. Der Job machte ihn mürbe, und er wünschte sich zurück in den Hörsaal, um gelangweilten Studenten einige seiner *Kriegsgeschichten* zu erzählen. Aber Ruhe war ihm nicht vergönnt, denn sofort führte ihm Jasmin Nau die neuste Reportage von Vera Lenardo vor.

»Sie hat sich die Waritsch-Zwillinge gekrallt«, erklärte die Kommissarin und startete die Aufzeichnung.

Lena und Tanja sahen schrecklich aus.

»Es ist, als hätte sie bewusst die schlechteste Perspektive gewählt«, flüsterte Jasmin.

Stutter musste ihr recht geben. Man hatte es offensichtlich den Mädchen überlassen, sich zu schminken. Sie wirkten wie Karikaturen ihrer selbst. Die übermalten Lippen, die viel zu stark getuschten Wimpern über dem trüben Auge und die unglückliche Kameraführung ließen sie wie kleine

Monster aussehen. Außerdem schien die Reporterin darauf bedacht, die beiden als schwachsinnig darzustellen. Sie schmeichelte den Mädchen, bis die dümmlich kicherten, und ließ sie vergessen, dass die ganze Zeit gefilmt wurde. So brachte sie die Zwillinge dazu, viel mehr preiszugeben, als sie eigentlich wollten. Der Vater, der ebenfalls anwesend war, hatte unverkennbar eine Promillegrenze erreicht, die ihn unfähig machte einzugreifen. Am Ende ließen sich die Mädchen dazu hinreißen, über den Sündenfänger zu spekulieren, und wirkten endgültig vollkommen weltfremd.

»Die werden bereits überall im Netz verarscht, wie kann jemand nur so etwas fertigbringen?«, empörte sich Jasmin. »Wo wollen Sie hin?«, fragte die Kommissarin überrascht, als sie sah, wie sich Stutter stumm die Jacke anzog.

»Bin bald zurück, muss noch etwas erledigen«, antwortete er ihr kurz angebunden und war im nächsten Augenblick aus der Tür.

* * *

Vera Lenardo aalte sich regelrecht in ihrem Erfolg. Das Interview mit den Zwillingen war so genial gewesen, dass ihre Sendung plötzlich in aller Munde war.

»Die lieben dieses Zeug«, bestätigte ihr der Senderchef, der sie deshalb extra in ihrem Büro aufgesucht hatte.

»Wir sollten über meinen Vertrag sprechen«, entgegnete Vera ohne Umschweife.

»Aber natürlich, das werden wir«, versicherte ihr der Vorgesetzte.

Das Klingeln des Telefons störte ihr Gespräch.

Ungehalten griff die Reporterin zum Hörer. »Ich sagte doch: keine Störungen!«

»Könnte aber wichtig sein!«, antwortete der Assistent von Vera Lenardo, der, seit sich die Anrufe im Sender häuften, auch die Rolle der Vorzimmerdame hatte übernehmen müssen.

»Wieder ein Spinner, der in meine Sendung will?«, fragte sie ihn gelangweilt.

»Schwierig zu sagen. Erstens ist das nur eine Flüsterstimme, ich weiß nicht einmal, ob ich mit einem Mann oder einer Frau gesprochen habe, und zweitens behauptete der oder die, dass er wüsste, wer als Nächstes sterben würde«, antwortete ihr Mitarbeiter.

»Also doch wieder ein Spinner«, entgegnete Vera genervt und wollte schon auflegen, als ihr Assistent ergänzte: »Der Anrufer sagt, du hättest die Zigarre nicht erwähnt, und hat darauf bestanden, dass ich dir das mitteile. Also? Soll ich ihn abwimmeln?«

Vera richtete sich sofort auf: »Halt, warte!«, schrie sie beinahe in den Hörer. »Ich nehme das Gespräch an, verbinde mich.«

Dann hielt sie schnell die Muschel zu und flüsterte zu ihrem Chef: »Können wir vielleicht später weiterreden, das Telefonat ist wichtig.«

Er ließ sich gerne hinauskomplimentieren, so musste er noch keine Gehaltsfragen diskutieren.

Vera fuhr sich mit der Zunge über die Lippen. Wer war da am Apparat? Sie hatte das Detail mit den Verbrennungen bisher absichtlich zurückgehalten. Schließlich wollte sie sich das Material, das sie von Härtgen bekommen hatte, einteilen. Aber wer konnte außer der Polizei noch von der Zigarre wissen? Sie spürte ein unheimliches Kribbeln in der Magengegend, als sie, bemüht um einen gleichgültigen Ton, sagte: »Hallo, wer spricht da?«

»Was denkst du, kleine Reporterin?«

»Keine Ahnung, jemand, der mir meine Zeit stehlen will?«, wagte sie zu erwidern.

Die Stimme klang verzerrt, trotzdem hatte sie den Eindruck, der Teilnehmer am anderen Ende würde auflachen.

»Du bist sehr wortgewandt, kleine Reporterin, aber der Herr sagt, dass er vor allem die liebt, die im Geiste einsilbig sind.«

»Ich kenne mich mit der Bibel nicht aus«, versuchte sie das Gespräch weiter voranzubringen. »Man teilte mir mit, Sie hätten Informationen über die nächsten Morde.«

»Habgier und Eitelkeit sind Todsünden«, folgte die Antwort, und Vera war verunsichert.

Vielleicht hatte sich doch einer dieser Wichtigtuer durchgemogelt.

»Wie soll ich Sie nennen?«, versuchte sie mehr zu erfahren.

»Wie würdest du mich denn gerne nennen?« Wieder folgte ein heiseres Lachen.

»Sie sind der Sündenfänger, nicht wahr?«

»Du bist eine kluge Frau, unserem Herren gefällt die Demut jedoch besser.«

»Was soll ich für Sie tun?«, ging Vera einen anderen Weg.

»Ich werde etwas für dich tun. Ich bin die Schlange, die dich versuchen wird.«

Die Reporterin war hin- und hergerissen. Mit wem sprach sie da gerade?

So als hätte der Teilnehmer am anderen Ende ihre Gedanken erraten, sagte dieser nun: »Da die Menschen verdorben sind, werde ich sie von ihren Sünden befreien.«

»Sie wollen jemanden töten?«

»Erlösen, nicht töten, du solltest schnell den Unterschied begreifen.«

Vera schwieg.

»Du überlegst, ob du die Polizei informieren sollst«, unterbrach das Flüstern ihre Gedanken.

Es war unheimlich, wie richtig der Anrufer damit lag.

»Solltest du das jedoch tun, solltest du dich denen zuwenden, dich zu ihnen umdrehen …« Es entstand eine kleine Pause, bevor die Stimme voller Boshaftigkeit fortfuhr:

»… dann werde ich dir nicht Bescheid geben, wenn es so weit ist. Du willst doch dabei sein, oder?«

»Dabei sein? Bei einem Mord?« Ihre Hand zitterte, und die Worte kamen holprig aus ihrer Kehle.

»Deine Entscheidung«, säuselte die Person am anderen Ende, dann folgte ein Kichern, und es knackte in der Leitung. Das Gespräch war beendet.

Vera Lenardo war irritiert, auch wegen der eigenartigen Wortwahl des Anrufers. »… Solltest du dich der Polizei zuwenden, dich zu ihnen umdrehen …«, klang ihr die Warnung noch in den Ohren nach.

Aber die Reporterin hatte sich längst dagegen entschieden, die Polizei zu informieren, denn das könnte ihre große Chance zunichtemachen. Stattdessen sah sie in Gedanken schon den nächsten Untertitel ihrer Sendung: »Vera Lenardo und das Interview mit einem Mörder.«

Nein, ging es ihr durch den Kopf, und sie grinste breit, als ihr eine noch bessere Zeile einfiel: »Vera Lenardo und das Interview mit dem Sündenfänger.«

Sie fing bereits an, sich Notizen zu machen, als ohne Vorwarnung Stutter ihr Büro betrat. Er war wütend, das spürte sie sofort. Aber nicht so, wie bei ihrem letzten Zusammentreffen. Dieses Mal schien er dabei sehr kontrolliert zu sein, etwas, das die Reporterin beunruhigte.

»Wir müssen uns unterhalten«, sagte er ohne Begrüßung und ließ sich unaufgefordert auf dem Stuhl ihr gegenüber nieder.

»Ich bin ganz Ohr«, antwortete sie schnippisch. »Ich hätte da nämlich auch an Sie einige Fragen.«

Stutter kniff die Augen zusammen, betrachtete die Frau mit den roten Haaren und dem schönen Gesicht und hatte keinen Zweifel daran, dass ihr Lutz Härtgen auf den Leim gegangen war. Der Politiker hatte ihm zwar nicht ausdrücklich bestätigt, dass er von Vera erpresst wurde, aber das war auch nicht notwendig gewesen, denn sein Schweigen hatte Bände gesprochen.

»Sie wissen, dass Erpressung eine Straftat ist?«

Die bleiche Haut der Journalistin verfärbte sich dunkelrot.

»Ich weiß nicht, was Sie meinen.«

Stutter lehnte sich auf dem Stuhl zurück: »Ich meine, dass Sie ins Gefängnis gehen werden dafür, dass Sie Lutz Härtgen erpresst haben, um an Informationen über eine laufende Mordermittlung zu gelangen. Da kommt einiges zusammen. Denken wir nur an die Behinderung der Polizei.«

Die Reporterin verschränkte die Arme vor der Brust: »Keine Ahnung, wovon Sie da reden. Nehmen Sie mich jetzt fest, oder was?«

»Wollen Sie denn, dass ich Sie festnehme?« Stutter hätte sie tatsächlich am liebsten in Handschellen aus dem Sender geführt. »Manche Straftäter empfinden es als befreiend, gefasst zu werden. Ist das bei Ihnen auch so?«

Noch war Vera verunsichert, und der Hauptkommissar setzte nach: »Ihnen ist ja klar, dass Sie, egal wie die Verhandlung ausgehen wird, keinen Fuß mehr auf den Boden bekommen. Niemand in der Branche wird Sie noch haben wollen.« Er lächelte kalt. »Oh, nicht weil man Sie für unfähig hält, nein, niemand kann Ihnen absprechen, sehr engagiert zu sein. Allerdings werden Sie den Ruf einer tickenden Zeitbombe bekommen, da Sie Grenzen überschreiten, die man besser nicht überschreiten sollte. Kein Senderchef mit Verstand lässt sich auf so jemanden ein.«

Sein Gegenüber atmete durch. »Ich verstehe«, entgegnete die Frau. »Sie wollen Ihrem guten Freund Härtgen den Arsch retten.« Als sie sein Gesicht sah, lachte sie auf, und es klang wie zerbrechendes Glas. »Ich habe fleißig recherchiert. Sie kennen Härtgen persönlich. Bundeswehrzeit. Und jetzt hat der liebe Lutz seinen guten Kumpel geschickt, um mich einzuschüchtern, aber das wird nicht funktionieren. Wenn

Sie wirklich etwas in der Hand hätten, dann wäre ich doch schon längst verhaftet worden.«

Stutter blieb völlig ruhig, auch wenn er einen Moment fest die Kiefer zusammenpresste, bevor er antwortete: »Sie irren sich. Sie sitzen lediglich noch hier, weil ich nicht derjenige bin, der das entscheidet. Darüber beraten gerade andere Stellen.«

Er sah, dass sie nervös wurde, und war zufrieden.

»Und ja, ich und Härtgen kennen uns, aber wagen Sie es ja nicht, mir Bestechlichkeit vorzuwerfen. Ich bin hier, um Sie zu warnen, und zwar nicht vor dem Gefängnis oder vor Lutz Härtgen, sondern vor mir. Wenn Sie mir noch einmal bei diesen Ermittlungen in die Quere kommen, dann mache ich Sie fertig.«

»Härtgen hat mich garantiert nicht angezeigt!«, wagte sie einen neuen Versuch, das Gesicht zu wahren.

»Das muss er auch nicht. Man weiß mittlerweile, dass er die undichte Stelle war. Wenn es zu einer Untersuchung kommt, wird man über kurz oder lang auf Sie stoßen.«

Innerhalb weniger Sekunden traf Vera Lenardo eine Entscheidung. »Also schön«, sagte sie. »Ich werde nichts von dem, was Sie da behauptet haben, bestätigen. Aber ich kann Ihnen versichern, dass ich, falls Lutz Härtgen mein Informant gewesen wäre, natürlich rein hypothetisch …« Sie lächelte, und Stutter lief ein kalter Schauer über den Rücken. »… ich künftig keinen Kontakt mehr zu dem Mann aufnehmen werde. Und was diese Erpressung angeht …« Sie verzog spöttisch den Mund. »Die hat es nie gegeben.«

»Wenn Lutz Härtgen gegen Sie aussagt, rein hypothetisch«, äffte Stutter ihren Tonfall nach, »dann wird man etwas finden. Unsere Experten sind sehr geschickt. Also besser für Sie, es hat wirklich nie etwas gegeben.« Damit stand der Hauptkommissar auf und verließ ohne Eile das Büro.

Vera Lenardo sah ihm verärgert hinterher, bevor sie sich daranmachte, das Sexfoto von Lutz Härtgen akribisch von Handy und Computer zu löschen.

Schließlich lehnte sie sich zurück und murmelte: »Ich brauche Härtgen nicht mehr, ich habe jetzt eine viel bessere Quelle.« Mit einem triumphierenden Gesichtsausdruck dachte sie an den Anruf des Mörders.

Kapitel 10

Gabriel Willer stand vor der leeren Leinwand. Er war nackt, sein Körper von Schweiß bedeckt, und doch zitterte er so, als sei ihm kalt. Aus den Lautsprechern dröhnte ohrenbetäubender Punkrock.

Willer hielt eine Flasche Schnaps in der einen Hand und ein Teppichmesser in der anderen. Er hatte die Augen geschlossen, schwankte leicht hin und her und versuchte die Dämonen in seinem Kopf zu vertreiben. Die Klinge kam seiner Haut gefährlich nah, als er sich abrupt mit der Hand, die das Messer hielt, über die Augen fuhr. Sie hatten seine Kunst verunglimpft, hatten sie degradiert zu einem Talkshow-Thema, sich über ihn lustig gemacht. Mit aller Kraft holte er aus und stieß das Teppichmesser in das weiße Gewebe. Wie ein Besessener schlitzte er den Stoff der Leinwand auf, verletzte sich dabei selbst und bemerkte es erst, als das dunkle Blut aus der Handfläche auf den weißen Untergrund tropfte, der es sofort gierig aufsog. Die roten Kleckse schienen höhnische Fratzen darzustellen. Er hielt inne, keuchte, trat einen Schritt zurück und besah sich das Geschmier. Ein großer Schluck aus der Flasche half ihm, sich zu beruhigen. Schließlich wischte er die blutende Hand an seinem Körper ab, entfernte den Rahmen mit der zerschnittenen Bespannung und setzte einen neuen auf die Staffelei.

Nur wenige Sekunden später war er in die Arbeit vertieft. Zeichnete erste Umrisse und zarte Konturen. Es war *ihr* Gesicht. Immer wenn er anfing, Personen zu zeichnen, dachte er an *ihr* Gesicht, das den Körpern auf seinen Bildern Leben einhauchen sollte. Nur beim Sündenfänger, da war es anders gewesen.

Gabriel widerstand der Verlockung, die Gesichtszüge auszuarbeiten. Das tat er nie, sonst würde *sie* noch jemand erkennen. Stattdessen versuchte er sich am Hals. Liebevoll ließ er den Pinsel über das Leinen gleiten, dann deutete er ein Dekolleté an. Wieder holte ihn ihr Bild ein, und er beschloss deshalb, die Brüste voller zu gestalten, als es ihre in Wirklichkeit waren. Er wollte nicht, dass ein Betrachter sein Geheimnis entdecken konnte. Gabriel zeichnete so konzentriert, dass er seine Mutter, die plötzlich hinter ihm im Raum stand, erst bemerkte, als sie das Wort an ihn richtete.

»Du arbeitest?«

»Ja, Mutter«, fuhr der Maler aufgebracht herum.

Sie gab ihm keine Antwort, sondern betrachtete seinen nackten Körper von oben bis unten. Ihr Blick brachte ihn dazu, den Pinsel beiseitezulegen und nach dem Bademantel zu greifen, den er schnell überstreifte.

»Was soll das?«, fragte sie sanft und kam auf ihn zu. »Ich bin deine Mutter, ich habe dich geboren, was willst du vor mir verbergen?«

Sie hinderte ihn daran, den Gürtel zuzubinden. Stattdessen schob sie den Stoff auseinander und sagte: »Du bist doch mein schöner Junge.«

Er fühlte sich nicht wohl und wollte einen Schritt zurückweichen, aber sie sah das Blut und griff nach seiner verletzten Hand.

»Schätzchen, das muss genäht werden, wie ist das passiert? Was …«

»Hör auf damit!« Unwirsch riss er sich los und verknotete demonstrativ den Gürtel seines Bademantels. »Ich bin erwachsen und will nicht, dass du dich in dieser Weise um mich kümmerst.« Es klang aufgesagt, unehrlich, und sie wusste, dass das nicht wirklich sein Wunsch war.

Trotzdem entgegnete sie ohne den Anschein zu erwecken, seine Worte hätten sie verletzt: »Nun, vielleicht sollte ich dann ausziehen. Wenn ich dich störe und du mich nicht mehr hierhaben willst …«

Er knickte ein. Wie schon so oft. Es war wie ein Spiel zwischen ihnen, das er regelmäßig verlor.

»Nein, bitte, so habe ich das nicht gemeint. Ich will, dass du hierbleibst, für immer.« Er trat auf sie zu, und da sie ihm den Rücken zudrehte, umschloss er sie von hinten mit den Armen. Kurz berührten seine Lippen ihren Nacken. Dann schreckte er wieder zurück, ihr boshaftes Lächeln konnte er dabei nicht sehen.

»Gut, nachdem das geklärt ist …« Sie hatte sich mittlerweile zu ihm umgewandt und sah ihn herausfordernd an. »… was gedenkst du wegen dieser Reporterin zu unternehmen?«

Gabriel verzog das Gesicht. »Ich werde sie verklagen. Sie stellt mein Bild, meinen Sündenfänger, wie einen Comic-Bösewicht dar. Sie ist eine widerliche, billige Schlampe, und ich werde ihr …«

»Du wirst nichts dergleichen«, fuhr seine Mutter hart dazwischen.

»Aber …«

Seinen Einwand fegte Frau Willer mit einer Geste beiseite. »Sie ist diejenige, die dich bekannt machen wird.«

»Ich bin bekannt.«

»Pah!«, stieß seine Mutter gefühllos aus. »Du bist einer von vielen, kaum jemand außerhalb Frankfurts hat von dir gehört. Aber mit Vera Lenardo wird man bundesweit auf dich aufmerksam.«

»Sie ist eine Hexe, eine falsche Schlange!«

»Sie ist eine Chance. Du wirst ihr ein Interview geben, und deine Bilder verkaufen sich von allein.«

»Mir geht es doch nicht darum«, widersprach Gabriel, und man hatte den Eindruck, diese Diskussion würde ihm körperliche Schmerzen bereiten.

»Das sollte es aber, sonst kannst du bald untalentierten

Achtjährigen Malunterricht geben, um den Kühlschrank zu füllen. Rechne künftig nicht mit meiner Unterstützung, wenn du so eine Chance wegwirfst.«

Ihr Sohn schwieg, damit war klar, dass sie auch diese Auseinandersetzung gewonnen hatte. Lässig schlenderte sie zum Regal und fischte zwischen Bechern mit eingetrockneten Pinseln eine Flasche Brandy heraus. Ein Glas fand sie neben dem Terpentin.

»Das wird ein wunderbares Jahr für dich, Schätzchen. Wir bringen dich groß raus. Sie werden sich nach deiner Kunst verzehren.«

Gabriel nickte linkisch. Vielleicht hatte seine Mutter ja recht. Ein bekannter Künstler zu sein, war schließlich immer sein Traum gewesen.

Sie prostete ihm zu: »Schätzchen, wir beide sind unschlagbar, das weißt du doch.«

»Ja, Mutter«, antwortete er tonlos und drehte sich zu dem angefangenen Gemälde um. Dort, wo später einmal die Augen, die Nase und der Mund sein sollten, gab es bislang nur einige unklare Pinselstriche. Er wusste, dass nur *ihr* Gesicht in der Lage wäre, die leere Stelle auszufüllen. Warum war das so? Warum konnte er sich von diesem Fluch nicht befreien?

Seine Mutter nannte ihm den Termin für das Interview, aber er hörte sie nicht mehr, war längst wieder eins mit dem unfertigen Gemälde.

»Dann lasse ich dich allein«, sagte sie zum Abschied, zündete sich noch einen ihrer intensiv nach herbem Tabak riechenden Zigarillos an und machte sich auf den Weg nach oben. Als sie an ihm vorbeiging, streichelte sie für einen Moment liebevoll über seinen Rücken und seufzte: »Bis später, Schätzchen!«

* * *

Die nächsten Tage verbrachten die Beamten mit Recherche und Befragungen. Mildreds Obduktion hatte ergeben, dass sie eine große Menge Psychopharmaka in ihrem Blutkreislauf gehabt hatte. Etwas, das sich auch aus Doktor Schwarz' Aussage und dessen Verordnungsplan ergab. Es blieb deshalb offen, ob sie sich tatsächlich in jener Nacht hatte umbringen wollen oder durch einen Unfall ums Leben gekommen war. Die geistige Verwirrtheit und die hohe Medikamentendosis machten beides möglich. Spuren von Fremdeinwirkung gab es keine, nichts deutete darauf hin, dass sich noch jemand in jener Nacht im Park aufgehalten hatte. Wann und warum sie die Schlüsselkarte entwendet hatte, blieb ebenfalls ein Rätsel. Jedenfalls wurde Mildred offiziell nicht als weiteres Opfer behandelt. Stutter hingegen konnte nicht umhin, ihr eine Rolle in dem Fall zu geben.

Der Sündenfänger war mittlerweile in aller Munde. Der Hauptkommissar hasste es, wenn die Öffentlichkeit den Mördern Spitznamen gab, denn diese Form der Aufmerksamkeit beflügelte solche Monster nur noch. Dank Vera Lenardo sprachen jetzt alle vom Sündenfänger, der bereits drei Menschen umgebracht hatte. Dabei war das doch nur eine alte Legende, die Mildred Gabriel Willer erzählt hatte, woraufhin dessen düsteres Bild vom dämonischen Spürhund entstanden war. Mildred war es auch gewesen, die das Gemälde den Waritsch-Zwillingen gezeigt hatte, die in ihrer Naivität der Reporterin bereitwillig Auskunft gegeben hatten.

Stutter war außerdem überzeugt, dass man das dritte Opfer, Edgar Klein, nicht zufällig auf dem Schrottplatz von Ruben Waritsch abgelegt hatte, aber noch war es ihm nicht möglich, daraus Rückschlüsse auf den Täter zu ziehen.

Gabriel Willer war von den Beamten unter die Lupe genommen worden. Sein angefangenes Bild von der Steinigung machte ihn natürlich zu einem Verdächtigen, allerdings würde das niemals als Beweis ausreichen. Der junge

Künstler konnte in seiner kurzen Laufbahn bereits eine umfangreiche Sammlung an Werken aufweisen. Darunter waren ganze Abfolgen von biblischen Strafen und sterbenden Märtyrern. In einem Kunstkatalog hatte sich Stutter mit den Arbeiten des Malers vertraut gemacht. Offensichtlich setzte sich Willer umfassend mit dem Thema Bibel, Glaube und Aberglaube auseinander, denn die Steinigung war nur eines seiner Motive. Es gab Bilder von Kreuzigungen, Hinrichtungen auf dem Scheiterhaufen, Blendungen, Tod in der Löwengrube, Kain, der seinen Bruder Abel erschlug, dem Höllenfeuer und dem Paradies. Und dann natürlich eines vom Sündenfänger. Stutter fragte sich, ob der Mörder vor seinen Taten schon einmal von diesem Sündenfänger gehört hatte.

Der Hauptkommissar machte sich nichts vor, er hatte die erste Runde gegen den Täter verloren. Der hatte jetzt nämlich das, was er vermutlich am meisten wollte, und das war die Aufmerksamkeit der Menschen. Die verfolgten begeistert die Reportagen von Vera Lenardo, die mit großem Vergnügen das Privatleben aller Beteiligten nach schlüpfrigen Details durchkämmte.

Lutz Härtgen und seine Frau wurden dabei nicht erwähnt. Stutter hatte mit dem Kommissariatsleiter über den Politiker gesprochen und seinen Kollegen Tall bewusst außen vor gelassen. Sollten sich höhere Stellen darum kümmern. Vermutlich würde man die unerlaubte Weitergabe von Informationen nicht ahnden, um einen Skandal zu verhindern. Irgendein hohes Tier hatte mit Stutter gesprochen, ihm jovial auf die Schulter geklopft und gemeint: »Die Leute müssen schon damit klarkommen, dass ein Mörder frei herumläuft, da wollen wir sie doch nicht noch mehr beunruhigen, bloß weil sich Härtgen hat hinreißen lassen. Wir machen alle mal Fehler, warum deshalb die Pferde scheu machen?«

Der Hauptkommissar hatte verstanden und war verärgert. Zwar lag ihm nichts daran, seinen alten Freund auf der Anklagebank zu sehen – vor allem auch um Mara Härtgens willen –, aber gerecht fand er dieses Vorgehen deshalb noch lange nicht.

Er dachte an den Tag zurück, als ihm die Waritsch-Zwillinge erzählt hatten, der Sündenfänger sei der Täter gewesen. Natürlich hatte er nach Mildreds Tod noch einmal mit den Mädchen gesprochen. Die waren noch verstockter und der Vater noch besoffener gewesen als beim letzten Treffen. Die Schmähungen im Internet, die nach dem Interview die Runde gemacht hatten, belasteten die Familie sehr. Leider war es dem Hauptkommissar nicht möglich gewesen, etwas Neues zu erfahren. Lena und Tanja konnten ihm keinen realen Verdächtigen liefern.

Außerdem hatten sie noch einmal mit Pfarrer Lerhard gesprochen, der sich fast schon feindselig verhalten hatte. Im Zusammenhang mit den Mordopfern gab er sich zugeknöpft, und Stutter beschlich das Gefühl, dass er keinen der drei gemocht hatte. Womöglich lag das aber auch daran, dass er sie nur flüchtig kannte. Was jedoch Mildred anging, schien der Geistliche besonders unversöhnlich.

Jasmin hatte deshalb eine treffende Bemerkung gemacht: »Ich bin mir sicher, dass unser Herr Pfarrer, wenn er da oben das Sagen hätte« – sie hatte mit dem Finger Richtung Himmel gedeutet – »einer Sünderin wie Mildred niemals verzeihen würde. Der ist sicher mehr der ›Auge um Auge‹-Typ.«

Was den plötzlichen Tod von Doktor Esser anging, hatten sie nicht viel mehr erfahren, als sie bereits wussten. Der Mann neigte zu Übergewicht, rauchte stark, genoss fette Speisen und sprach auch gerne dem Alkohol zu. Als man ihn eines Tages vornübergekippt an seinem Schreibtisch fand, kam das zwar unerwartet, aber ohne Frage lagen die Gründe dafür auf der Hand. So wurde als Ursache seines Ablebens der plötzliche Herztod diagnostiziert, und man schrieb es dem Lebensstil Doktor Essers zu, dass er so abrupt aus dem irdischen Sein gerissen worden war. Die verschwundenen Akten waren ärgerlich, aber letzten Endes passte auch das zu Doktor Essers Wesen.

Mittlerweile war natürlich auch Mildreds Vergangenheit bekannt geworden, und Vera Lenardo hatte ausführlichst mit sogenannten Experten in ihrer Sendung darüber diskutiert. Unter anderem wurde die Frage behandelt, ob die Psychiatriepatientin vielleicht die Mörderin wäre und sich in einem Anfall von Reue selbst gerichtet hätte.

Stutter glaubte längst nicht mehr an diese Theorie. Mildred wäre zumindest aus praktischen Gründen dazu kaum in der Lage gewesen, da musste der Ermittler dem Klinikarzt recht geben. Allerdings blieb er dabei, dass Mildred vielleicht hätte hilfreich sein können; etwas, das ihm allein sein Bauchgefühl sagte.

Deshalb hatte er auch ein wenig mehr recherchiert, als eigentlich üblich gewesen wäre, und herausgefunden, dass am Tag vor Mildreds Tod einige Besucher in der Klinik »Zum grünen Park« gewesen waren, deren Namen interessanterweise immer wieder während der Ermittlungen auftauchten. Und zwar hatten sich der Künstler Gabriel Willer, Pfarrer Lerhard, Lutz und Mara Härtgen und Bellinda Merlhof samt Ehemann am Nachmittag dort eingefunden, um über eine Wohltätigkeitsveranstaltung zum Osterfest zu sprechen. Zudem hatten die Waritsch-Zwillinge an dem Tag eine ihrer Therapiestunden gehabt. Wie man es auch drehte und wendete, die Ermittlungen führten immer wieder zurück zur Klinik.

Von Doktor Schwarz hatten sie erfahren, dass vor allem der ehemalige Pfleger Patrick, Bellindas jetziger Ehemann, ein sehr gutes Verhältnis zu Mildred gehabt hatte. Was auch der Grund dafür gewesen sei, dass ihm der Klinikarzt am Tag vor Mildreds Tod einen kurzen Besuch bei der Patientin gestattet hatte.

Daraufhin hatte Stutter seinem Ärger Luft gemacht: »Wir wollten an diesem Tag ebenfalls mit Mildred sprechen, wurden aber von Ihnen nicht vorgelassen«, hatte er dem Arzt vorgeworfen. »Warum galt das Besuchsverbot nicht auch für Patrick Merlhof?«

Doktor Schwarz war unbeeindruckt gewesen: »Wie gesagt, Herr Merlhof ist entsprechend ausgebildet und ein Vertrauter der Patientin, damit liegt der Grund für meine Entscheidung wohl auf der Hand.«

Stutter hatte sich damit abfinden müssen, war aber am heutigen Morgen, sozusagen nach einem Strohhalm greifend, auf dem Weg zu Patrick und seiner Frau. Vielleicht hatte Mildred dem ehemaligen Krankenpfleger vor ihrem Tod etwas anvertraut, etwas, das diesem nicht wichtig erschienen war, das aber vielleicht den Polizisten weiterhelfen könnte.

* * *

Für seinen Besuch bei den Merlhofs – die beiden führten Bellindas Nachnamen als Familiennamen weiter – nahm Stutter wieder Jasmin Nau mit. Die saß jetzt auf dem Beifahrersitz und blätterte in einem Stapel Papiere.

»Keine sehr schöne Kindheit«, kommentierte sie die Unterlagen, die Aufschluss über Patricks Werdegang gaben. »Der damalige Gemeindepfarrer hat sich sehr für den Jungen eingesetzt, da hat er Glück gehabt. Die meisten Kinder aus Trinkerfamilien sind oft völlig auf sich allein gestellt. Heutzutage kümmert sich doch niemand mehr um den anderen«, fügte sie noch mürrisch an. »Jedenfalls war er wohl ein mustergültiges Heimkind, mit großem sozialen Engagement. So sahen es jedenfalls seine Betreuer. Ob er Bellinda Merlhof wegen ihres Geldes geheiratet hat?«

»Schon möglich«, antwortete ihr Stutter, »aber das muss ja nicht heißen, dass es ihm um sein eigenes Bankkonto ging.«

»Sie meinen, er heiratet eine reiche Frau, um den großzügigen Spender zu mimen?« Jasmin machte keinen Hehl daraus, dass sie das für absurd hielt, warf dann jedoch selbst ein »Allerdings gibt es ja bekanntlich nichts, was es nicht gibt« und konzentrierte sich wieder auf ihre Lektüre.

Ein Kollege hatte Stutter die Akte von dem Brand besorgt, bei dem Bellinda Merlhofs Schwester vor vier Jahren gestorben war.

»Steht nicht viel mehr drin als im Internet«, sagte die Kommissarin neben ihm.

»Weiterlesen«, gab ihr Stutter Anweisung, der wieder einmal feststellen musste, dass junge Leute nicht die Geduld aufbrachten, ihr Urteil mit Bedacht zu fällen.

»Das ist interessant«, rief Jasmin kurz darauf aus. »Während heute alle glauben, ein Kabelbrand sei an dem Unglück schuld gewesen, schlossen die damaligen Ermittler Vorsatz nicht aus. Allerdings konnte das nie eindeutig geklärt werden.«

»Weiterlesen!«, ermahnte sie Stutter erneut.

»Da ist eine Notiz von dem Beamten, der als Erster vor Ort war.« Sie riss die Augen auf und sah ihren Kollegen, der gerade den Wagen über die Einfahrt der Merlhofs steuerte, überrascht an, bevor sie weitersprach: »Demnach hat Bellinda jemanden gesehen. Einen Fremden, der um das Ferienhaus geschlichen ist, kurz bevor das Feuer ausbrach. Dann erlitt sie einen Nervenzusammenbruch, als man ihr den Tod der Schwester bestätigte, die man nicht mehr hatte retten können. Später konnte sie sich weder an die Geschehnisse noch an ihre erste Aussage oder diesen Unbekannten erinnern. Also könnte das damals ein Anschlag gegen die Familie gewesen sein? Und jetzt sterben, kurz nachdem Bellinda die Klinik verlassen hat, wieder Menschen. Gibt es da etwa einen Zusammenhang?«

Stutter hatte den Motor ausgeschaltet und stierte auf die schneebedeckte weite Fläche. »Niemand hat Bellinda Merlhof angegriffen, und die einzige Tote, zu der sie einen Bezug hatte, ist Mildred.«

»Die wir als Mordopfer ausgeschlossen haben.« Die Kommissarin brummte missmutig.

»Bellinda glaubt, dass sich auf dem Parkplatz nach der Charity-Party jemand mit Sarah Roter hatte treffen wollen«, gab der Hauptkommissar zu bedenken.

»Wieder ein Unbekannter?«

»Womöglich ein Zufall oder ein Irrtum«, räumte Stutter ein.

»Dieser Fall erinnert mich an meinen Matheunterricht, der war genauso nervig.«

»Mathe?«, fragte der Hauptkommissar erstaunt und konnte sich ein Schmunzeln nicht verkneifen.

»Ja, Mathe. Ich war immer diejenige, die am Ende keine glatten Zahlen herausbekommen hat, sondern unendlich viele Stellen hinter dem Komma, was natürlich falsch war.«

Der Hauptkommissar lächelte zwar immer noch, dachte aber ernsthaft über die Bemerkung seiner Kollegin nach, bevor er erwiderte: »Mathe ist gar kein so schlechter Vergleich. Allerdings denke ich dabei eher an zwei Kurven, die direkt nebeneinander verlaufen, bei denen ich noch den Schnittpunkt finden muss.«

»Das ist natürlich ein viel besserer Vergleich«, gab ihm Jasmin ironisch und mit einem Augenrollen zur Antwort, während sie die Autotür aufstemmte und mit Schwung das Fahrzeug verließ.

»Ja, das ist es wirklich«, murmelte Stutter mehr zu sich selbst und war nun auf das Gespräch mit dem Ehepaar gespannt.

* * *

Die Schritte der beiden Beamten verursachten knirschende Geräusche, als sie zur Tür stapften. Die Nacht war wieder kalt gewesen und hatte die dünne Schicht Neuschnee vereist.

»Das muss ein Vermögen wert sein«, stellte Jasmin leise fest, als sie sich umschaute. »Wie viele Helfer braucht man wohl, um die unzähligen Fenster sauber zu halten? Wenn man mit allen durch ist, kann man doch sofort von vorne anfangen.«

Stutter sah sie neugierig an.

Jasmin Nau wurde verlegen. »Privates Trauma«, sagte sie erklärend. »Ich hasse die Putzerei!« Sie schwieg und dachte für einen Augenblick daran, dass das sicher bald ein Ende haben würde. Noch wohnte sie in der Eigentumswohnung, die sie damals zusammen mit ihrem Mann gekauft hatte. Der war jetzt mit seiner Freundin zusammengezogen, drängte auf die Scheidung und die Hälfte des Vermögens inklusive Wohnung. Keine Frage, sie musste verkaufen und sich irgendwo einmieten. Ein Singlehaushalt war teuer, was wiederum bedeutete: wenig Quadratmeter.

Während Stutter erneut klingelte, fügte sich Jasmin in ihr Schicksal, indem sie dachte: *Das einzig Gute ist, dass es dann nicht mehr so viel zum Putzen gibt.*

»Wir hatten doch einen Termin, oder?«, wandte sich der Hauptkommissar an die Kollegin.

»Ja, die wissen, dass wir kommen. Vielleicht haben sie die Klingel nicht gehört. Ich glaube, da läuft irgendwo laute Musik. Den Song kenne ich sogar.«

Stutter holte aus und wollte kräftig gegen die Tür klopfen, als die unter der Berührung nachgab und aufschwang.

Jasmin betrachtete die Türzarge. »War nicht verriegelt, komisch.«

»Hallo, hier sind Hauptkommissar Stutter und Kommissarin Nau! Frau Merlhof?«, rief der Polizist, so laut er konnte.

Das Haus schien gut isoliert, denn die ohrenbetäubende Musik hatte man draußen fast nicht gehört. Er rief erneut und nickte Jasmin zu, was ihr signalisieren sollte, auf der Hut zu sein. Automatisch griff sie an ihre Dienstwaffe.

Stutter bewegte sich langsam zur Quelle der Musik. Dafür durchquerte er ein mindestens fünfzig Quadratmeter großes Wohnzimmer und stieg einige Stufen nach unten. Die Beamten rochen Chlor, hier musste es zum Schwimmbad gehen, und tatsächlich konnten sie Teile einer modernen Wellness-Anlage durch eine Glastür entdecken. Direkt daneben gab es eine weitere Tür. Der Song schien das Holz vibrieren zu lassen, und damit war auch klar, dass dahinter der Ursprung der Musik lag. Wieder klopfte der Beamte an. Als er keine Antwort erhielt, drückte er die Klinke nach unten und schob die Tür langsam auf.

Er blieb unbeweglich auf der Schwelle stehen und ließ das Bild, das sich ihm bot, wirken. Dabei kam er nicht umhin, eine gewisse Bewunderung zu empfinden, als sich die junge Bellinda Merlhof mit geschlossenen Augen zu dem Takt im Kreis drehte und mehr über den Boden schwebte als tanzte. Sie war so im Einklang mit der Musik, dass sie die zwei Besucher, denen sie nun den Rücken zugewandt hatte, gar nicht bemerkte. Stattdessen hüpfte und sprang sie hin und her wie ein vergnügtes Fohlen. Die Szene hätte auch gut aus einer Märchenaufführung stammen können.

Schließlich war es Jasmin, die dem ein Ende setzte, indem sie sich der Musikanlage näherte und grob den Stecker zog.

Bellinda schnellte herum.

Stutter wollte sofort zu einer Entschuldigung ansetzen, aber Jasmin kam ihm zuvor.

»Wir haben einen Termin, Sie waren wohl nicht in der Lage, die Klingel zu hören?« Die Frage war eindeutig ein Vorwurf.

Die Kommissarin hatte nicht viel übrig für Frauen wie Bellinda. Dieses grazile und unschuldige Getue ging ihr auf die Nerven, und das aus zwei Gründen: Erstens war es in ihren Augen verlogen, denn es gab keine unschuldigen Frauen, das war nur eine Masche, und zweitens erinnerten sie Typen wie Bellinda zu sehr an die Neue ihres Noch-Ehemannes.

Der Hauptkommissar neben ihr war überrascht, als er den scharfen Ton seiner Kollegin vernahm, ließ sich das aber nicht anmerken. Stattdessen wandte er sich freundlich an Bellinda: »Die Tür stand offen, ist das nicht leichtsinnig?«

Allerdings war es nicht die junge Frau, die ihm antwortete, sondern ein Mann, der plötzlich hinter ihnen auftauchte. Er trug eine Einkaufstüte. »Bellinda mag keine verschlossenen Türen«, sagte er ohne besondere Gefühlsregung und starrte die Beamten an.

»Mein Mann Patrick«, sagte Bellinda.

Es war das erste Mal, dass sie, seit die Polizisten das Haus betreten hatten, sprach. Sie lächelte wie ein Kind und eilte auf ihren Partner zu. Der strahlte sie an und küsste sie fest auf den Mund.

Jasmin kniff die Lippen zusammen und versuchte sich nicht einmal einzureden, dass sie nicht eifersüchtig auf das Glück der beiden war.

Dann löste sich das ungleiche Paar voneinander, man stellte sich vor, und Bellinda verschwand tänzelnd, um sich umzuziehen, während Patrick die beiden nach oben führte.

Erst jetzt hatte die Kommissarin die Gelegenheit, den frischgebackenen Herrn Merlhof genauer zu betrachten. Er war das krasse Gegenteil von Bellinda. Seine Statur hatte nichts Elfenhaftes, sondern glich eher der eines Preisboxers. Er war grobschlächtig mit harten Gesichtszügen. Da er die Ärmel hochgekrempelt hatte, konnte Jasmin sehen, dass beide Unterarme tätowiert waren. Vermutlich gab es noch mehr dieser Körperbilder auf seiner Haut, denn auch am Hals konnte sie Tattoos erkennen.

»Meine Frau war eine lange Zeit eingesperrt«, begann er das Gespräch und kam noch einmal auf die unverschlossene Tür zurück.

»Sie meinen die Klinik ›Zum grünen Park‹?«, fragte Stutter.

Patrick bat seine Gäste, Platz zu nehmen, setzte sich den beiden gegenüber und antwortete: »Ja. Natürlich ist das kein Gefängnis, aber die Patienten wissen schließlich, wo sie sich befinden. Und die Regeln dort lassen keine Ausnahmen zu.«

»Ihre Frau hat also in den ganzen Jahren das Gelände nie verlassen?« Jasmin klang ungläubig.

»Schon, aber wenn, dann in Begleitung. Allerdings hat Doktor Esser es lange Zeit für wichtig gehalten, dass Bellinda zur Ruhe kam. Ausflüge in die Frankfurter Innenstadt sind da nicht besonders förderlich.«

In diesem Moment betrat Patricks Frau den Raum. Sie hatte das rosa, schleierartige Tanzgewand gegen einen eng anliegenden weißen Strickpullover und Leggins in der gleichen Farbe getauscht.

Jasmin mochte die Frau, die darin einfach perfekt aussah und sich jetzt wie ein kleines Kätzchen an ihren Mann schmiegte, immer weniger.

»Ich habe einige Zeit gebraucht, mich wieder zurechtzufinden. Patrick hat mir dabei geholfen.« Während sie das sagte, schlang sie ihre schmalen Finger um den Unterarm ihres Mannes.

Jasmin spürte einen Brechreiz und musste sich zusammenreißen, nicht unhöflich zu sein, als sie nun sagte: »Wäre es nicht trotzdem besser abzuschließen?«

Bellinda errötete, und es sah entzückend aus. »Vermutlich haben Sie recht, vor allem, nachdem …«

Sie stockte, und Patrick reagierte ein wenig ungeduldig: »Schatz, du solltest das vergessen, ich habe dir doch erklärt …«

Stutter unterbrach ihn: »Moment, was heißt ›vor allem, nachdem‹?«

Patrick sah zu seiner Frau und seufzte: »Also bitte, dann erzähle es der Polizei.«

Sie zog die Beine nach oben und setzte sich im Schneidersitz aufrecht hin. Dann vergrub sie die Hände in den überlangen Ärmeln des Pullovers, bevor sie leise zu sprechen begann: »Es ist nichts, nur, dass ich vor einigen Tagen das Gefühl hatte, jemand wäre in unserem Garten.«

Ihr Mann winkte ab. »Ich habe nachgesehen, alles überprüft. Wir haben eine Alarmanlage, und nachts ist die Tür natürlich verschlossen. Es war niemand da!«

»Sind Sie sicher?«, hakte der Hauptkommissar besorgt nach.

Er konnte Patrick nicht richtig einschätzen. Einerseits sah es so aus, als würde der Mann seine junge Frau aufrichtig lieben, andererseits passte dazu nicht die Leichtfertigkeit, mit der er diese Angelegenheit abtat.

Als hätte Bellinda seine Gedanken erraten, nahm sie ihren Mann in Schutz: »Bitte glauben Sie nicht, dass Patrick meine Sicherheit egal ist.«

»Bellinda, du musst das nicht tun«, sagte der nun zärtlich und strich ihr eine Haarsträhne aus dem Gesicht.

»Ich möchte aber«, kam es fast trotzig zurück. Sie schüttelte den Kopf, und das blonde Haar umschmeichelte dabei ihre zarten Wangen. »Ich nehme immer noch Medikamente. Vor allem, wenn ich einen schlechten Tag habe. Das kann dazu führen, dass ich mir Dinge einbilde. Vielleicht verstehen Sie jetzt.«

Das tat der Beamte tatsächlich, aber sein Gegenüber wollte wohl auf Nummer sicher gehen und fügte an: »Ich möchte dagegen ankämpfen, aber vielleicht wäre es doch besser, es nicht auf diese Weise zu tun. Wir werden künftig abschließen.«

»Natürlich, wenn es dich beruhigt«, sprang Patrick nun sofort ein. »Und jetzt hör auf, dir unnötig Gedanken zu machen. Doktor Schwarz ist sehr zuversichtlich.«

Der Hauptkommissar überlegte, ob er es dabei bewenden lassen sollte. Er rang mit sich und entschied sich schließlich für die Vernunft und gegen die Diplomatie.

»Was ich Ihnen jetzt zu sagen habe, wird Sie vielleicht verärgern oder erschrecken. Ich hoffe, Sie sehen mir das nach, aber es ist meine Pflicht, in dieser Situation deutliche Worte zu sprechen.«

Patrick richtete sich sofort auf, so als müsste er sich schützend vor Bellinda stellen, und Stutter gab ihm mit einem Handzeichen zu verstehen, ruhig zu bleiben.

Jasmin erinnerte die Szene an ihren Besuch bei der Polizeihundestaffel. Dort hatte die Kommunikation zwischen Herrchen und Vierbeiner auf ähnliche Weise stattgefunden.

»Ich habe die Akte von damals gelesen, von dem Brand.«

Patricks Arm legte sich augenblicklich um Bellindas Schulter.

»Sie meinen, wegen dem, was ich ausgesagt habe? Aber ich konnte mich später nicht mehr an einen Fremden erinnern.«

»Das heißt nicht, dass es den nicht gegeben hat«, entgegnete Stutter ernst.

»Wollen Sie damit sagen, dass der Tod von Bellindas Schwester kein Unfall gewesen war und der, der dafür verantwortlich ist, jetzt Jagd auf meine Frau macht? Dass tatsächlich jemand in unserem Garten war?«

Den Hauptkommissar überraschte ein wenig die schonungslose Art, mit der Patrick die Angelegenheit zusammenfasste. Er selbst hätte sich vorsichtiger an das Thema herangetastet.

Sein Blick streifte Bellinda, die völlig reglos auf ihre Hände starrte.

»Ich möchte Ihnen keine Angst machen, bitte Sie nur, vorsichtig zu sein.«

»Meinen Sie, dass es der Mann war, auf den Sarah Roter gewartet hat?«, flüsterte Bellinda.

Stutter schielte automatisch zu Patrick, und sie lächelte. »Ich habe ihm mittlerweile von meinem Besuch bei Ihnen erzählt.«

»Ja, und ich fand es richtig, dass meine Frau ihren Instinkten gefolgt ist. Schade nur, dass du dachtest, ich könnte das nicht verstehen.«

»Verzeihst du mir?«, fragte sie flehend, und Jasmin hätte sich am liebsten auf den teuren Hochflorteppich übergeben. Offensichtlich vergaßen die beiden gerade, dass sie nicht alleine waren.

»Herr und Frau Merlhof«, meldete sich deshalb der Hauptkommissar zu Wort. »Wir wissen nicht, ob, und wenn, auf wen Sarah Roter in der Nacht ihres Todes gewartet hat. Vielleicht auf niemanden, aber es ist noch zu früh, das auszuschließen. Ich finde nur, dass Sie vorsichtig sein sollten. Und falls Sie erneut den Eindruck haben, jemand würde sich unrechtmäßig auf dem Grundstück aufhalten, Sie verfolgen oder dergleichen, setzen Sie sich bitte sofort mit mir in Verbindung.«

»Das ist sehr nett von Ihnen«, hauchte Bellinda, während Patrick ein wenig besitzergreifend sagte: »Keine Sorge, ich werde auf meine Frau aufpassen. Aber deshalb sind Sie ja nicht gekommen, oder?«

»Nein«, bestätigte Stutter sachlich. »Ich wollte mit Ihnen über Mildred sprechen.«

Bellinda schien zu entspannen, als das Thema gewechselt wurde, und Patricks Stimmung änderte sich ebenfalls. Er wurde wieder der Krankenpfleger, der sich jahrelang um andere Menschen gekümmert hatte. Als er jetzt zu sprechen begann, merkte man ihm deutlich an, dass er seinen Beruf mochte, und auch die besondere Verbindung zu Mildred war herauszuhören.

»Sie war ein armes Geschöpf«, reagierte er voller Mitgefühl.

»In welcher Hinsicht?«, fragte der Hauptkommissar neugierig.

»Weil man sie missverstanden hat«, kam prompt Patricks Antwort.

Ein Lächeln huschte über Bellindas Gesicht, als sie sich einmischte und sagte: »Mein Mann hat das Herz eines Löwen, vor allem, wenn es um die hoffnungslosen Fälle geht, das sieht man ja an mir.«

Er drückte zärtlich ihre Hand und wandte sich wieder an die Polizisten. »Meine Frau übertreibt, aber Mildred lag mir wirklich am Herzen. Sie war so verloren und doch so bestrebt in ihrem Glauben an Gott.«

»Kannten Sie ihre Geschichte?«, fragte Jasmin.

»Ja, ich wusste, was sie getan hatte.«

»Und Mildred? War sie sich ihrer Taten bewusst? Welchen Eindruck hatten Sie?«, hakte der Hauptkommissar nach, der bisher nur die Einschätzung des Arztes kannte.

»Ich denke«, antwortete Patrick nach einem Zögern, »sie wusste es zum Teil.«

»In der Art, dass es Momente der Klarheit gab, in denen sie sich erinnert hat?«

Wieder ein Zögern, dann folgte ein klares Nein. »Mildred war der Meinung, Gott hätte ihr aufgetragen, die beiden Kinder zu ertränken, um sie dadurch zu retten. Sie war davon überzeugt, in seinem Namen getötet zu haben. Trotzdem fühlte sie sich nicht frei von Schuld. Das war ihr Problem.«

»Sie war also einfach eine Besessene«, ergänzte Jasmin, und die Art, wie sie das sagte, machte deutlich, dass sie keinerlei Verständnis für Mildred hatte.

Womöglich war das auch der Grund, warum Patrick sehr gereizt reagierte: »Sie haben keine Ahnung, Sie haben sich ja nicht die Mühe gemacht, die Prüfung auf sich zu nehmen. Stattdessen entschieden Sie sich einfach dafür aufzugeben.«

»Patrick«, ermahnte ihn Bellinda sanft.

Aber Jasmin war bereits darauf angesprungen und fauchte: »Wie darf ich das bitte verstehen?«

»Wir haben den Bericht über Sie im Fernsehen gesehen.«

Jasmin schüttelte verständnislos den Kopf.

»Heute Morgen in der Show von Vera Lenardo«, klärte sie Bellinda auf. Dabei warf sie der Beamtin einen mitleidigen Blick zu, wofür Jasmin ihr am liebsten die hübschen Kulleraugen ausgekratzt hätte.

»Moment, worum geht es hier überhaupt?«, mischte sich jetzt Stutter ein.

»Es war nur eine harmlose Berichterstattung über das Ermittlerteam. Man hat über Ihre alten Fälle gesprochen«, lenkte Bellinda ein. »Außerdem wurde behauptet, Ihre Kollegin hätte ein Theologiestudium angefangen, aber nicht beendet, das war alles«, erklärte sie diplomatisch.

Patrick besann sich offensichtlich und übernahm es, die Wogen vollends zu glätten. »Es tut mir leid, ich hätte Sie nicht so anfahren dürfen. Vermutlich hatten Sie gute Gründe, diesen Weg nicht weiter zu verfolgen, und es steht mir ganz sicher nicht zu, das zu kritisieren.«

»So ist es«, entgegnete Jasmin kalt, sah sich aber nicht genötigt, irgendwelche Erklärungen abzugeben.

Stutter registrierte die Verärgerung seiner Partnerin und griff ein. »Meine Kollegin hat Ihnen eine Frage gestellt. War Mildred besessen, fanatisch?«

»Ja, aber nicht so, wie Sie denken. Sie war nicht besessen von ihrem Glauben, sondern davon, ihn zu finden. Sie haderte mit Gott, weil er sie eine so schlimme Tat hatte begehen lassen, und gleichzeitig verabscheute sie sich für ihre Zweifel an ihm. Sie wollte so unbedingt glauben, dass Gott ihr den Weg weisen würde. Das war der Grund für ihren Zustand, der Druck ließ sie den Bezug zur Realität verlieren. Dann kam natürlich dazu, dass die Therapie darauf abzielte, ihr klarzumachen, dass sie nicht in irgendwessen Namen gehandelt, sondern eine schwere Straftat begangen hat. Das verstärkte den Zwiespalt natürlich.«

»Aber was hätten die Ärzte denn sonst tun sollen?« Eine Frage dieser Art wäre Stutter als Nächstes eingefallen, aber interessanterweise war ihm Bellinda zuvorgekommen.

»Schatz, natürlich ist das das übliche Vorgehen. Doktor Esser hat auf diese Weise jahrelang versucht, einen Zugang zu Mildred zu finden, aber am Ende ist ihm das nicht gelungen. Doktor Schwarz setzte auf eine andere Methode und hat sie nicht weiter bedrängt. Vermutlich waren ihr dadurch die letzten Monate erträglicher.«

»Sie haben Doktor Esser, den Vorgänger von Doktor Schwarz, nicht gemocht?«

»Doch.« Patrick hob abwehrend die Hände. »Er war ein netter Mann und hat vielen Patienten geholfen, aber seine Methoden waren doch manchmal ein wenig althergebracht.«

Patrick grinste, als er das Gesicht des Hauptkommissars bemerkte: »Sie denken, dass ich das als Krankenpfleger nicht beurteilen kann. Das denken die Ärzte auch. Aber wer verbringt denn die meiste Zeit mit den Patienten? Wir betreuen sie quasi rund um die Uhr, der Arzt hat sie höchstens mal eine Stunde am Tag. Glauben Sie mir, ich und meine Kollegen sind durchaus in der Lage einzuschätzen, ob eine Sitzung dem Patienten gutgetan hat oder nicht. Fragen Sie Doktor Schwarz, der hat das verstanden. Er hat sich immer bei uns erkundigt, hat uns einbezogen.«

»Ja, Doktor Schwarz ist ein toller Arzt«, pflichtete Bellinda ihrem Mann bei. »Er hat mir sehr geholfen, tut er noch.«

»Gut, kommen wir noch einmal zurück zu Mildred. Sie waren am Tag vor ihrem Tod bei ihr?«

»Ja.«

»Angeblich ging es ihr nicht gut.«

»Das stimmt, deshalb blieb ich auch nur kurz. Doktor Schwarz hat es mir gestattet, weil sie mich schon so lange kennt und mir vertraut hat. Er dachte, es würde zu einer Verbesserung ihres Zustandes beitragen.«

»Und tat es das?«, fasste der Hauptkommissar nach.

Patrick schüttelte den Kopf. »Sie blieb unruhig und nervös, sprach vom Sündenfänger und dass der sie bald holen würde.«

»War das ungewöhnlich?«

Jetzt lachte Patrick, und es klang offen. »Nein, Mildred liebte dieses Thema. Und seit dieses schreckliche Bild im Aufenthaltsraum hing, wurde es noch schlimmer.«

»Es gefällt Ihnen nicht?«

»Haben Sie es gesehen?«

Stutter nickte.

»Dann wissen Sie ja, dass es scheiße ist!«

»Patrick«, rief Bellinda tadelnd, aber ihrem Gesichtsausdruck war zu entnehmen, dass sie die Ermahnung nicht wirklich ernst meinte.

»Ich nehme an, Ihnen gefällt auch der Künstler nicht?«, bohrte der Hauptkommissar weiter.

»Nein!« Patrick verschränkte nun angriffslustig die Arme vor der Brust, und Bellinda senkte verlegen den Kopf.

»Darf ich den Grund dafür erfahren?« Stutter hatte eigentlich damit gerechnet, dass sich sein Gegenüber ausschweigen würde, aber plötzlich gab Patrick die Nummer vom harten Kerl auf und seufzte schwer. »Ich mag ihn nicht, weil er meine Frau verletzt hat.«

Die Beamten horchten auf und sahen automatisch zu Bellinda.

Aber die hielt den Kopf weiter gesenkt, und Patrick erklärte: »Als er Patient war, hat er sich ihr regelrecht aufgedrängt, hat sie umgarnt und ständig angemacht. Und dann hat er sie fallen lassen. Das, Herr Hauptkommissar, macht ihn nicht zu einem Menschen, der mir gefällt.«

»Wissen Sie, warum er sich so verhalten hat?«

»Weil er ein Arschloch ist!« Dieses Mal musste ihm Stutter im Stillen recht geben, wahrte aber die Professionalität und fragte: »Gibt es sonst noch einen Grund?«

Endlich hob Bellinda den Kopf. »Seine Mutter. Es hat definitiv etwas mit seiner Mutter zu tun.«

»Ein Mann, der sich von der eigenen Mutter dahingehend beeinflussen lässt, die Frau, die er angeblich liebt, aufzugeben, ist für mich ein A…«

»Ich denke, wir haben verstanden«, unterbrach ihn der Hauptkommissar. »Seiner Mutter gefiel die Verbindung zwischen Ihnen beiden nicht.«

»Ja«, antwortete Bellinda, »ich nehme an, sie hat ihn unter Druck gesetzt, und er zog sich zurück.« Die junge Frau zuckte mit den Schultern und setzte wieder ihr Unschuldslächeln auf. »Letzten Endes ist es gut so. Wir waren ja nicht richtig zusammen, und wäre mehr daraus geworden, dann hätte ich niemals Patrick lieben gelernt. Ich bin jetzt glücklich, was interessiert mich da noch Gabriel Willer?«

Patrick küsste sie auf die Wange. »Sehen Sie, meine Frau versteht viel mehr von göttlicher Fügung, als sie zugeben will.«

Stutter musste lächeln, besann sich aber sofort wieder und griff noch einmal das Thema Mildred auf. »Sie waren also bei ihr. Hat sie über irgendwen gesprochen, etwas erwähnt, das Ihnen vielleicht seltsam vorkam, das Sie aber bisher für unwichtig hielten?«

Patrick sah ihn ernst an, gab aber keine Antwort.

»Herr Merlhof, es wäre wichtig.«

»Sie werden mir nicht glauben.«

»Warum sollte ich Ihnen nicht glauben?«

»Weil es Gabriel Willer betrifft und den«, sagte er gedehnt, »kann ich ja bekannterweise nicht leiden. Außerdem ist es unwichtig und gut möglich, dass es nur Mildreds Fantasie entsprungen ist. Deshalb habe ich es bisher auch niemandem erzählt.«

»Bitte erzählen Sie es jetzt«, forderte ihn Stutter auf, während Bellinda, die den Eindruck erweckte, das erste Mal davon zu hören, überrascht aufblickte.

»Also schön. Mildred hat mir erzählt, dass Willer kurz vor mir in ihrem Zimmer gewesen sei.«

»Was noch?«

»Sie sagte, er hätte ihr vom Sündenfänger ausgerichtet, dass es bald so weit wäre.«

Kapitel 11

Nach dem Gespräch mit Patrick Merlhof holten die Beamten umgehend Informationen in der Klinik ein. Weder Doktor Schwarz noch einer der Angestellten konnte bestätigen, dass Gabriel Willer an besagtem Tag Mildreds Zimmer betreten hatte. Der nächste Besuch galt dem Maler, der die Vorwürfe entschieden zurückwies.

Als die Beamten wieder im Wagen saßen, fragte Jasmin: »Glauben Sie ihm?«

Stutter wirkte unschlüssig.

»Jedenfalls würde jeder halbwegs engagierte Jurastudent Merlhofs Glaubwürdigkeit infrage stellen. Immerhin macht der keinen Hehl daraus, dass er Gabriel Willer nicht mag, Eifersucht inklusive«, ergänzte die Kommissarin.

»Die eigentliche Herausforderung bei der Klärung dieser Frage liegt darin, dass wir drei Parteien haben. Beide Männer können die Wahrheit sagen. Womöglich hat nämlich Mildred gelogen, als sie gegenüber Merlhof behauptete, Willer wäre in ihrem Zimmer gewesen. Zudem könnte diese Begegnung ihrer Fantasie entsprungen sein. Deshalb ist die Aussage auch unbrauchbar. Man kann natürlich spekulieren. Merlhof könnte vorhaben, den Ex-Freund seiner Frau in die Pfanne zu hauen. So etwas kommt vor. Falls aber Willer doch bei Mildred war, stellt sich selbstverständlich die Frage, warum er das verheimlicht.«

»Weil er sie umgebracht hat. Womöglich stammte die Schlüsselkarte von ihm. Wir wissen, dass er Patient in der Klinik war und später öfter Gast. Er kennt die Oberschwester und deren chaotische Natur, demnach wäre es sicher leicht für ihn gewesen, die Schlüsselkarte bei einem seiner Besuche zu entwenden. Wozu auch immer er sie ursprünglich an sich gebracht hat, am Ende entschloss er sich dazu, sie Mildred zuzustecken und sie nach draußen zu locken. Bei der Kälte hätte sie die Nacht im Freien so oder so nicht überlebt. Mildred wusste etwas über ihn und musste beseitigt werden. Damit wird unser Künstler zu einem guten Verdächtigen.«

»Ja, aber da ist er nicht der Einzige. Wenn wir Ihrer Theorie folgen, dann hätten alle, die am Tag vor Mildreds Tod als Besucher in der Klinik gewesen waren, letzten Dezember die Möglichkeit gehabt, die Schlüsselkarte an sich zu bringen und später damit Mildred aufzusuchen. Wen können wir ausschließen?«

Jasmin dachte wieder an den Matheunterricht. »Sie haben recht, der Pfarrer könnte es ebenfalls sein und Härtgen ...« Sie zögerte.

»Auch Härtgen oder seine Frau wären in der Lage gewesen, unbemerkt in Mildreds Zimmer zu schlüpfen. Und nur weil Merlhof als Einziger ganz offiziell bei ihr war, schließt das ihn oder Bellinda nicht aus. Wenn man es genau nimmt, gehören auch die Waritsch-Zwillinge zu der Auswahl.«

»Denken Sie, einer von denen ist unser Mörder?« Jasmin sah erwartungsvoll zu dem Kollegen.

»Ich weiß es nicht, habe aber das ungute Gefühl, dass man mit uns ein übles Spiel treibt. Wir werden nochmals mit allen sprechen müssen, solange wir keine anderen Spuren haben.«

Während Stutter schweigend den Wagen lenkte, sprach Jasmin ein anderes Thema an: »Sie haben mich gar nicht nach dem Warum gefragt.«

Der Hauptkommissar wusste, dass seine Kollegin auf die Morgensendung von Vera Lenardo anspielte. Die Reportage über das Ermittlerteam war erstaunlich sachlich gestaltet gewesen, die Journalistin hatte sich in keiner Weise negativ geäußert. Auch Jasmins abgebrochenes Theologiestudium war nur am Rande und ohne Bewertung erwähnt worden.

»Sie sind nicht verpflichtet, irgendwem eine Erklärung zu liefern«, sagte er freundlich.

»Ich denke, bei Ihnen kann ich eine Ausnahme machen«, antwortete sie mit einem schiefen Lächeln.

Kurze Zeit später saßen die beiden in einer Eckkneipe. Für Apfelwein war es noch zu früh, aber die zwei Portionen Rippchen mit Kraut kamen gerade recht.

Jasmin fühlte sich in Stutters Gegenwart wohl. Sie arbeitete gern mit dem Mann zusammen und hielt ihn für den letzten seiner Art. Natürlich war auf dem Revier durchgesickert, dass er trotz seiner Freundschaft zu Härtgen den Kollegen gegenüber loyal geblieben war. Er hatte es Hauptkommissar Tall erspart, Härtgen zu melden, und, so hieß es zumindest, dieser miesen Bazille Vera Lenardo ordentlich auf den Zahn gefühlt. Selbstverständlich schwieg man darüber, aber die Kollegen auf der Dienststelle schätzten den Mann dafür.

Vielleicht war das der Grund, warum es Jasmin auf einmal möglich war, offen über die Vergangenheit zu sprechen. »Mein Vater ist evangelischer Pfarrer, mit Leib und Seele«, fing sie das Gespräch an und schob den leeren Teller zur Seite.

Die Bedienung eilte mit zwei »Bembeln« vorbei. Aus diesen Steinzeugkrügen stieg der frische Duft des Apfelweins in Jasmins Nase.

»Als Kind wollte ich unbedingt in seine Fußstapfen treten«, sagte sie ein wenig wehmütig. »Ich habe mit dem Studium angefangen, und dann ist es passiert.«

»Sie haben Ihren Glauben verloren?«, fragte Stutter vorsichtig.

Die Kommissarin lachte, und es klang, als würde sie sich damit von einer Last befreien. »Nein, das wäre doch zu dramatisch, aber ich verlor den Glauben an meine Fähigkeit zu vergeben. Ich bin vermutlich nicht besser als dieser Pfarrer Lerhard. Ich wollte die Sünder« – sie hob die Hände und machte mit den Fingern imaginäre Anführungszeichen in die Luft – »nicht davonkommen lassen. Meiner Meinung nach sollten sie sich einem weltlichen Gericht stellen müssen.«

»Deshalb gingen Sie zur Polizei«, ergänzte Stutter.

»Ja!«

»Das ist doch ein guter Grund und nichts, was Sie sich vorwerfen müssten.«

Sie errötete, denn er hatte genau ihren wunden Punkt getroffen.

»So scheint es auf den ersten Blick. Mein Vater hat mich damals in meiner Entscheidung unterstützt, aber ich habe immer das Gefühl, ich hätte ihn enttäuscht.«

»Das kann ich mir nicht vorstellen. So denken Väter nicht.«

Der Hauptkommissar sagte das so voller Überzeugung, dass sie ihn unwillkürlich fragend ansah.

»Ich habe noch keinen Vater kennengelernt, der nicht stolz auf seine Tochter gewesen wäre. Die meisten haben lediglich vergessen, es rechtzeitig zu sagen.«

Er senkte den Kopf und rührte in seinem Espresso. »Ich spreche von den Frauen, die einem Verbrechen zum Opfer gefallen sind. Die auf dem kalten Stahltisch der Gerichtsmedizin liegen und dann von ihren Vätern identifiziert werden. Gebrochene Männer, die daran langsam zugrunde gehen, dass sie das kleine Mädchen, das einst in ihren Armen gelegen hat, nicht vor der grausamen Welt beschützen konnten. Das Einzige, was sie überhaupt noch aufrecht hält, ist die Erinnerung an ein Kind, das sie voller Stolz zumindest eine gewisse Zeit bei sich gehabt haben. Glauben Sie mir, eine Tochter kann ihren Vater gar nicht enttäuschen.«

Die Kommissarin spürte den Kloß im Hals und schluckte. Sie hatte sich in den letzten Jahren immer mehr zurückgezogen, war ihrem Vater aus dem Weg gegangen und hatte an den Feiertagen Dienst vorgeschoben, um nicht nach Hause gehen zu müssen. Zu groß war die Sorge, er würde ihr die

Entscheidung, die sie getroffen hatte, übel nehmen. Vielleicht war es an der Zeit, endlich Gewissheit zu bekommen. Nicht nur die Väter vergaßen es, die Dinge rechtzeitig auszusprechen.

Ihre Gedanken wurden vom Klingeln des Handys unterbrochen. Es war Hauptkommissar Tall.

Kurz darauf sahen sich die Beamten in der Dienststelle die letzte Sondersendung von Vera Lenardo an. Während die Polizisten am Morgen glimpflich davongekommen waren, hatte die Reporterin ihre giftigen Pfeile jetzt auf Pfarrer Lerhard abgeschossen. Offensichtlich war es ihr gelungen, die Verbindung zum ersten Opfer, dem Museumsbesitzer Lauris, herauszufinden. Den scharfen Leserbrief, den der Geistliche geschrieben hatte, und seine Verbindung zur Klinik, zu deren Wohltätern das Entführungs- und Mordopfer Edgar Klein gehört hatte, reichten aus, um im Privatleben von Lerhard zu stöbern.

Ob die Prostituierte Stella von Vera Lenardo aufgespürt worden war oder sich selbst im Sender gemeldet hatte, in der Hoffnung auf eine ordentliche Gage, ließ sich nicht sagen. Fest stand aber, dass man Lerhard zur Schlachtbank führte. In allen Einzelheiten erzählte Stella in aufreizender Kleidung von den Schandtaten des Geistlichen. Behauptete, er würde sie dafür bezahlen, in einem Nonnenkostüm seinen sexuellen Wünschen nachzukommen. In der nächsten Einstellung sah man Pfarrer Lerhard, der von den Journalisten vor seiner Kirche bedrängt wurde. Er war blass, und Verzweiflung lag in seinem Gesicht. Danach folgte eine Besichtigung von Stellas Wohnung, die, da war sich Stutter sicher, extra dafür präpariert worden war. Der Hauptkommissar konnte sich nämlich nicht vorstellen, dass die Prostituierte wegen eines Kunden ihre ganze Wohnung in eine Kathedrale verwandelt hätte. Zu auffällig war die Unmenge an Plastikkreuzen und Marienfiguren. Stella führte ihr Nonnenkostüm vor und versäumte es nicht, auch auf die vielen Reißverschlüsse hinzuweisen, die man an intimen Stellen aufziehen konnte.

Jasmin schüttelte den Kopf, und Stutter atmete schwer aus.

»Ist das die Wahrheit?«, fragte Hauptkommissar Tall fassungslos.

»Ab jetzt ja, weil es jeder dafür halten wird«, gab ihm Stutter resigniert Antwort. »Trotzdem müssen wir dem nachgehen.«

»Ein Geistlicher, der ein Problem mit dem Zölibat hat und deshalb die wildesten Dinge mit einer Prostituierten anstellt, ist ein erstklassiger Verdächtiger in einem Fall von religiös motivierten Morden«, fügte Jasmin Nau an. »Das wird eine Schlammschlacht.«

Sie fanden Pfarrer Lerhard in der Klinikkirche. Er war tief ins Gebet versunken, kniete auf der harten Holzbank und hob erst den Kopf, als ihn Stutter antippte.

Das attraktive Gesicht des Geistlichen war vom Kummer verzerrt. »Ich weiß nicht, ob ich die Kraft habe, das durchzustehen«, rief er hilflos aus und begann zu weinen.

Stutter hätte dem Mann gerne Trost gespendet, aber er ermittelte nun einmal in einem Mordfall, und Lerhard war ein Verdächtiger.

»Herr Pfarrer!«

Lerhard lachte bei der Anrede höhnisch auf. »Kann ich mich wirklich so nennen?«

Der Beamte überging den Einwand und sagte: »Wir müssen miteinander reden.«

Langsam stemmte sich der Geistliche hoch. Er wirkte gebrechlich wie ein alter Mann, was vermutlich daran lag, dass er schon eine Ewigkeit in der unbequemen Position gekniet hatte. Leicht humpelnd führte er die Beamten deshalb zu seinem Büro und bat sie, Platz zu nehmen.

Er wirkte sehr verletzlich, als er sagte: »Ich habe sie nie angerührt. Ich wollte ihr helfen, ein besseres Leben zu führen, ich wollte sie retten.«

»Sie kennen also diese Stella, die Prostituierte«, stellte Stutter sachlich fest.

»Ja, aber nicht so, wie die sagen.«

»Wie dann?«, hakte der Hauptkommissar freundlich nach.

»Ich schwöre bei Gott, ich habe die Frau niemals angerührt.« Bei jedem anderen hätte Stutter nicht viel auf diesen Schwur gegeben, aber die Nachdrücklichkeit, mit der der Pfarrer diesen Eid leistete, machte ihn glaubhaft.

Der Beamte wusste nicht, was er erwartet hatte. Vermutlich hoffte er darauf, Lerhard würde unter dem Druck der Öffentlichkeit zusammenbrechen und gestehen, aber so sah es nicht aus.

»Ich gebe zu, ich hatte unkeusche Gedanken, aber …« Lerhard zitterte, seine Lippen bebten, als er erneut ausrief: »Ich habe diese Frau niemals unsittlich berührt. Ich wollte sie ehrlich retten.«

Er senkte den Kopf und bedeckte schluchzend das Gesicht mit den Händen.

Auch jetzt war der Hauptkommissar versucht, dem Mann zu glauben. Gut denkbar, dass Stella alles nur erfunden hatte, um sich etwas dazuzuverdienen.

Noch bevor Stutter eine weitere Frage stellen konnte, richtete sich Lerhard plötzlich auf. »Ich habe gelogen«, sagte er nun völlig beherrscht.

Keiner der beiden Beamten sprach, sollte nun doch noch ein Geständnis folgen?

»Ich habe gelogen, was mein Alibi in der Nacht von Hubert Lauris' Tod anging. Ich war nicht im Pfarrhaus, sondern bei Stella. Und egal, was Sie denken, ich war dort als Seelsorger und nicht als Freier.«

»Warum haben Sie das nicht gleich gesagt?«, fuhr ihn Stutter an. »Sie behindern unsere Arbeit.«

»Vielleicht weil ich mich gefürchtet habe.«

»Aber wovor?«

»Dass man mir etwas vorwirft, das ich nicht getan habe. Dass man mir nicht glaubt, dass ich als Geistlicher bei der Frau war. Aber jetzt spielt das keine Rolle mehr. Gott will mich auf diese Weise prüfen, und ich weiß nicht, ob ich bestehen kann.«

* * *

Als Stutter zusammen mit Jasmin Nau das Treppenhaus zu Stellas Wohnung hinaufstieg, hatte er gemischte Gefühle. Wenn Lerhards Alibi für den Mord an Hubert Lauris stimmte, dann war der Mann runter von der Verdächtigenliste. Der Polizist war gespannt, wie die Prostituierte reagieren würde. Natürlich hätte er auch einen Kollegen schicken können, um diese einfache Frage zu stellen, aber in Anbetracht der Tatsachen wollte er es nicht einem unerfahrenen Beamten überlassen, der Frau auf den Zahn zu fühlen. Es war nämlich gut möglich, dass es Stella mit der Wahrheit nicht so genau nahm.

Es dauerte einen Moment, bevor die Tür geöffnet wurde. Stella verfügte über einen guten Instinkt und wusste sofort, dass sie Polizeibeamte vor sich hatte. Schnell zog sie die Tür wieder ein Stück zu.

Stutter wies sich aus und fragte: »Dürfen wir reinkommen?«

Sie zögerte, dachte offensichtlich ernsthaft daran, den beiden den Zutritt zu verwehren, gab schließlich aber doch nach.

»Was wollen Sie?«, brummte sie unwillig und ließ die Beamten hinein.

Stutter konnte sich ein wissendes Grinsen nicht verkneifen, als er den Karton entdeckte, in dem sich die Kreuze, Kerzen und Heiligenbilder stapelten, die er bereits aus der Fernsehreportage kannte.

Also doch alles nur ein Fake, dachte er mit einer Spur Genugtuung.

Außerdem fielen ihm die zahlreichen Einkaufstüten auf. Überall lagen neue Kleidungsstücke, an denen noch die Verkaufsetiketten hingen.

Er griff nach einem Lederetui. »Netter Geldbeutel«, sagte er abfällig, »und so günstig, nur vierhundert Euro.« Seine Stimme troff vor Sarkasmus, als er das etwa zwanzig Zentimeter lange und zehn Zentimeter breite beige Teil in die Höhe hob. »Rufmord zahlt sich heute wohl aus!«

Sie riss ihm das Accessoire aus der Hand und fauchte: »Das ist kein Geldbeutel, sondern eine Clutch, und außerdem geht Sie das einen Scheißdreck an.«

Stutter überhörte ihre Entgegnung und sah sich erneut um. Da gab es ein goldenes Feuerzeug, ein Paar hochhackige Stiefel von einem bekannten Designer und jede Menge Reizwäsche in Leopardenoptik. Nicht zu übersehen war auch der neue Fernseher.

Der Hauptkommissar erweckte momentan nicht den Eindruck, weitere Fragen stellen zu wollen, was Stella sichtlich nervös machte. Sie zündete sich eine Zigarette an, wodurch die teure, funkelnde Uhr an ihrem Handgelenk sichtbar wurde.

»Was wollen Sie?«, giftete die Frau den Polizisten an. »Sagen Sie nicht, Sie sind wegen dem Interview hier.« Sie reckte trotzig das Kinn nach vorne. »Ich habe nichts Verbotenes getan.«

»Sie haben gelogen«, stellte Stutter nüchtern fest.

Ihre Blicke trafen sich, und sie zog erneut an der Zigarette. Die rot geschminkten Lippen hinterließen einen Farbrand am Filter. Schließlich senkte sie die Lider mit den aufgeklebten Wimpern und sagte: »Ich habe vielleicht ein wenig übertrieben, aber nur« – ihre Stimme wurde fester – »weil mich diese rothaarige Schlampe dazu gezwungen hat.« Stella hatte jetzt offensichtlich einen Weg für sich gefunden, die Schuld von sich zu weisen. »Ich bin nicht gerade auf Rosen gebettet, wenn Sie verstehen, was ich meine. Dieser Pfaffe kam immer wieder bei mir vorbei und hat mir mit seinen heiligen Sprüchen die Zeit gestohlen. Denken Sie, der hätte mir meinen Ausfall bezahlt?« Stella gefiel sich immer besser in ihrer Rolle und wurde selbstsicherer. »Ich musste mir sein Gequatsche von Gott und einem besseren Leben anhören, und er lässt keinen müden Cent hier, während mir draußen irgendeine versiffte Nutte die Freier wegschnappt.«

»Verstehe«, entgegnete der Hauptkommissar spöttisch.

Stella wurde wütend. »Ich habe nicht gelogen. Vielleicht etwas vorgegriffen. Ich bin doch nicht blöd, habe nie geglaubt, dass mich der Kerl nur bekehren wollte. In Wirklichkeit ging es dem doch auch nur um Sex. Ich weiß, wie Männer ticken.«

»Und dann haben Sie Ihre Chance ergriffen«, ergänzte Stutter fast gelangweilt.

»Genau. Warum auch nicht? Das machen doch alle so!«

»Sie haben den Mann ruiniert«, warf dieses Mal Jasmin Nau ein, die im Gegensatz zu Stutter alles andere als entspannt klang.

Stella funkelte sie böse an. »Ich habe nur gesagt, wie es ist. Über kurz oder lang hätten wir auf jeden Fall gevögelt.«

»Setzen Sie sich«, ergriff nun der Hauptkommissar das Wort. »Wir müssen reden.«

Die Prostituierte gehorchte, sie fürchtete, Ärger zu bekommen, und schien sichtlich erleichtert, als ihr Stutter die Frage nach Pfarrer Lerhards Alibi stellte.

»Ja«, antwortete sie deshalb sofort hilfsbereit. »Das stimmt, er war da. Ich erinnere mich noch, dass an dem Tag dieses Länderspiel im Fernsehen lief. Fußballübertragungen sind immer schlecht fürs Geschäft.« Sie seufzte. »Und dann auch noch das schlechte Wetter im Dezember, da geht ja kein Schwein vor die Tür. Jedenfalls hatte ich die Glotze an und hoffte, dass es nicht noch eine Verlängerung geben würde.

Dann wäre womöglich doch noch einer meiner Freier aufgetaucht. Plötzlich schneite Lerhard herein, im wahrsten Sinne des Wortes.« Bevor Stutter fragen konnte, gab sie bereitwillig Auskunft: »Er kam gegen elf Uhr. Meine Güte, hat der mich zugetextet.« Sie grinste. »Ist dann im Sessel eingeschlafen, ich hab ihn extra nicht geweckt.« Es folgte ein Kichern. »Wollte sein Gesicht sehen, wenn er seine Morgenandacht verpasst hätte.« Dann machte sie einen Schmollmund. »Allerdings ist er frühzeitig aufgewacht, das war so gegen vier Uhr morgens. Er sprang wie angestochen hoch und verschwand.« Kurz runzelte sie die Stirn, als müsste sie über ein großes Problem nachdenken, bevor sie abschließend erklärte: »Sehen Sie, in jener Nacht hat er mir auch wieder die Zeit gestohlen.«

Die Beamten hatten genug gehört. Wenn Lerhard in der Zeit von dreiundzwanzig Uhr abends bis morgens um vier bei Stella war, konnte er laut Bericht der Gerichtsmedizin nicht der Mörder von Hubert Lauris sein. Sie nahmen nicht an, dass Stella, was das Alibi anging, gelogen hatte, also fiel der Geistliche als Verdächtiger aus.

* * *

Für Pfarrer Lerhard war es nur ein kleiner Trost, dass Stella sein Alibi bestätigt hatte. Bewiesen zu haben, kein Mörder zu sein, änderte nichts daran, dass ihn nun alle Welt für einen unkeuschen Sünder hielt. Wenigstens würde er bald Schutz vor der Öffentlichkeit finden. Ein alter Freund und ehemaliger Mentor hatte sich seiner angenommen. Morgen würde er Frankfurt verlassen, um sich in dessen Kloster zurückzuziehen. Dort wäre es ihm dann endlich möglich, zur Ruhe zu kommen. Es hatte ihm gutgetan, mit einem anderen Priester zu sprechen. Lerhard hatte mit Vorwürfen gerechnet, aber das war nicht der Fall gewesen. Man hatte ihm Trost gespendet, Verständnis gehabt und ihm das Gefühl gegeben, zu einer Gemeinschaft zu gehören.

Die Mitarbeiter der Klinik jedoch hatten ihm beim Abschied kaum in die Augen sehen können, und Lerhard empfand es als zutiefst verletzend, für etwas verurteilt zu werden, das er gar nicht getan hatte. Doktor Schwarz war angeblich nicht mehr im Haus gewesen, und so hatte sich der Geistliche ein Taxi genommen, um zum Pfarrhaus zurückzukehren. Da es bereits dunkel war, ließ er sich an einer Ecke absetzen und lief die restlichen Meter zu seiner Unterkunft. Schon von Weitem konnte er erkennen, dass kein Licht brannte. Die Haushälterin machte ihre Position damit deutlich; sie wollte sich nicht von ihm verabschieden. Er ging weiter und atmete die kalte Nachtluft ein.

Langsam spürte er ein Gefühl von Ruhe in sich aufsteigen. Das Pfarrhaus betrat er jedoch ohne Freude. Es würde ihm am folgenden Tag nicht schwerfallen abzureisen. Er verband keinerlei positive Erinnerungen mit der Gemeinde und die vermutlich auch nicht mit ihm. Deshalb erstaunte es den Geistlichen, als jemand an der Tür klingelte.

Vorsichtig näherte er sich dem kleinen Fenster neben dem Eingang und spähte hinaus, bevor er nach einem kurzen Zögern öffnete.

Der Priester wäre nicht in der Lage gewesen, die Abfolge der Dinge im Nachhinein wiederzugeben. Zu schnell war alles gegangen. Der Schlag hatte ihm das Bewusstsein geraubt. Und jetzt, als er langsam wieder zu sich kam, spürte er die Fesseln an den Händen.

»Los, steh auf, heiliger Mann!« Es war ein höhnisches Flüstern, das ihn aufforderte, sich zu bewegen.

Etwas riss an seinem Hals. Erst jetzt bemerkte Lerhard, dass man ihm einen Strick umgelegt hatte. Er blinzelte, öffnete die Augen und spürte einen jähen Schmerz an der Schläfe, vermutlich von dem Schlag. Sie befanden sich in der kleinen Gemeindekirche neben dem Pfarrhaus.

»Du wirst dich jetzt vor Gott verantworten für das, was du getan hast.«

Lerhard wollte aufbegehren, widersprechen und seine Unschuld beteuern, aber schon heftete man ihm ein Klebeband über die Lippen. »Schweig, elender Verräter. Du hast den Herrn und deinen Glauben verraten, und dafür wirst du büßen.«

Die glühende Spitze der brennenden Zigarre traf ihn unvermittelt auf der Stirn. Sie bohrte sich tief in die Haut, bis der ganze Raum nach verbranntem Fleisch stank. Drei weitere Male musste der Geistliche diese Tortur über sich ergehen lassen.

»Etwas Kühlung?«, verspottete ihn die heisere Stimme, als ihm der weiße Lack ins Gesicht geschmiert wurde.

Lerhard zuckte unter jeder Bewegung des Drahtpinsels zusammen, dessen scharfe Borsten unbarmherzig sein Gesicht zerkratzten.

»Ein Mann wie du muss besondere Buße tun. Du hättest es nämlich besser wissen müssen!«, zischte sein Peiniger aufgebracht, und Lerhard, der vergeblich versuchte zu sprechen, wusste, dass er in diesem Leben keine Gerechtigkeit mehr erfahren sollte.

Der Lack verätzte die aufgerissene Haut, der Strick um Lerhards Hals zog sich zusammen. »Verräter«, drang diese widerliche Stimme in seinen Kopf, und dann war es vorbei. Mit einer beinahe schon übermenschlichen Kraft wurde dem Pfarrer ein Messer in den Leib gerammt. Die Klinge verschwand im Oberbauch des Mannes. Blitzschnell wurde sie nach unten geführt und auf Höhe der Leiste ruckartig aus dem Körper gerissen, nur um erneut hineingerammt zu werden und ihren Weg quer von einer Hüfte zur anderen fortzuführen.

Lerhard kippte nach vorne, nur seine Zehenspitzen berührten noch den festen Untergrund. Das Seil um seinen Hals, das an einem Deckenbalken befestigt war, verhinderte, dass er auf die Erde fiel. Stattdessen hing er schräg über dem Boden, während sein Bauch auseinanderklaffte wie das Maul eines bizarren Monsters und die Eingeweide des Geistlichen auf die Steinplatten der Kirche klatschten. Das Platschen, das die Gallenblase, der Magen, die Leber und die Gedärme verursachten, klang bereits abstoßend. Es zu hören, war jedoch weit weniger erschreckend, als dem etwa sechs Meter langen Dünndarm zuzusehen, wie er aus dem aufgeschnittenen Leib quoll und einer Wurstkette nicht unähnlich am Boden liegen blieb.

Lerhards Mörder lachte jedoch vergnügt, schien keinen Ekel zu empfinden und machte sich daran, den aufgeschlitzten Leichnam voller Freude zu betrachten.

* * *

Der Anruf ging am frühen Morgen im Sender ein. Vera Lenardo war wie elektrisiert, als ihr die Flüsterstimme eine Adresse gab. Mehr sagte der oder die Unbekannte nicht.

Die Reporterin warf sich im Hinausgehen den Mantel über und rief aufgeregt nach ihrer Filmcrew. Keine zehn Minuten später saß das Team im Wagen, weitere fünfzehn Minuten später erreichten die Reporter Pfarrer Lerhards Haus. Die Straßen waren noch leer, die Kälte lockte kaum jemanden ins Freie. Außerdem handelte es sich um eine Gegend, in der wenige Passanten unterwegs waren.

Zielsicher lief Vera auf die Eingangstür zu.

Ihr Kameramann stockte. »Was wollen wir hier?«

»Arbeiten«, schnauzte sie ihn an.

Bisher hatte sie es nicht für nötig gehalten, den anderen mitzuteilen, dass sie angerufen worden war. Zuerst wollte sie sehen, was dahintersteckte. Anstandshalber klingelte sie, obwohl sie bemerkt hatte, dass die Haustür nur angelehnt war. Nach einer kurzen Wartezeit wollte sie gerade eintreten, als eine laute Frauenstimme sie davon abhielt.

»Moment mal. Was tun Sie da? Wer sind Sie?«

Eine resolut aussehende Mittvierzigerin eilte auf die kleine Gruppe zu. »Was haben Sie hier zu suchen?«, fauchte sie ungehalten, als sie Vera Lenardo erkannte. Ob der junge Pfarrer nun ein Sünder war oder auch nicht, diese Hexe aus dem Fernsehen war in den Augen der Haushälterin noch schlimmer. Ohne viel Federlesens vertrieb sie die Reporter von der Tür. »Wieso ist die offen?«, schnauzte die Frau in Richtung Vera.

»Wir waren das nicht«, gab die patzig zurück, besann sich dann aber und sagte zuckersüß: »Womöglich ist dem Herrn Pfarrer etwas passiert, wir sollten nachsehen.«

Der Haushälterin wurde mit einem Mal unwohl. Die offen stehende Haustür war tatsächlich verdächtig. »Sie werden draußen bleiben!«, sagte sie trotzdem unmissverständlich, obwohl sie sich Beistand gewünscht hätte.

Im nächsten Augenblick verschwand sie im Haus, das sich als leer herausstellte. Das Bett war nicht benutzt worden, aber der Koffer und die persönlichen Sachen von Pfarrer Lerhard waren noch da. Sie rief den Namen des Geistlichen und ging Richtung Verbindungstür, die über einen kleinen Büroraum in die Kirche führte.

Ihr markerschütternder Schrei erreichte das Fernsehteam, und noch bevor die Polizei vor Ort war, hatte Vera Lenardo alles, was sie brauchte, um eine sensationelle Sendung zusammenzustellen.

* * *

Stutter verwies die Reporterin wutentbrannt des Tatorts, ließ die Kameras beschlagnahmen, aber das nützte nichts mehr. Das Material war schon längst auf dem Server des Senders und würde zur besten Fernsehzeit ausgestrahlt werden.

Die Kriminaltechnik stand vor einer ihrer größten Herausforderungen. In dem Kirchenraum würde es schwer werden, klare DNS-Spuren zu finden, da hier stets reger Betrieb herrschte. Das Erbrochene in der Ecke, das von Veras Kameramann stammte, machte die Arbeit der Spurensicherung ebenfalls nicht einfacher. Auch die Haushälterin hatte den Tatort kontaminiert, indem sie in ihrem Schock ein Altartuch über die Organe von Pfarrer Lerhard geworfen hatte. Vermutlich, um sich selbst vor dem Anblick zu schützen, vielleicht auch in der Bestrebung, irgendetwas Nützliches zu tun, um nicht über das Schreckliche, das in diesem Gotteshaus passiert war, nachdenken zu müssen.

Als endlich das Fernsehteam wie auch die Haushälterin die Kirche verlassen hatten, begutachteten die Beamten die Leiche das erste Mal genauer. Wie auch bei den anderen drei Morden hatte der Täter Verbrennungen hinterlassen. Wieder war das rechte Auge des Opfers entfernt und mitgenommen worden.

»Er war dieses Mal noch brutaler«, stellte der Hauptkommissar fassungslos fest, starrte auf den aufgeschlitzten Bauch, der von der zerfetzten schwarzen Sutane kaum bedeckt wurde. Lerhard hing immer noch schräg über dem Boden, das Seil um seinen Hals hatte tief in die Haut geschnitten.

Jasmin Nau schwieg, sie hatte Mühe, ihren Magen zu kontrollieren. Was auch an dem eigenartigen Geruch lag, der sich durch den Altarbereich zog.

»Ist das Weihrauch?«, fragte Stutter, der jetzt den Kopf hob und den Ursprung suchte. Tatsächlich entdeckte er ein dampfendes Weihrauchfass. Das kugelige, silberne Gefäß, das einen Durchmesser von circa zwanzig Zentimetern hatte, hing etwas versteckt am Sockel einer Heiligenfigur und ließ kleine Rauchschwaden entweichen.

»Komischer Weihrauch«, bemerkte Grot, den der Geruch an etwas erinnerte.

Seine Neugier war geweckt, und er ging auf das Behältnis zu. Kurz schnupperte er an dem Rauch und zog die Augenbrauen in die Höhe. Er gab seine Anweisungen, und wenig später hatte einer der Kriminaltechniker das Gefäß abgehängt. Stutter stand dicht neben dem Gerichtsmediziner, als der das Weihrauchfass öffnete.

»Dachte ich es mir doch«, murmelte der Arzt leise und keinesfalls triumphierend, als er Stutter einen Blick auf den Inhalt werfen ließ. Zwischen dem heiligen Kraut lagen zwei angekokelte Hautlappen, in deren Mitte je eine kleine rosige Erhebung zu sehen war.

Dieses Mal musste auch Stutter gegen den Würgereiz ankämpfen. Ein jüngerer Kollege neben dem Hauptkommissar hob sich schnell die Hand vor den Mund und stürmte nach draußen.

Stutter ergriff bleich das Wort: »Ist es das, was ich glaube?«

»Ich vermute, ja«, sagte Grot tonlos. »Das sind Brustwarzen, vermutlich die des Toten.«

Der Gerichtsmediziner konnte ihnen nach einem Blick unter Lerhards zerrissene, blutgetränkte Kleidung seine Vermutung bestätigen.

Eilig sah sich Stutter nach Jasmin um. Die stand mittlerweile vor der Mitteilung an der Kirchenwand und versuchte nicht mehr an den Inhalt des Weihrauchfasses zu denken. »Unkeuscher Verräter« und die Zahl dreißig standen dort mit Blut geschrieben. Als der Hauptkommissar hinter ihr auftauchte, drehte sie leicht den Kopf.

»Dieses Mal ist es wirklich eindeutig. Judas Iskariot, der Apostel, der Jesus für dreißig Silberstücke verraten hat. Wegen ihm wurde der Sohn Gottes verhaftet und schließlich gekreuzigt.«

Die Hauptkommissarin nickte. »Trotzdem frage ich mich, was das alles zu bedeuten hat. Was sollte das mit den herausgeschnittenen Brustwarzen und dem aufgeschlitzten Bauch? Der Judas aus der Bibel hat sich doch nach seinem Verrat erhängt, oder? Warum hat es der Täter nicht dabei belassen?«

Jasmin atmete immer noch flach, um so wenig wie möglich von dem Gemisch aus Weihrauch und verkohlter

Haut zu inhalieren. Deshalb klang sie auch etwas gehetzt, als sie antwortete: »Ja, aber nicht in der Apostelgeschichte des Lukas. Dort heißt es, der Verräter hätte sich von den dreißig Silbermünzen ein Stück Land gekauft, den sogenannten Blutacker. Dort riss eines Tages Judas' Bauch auf, und sämtliche Gedärme ergossen sich auf das Feld, das durch die Denunziation finanziert worden war. Im Matthäusevangelium hingegen wird nur davon gesprochen, dass sich Judas erhängt hat. Unser Täter hat es dieses Mal also wirklich sehr genau genommen und beide Versionen nachgestellt. Offensichtlich hielt er Lerhard für besonders sündhaft, für einen Verräter an Gott, weil er gegen das Zölibat verstoßen hat.«

Stutter fluchte leise und mutmaßte: »Und die Brustwarzen könnten ein Symbol für Sexualität sein.«

»Warum hat er nicht den Penis oder die Hoden abgeschnitten? Das würde einem doch eher in den Sinn kommen«, überlegte Jasmin daraufhin laut.

»Gute Frage, und Sie haben recht, das sagt einiges über den Täter aus.«

»Und was?«

»Er hält sich nicht für jemanden, der das Naheliegende tut. Er will sich hervorheben, etwas Besonderes sein. Ein Künstler seines Fachs«, antwortete ihr Stutter nachdenklich.

»Ein ganz besonderer Irrer trifft es wohl eher«, entgegnete Jasmin bitter.

»Natürlich, aber wir müssen ihn so sehen, wie er sich selbst sieht, sonst können wir uns ihm nicht nähern.«

Der unsichere Gesichtsausdruck seiner Kollegin ließ ihn weitersprechen: »Wer auch immer dahintersteckt, fühlt sich offensichtlich sehr überlegen. Er spielt mit uns, geht Risiken ein. Nehmen wir nur diese Tat. Das ist nichts, was nach wenigen Minuten beendet ist. Trotzdem scheint der Mörder keine Angst vor Entdeckung zu haben, er nimmt sich die Zeit, den Tatort wie eine Bühne zu präparieren.«

»Also sind wir wieder beim Künstler. Denken Sie an Gabriel Willer? Könnte er das getan haben? Womöglich haben ihm die Bilder nicht mehr genügt«, rätselte Jasmin.

»Schwer zu sagen, aber ich will ihn keinesfalls ausschließen. Dieser junge Mann hat etwas an sich, das mir nicht gefällt. Aber das reicht natürlich nicht. Wir werden auf jeden Fall sein Alibi überprüfen.«

»Und ich weiß jetzt schon, wer ihm das geben wird – seine Mutter.«

Stutter schwieg und sah zu dem Leichnam. Grot war gerade dabei, das Seil loszubinden und ihn abzunehmen.

»Dabei war der Mann quasi unschuldig. Bis auf ein paar Sexfantasien hatte er sich nichts vorzuwerfen«, schnaufte der Hauptkommissar resigniert.

»Dem Täter wird das vermutlich egal sein. Hauptsache, er konnte seine abartigen Neigungen ausleben.«

»Schon möglich, aber unterschätzen Sie nie die abstruse Logik eines Serienmörders. In deren Augen geschieht alles aus einem bestimmten Grund. Wenn Lerhard wegen seiner angeblichen Beziehung mit Stella hatte sterben müssen und sich jetzt herausstellt, dass an der Story nichts dran ist, könnte das unseren Täter aus der Bahn werfen.«

»Sie meinen, er hätte dann das Gefühl, einen Fehler gemacht zu haben?«

»So was in der Art.« Stutter überlegte einen Moment. »Das würde übrigens auch bedeuten, dass die, die diese Unwahrheit verbreitet haben, unweigerlich in Gefahr geraten. Wir müssen nach Stella und unserer Fernseh-Freundin sehen. Mich würde nämlich brennend interessieren, was Letztere hier zu suchen gehabt hatte.«

Kapitel 12

Nachdem sie den Tatort verlassen hatten, machten sich die Beamten auf den Weg zu Vera Lenardo. Hauptkommissar Tall übernahm es, die Prostituierte Stella aufzusuchen. Unerwarteterweise hatte die sich Urlaub genommen. Laut Auskunft der Nachbarin war Stella unterwegs nach Mallorca. Der Flughafen konnte das wenig später bestätigen.

»Vielleicht besser so, dann ist sie wenigstens in Sicherheit«, stellte Stutter sachlich fest.

»Vermutlich sind ihre Motive nicht gerade ehrenwert. Könnte sein, dass sie eine Anzeige wegen der Verleumdung fürchtet. Von Lerhards Tod weiß sie ja noch nichts«, kommentierte Jasmin.

»Oder sie ist einfach wirklich nur in den Urlaub. Wenn jemand abhauen will, informiert er nicht die Nachbarin und hinterlässt so klare Spuren.«

»Auch wieder wahr«, gab ihm die Kommissarin recht. »Was, denken Sie, werden wir von dieser Lenardo erfahren?«, fragte sie ihren Kollegen und wechselte das Thema.

»Vermutlich überhaupt nichts« war seine knappe Antwort.

Tatsächlich verhielt sich die Reporterin im Gespräch wenig später extrem widerspenstig.

»Ich muss Ihnen darauf nicht antworten, ich kenne das Pressegesetz. Allerdings werde ich es dennoch tun. Ich war zufällig beim Pfarrhaus. Nennen Sie es Instinkt. Natürlich habe ich nicht geahnt, was passiert war.« Sie verzog betroffen das Gesicht, schüttelte den Kopf, wie man es tat, wenn man etwas Entsetzliches nicht in Worte fassen konnte, und sah dann wieder völlig entspannt zu den Beamten.

Jasmin war sich sicher, dass die Frau längst ein Beratungsgespräch mit dem Senderanwalt geführt hatte, so selbstbewusst, wie sie hier auftrat.

»Ich denke«, entgegnete Stutter, »dass Sie mehr wissen. Wieso waren Sie am Tatort?«

»Ich sagte Ihnen …« Sie wollte ihre Antwort von eben wiederholen, als Stutter die Frau unterbrach.

»Ich weiß, was Sie mir gesagt haben, aber jetzt will ich Ihnen etwas sagen. Wir wissen bereits, dass Stella gelogen hat. Ich bin mir sicher, dass das nicht ewig ein Geheimnis bleibt. Ich hoffe für Sie« – er sah sie eindringlich an, und echte Besorgnis war seinem Blick zu entnehmen, bevor er weitersprach – »dass Sie in keinerlei Beziehung zu dem Mörder stehen. Sollte der sich nämlich irgendwann von Ihnen verarscht fühlen, lässt er Sie das büßen.«

Sowohl Jasmin als auch der Hauptkommissar konnten den Funken Angst, der in Veras Augen aufglomm, erkennen. Stutter hatte den Nagel auf den Kopf getroffen. Die Reporterin wusste mehr, als sie zugab.

»Ich habe Ihnen nichts zu sagen«, erwiderte sie kalt und machte durch ein affektiertes Kopfwackeln klar, dass das Gespräch beendet war.

* * *

Am Abend betrat Jasmin erschöpft ihre Wohnung, sie sah schon von Weitem, dass der Anrufbeantworter blinkte.

Etwas, das sie in eine leichte Panik versetzte. Normalerweise hatten alle ihre Freunde und Bekannten ihre Handynummer. Nicht einmal ihr Vater verwendete den alten Festnetzanschluss.

Einen kurzen Augenblick überlegte sie, ob sie nicht einfach darüber hinweggehen sollte, aber das wäre nur ein kurzer Aufschub. Sie kannte lediglich einen Menschen, der als Anrufer infrage käme, und das war ihr Vorgesetzter aus

Wiesbaden. Er hatte ihr etwas mitzuteilen, das sie aus der Bahn werfen würde, das war Jasmin sofort klar. Deshalb hatte er sich auch nicht auf dem Handy gemeldet. Gewisse Nachrichten konnte man niemandem verkünden, der sich vielleicht gerade an einem Tatort befand oder eine Vernehmung durchführte.

Die Kommissarin atmete aus und drückte schweren Herzens die Abspieltaste. Sie schloss die Augen, als sie die vernichtenden Worte hörte: »Er will einen Strafantrag stellen, rufen Sie mich zurück!«

Eine dreiviertel Stunde später hatte Jasmin, die nicht besonders trinkfest war, eine halbe Flasche Rotwein intus und fühlte sich gewappnet. Nach weiteren dreißig Minuten und dem nächsten Viertel begann ihre Stimmung zu kippen. Irgendwann nach der Hälfte der zweiten Flasche brach eine geballte Ladung Frust über sie herein, und ihr wurde entsetzlich übel. Warum sie ausgerechnet jetzt das Bedürfnis verspürte, Hauptkommissar Stutter anzurufen, hätte sie später nicht mehr sagen können, aber noch bevor es ihr möglich gewesen wäre, einen Rückzieher zu machen, meldete sich der Kollege.

Der schläft wohl nie, dachte sie mit vernebeltem Kopf, dann folgte ein lautes Schluchzen und ein jämmerliches »Ich bin es«.

Ihre Stimme war schleppend, und ihr Gesprächspartner wusste sofort, dass sie getrunken hatte. Den Grund sollte er gleich erfahren. »Ich bin raus aus dem Fall, werde vermutlich suspendiert.«

»Jasmin, geht es Ihnen gut?« Stutter war besorgt. »Wo sind Sie?«

»Mir ist schlecht«, jammerte sie nun wie ein kleines Kind.

»Wo sind Sie?«, hakte ihr Kollege erneut, dieses Mal mit lauter Stimme, nach.

Sie weinte. »Zu Hause, ich weiß nicht, was ich machen soll.«

»Bleiben Sie dort, ich bin in fünf Minuten bei Ihnen.«

Es dauerte schließlich eine halbe Stunde, bis ihn ein erfahrener, die Geschwindigkeit liebender Taxifahrer vor Jasmin Naus Wohnhaus absetzte.

Stutter klingelte Sturm. Er war höchst alarmiert, denn er wusste selbst, dass es Situationen im Leben gab, in denen man verzweifelte. Und jeder, der den Polizistenberuf ausübte, musste tagtäglich mit so enormem Druck klarkommen, dass manchmal eben Gefahr bestand, daran zu zerbrechen. Er hätte deshalb auch nicht gezögert, die Nachbarn zu wecken, doch da vernahm er den erlösenden Summton, und die Haustür öffnete sich.

Als er die Wohnung im dritten Stock erreichte, hörte er eindeutige Geräusche aus dem Badezimmer. Das Würgen und die Rotweinflaschen im Wohnzimmer ließen nur einen Schluss zu. Wortlos betrat er die moderne Küche, suchte Kaffeepulver und brühte einen starken, schwarzen Muntermacher.

Jasmin stand schließlich vor ihm und hatte Tränen in den Augen. Stutter ging ihr entgegen und schloss sie in die Arme. Es dauerte eine Weile, bis sich die Kommissarin beruhigen konnte. Sie hatte sich die ganze Zeit über mühsam zusammengerissen, und jetzt war all die Wut und Verzweiflung aus ihr herausgebrochen.

Als sie sich schließlich von ihm löste, ging es ihr etwas besser. Er bat sie, auf einem der Barhocker Platz zu nehmen, dann schob er seiner Kollegin einen Becher Kaffee hin, setzte sich ihr gegenüber und sagte: »Erzähl mir, was passiert ist.« Dabei hob er seine Tasse und murmelte: »Jens«. Das war wohl seine Art, ihr das Du anzubieten.

Sie musste lächeln und nippte an dem Kaffee, der höllisch heiß und verboten stark war.

Ihre Stimme zitterte, als sie begann. »Ich habe Mist gebaut.«

Er nickte, unterbrach sie aber nicht.

»Wir haben uns nach meinem Theologiestudium kennengelernt. Besser gesagt« – wieder ein schiefes Lächeln – »nachdem ich es abgebrochen hatte. Er war charmant, gut aussehend und so positiv. Ich verliebte mich Hals über Kopf, und dann ging alles von allein. Ich entschloss mich, zur Polizei zu gehen, machte meine Ausbildung, bekam eine Stelle und habe Gerry geheiratet.« Eine Träne kullerte ihr über die Wange. »Er war immer so voller Energie, hatte Ideen, Pläne, aber leider verursachten die nur Kosten. Ich habe ihm deshalb nie einen Vorwurf gemacht. Ich verdiente genug Geld für uns beide, und ich habe an ihn geglaubt.« Sie stockte, sah sich um, und weitere Tränen füllten ihre Augen. »Wir haben diese Wohnung gekauft. Beziehungsweise ich habe sie gekauft, aber im Grundbuch stehen wir beide«, verbesserte sie sich bitter. »Von meinem Vater habe ich auch noch eine größere Summe bekommen. Jedenfalls lief alles gut, und Gerry, der sich entschlossen hatte, sein Glück als Investmentberater zu versuchen …« Sie machte eine wegwerfende Handbewegung, als sie einschob: »Frag mich nicht, was genau das heißt … schien langsam Fuß zu fassen.« Sie nippte noch einmal am Kaffee. »Offensichtlich lief es so gut für ihn, dass er dachte, es sei an der Zeit, sich eine neue Frau zu suchen. Die Polizistin war nicht mehr gut genug, jetzt wollte er eine Zweiundzwanzigjährige an seiner Seite, mit Körbchengröße Doppel-D und ohne jeden Verstand. Ich könnte kotzen.«

Stutter sah ihren Zorn und hatte schon eine leise Ahnung, was es mit der drohenden Suspendierung seiner Kollegin auf sich haben könnte.

Jasmin blickte ihn nun direkt an, ihre grünen Augen blitzten. »Ich bin durchgedreht. Er hat mir das ohne Vorwarnung mitgeteilt, und zwar in der Öffentlichkeit. Wenn er wenigstens ein kleines Lokal ausgewählt hätte.« Ihre Stimme wurde laut. »Dieser Scheißkerl hat sich das Polizeifest ausgesucht.« Sie schüttelte den Kopf. »Eine Halle voller Kollegen, und er sagt mir, dass ich ihn langweile, er neue Impulse braucht und sich scheiden lassen will.«

»Und dann?«, fragte Stutter vorsichtig.

»Dann habe ich ihm einen Kinnhaken verpasst. Er schrie auf, alle sahen zu uns her, den Rest kannst du dir denken.«

Der Hauptkommissar hätte am liebsten gelacht, wären da nicht die ernsten Konsequenzen, die Jasmins Kontrollverlust nun zu haben schien.

»Gestern kam der Anruf von meinem Boss. Gerry will einen Strafantrag stellen, mein Vorgesetzter wird das heute weitergeben. Er hofft bis dahin, dass es sich mein zukünftiger Ex-Mann noch einmal überlegt. Ich habe versucht, ihn anzurufen, mit ihm zu reden, aber er nimmt nicht ab. Jedenfalls bin ich geliefert. Die werden mich suspendieren, vielleicht fliege ich sogar raus.« Sie schluchzte und sah verzweifelt auf. »Der Job ist alles, was mir momentan Halt gibt. Wie kann er das nur tun? Nach allem, was wir zusammen erlebt haben. Ich muss wegen ihm die Wohnung verkaufen. Er besteht auf seinem Anteil, und jetzt nimmt er mir auch noch den Job.«

»Scheiße«, kommentierte Stutter das eben Gehörte. Er war nicht der Typ, der sagte, alles wird gut, wenn das Haus vom Keller bis zum Dachboden in Flammen stand. Das war einfach nicht seine Art. Aber trotz aller Widrigkeiten einen Löschversuch zu unternehmen, das passte schon besser zu dem Hauptkommissar.

Deshalb gab er nun auch ganz automatisch seine Anweisungen: »Wir machen Folgendes: Du legst dich hin, kein Alkohol mehr.«

Sie stöhnte auf und signalisierte damit, dass nur das Wort allein bei ihr schon Übelkeit verursachte.

»Gut. Ich möchte, dass du dich ausschläfst. Bleib morgen zu Hause.«

»Nein«, protestierte die Kommissarin. »Solange die mich noch nicht abgezogen haben, will ich arbeiten.«

»Also schön, dann sehen wir uns am Nachmittag. Und jetzt brauche ich die Adresse deines Mannes.«

* * *

Als Stutter vom selben Taxifahrer abgeholt wurde, der ihn auch hergebracht hatte, hielt er das für ein gutes Omen.

Der Mann freute sich, seinen Fahrgast wiederzutreffen, und signalisierte mit einem »Wohin jetzt, Chef?«, dass er bereit war, erneut eine Expressfahrt zu unternehmen.

Inzwischen war es nach Mitternacht, als Stutter bei der Doppelhaushälfte ankam, in der Gerry Nau seit Kurzem wohnte. Er sah Licht im oberen Stockwerk. Der moderne Bau im Wiesbadener Stadtteil Bierstadt war nagelneu.

»Warten Sie auf mich, ich denke, es dauert nicht lange«, sagte Stutter zu dem Taxifahrer und stieg aus.

»Klar, Chef!«, antwortete der und lehnte sich gemütlich zurück.

Der Hauptkommissar sah hinter dem Tor eine große Limousine und einen Sportflitzer stehen. Er klingelte. An der Panoramascheibe im Obergeschoss erschien eine Gestalt.

Das muss das Busenwunder sein, ging es Stutter durch den Kopf.

Er winkte ihr zu, und sie drückte neugierig den Kopf gegen die Scheibe, kurz darauf erschien hinter ihr ein Mann. Stutter klingelte erneut und beobachtete, wie der Mann am Fenster verschwand. Daraufhin gingen die Lichter im unteren Stock an. Die Tür wurde aufgeschlossen, und ein genervter Gerry kam zum Tor.

»Ist etwas passiert?«, fragte er beherrscht, aber mit deutlichem Misstrauen. Allerdings kein Wunder, wenn mitten in der Nacht ein Fremder vor der Tür stand.

»Ich bin ein Kollege Ihrer Frau«, stellte sich Stutter vor.

»Wenn Sie gekommen sind, mir zu drohen …«, begann der andere großkotzig, und Stutter wusste sofort, mit wem er es zu tun hatte.

Mittlerweile gesellte sich auch das Busenwunder zu ihnen. Sie trug ein hautenges Kleid, darüber ein teures Pelzjäckchen. Es sah so aus, als wären die beiden eben erst von einer Party gekommen.

»Wer ist das denn, Gerry-Baby?«, fragte sie gedehnt, und es klang, als hätte sie einen Säugling angesprochen.

Als Gerry sie aufklärte, veränderte sich der dümmliche Gesichtsausdruck für einen Moment. Im grellen Schein der Straßenlaterne konnte Stutter deutlich erkennen, dass ihr die Erwähnung von Jasmin missfiel.

So dumm, wie du tust, bist du also nicht. Gut zu wissen, dachte Stutter und nickte ihr freundlich zu.

»Sollen wir das hier draußen besprechen?«, tastete sich der Hauptkommissar weiter vor.

»Wir werden hier gar nichts besprechen«, schnauzte Gerry, der den großen Mann markierte und sich hinter dem Gartentor besonders sicher fühlte.

Stutter musste die Situation schnell einschätzen, so wie an einem Tatort. Also führte er eine Analyse durch. Was hatte er hier: Einen Möchtegern-Krösus, der sich mit schönen, jungen Frauen schmücken wollte, die bewundernd zu ihm aufsahen. Die Autos, das Haus und auch die teuren Klamotten seiner Freundin waren ein weiteres Indiz dafür, dass er es liebte, sich zur Schau zu stellen, und Statussymbole brauchte. Ein dezentes Schild am Eingang wies auf seine Tätigkeit als Investmentexperte hin. Alles sah auf den ersten Blick nach Erfolg aus. Aber Jasmin hatte ihm bereits erzählt, dass Gerry nie Geld hatte. Der Fall war damit klar: Die Autos waren geleast, das Haus gemietet und der Dispo wahrscheinlich bis zum Anschlag ausgereizt. Der Typ versuchte dermaßen krampfhaft deutlich zu machen, dass es ihm finanziell gut ging, dass er wahrscheinlich längst am Limit war.

Also startete Stutter einen Versuch: »Ihnen ist aber schon klar, dass dieser Strafantrag für Sie ordentliche Nachteile bringen wird, vor allem finanzieller Natur?« Er sah dabei zu Gerrys Lebensgefährtin, die sofort verstand.

»Gerry-Baby, es ist kalt, lass den Mann doch rein.«

Du geldgierige, kleine Heuchlerin, dachte Stutter mit einem gewissen Vergnügen.

Eines Tages, wenn sie »Gerry-Baby« wie eine Weihnachtsgans ausgenommen hätte, würde sie ihn fallen lassen wie eine heiße Kartoffel.

Nur widerwillig gab Jasmins Ehemann nach und führte den Hauptkommissar in ein Büro, das an ein Museum für moderne Kunst erinnerte.

»Also, worum geht es?«

»Lassen Sie den Quatsch mit dem Strafantrag.«

»Und wenn nicht, dann werden Sie mir das Leben zur Hölle machen?«

Stutter lachte auf. »Was denken Sie sich denn?«, fragte er belustigt. »Dass ich Ihnen drohe, Sie mich deshalb melden, ich aus dem Dienst fliege und fortan vor Ihrem Haus herumlungere und jedem potenziellen Kunden, der Ihre Beratung wünscht, erzähle, dass Sie ein windiger Gauner sind, den die eigene Ex-Frau attackiert hat? Sie haben wirklich zu viele Filme gesehen.«

Auch wenn Stutter das alles voller Ironie gesagt hatte, fühlte sich Gerry bereits sehr unwohl.

Du mieser Feigling, ging es dem Hauptkommissar durch den Kopf.

Das Busenwunder lehnte an Gerrys Stuhl und tat so, als würde sie nicht verstehen, was hier los war.

»Nein«, fuhr Stutter fort, »mir geht es vor allem um Jasmin. Wird sie suspendiert, streicht man ihr vermutlich die Bezüge, dann kann sie das mit der Wohnungsanmietung vergessen. Sie wissen doch, wie Vermieter sind«, sagte er leichthin. »Die wollen Lohnabrechnungen sehen und Garantien haben. Sie wird dann den demütigen Gang auf die Ämter machen müssen. Vielleicht ist es möglich, dass sie noch länger in der Eigentumswohnung bleibt, bis eine Lösung gefunden wird, und auch wenn Jasmin das niemals akzeptieren würde, kämen die Behörden dann zu Ihnen. Der Ehemann wird in solchen Fällen immer zur Kasse gebeten.«

Busenwunder hob alarmiert die Augenbrauen, während Gerry unruhig auf seinem Stuhl hin und her rutschte.

»Wie ich das sehe, soll die Eigentumswohnung doch zügig verkauft werden und die Scheidung« – er warf einen Blick zu Gerrys Lebensgefährtin – »ist ja sicher etwas, das sie schnell und ohne großen Wirbel hinter sich bringen wollen. Warum dann alles verkomplizieren wegen eines kleinen Kinnhakens?«

»Sie zögert den Verkauf der Wohnung hinaus«, sprach Gerrys Freundin nun direkt zu Stutter. Dieses Mal klang es nicht nach Babysprache, sondern äußerst fordernd.

»Das wird sie nicht länger«, antwortete ihr Stutter bestimmt, und damit hatte er einen Deal mit der Frau geschlossen.

Diese nickte, legte Gerry eine Hand auf die Schulter und drückte zu. Das Zeichen für ihn einzulenken.

»Also schön«, sagte der daraufhin. Und um sein Gesicht zu wahren, fügte er noch an: »Ich bin ja kein Unmensch, ich kann auch vergeben.«

Stutter hätte ihm dafür gerne eine reingehauen, aber er verließ sich auf dessen momentane Freundin, die würde den lieben Gerry nämlich eines Tages für all seine Sünden bestrafen.

* * *

Am Nachmittag des nächsten Tages betrat eine strahlende Jasmin Nau die Dienststelle. Sie eilte zu Stutter.

»Er hat den Strafantrag zurückgenommen, ich weiß gar nicht, wie ich …« Sie stockte, war sich unsicher, ob das »Du« noch galt, und sagte schließlich: »Ich bin so dankbar. Wie kann ich das je wiedergutmachen? Außerdem ist mir das alles ziemlich peinlich.« Die Röte zog sich von ihrem Gesicht bis über die Ohren.

Stutter drückte ihren Arm: »He, du schuldest mir nur die volle Unterstützung bei dem Fall. Künftig keine Unvernünftigkeiten, und ich bin zufrieden.« Dann reichte er ihr einen Zettel mit drei Telefonnummern. »Hier, ruf die an. Die erste gehört einem brillanten Scheidungsanwalt, der wohl das halbe Revier bereits vertreten hat. Die zweite ist von einem Makler, dem es offensichtlich stets gelingt, das Beste für seine Kunden herauszuholen, und die dritte ist von Talls Tochter. Die sucht einen Nachmieter für ihre Wohnung, weil sie, sehr zum Leidwesen unseres Kollegen, ich zitiere: ›mit ihrem nichtsnutzigen Freund zusammenziehen will‹.«

Jasmin wäre ihm am liebsten um den Hals gefallen. Es war, als würde ein schweres Gewicht von ihren Schultern genommen, aber noch bevor sie etwas erwidern konnte, stürzte Hauptkommissar Tall auf die beiden zu und rief: »Sie müssen sofort mitkommen!«

* * *

»Ihr seid zwei so dumme, kleine Mädchen. Wärt ihr nur nicht so eitel gewesen. Erst schmückt ihr euch wie Pfingstochsen, um ein Interview zu geben, und dann steigt ihr einfach in mein Auto, nur weil ich euch einen weiteren Fernsehauftritt verspreche. Was habt ihr euch nur dabei gedacht? Hochmut ist eine Todsünde, für die ihr nun in Demut sterben werdet.«

Lena und Tanja Waritsch zitterten am ganzen Leib. Man hatte sie verschnürt wie Pakete. Die Knie gegen die Brust gedrückt, die Arme darum gelegt und dann mit einem dicken Strick fixiert, kauerten die beiden in ihrem engen Gefängnis, unfähig, sich auch nur einen Millimeter zu bewegen. Kaum auszuhalten waren auch die schmerzenden Stellen, die die glühende Spitze der Zigarre auf ihrer Haut hinterlassen hatte, und der Knebel machte es fast unmöglich, Luft zu bekommen.

»Was schaut ihr denn so?«, rief ihnen die Stimme zu, so als würde sie im Zoo ein niedliches Pandababy hinter der Trennscheibe ansprechen.

Tanja wimmerte, bat um Hilfe – aber erstens konnte man sie kaum verstehen und zweitens war nicht vorgesehen, die Zwillinge am Leben zu lassen.

Dennoch wurde den Mädchen der Knebel entfernt, und man hielt ihnen ein kleines Diktiergerät an den Mund. »Na los, sagt, was ihr zu sagen habt.«

»Hilfe!«, schrien die beiden gemeinsam. »Wir werden ersticken, wir …«

Die Aufnahme wurde gestoppt.

»So ist es, ihr Herzchen!«

Es folgte ein letzter zufriedener Blick auf die Zwillinge, dann schloss sich der Deckel, und die beiden waren in der Dunkelheit gefangen, um zu sterben.

»Der Herr erwartet euch schon!«

* * *

Während der Fahrt brachte Tall seine Kollegen auf den neusten Stand. »Der Vater hat angerufen, ist völlig aufgelöst. Die Hundestaffel ist schon verständigt.«

»Seit wann sind die Zwillinge verschwunden?«, fragte Stutter ungeduldig.

»Waritsch sagt, er hätte sie gestern vor der Schule das letzte Mal gesehen. Die Lehrerin bestätigt, dass die beiden am Unterricht teilgenommen haben. Ihr Vater hat ihr Verschwinden erst heute Mittag bemerkt.« Er machte eine

Handbewegung, die zum Ausdruck brachte, dass Waritsch vermutlich zu betrunken gewesen war, um früher Alarm zu schlagen. »Ausgerechnet jetzt«, brach es wütend aus Tall heraus.

Stutter und Jasmin wussten, was der Frankfurter Hauptkommissar damit meinte. Es war Faschingswochenende, zahllose Veranstaltungen fanden statt. Von früh bis spät tummelten sich die Narren auf den Straßen. Große Teile der Innenstadt, aber auch Außenbezirke, waren wegen der Umzüge gesperrt. Die Polizei musste Überstunden machen, um dafür zu sorgen, dass alles ruhig ablief. Zu schnell konnte die Stimmung kippen. Die Notaufnahmen der Krankenhäuser kamen in der Zeit nicht zur Ruhe.

»Vielleicht sind die beiden einfach ausgebüxt und wollen ein bisschen Spaß. Es ist Fasching, da machen das junge Leute doch so«, warf Jasmin unsicher ein.

»Gefällt mir nicht«, brummte Stutter. »Die beiden machten auf mich eher den Eindruck, in ihrer eigenen Welt zu leben. Ich kann mir einfach nicht vorstellen, dass die im Straßengedränge Spaß hätten.«

»Der Vater weiß zumindest nichts von Freunden, und auch die Klassenlehrerin hat bestätigt, dass die beiden sehr isoliert sind.«

»Vielleicht verstecken sie sich auch nur irgendwo«, versuchte es Jasmin erneut.

»Deshalb möchte ich es mit der Hundestaffel versuchen. Der Schrottplatz ist zu groß, um ihn aufs Geratewohl abzulaufen.«

»Gute Idee«, bestätigte Stutter und schwieg.

Er befürchtete, dass den Mädchen etwas zugestoßen war, und machte sich Vorwürfe. Vielleicht hätte man die beiden überwachen müssen? Im nächsten Moment ermahnte er sich, solche Gedanken zu verdrängen. Sie führten zu nichts, sondern hielten ihn eher davon ab, seine Arbeit zu tun.

Auf dem Schrottplatz eilte ihnen Ruben Waritsch entgegen. Seine Sorge war echt, daran bestand kein Zweifel. Er roch nach Schnaps, schien aber so klar wie schon lange nicht mehr. Allerdings war er noch ungepflegter als bei ihrem letzten Besuch, doch das konnte man ihm unter diesen Umständen nicht anlasten.

»Sie sind sonst so lieb. Wie ihre Mutter, eine gute Frau«, gab er völlig fahrig Antwort, als ihm Stutter seine Fragen stellte. »Sie sind noch nie weggelaufen, das würden sie einfach nicht tun.« Er sog die Luft ein und rief verzweifelt: »Oh Gott, wenn ihnen etwas passiert ist, das …«

Stutter legte ihm die Hand auf die Schulter. »Herr Waritsch, es ist jetzt besonders wichtig, dass Sie die Nerven behalten. Wir brauchen von Ihnen Informationen, damit wir unsere Arbeit erledigen können.«

»Verstehe«, stammelte der Mann. Aber schon im nächsten Moment verlor er erneut die Kontrolle und schluchzte: »Was, wenn *er* sie hat?«

»Wer, er?«, hakte Stutter sofort nach.

»Er, der Sündenfänger!«

Stutter hätte den Mann gerne beruhigt. Es lag ihm jedoch nicht, falsche Hoffnungen zu wecken, deshalb sagte er lediglich: »Sie sollten ins Haus gehen und das Telefon bewachen. Vielleicht melden sich die beiden.«

Als Waritsch außer Hörweite war, fragte Stutter seinen Kollegen Tall: »Gibt es Neuigkeiten aus den Krankenhäusern?«

»Wir haben alle abgeklappert, die haben ordentlich Betrieb. Betrunkene, Messerstiche und Knochenfrakturen von Schlägereien, verstauchte Knöchel und Kreislaufzusammenbrüche, aber niemand hat die Zwillinge gesehen.« Der Frankfurter drehte sich einmal um die eigene Achse. »Es ist zum Aus-der-Haut-Fahren, wo stecken die nur?«

Im nächsten Augenblick erreichte die Polizeihundestaffel den Schrottplatz. Der Einsatzleiter, der den Polizeihund führte, trat auf die beiden zu. Stutter streichelte dem großen Schäferhund mit den traurigen Augen über den Kopf. Es hatte fast den Eindruck, als würde das intelligente Tier mit diesem Blick sein Bedauern ausdrücken, bisher nicht behilflich gewesen zu sein.

»Wenn die Mädchen einer finden kann, dann unser Antonius. Er ist der Beste.«

Als der Hund seinen Namen hörte, gab er ein kurzes Jaulen von sich.

»Antonius?«, fragte Stutter. »Schöner Name.«

»Ja, wir haben ihn nach dem heiligen Antonius benannt. Dem Schutzpatron, den man anruft, wenn man etwas verloren hat.«

Die Staffel machte sich an die Arbeit. Nach etwa fünfzehn Minuten fing der Hund an zu bellen, sofort waren alle in Bewegung. Einer der Uniformierten versuchte Ruben Waritsch zurückzuhalten, aber der ließ sich nicht in sein Büro drängen. Er folgte den anderen, der Hund hatte sie an eine Stelle nahe des Eingangs geführt. Neben einem kleinen unordentlichen Berg alter Autoreifen stand eine verdreckte Gefriertruhe aus den Achtzigern. Sie war verschrammt und sicher längst nicht mehr funktionstüchtig.

Antonius, der Vierbeiner, fiepte aufgeregt und umrundete mit aufgerichteten Ohren und staksigen, steifen Bewegungen das alte Kühlgerät. Offensichtlich war er auf etwas gestoßen.

Die Beamten sahen den Vater fragend an.

»Die steht schon ewig hier«, stotterte der automatisch.

Der Frankfurter Hauptkommissar gab seinen Leuten ein Zeichen.

»Treten Sie zurück«, wandte er sich an Waritsch, der sich nur widerwillig zur Seite schieben ließ.

Stutter und seine Kollegen hielten den Atem an, als der Deckel der verrotteten Gefriertruhe geöffnet wurde.

»Oh mein Gott«, schrie Waritsch auf. »Das sind ihre Sachen!«

Stutter und die anderen atmeten durch. Jasmin griff ein, bevor der Vater die Taschen berühren konnte. »Nicht anfassen, das muss sich erst die Kriminaltechnik ansehen.«

Auch Waritsch entspannte ein wenig. »Das sind ihre Schulsachen, dann müssen sie hier gewesen sein.« Panisch fing er an, die Namen seiner Töchter zu rufen. »Vielleicht sind sie doch noch da, worauf warten Sie? Schicken Sie den Köter los.«

Man sah dem Polizeihundeführer an, dass er, trotz allem Verständnis für den Mann, dessen Ausdrucksweise nicht schätzte. Dennoch sagte er ruhig »Wir machen weiter« und lobte, während sie den Bereich verließen, Antonius für seine bisherige Arbeit.

»Es tut mir leid«, sagte Waritsch unvermittelt. »Ich wollte nicht …« Er schluckte und hielt sich die Hand vors Gesicht. »Sie waren hier nach der Schule.« Er weinte jetzt.

»Sie haben die beiden nicht gesehen?«, fragte Stutter behutsam.

»Nein«, schrie der Mann, der nun völlig die Beherrschung verlor und heulte wie ein kleines Kind. »Ich lag besoffen im Bett. Ich hätte für sie da sein müssen, stattdessen …« Er brach zusammen.

Man hatte nach einem Arzt geschickt und Waritsch ins Krankenhaus gebracht.

Stutter stand immer noch im Freien und beobachtete den Suchtrupp. »Wenn es der Mörder war, hat er die Mädchen direkt aus ihrem Zuhause geholt.«

Jasmin verstand. »Du denkst, dieser Sündenfänger war hier? Das ist alles direkt vor der Nase des Vaters passiert?«

»Der nach eigener Aussage sternhagelvoll war.«

»Aber das hätte der Täter nicht wissen können, oder?«

»Nein, es sei denn, er kennt den Schrottplatz und die Familie oder hat eine relativ gute Vorstellung davon, was hier abläuft. Was wiederum erklären würde, warum er die Leiche von Edgar Klein hier abgelegt hat. So oder so, das Vorgehen unseres Täters ist riskant.«

»Wenn er derart leichtsinnig vorgeht, kriegen wir ihn bald.«

»Oder auch nicht.«

Die Kommissarin hakte nach: »Wie meinst du das?«

»Womöglich ist er ein Spieler, der es darauf ankommen lässt. Nehmen wir an, Waritsch wäre nüchtern gewesen und hätte einen Fremden entdeckt, was dann? Wenn unser Täter schlau ist, gibt er sich in so einem Fall als Kunde aus, der ein Ersatzteil sucht. Niemand wäre deshalb misstrauisch geworden.«

»Denkst du, er hat die Mädchen gezwungen mitzukommen?« Jasmin malte sich das Szenario aus. »Immerhin hatte er zwei Opfer, die beiden sind kräftig. Wie hat er sie überwältigt?«

»Gar nicht«, gab Stutter Antwort und sah zum offenen Eingangstor.

Jasmin wartete ungeduldig auf eine Erklärung, ließ ihrem Kollegen jedoch Zeit.

Nach einer kurzen Pause sprach der weiter: »Er fährt zum Tor, und die beiden übernehmen es, den Mann zu fragen, was er will. Schließlich fühlen sie sich verantwortlich, solange der Vater ausfällt. Er spricht mit ihnen, ist besonders nett und lockt sie ins Auto. Womöglich kennen sie ihn sogar, was die Sache für ihn noch leichter macht.«

»Und die Schultaschen?«

»Vielleicht wollen sie die nicht mitnehmen. Ins Haus können sie nicht, sonst wacht vielleicht der Vater auf und lässt sie nicht gehen. Einfach liegen lassen ist bei dem Wetter auch keine Option. Was, wenn es regnet oder schneit? Also stopfen sie die Sachen in das erstbeste sichere Versteck, das sie finden.«

»Die Gefriertruhe«, ergänzte Jasmin.

»Genau, und dann steigen sie ein. Vermutlich denken die beiden, dass sie, weil zu zweit, automatisch sicher sind.«

»Aber warum die beiden?«

»Sie waren diejenigen, die das erste Mal vom Sündenfänger gesprochen haben. Vielleicht wissen sie noch mehr, können dem Täter dadurch gefährlich werden, ohne das selbst zu ahnen. Möglich auch, dass er sie wegen der Berichterstattung ausgesucht hat und bisher keine Verbindung zu der Familie besteht. Trotzdem müssen wir auf jeden Fall das gesamte Umfeld der Waritschs durchleuchten, auch die Kundenkartei des Vaters. Sowie der Mann wieder vernehmungsfähig ist, sollten wir ihn nach ungewöhnlichen Vorkommnissen befragen. Fremde auf dem Gelände, neue Kunden, ungewöhnliches Verhalten der Mädchen und so weiter.«

»Warum sind die zwei nur eingestiegen?«, wollte es Jasmin nicht in den Kopf.

Stutter sah sie an. »Kannst du dir das nicht denken? Sieh dich hier um. Es gibt für die Mädchen nichts, wofür es lohnt zu bleiben. Der Vater kann ihnen keinen Halt bieten, die Mutter ist tot. Sie sind Außenseiter, und das in einer Welt, in der Aussehen und Geld mehr denn je die Maßstäbe für alles sind.«

»Du hast recht.« Jasmin verzog traurig das Gesicht. »Sie würden wahrscheinlich mit jedem mitgehen, der ihnen in Aussicht stellt, dass sich ihr Leben verbessert.« Sie schwieg und sagte dann nachdenklich: »Denkst du, wir finden die beiden?« Und leise fügte sie an: »Lebend?«

Stutter gab ihr keine Antwort, und sie wusste, dass das als »Nein« galt.

Am Abend wurde die Durchsuchung des Schrottplatzes beendet. Antonius hatte noch das Versteck der Mädchen in dem alten Bus unter dem Berg Autowracks entdeckt, ansonsten gab es von den beiden keine Spur. Der Vater wurde, auf Talls Bitte hin, über Nacht im Krankenhaus behalten. Die

Beamten sprachen noch am späten Abend mit dem Mann, der ihnen jedoch nicht weiterhelfen konnte. Nur die starken Beruhigungsmittel, die ihm die Ärzte verabreichten, machten es möglich, dass er letzten Endes einwilligte, in der Klinik zu bleiben.

Kapitel 13

Am nächsten Morgen

Hauptkommissar Stutter hatte fast die ganze Nacht durchgearbeitet. Erst gegen vier Uhr war er auf die Liege im Bereitschaftszimmer gesunken und in einen unruhigen Schlaf gefallen. Er träumte wieder von dem alten Tabakspeicher und seinem Sturz. Als er gegen sechs Uhr morgens aufwachte, fühlte er sich wie gerädert. Im Waschraum machte er sich frisch und setzte sich anschließend erneut vor den Computer.

Neben ihm lagen Akten und Fotografien. Er ging sämtliche Vernehmungen durch und versuchte auf diese Weise eine Verbindung zu entdecken, die ihm bisher noch nicht aufgefallen war. Aber egal aus welchem Blickwinkel er den Fall betrachtete, erschloss sich ihm nicht, wo er mit der Suche nach den Mädchen beginnen sollte.

Von daher war er nicht böse, bei der Arbeit unterbrochen zu werden. In der Tür stand ein älterer Mann, den Stutter noch nie zuvor gesehen hatte. Erst auf den zweiten Blick entdeckte er den Priesterkragen des Fremden.

»Hauptkommissar Stutter?« Die Stimme klang voll und angenehm.

»Ja, was kann ich für Sie tun?«, antwortete der Beamte freundlich.

»Oh, ich will Sie nicht unterbrechen, ich weiß, was Sie hier tun. Allerdings war es mir ein Bedürfnis, Ihnen zumindest meinen Dank auszusprechen.«

»Ihren Dank?« Nun war Stutter überrascht, stand auf und bat den Mann einzutreten.

Der streckte ihm die Hand entgegen und stellte sich als Pater Thomas vor.

»Ich war ein Freund von Pfarrer Lerhard. Wir haben kurz vor seinem Tod miteinander gesprochen. Er sagte mir damals, dass er das Gefühl hätte, Sie würden ihm glauben. Einer von wenigen, das hat ihm gutgetan. Dafür möchte ich Ihnen danken. Und natürlich auch dafür, dass Sie versuchen, den Verantwortlichen zu finden.«

Stutter nickte und sagte schließlich: »Es tut mir sehr leid, dass ich es nicht verhindern konnte.«

»Sie tun Ihr Bestes«, sagte der Geistliche sanft.

Pater Thomas war in den Sechzigern, hatte graues, dichtes Haar und ungemein intensive blaue Augen. In seiner Jugend musste er ein gut aussehender Mann gewesen sein.

»Ich werde seinen Mörder finden«, antwortete Stutter unvermittelt.

Pater Thomas lächelte und legte den Kopf schräg: »Der Herr fordert nie mehr von uns als das, was wir auch leisten können. Sie sollten es ihm gleichtun.«

Stutter blieb ernst. »Das hört sich so an, als hätten sie keine Hoffnung, dass wir den Täter finden.«

Pater Thomas erwiderte ebenfalls ernst: »Ein Mann wie ich lebt von und für die Hoffnung. Allerdings bin ich nicht so weit von der Welt außerhalb meines Klosters entfernt, um nicht zu erkennen, wenn jemand von Dämonen gejagt wird.« Er schmunzelte. »Und das meine ich jetzt im übertragenen Sinn.«

Stutter lächelte. »Sie kommen in mein Büro, betrachten mich einen Moment und kennen schon meine Dämonen?«

»Berufskrankheit, wenn Sie so wollen«, entgegnete Pater Thomas mit einem Augenzwinkern.

Der Hauptkommissar musste zugeben, dass ihm der Geistliche äußerst sympathisch war. Er bot ihm einen Platz und Kaffee an, was der andere gerne annahm.

Nachdem sich der Pater die Hände an dem heißen Becher gewärmt hatte, lehnte er sich zurück und sagte: »Man hat mich sozusagen als Mittelsmann hierhergeschickt. Ich werde die Leiche überführen lassen, wenn sie von Ihrem Gerichtsmediziner freigegeben wurde, außerdem wird es eine Presseerklärung geben. Die Vorwürfe, die man gegen meinen Freund erhoben hat, sind haltlos, und ich denke, das muss auch in der Öffentlichkeit klargemacht werden.«

»Natürlich!«, gab ihm Stutter recht.

»Ich wurde jedoch gebeten, damit noch zu warten. Man sagte mir, die laufenden Ermittlungen würden ein Stillschweigen erforderlich machen.«

Der Hauptkommissar nickte. »Wir wollen den Täter nicht aufschrecken.«

»Sie denken, die Wahrheit würde das tun?«

»Ich denke«, gab Stutter ehrlich Antwort, »die Wahrheit würde andere in Gefahr bringen.«

»Verstehe, Sie meinen damit diese Reporterin.«

»Unter anderem«, entgegnete Stutter ausweichend.

»Ich bemerke, dass es Ihnen ein wenig schwerfällt, Sympathie für diese Frau aufzubringen. Trotzdem wollen Sie sie schützen.«

»Das überrascht Sie?«, erwiderte Stutter.

Pater Thomas lächelte verschmitzt. »Eigentlich nicht.« Er nippte an seinem Kaffee, bevor er fortfuhr: »Wissen Sie, es ist nur menschlich, dass Sie das Bedürfnis nach Rache und Bestrafung haben. Aber wenn es darauf ankommt, halten Sie sich an die Regeln. So ähnlich war es auch bei Pfarrer Lerhard.«

»Erzählen Sie mir von ihm. Bisher hat man uns keine Auskunft geben wollen …« Er sagte nicht mehr, weil es sonst nach Vorwürfen geklungen hätte.

»Sie verstehen sicher, dass meine Brüder keine weitere Aufmerksamkeit in der Presse möchten. Wir schweigen zum Schutz, nicht um Ihre Arbeit zu behindern.«

»Ich werde alles vertraulich behandeln, soweit es mir möglich ist, das versichere ich Ihnen.«

»Gut, dann stellen Sie Ihre Fragen.«

Stutter ließ sich das nicht zweimal sagen, sondern fiel sofort mit der Tür ins Haus. »Unser Gerichtsmediziner hat am Körper von Pfarrer Lerhard alte Verletzungen gefunden. Wir stießen bei der Durchsuchung auf eine Geißel. Deshalb nehmen wir an, ihr Freund hat sich diese Verletzungen selbst zugefügt. Warum?«

Pater Thomas schnappte nach Luft, öffnete den Mund und klappte ihn wieder zu. Ohne Stutter anzusehen, murmelte er: »Ich wusste nicht, dass er so litt. Der Ärmste.« Seine Lippen bewegten sich, er schien ein Gebet für den Toten zu sprechen.

»Sie wissen, warum er das tat?«

»Ich vermute es. Pfarrer Lerhard war voller Liebe für Gott. Ich denke, er hat so sehr befürchtet, etwas falsch zu machen, dass er in dieser Selbstzüchtigung Festigung fand. Er konnte so ein Narr sein …« Der letzte Satz ließ Stutter sein Gegenüber erwartungsvoll anblicken.

Pater Thomas erklärte: »Natürlich kämpfte er mit den Regeln. Er war jung, das Zölibat ist für manchen von uns eine Prüfung, aber er hätte sie mit Sicherheit bestanden.«

»Schwierige Regel«, entgegnete Stutter vorsichtig.

»Ja, aber das sind Regeln ja meistens«, antwortete Pater Thomas.

Der Hauptkommissar verstand. »Sie sehen Parallelen zu meinem Beruf?«

Der Geistliche nickte.

»Vermutlich haben Sie damit recht. Es ist nicht immer einfach, sich zu beherrschen. Bei manchen Verbrechen schier unmöglich, und doch dürfen wir nicht zum Richter oder Vollstrecker werden.« Er sah Pater Thomas nachdenklich an. »Man hat Ihnen gesagt, wie Ihr Freund starb?«

»Ja, ich wurde informiert. Grauenvoll.«

»Sie werden mir die Frage verzeihen, aber hatte Pfarrer Lerhard Feinde?«

»Nein.«

»Hat er Ihnen irgendetwas anvertraut, bevor er starb? Etwas, das seinen Tod erklären würde.«

»Nein, unsere Gespräche haben sich meist um den Glauben gedreht. Mir werden diese Unterhaltungen fehlen.«

»Ist Ihnen bei der Durchsicht seiner Sachen etwas aufgefallen?«

»Tut mir leid, nein«, sagte Pater Thomas bedauernd. »Ich bin wohl keine große Hilfe.«

»Es ist ein schwieriger Fall«, gab Stutter zu und fragte sich, warum er zu einem Fremden so offen war.

»Sie müssen ein bisschen Vertrauen haben«, tröstete ihn der Geistliche.

»Ich bin kein religiöser Mensch«, entgegnete der Hauptkommissar freimütig.

»Das heißt nicht, dass Er nicht für Sie da ist!« Wieder folgte ein verschmitztes Lächeln.

»Nun, wenn ich ehrlich bin, ist mir im Moment jede Art von Beistand recht.«

Pater Thomas lachte auf. »Ein Pragmatiker, das gefällt mir.« Er erhob sich und reichte dem Polizisten die Hand zum Abschied. »Sie haben meine Karte, ich bin ein guter Zuhörer, und wie gesagt, mir fehlt ein Gesprächspartner. Also, wenn Sie einen Freund brauchen …«

Stutter nickte und sagte halb ernst, halb scherzend: »Wer weiß, vielleicht stehe ich eines Tages tatsächlich vor Ihrer Tür!«

* * *

Stutter und Jasmin Nau besprachen gerade, wen sie erneut vernehmen wollten, als ein Tumult ihre Aufmerksamkeit erregte.

Jemand sagte: »Da können Sie nicht einfach reingehen!«

Dann erklang eine schrille Frauenstimme: »Und ob ich

das kann, ich habe wichtige Informationen für Hauptkommissar Stutter.«

Jasmin reckte den Hals. »Das ist diese Reporterin, Vera Lenardo.«

Die streckte sich gerade nach links und rechts, um nach dem Hauptkommissar Ausschau zu halten, während ein Beamter versuchte, sie am Durchkommen zu hindern.

Stutter trat vor und gab dem Kollegen ein Zeichen: »Lasst sie durch, das geht in Ordnung.«

Vera Lenardo sah wie immer gut aus, allerdings war heute etwas anders.

Der Hauptkommissar bemerkte sofort, dass die Frau Angst hatte. Das verrieten nicht nur ihre zittrigen Hände, sondern auch der gehetzte Ausdruck in ihren Augen.

»Ich muss wissen, ob diese Zwillinge verschwunden sind«, sagte sie so eindringlich, dass Stutter augenblicklich alarmiert war.

»Was haben Sie damit zu tun?«

Vera schwankte, und für einen Moment sah es fast so aus, als würde sie in Ohnmacht fallen. Kreidebleich lehnte sie sich gegen einen der Schreibtische. »Es stimmt also?«

Der Hauptkommissar hakte sie unter und führte sie in den Besprechungsraum. Er gab Jasmin ein Zeichen, die wiederum den Rest des Teams informierte. Wenige Minuten später saßen die Beamten mit der Reporterin zusammen, die sich krampfhaft an einer Teetasse festhielt.

»Ich habe sie gehört«, fing sie stockend an zu erzählen.

Das Gespräch wiederzugeben, machte ihr sichtlich zu schaffen, trotzdem bemühte sie sich um eine detailgetreue Wiederholung. Mit Schrecken dachte sie an den Anruf von vor einer halben Stunde zurück:

»Kleine Reporterin, ich habe dir doch versprochen, dass du wieder von mir hörst! Die nächsten Sünder werden sterben, pass auf. Viele Grüße von den Waritsch-Geschwistern.«

Dann war dieses Band abgespielt worden. Die Hilfeschreie der Mädchen hatten Vera das Blut in den Adern gefrieren lassen. Sie versuchte, etwas zu sagen, aber die Worte wollten ihr nicht über die Lippen gehen.

Die Flüsterstimme war schließlich wieder zu hören: »Du weißt, dass du dich auf deinem Weg nicht umdrehen darfst. Keine Polizei!«

»Ja, natürlich«, antwortete sie, und es klang rau und fremd.

»Kennst du die Geschichte von Kain und Abel?«

Unsicher erwiderte Vera: »Kain, der seinen Bruder ermordet hat?«

Ein krächzendes Lachen folgte. »So ist es, kleine Reporterin. Du wirst die beiden auf der Nummer 23 finden.«

»Was ist die Nummer 23?«, fragte sie geistesgegenwärtig nach, aber weitere Informationen waren ausgeblieben.

»Bitte, sagen Sie mir, wo das ist, sonst kann ich mein Team nicht dorthin schicken.«

»Es ist Fasching, man muss die bösen Geister austreiben. Streng dich an, dann wirst du sie finden.«

Die Reporterin wurde durch Jasmins Frage aus ihren Erinnerungen gerissen. »Das war alles, Kain und Abel, die Nummer 23? Was soll das sein?«

»Ich weiß es nicht, wirklich«, antwortete Vera.

Stutter sah die Frau wütend an. »Das war nicht das erste Mal, dass er mit Ihnen Kontakt aufgenommen hat, oder?«

Die Reporterin ließ den Kopf sinken. »Nein. Aber ich schwöre Ihnen, ich hatte keine Ahnung, dass er die Mädchen entführen wollte, ich …«

Der Hauptkommissar schnitt ihr das Wort ab: »Darüber reden wir später. Sagen Sie uns jetzt, woran Sie sich erinnern. Klang er alt oder jung. Sprach er mit Akzent, alles ist wichtig.«

»Das weiß ich nicht, es war mehr ein Flüstern. Keine Ahnung, wer das war, die Stimme klang verstellt. Ich kann nicht einmal mit Gewissheit sagen, dass ich mit einem Mann gesprochen habe.«

»Was ist mit dieser Nummer? Sie müssen doch eine Vorstellung haben. Immerhin ging der Anrufer davon aus, dass Sie mit dem Hinweis etwas anfangen können.«

»Auf dem Weg hierher habe ich mir das Hirn zermartert, ich bin nicht darauf gekommen. Vielleicht ein Haus oder eine Straße? Womöglich die Bundesstraße 23.«

Einer der anwesenden Kollegen meldete sich zu Wort: »Die 23 liegt in Bayern.«

Hauptkommissar Tall übernahm: »Hat jemand einen Einfall?«

Die circa zehnköpfige Gruppe sah sich fragend an.

Schließlich war es Jasmin, der eine Idee kam. »Er sagte doch, es sei Fasching.«

»Ja«, bestätigte Vera gepresst.

»Und dass sie *auf* der Nummer 23 wären«, fuhr sie fort.

Wieder folgte eine Bestätigung der Reporterin.

»Könnte er einen der Umzugswagen meinen? Die sind doch durchnummeriert!«

Stutter atmete geräuschvoll die Luft aus: »Das ist es. Gute Arbeit! Wir sollten sofort überprüfen, welche Umzüge heute stattfinden. Im Zweifel müssen wir uns aufteilen.«

Wenig später instruierte Tall die Mannschaft: »Wir haben heute zwei Umzüge, einer fängt in einer Stunde an. Der andere hat sich vor etwa zwanzig Minuten, um 11.11 Uhr, in Bewegung gesetzt. Das könnte der sein, nach dem wir suchen.« Talls Blick war mehr als besorgt. »Das Thema des Wagens 23 ist ›der Tod‹ …«

Die Stadt zu durchqueren glich einem Hindernislauf. Selbst die eingeschaltete Sirene half nicht dabei, die Massen, die an diesem Tag in ihrer närrischen Kluft unterwegs waren, von den Fahrbahnen zu scheuchen. Gelegentlich lehnte sich ein Betrunkener über die Motorhaube, oder eine leicht bekleidete Frau drückte ihre rot geschminkten Lippen an die Autofenster. Es war kalt, aber die Sonne schien, sodass die Menschen mit Begeisterung im Freien feierten.

Vera Lenardo hatte sich nicht abbringen lassen, mitzufahren.

»Er wird wissen, dass Sie die Polizei verständigt haben. Damit sind Sie in Gefahr.«

»Das glaube ich nicht, er braucht mich. Ich bin seine Verbindung zur Öffentlichkeit. Mir wird er nichts tun.«

»Ich halte das für einen Fehler«, hatte ihr Stutter unmissverständlich klargemacht.

»Das ist mein Berufsrisiko«, hatte sich die Frau stur gezeigt.

Als das Gedränge immer dichter wurde, verlor Stutter die Geduld. »Ich gehe zu Fuß, schicken Sie die Hundestaffel, vielleicht brauchen wir die.«

Jasmin und Vera kletterten hinter ihm aus dem Auto, und die Kommissarin hatte für einen Moment einen Anflug von Panik. Die vielen Körper erdrückten sie fast, bis es ihr endlich gelang, sich in den Strom der Menschen einzufügen. Alle drängten zu den Umzugswagen. Von den meisten dröhnte Musik in die Menge.

Dicht neben Jasmins Ohr gab es einen lauten Knall. Sie wirbelte erschrocken herum, schon versucht, die Dienstwaffe zu ziehen. Erleichtert stellte sie fest, dass lediglich der Luftballon eines kleinen Jungen geplatzt war. Der fing augenblicklich an zu heulen und hatte wenig gemein mit dem süßen rosa Hasen, den er in seinem Ganzkörperkostüm eigentlich darstellen sollte. Sein wutverzerrtes Gesicht ließ ihn eher wie eine Horrorversion aussehen, und Jasmin wandte sich schnell ab. Stutter bahnte sich rücksichtslos seinen Weg und wurde ein paarmal unflätig dafür beschimpft. Endlich hatte er die vorderste Linie erreicht.

Jasmin hinter ihm brüllte: »Das ist schon Nummer fünfunddreißig.« Sie deutete auf den Wagen, der im Schneckentempo an ihnen vorbeizuckelte und auf dem die übergroßen Karikaturen zweier Politiker aus Pappmaschee hin und her wackelten.

»Wir müssen hinterher«, schnappte Vera atemlos, während sie an den Schaulustigen und Wagen vorbeirannten.

Der Mitarbeiter eines Sicherheitsdienstes war auf die Dreiergruppe aufmerksam geworden. Stutter und Jasmin zückten ihre Ausweise.

»Kann ich helfen?«, bot sich der Mann sofort an.

»Wir müssen zur Nummer 23«, brüllte Stutter, der kaum sein eigenes Wort verstand.

Offensichtlich hatten sie genau den richtigen getroffen, denn sofort zückte der ein Walkie-Talkie und informierte seinen Kollegen: »Lasst die 23 bei der nächsten Kurve stehen, ich bin auf dem Weg.«

Stutter nickte dem Mann dankbar zu.

Trotz des Geleitschutzes des Sicherheitsmannes war es ein aufwendiges Unterfangen, den vielen Menschen auszuweichen. Tanzende Hexen wollten ihre Späße mit den Polizisten treiben, bis sie erkannten, dass die nicht zum Feiern hier waren.

Und endlich erschien die Nummer 23 vor ihnen, es war einer der gewaltigsten Wagen des Zuges. Mit großem Aufwand hatten die Verantwortlichen den LKW zu einem schwarzen Schiff umgebaut. Die Flagge der Piraten flatterte im hessischen Nordwind, und ein Lied vom Seemann, dem Meer und dem Tod dröhnte über die Lautsprecher. Große Kisten verteilten sich auf dem improvisierten Deck, und mehrere Sensenmänner warfen kleine Plastikskelette, die man als Schlüsselanhänger verwenden konnte, in die begeisterte Menge.

Stutter gab dem Hundeführer auf der anderen Seite ein Zeichen; der Sicherheitsmann sprach mit dem Fahrer des

Ungetüms. Die Zuschauer, die sich direkt bei dem Faschingswagen befanden, grölten, als eine breite Planke, die als Aufgang diente, heruntergelassen wurde und man den Polizeihund Antonius, der flink die schräge Rampe erklomm, zusammen mit den Beamten an Bord holte. Die Menschen auf dem Umzugswagen sahen überrascht auf, als der ungewöhnliche Besuch eintraf.

Die meisten waren als Skelette verkleidet, und Stutter brach für einen Moment der Schweiß aus. Fast glaubte er, man hätte ihn absichtlich auf genau diesen Wagen gelockt. Die Lautstärke, die vielen Menschen und die Erinnerung an einen Mörder, der den Beinamen *Skelettmörder* getragen hatte, ließen ihn das eigene Blut in den Ohren rauschen hören.

Jemand packte ihn fest am Arm, es war Jasmin. »Alles in Ordnung?«

Das Rauschen verschwand, und er sah sich um – die Veranstalter hatten sich Mühe gegeben, akribisch hatte man auf Details geachtet und Netze mit Plastikmuscheln, Seesternen und Fischen zur Dekoration ausgelegt. An den Masten hingen Puppen mit hässlichen Gesichtern, über denen ein Banner mit der Aufschrift »Wir haben den Tod an Bord« flatterte. Außerdem gab es kleine Sandhaufen und jede Menge Holzsärge und Schatzkisten.

Stutter war bei der Vielzahl von Möglichkeiten froh, dass sie die Hundestaffel dabeihatten. Mit einem Nicken signalisierte er deren Einsatzleiter, mit der Suche zu beginnen. Es dauerte nicht lang, und der Hund gab das bereits bekannte Fiepen von sich. Er umkreiste eine der großen Kisten.

»Was ist da drin?«, knurrte Stutter.

Der junge Mann, der sich seine Sensenmannmaske über die Haare geschoben hatte, war bleich. »Nichts, keine Ahnung. Die ist nur Deko.«

»Öffnen!«, gab der Hauptkommissar Anweisung.

Die Welt schien einen Augenblick stillzustehen, als sich der Deckel hob. Der junge Mann vom Faschingswagen musste sich übergeben, sehr zur Belustigung seiner Freunde, die noch nicht den Ernst der Lage erfasst hatten.

Einer von ihnen trat hinzu und sagte: »Polizei? Wir haben alle Sicherheitsvorschriften erfüllt, wir …«

Dann streifte sein Blick den Inhalt der Kiste, und er wandte sich mit einem »Oh mein Gott« ab.

Während der Hauptkommissar vom Umzugswagen aus über Funk die Umleitung der Nummer 23 organisierte, verschwamm die Umgebung vor seinen Augen. Einzig das Bild der beiden gekrümmten Körper in der Kiste schien noch für ihn zu existieren. Sie waren zusammengerollt wie hilflose Babys; die Fesseln schnitten tief ins Fleisch. Aber am schlimmsten waren ihre Gesichter. Die Mädchen starrten nach oben. Die rechte Augenhöhle war leer. Das getrocknete Blut an der Wange zeugte von der grausamen Verstümmelung, die hier stattgefunden hatte. Das linke Auge, schon zu Lebzeiten trüb, war nun im Tod gespenstisch unmenschlich. Es lag ein Vorwurf darin, ein Vorwurf, der sich direkt an Stutter zu richten schien. »Warum habt ihr uns nicht gerettet?« lautete die stumme Frage, die man von ihren Gesichtern ablesen konnte. Die Zwillinge hatten bis zum Schluss gelitten. Die verzerrten Gesichter, die aufgerissenen Münder, die den Blick auf die kleinen Zähne freigaben, sprachen Bände. Wie auch bei den anderen Opfern war die Gesichtshaut mit weißem Lack überzogen. Allerdings prangte bei den Mädchen ein großes, rotes K auf der Stirn.

»Das Kainsmal«, flüsterte Jasmin neben ihm, während Stutter den Finger an den Hals der Mädchen legte. Es war klar, dass sie schon seit Stunden, wenn nicht sogar seit dem Tag ihres Verschwindens, tot waren. Aber das würde der Gerichtsmediziner klären. Stutter jedoch war derjenige, der herausfinden musste, wer diese schreckliche Tat begangen hatte.

Das riesige Gefährt wurde sehr zum Ärger der Zuschauer aus dem Zug genommen. Nur unter großen Schwierigkeiten gelang es, eine der Nebenstraßen dafür zu räumen. Jetzt, ohne Musik und im Schritttempo durch die leeren Gassen Richtung Abstellplatz fahrend, glich es mehr denn je einem Totenschiff, das es sich zur Aufgabe gemacht hatte, den Waritsch-Zwillingen das letzte Geleit zu geben.

* * *

»Sie müssen doch etwas bemerkt haben?«, fuhr Stutter den Verantwortlichen für den Faschingsumzug an.

Der kleine Mann mit dem beachtlichen Bauchumfang fuchtelte hilflos mit den Armen. Er trug ein Clownskostüm und hatte die rote Plastiknase auf die Stirn geschoben. Unter anderen Umständen hätte dieses absurde Bild die Beamten lächeln lassen, jetzt waren allerdings alle viel zu betroffen und auf die Arbeit konzentriert.

»Hören Sie«, erklärte sich der kleine Dicke, »wir achten vor allem darauf, dass hier nichts wegkommt. Ich sagte Ihnen doch schon, dass es in den letzten Tagen bei uns zuging wie im Irrenhaus.«

»Wie kam die Kiste auf den Wagen?«, hakte Stutter unbarmherzig nach.

»Ich weiß nur, dass sie gestern hier stand. Es lag ein Zettel darauf: ›Bitte auf die 23 aufladen‹.«

»Und Sie haben sich nicht über das Gewicht gewundert?«, fragte Stutter anklagend, was seinen Zeugen in Wut versetzte.

»Jetzt reicht es aber. Glauben Sie, ich habe das Ding mit meinen Händen auf den Truck gehievt? Wir haben hier Gabelstapler!« Er deutete Richtung Ecke.

Die Halle, in der sie sich jetzt befanden, war bis auf den Umzugswagen Nummer 23 leer. Sie gehörte zu einem Werksgelände. Der Firmenchef, selbst ein begeisterter Faschingsfan, hatte sie samt Equipment zur Verfügung gestellt.

»Wir haben zweiundachtzig Wagen dieses Jahr. Hier wimmelte es nur so von Menschen und Transportern. Die meisten sind kurz vor dem großen Umzug verkleidet, schließlich haben wir ja Fasching!« Langsam beruhigte er sich und fuhr fort: »Ich kann herumfragen, ob sich jemand erinnert. Vermutlich ist irgendwer mit einer beladenen Sackkarre hereinspaziert, hat diese Kiste deponiert und ist wieder verschwunden. Ich kann mich nur deshalb an das Teil erinnern, weil es im Weg stand.«

Stutter war zwar mit den Antworten nicht zufrieden, sah aber ein, dass der Zeuge ihm nicht weiterhelfen konnte.

»Das war raffiniert«, kommentierte Jasmin Nau das Vorgehen des Täters. »Er ist verkleidet in die Halle gekommen, hat die Kiste abgestellt, und keiner hat etwas gemerkt. Ich habe das kurz überprüft. Im Internet ist seit Wochen das Programm des Umzugs samt Wagennummern und jeweiligem Motto veröffentlicht.«

»Ja, und wenn jemand stutzig geworden wäre und die Kiste geöffnet hätte, würde uns das ebenfalls keinen Schritt voranbringen.«

In diesem Moment kamen weitere Fahrzeuge an, die Teams der Kriminaltechnik und der Gerichtsmedizin trafen ein. Vera Lenardo war blass, aber bereits wieder dabei, mit einer kleinen Kamera zu filmen, sie hielt sich ebenfalls in der Halle auf.

Stutter schnappte die Frau am Arm und zog sie mit sich.

»He!«, wollte die protestieren, aber der Hauptkommissar ignorierte ihre Gegenwehr.

»Wir haben zu reden«, blaffte er stattdessen. »Sie erzählen uns sofort, was Sie wissen.«

Es gab ein kleines verglastes Zimmer, das als Büro diente; dort hinein führte Stutter die Reporterin, begleitet von Jasmin.

»Ich weiß nichts. Ich wurde drei Mal angerufen.« Sie nannte den Beamten die Daten und gab den Inhalt der Gespräche wieder.

»Was noch?«, bohrte Stutter nach.

»Nichts!«

»Der Anrufer hat Sie bedroht«, fuhr der Hauptkommissar fort, »das heißt, Sie sind in Gefahr. Deshalb werde ich Sie nicht einfach da draußen herumlaufen lassen.«

»Ich habe eine Sendung zu machen«, begehrte Vera auf. »Wie stellen Sie sich das vor?«

»Er hat Ihnen explizit verboten, mit der Polizei zusammenzuarbeiten«, mischte sich Jasmin ein. »Was glauben Sie, wie er darauf reagieren wird, wenn er bemerkt, dass Sie ihn verraten haben? Da draußen sind zwei tote fünfzehnjährige Mädchen. Gehen Sie wirklich davon aus, dass er Sie verschonen wird?«

Die Reporterin verzog missbilligend den Mund. »Das ist etwas anderes. Wie gesagt, ich bin sein Sprachrohr. Es ist nicht untypisch, dass die Presse in so einem Fall eine besondere Stellung hat. Außerdem war das nicht wirklich eine Todesdrohung.«

»Reden Sie keinen Unsinn, natürlich war es das!«, schnauzte sie Stutter an.

»Sie können mich nicht gegen meinen Willen festhalten«, widersprach sie. »Ich habe mich kooperativ gezeigt.«

»Wir müssen Ihr Telefon überwachen«, ignorierte Stutter ihre Einwände.

»Kommt nicht infrage«, giftete Vera zurück.

»Was, wenn er wieder anruft? Was, wenn ein Menschenleben davon abhängt, dass wir rechtzeitig dort sind?«

»Das werden Sie nie sein«, entgegnete Vera leise.

»Was?«, erwiderte Stutter fassungslos.

»Sie haben selbst gesagt, dass die Mädchen schon lange tot sind. Die Kiste wurde bereits gestern hierhergebracht. Mich hat man erst heute Morgen angerufen. Ich will Ihnen ja nicht sagen, wie Sie Ihren Job zu machen haben, aber eines ist doch klar: Wenn er sich bei mir meldet, ist es zu spät. Die Hilferufe, die er mir vorgespielt hat, waren nicht umsonst eine Aufnahme.«

»Und genau das macht mir Sorgen. Er hat Sie getestet, und Sie haben nicht bestanden, sondern die Polizei informiert.«

Jemand klopfte gegen die Scheibe des Notbüros und gab den Beamten mit Handzeichen zu verstehen, sich bei Doktor Grot zu melden.

»Sie warten hier«, sagte Stutter im Gehen. Er war aufgewühlt und fühlte sich verantwortlich.

Der Gerichtsmediziner hob nicht den Kopf, als er sagte: »Je jünger sie sind, desto schwieriger wird unsere Arbeit.«

Stutter nickte und schwieg.

Grot schien sich zu sammeln, dann drehte er sich unvermittelt um und begann so sachlich wie möglich seine ersten Ergebnisse mitzuteilen: »Sie sind sicher schon seit vierundzwanzig Stunden tot.«

Der Hauptkommissar dachte automatisch daran, dass er vor ungefähr vierundzwanzig Stunden noch an der Suche nach den Mädchen auf dem Schrottplatz beteiligt gewesen war.

»Genaueres nach der Obduktion. Man hat sie mit einer brennenden Zigarre malträtiert. Es gibt Spuren an Armen und Beinen. Man kann davon ausgehen, dass das Auge post mortem entfernt wurde. Die Leichen wurden wieder mit Benzin übergossen, um Spuren zu verwischen.«

»Wie sind sie gestorben?«, fragte Stutter, der es sich allerdings schon denken konnte.

»Erstickt in dieser Kiste. Sie haben sich am Ende gegenseitig die Luft zum Atmen genommen. Ein schrecklicher Tod.«

»Die Geschichte von Kain und Abel«, überlegte Jasmin, als Doktor Grot begann die Leichen abzutransportieren. »Mord unter Geschwistern, Bruder tötet Bruder. Das ist pervers. Er sperrt die beiden Schwestern in eine luftdichte Kiste und beide sterben, töten sich gegenseitig, weil sie sich die Atemluft nehmen.«

Der Hauptkommissar konnte dem nichts hinzufügen, deshalb setzte er an einer anderen Stelle an: »Was hat es mit diesem roten K auf sich?«

»Das soll vermutlich das Kainsmal sein. Niemand weiß, wie das genau aussieht. In der Bibel heißt es nur, dass Kain, der seinen Bruder Abel aus Eifersucht ermordet hat, mit einem Mal von Gott gezeichnet wurde.«

»Damit man ihn als Mörder erkennt?«

»Auch wenn das gelegentlich so dargestellt wird, hat das Kainsmal in der Bibel eine andere Bedeutung. Gott bestraft Kain für seine Tat mit einem harten und entbehrungsreichen Leben. Damit niemand an Kain Rache nimmt und Gottes Plan stört, bekommt er ein Zeichen, das ihn schützen soll. So gesehen ist das Kainsmal also ein Schutzzeichen. Ich denke aber nicht, dass es unserem Mörder um solche Feinheiten ging. Er wollte nur dafür sorgen, dass wir den Zusammenhang erkennen.«

»Ja, er hatte nur Vergnügen daran, diesen Geschwistertod zu inszenieren. Erst Folter, dann lässt er sie in der Kiste ersticken, schneidet ihnen das Auge raus und markiert sie anschließend wie Schlachtvieh. Wir müssen ihn unbedingt aufhalten, und diese Reporterin kann dabei womöglich helfen.«

Als die Beamten kurz darauf in das kleine Büro zurückkehrten, war Vera Lenardo verschwunden.

Sie hatte ihre Pflicht getan, die Beamten alarmiert und sich vorerst zurückgehalten. Jetzt wurde es allerdings Zeit, an sich selbst zu denken. Vera hatte nicht vor, irgendwo in

Deckung zu gehen. Natürlich war sie kein Unmensch, die Hilfeschreie der Mädchen hatten sie nicht kaltgelassen, aber die Waritsch-Zwillinge lebten nicht mehr, und die Öffentlichkeit hatte das Recht, davon zu erfahren.

Sie stieß mit einer Gruppe Funkenmariechen zusammen, dann rempelte sie ein betrunkener Gorilla an, und zwei Sechzehnjährige mit ordentlich Promille unterbreiteten ihr mit ernsten Mienen eine Einladung zum Gruppensex. Vera schnaubte genervt und schob die Teenager zur Seite, die ihr voller Unverständnis hinterherriefen, dass sie auch eine Flasche Wein kaufen würden.

»Fasching«, murmelte die Reporterin kopfschüttelnd, musste dann aber doch grinsen. Vermutlich sollte sie es als Kompliment sehen, dass man ihr solche Angebote machte.

Als sie um die nächste Ecke bog, lief sie direkt in die Arme einer Polizeistreife.

Ihr erster Gedanke war, dass Stutter sie suchen ließ, aber das schien offensichtlich nicht der Fall.

»Können wir helfen?«, fragte der Beamte freundlich, und auch seine Kollegin lächelte hilfsbereit.

»Ehrlich gesagt suche ich ein Taxi. Ich habe es eilig.«

»Schwierig, die meisten Straßen sind gesperrt«, antwortete der Beamte nachdenklich. Dann fiel ihm aber doch noch etwas ein, und er gab der Reporterin eine Wegbeschreibung. »Da stehen einige der Taxis. Wenn Sie dort sind, bevor der Umzug zu Ende ist, sollten Sie einen Wagen bekommen.«

Vera bedankte sich und beschleunigte das Tempo, sie musste schnellstens zum Sender. Während ihres Spurts griff sie zum Handy.

»Ich bin es«, teilte sie dem Senderchef mit. »Ich bin in fünfzehn Minuten da, bereitet alles vor. Was ich dieses Mal habe, wird euch umhauen, ich …«

Vera bog um die nächste Ecke. Die Straße war leer und düster, sie hatte offensichtlich eine Abzweigung verpasst. Gerade wollte sie sich umdrehen, da traf sie völlig unerwartet ein Schlag auf den Kopf. Das Handy glitt ihr aus der Hand.

Ganz leise hörte man ihren Gesprächspartner am anderen Ende der Leitung rufen: »Vera, bist du noch dran?« Aber anstatt einer Antwort konnte man nur ein Knirschen vernehmen, als der Druck einer Schuhsohle das Handy in seine Einzelteile zerspringen ließ.

* * *

»Ich bin Ihr Sprachrohr, Ihr Gesicht, Ihre Verbindung zur Öffentlichkeit«, versuchte Vera Lenardo verzweifelt einen Weg zu finden, am Leben zu bleiben.

»Du bist austauschbar!«, kam die harte Antwort.

»Aber ich bin *Vera Lenardo*, ich habe Sendezeit, jeder kennt mich …«

»Sie werden dich nach dem hier erst recht kennen«, erwiderte die ihr bereits bekannte Flüsterstimme.

»Sie müssen das nicht tun«, flehte sie erneut, aber ihrem Bitten wurde kein Gehör geschenkt.

»Dieses Mal bist du live dabei, kleine Reporterin«, zischte man ihr ins Ohr, dann wurde das Klebeband auf ihren Mund gedrückt, und sie konnte nicht mehr sprechen. Dafür hörte sie umso deutlicher das typische Schmatzen, das entstand, wenn jemand mit Genuss eine Zigarre anrauchte. Dicke Rauchschwaden drangen in ihre Nase. Sie wusste über die Verbrennungen, die die Opfer gehabt hatten, Bescheid. Wie viele würden es bei ihr sein?

»Warum?«, wollte sie schreien, aber es entstand nur ein vom Klebeband gedämpftes, klägliches Winseln.

Vera ahnte nicht einmal, wo sie war. Ihr Gefängnis konnte ein Keller sein oder ein Zimmer mit abgedunkelten Fenstern. Sie lag auf einem Tisch auf dem Rücken, Hände und Arme waren mit Fesseln fixiert. Dieser Raum ähnelte den Filmsets ihrer Sendung: Um sie herum flackerte das Licht von Dutzenden Kerzen, es gab Heiligenbilder und ein Kreuz, mehr konnte sie jedoch nicht erkennen. Ein ihr bekannter Geruch lag in der Luft. Es war etwas Chemisches, vielleicht Farbe oder Desinfektionsmittel.

Eine Hand strich ihr über das Haar, während die andere, begleitet von einem irren Blick, die glühende Zigarrenspitze auf ihre Haut drückte.

Die Schmerzen auszuhalten, forderte übermenschliche Kraft von ihr, und Vera hoffte, endlich das Bewusstsein zu verlieren, aber so leicht wurde ihr das Sterben nicht gemacht.

Sie riss die Augen auf, als man in ihrem Blickfeld eine Masse zusammenrührte.

»Weißt du, was das ist?« Ihr Gegenüber verhöhnte sie.

»Das ist Mehl!«, beantwortete er selbst die Frage und gab das weiße Pulver in eine große Schüssel. »Hier haben wir Stärke«, fuhr er gut gelaunt fort.

Vera hatte keine Ahnung, was diese Vorführung zu bedeuten hatte, fühlte jedoch instinktiv, dass nichts, was gerade geschah, ihr den Tod erleichtern würde.

»Und vergessen wir nicht das Wasser. Jetzt noch einen großen Schuss Öl, das macht das Ganze geschmeidig …«

Es war, als wäre sie in einer dieser Sendungen zu Gast, in denen den Zuschauern Küchentipps gegeben wurden.

Mit einem Lächeln widmete sich ihr Mörder der letzten Zutat: »Salz, vergessen wir nicht das Salz. Jede Menge Salz!«

Dann walkten seine Hände das Gemisch durch, während er die ganze Zeit mit gleichgültigem Tonfall sprach: »Du kennst die Geschichte von Sodom und Gomorra? Die beiden Städte waren so sündig und verdorben, dass der Herr sie zur Strafe dem Erdboden gleichgemacht hat.« Es entstand ein klatschendes Geräusch, als der Teig auf die Tischplatte geknallt wurde.

»Der Herr wollte jedoch einige verschonen. So wie ich dich verschonen wollte, kleine Reporterin!«

Vera wandte sich unter den Fesseln, Tränen liefen ihr über das Gesicht.

»Aber du hast nicht auf mich gehört. Habe ich dir nicht gesagt ›keine Polizei‹? Habe ich nicht zu dir gesagt, dreh dich nicht zu ihnen um?« Seine Stimme schwoll bedrohlich an. »Ich habe es gesagt, und du hast die Regeln nicht befolgt.«

Wieder wurde der Teig mit Schwung auf die Tischplatte geschleudert.

»Genau wie das ungehorsame Weib von Lot, das hat sich unbedingt umdrehen müssen, wollte Sodom und Gomorra brennen sehen. Ich nehme nicht an, dass du die Geschichte kennst.«

Sie nickte heftig, hoffte, ihn damit milde zu stimmen, aber er war allenfalls belustigt.

»Umso besser, dann weißt du ja, dass sie bestraft wurde. Gott ließ sie zur Salzsäule erstarren. Wir verstehen uns, oder?«

Die höfliche Ansprache war vorbei. Noch bevor Vera begriff, wurde ihr das rechte Augenlid aufgedrückt. Das scharfe Werkzeug fuhr ihr in den Augapfel und schnitt ins Fleisch wie eine Rasierklinge. Ihr Körper verkrampfte sich, ihr Herz raste, die Pulsschläge pro Minute sprengten jede Skala, dann schließlich kollabierte sie und verlor das Bewusstsein.

»Es ging nicht anders, ich musste das Auge vorab entfernen«, sagte der Mann nun entschuldigend, und in seinem Blick lag so etwas wie die Suche nach Verständnis.

In aller Ruhe entnahm er das Auge, das schwierig zu fassen war. Das viele Blut, das austrat, nahm er in Kauf; obwohl er die Unordnung, die dadurch entstand, nicht besonders schätzte. »Ich mache es lieber, wenn sie tot sind«, schien ihm eine Erklärung nötig.

Dann besann er sich, sah auf den leblosen Körper von Vera Lenardo und zuckte mit den Schultern. »Womöglich geht es bei dir, kleine Reporterin, auch nicht mehr lange.«

Das Auge ließ er mit größter Vorsicht in ein Glas mit Formaldehyd gleiten und betrachtete es fasziniert. »Du bist die Zierde der Sünde, getragen von einer großen Lügnerin, die dem Sündenfänger nun in sein Netz gegangen ist.«

Es folgte ein heiseres Lachen, dann wusch er sich die Hände und begann erneut den Teig zu kneten.

Kapitel 14

Gegen 22.00 Uhr am gleichen Tag

Die Vereinsvorsitzende Lydia Renke war zufrieden. Sie hatte es tatsächlich geschafft und alle Genehmigungen zusammenbekommen, heute würde das große Hutzelfeuer stattfinden. Eine alte Tradition, um den Winter zu vertreiben. Zugegeben, das Datum stimmte nicht, denn üblicherweise fand dieses Ereignis am ersten Sonntag nach Fasching statt. Und ebenso war die Örtlichkeit nicht gerade besonders ursprünglich, schließlich war dieser Kiesparkplatz außerhalb der Stadt wenig natürlich – aber ein so großes Feuer verlangte eben nach Sicherheit. Auch wenn der asphaltierte Bereich daneben mit seinen elektrischen Lichterketten eher einem Straßenfest als einer Stätte für Brauchtum glich, war es immerhin ein Anfang. Jedenfalls hatten sich viele Menschen hier eingefunden, was der Vereinskasse entgegenkommen würde.

Wenigstens hatte sie durchsetzen können, dass man den gewaltigen, acht Meter hohen Scheiterhaufen, den man schon vor Tagen aufgeschichtet hatte, erst bei Dunkelheit entzünden würde. Sie hatte lange mit dem Brandmeister gestritten, und am Ende konnte sie sich, was die Uhrzeit anging, durchsetzen. Ein Löschfahrzeug stand bereit, und alles lief nach Plan.

Um besonders viele Leute anzulocken, hatte sich der Vorstand etwas Besonderes überlegt. Heute sollte nicht nur eine Hutzelpuppe verbrannt werden, sondern jeder konnte sein eigenes gebasteltes Männchen in die Scheite legen. »Je mehr, desto besser« war das Motto. Die Figuren stellten den Winter dar, und da dieser lang und kalt gewesen war und immer noch andauerte, konnte es nicht schaden, seine Austreibung äußerst gründlich vorzunehmen. Jedenfalls hatten die Besucher Spaß daran und waren von weither angereist, um ihre Strohpuppen und Pappmaschee-Figuren den Flammen zu übergeben. Manche hatten sogar lebensgroße Puppen gebastelt, die sie über die Schultern hievten und nur mit Mühe in den Scheiterhaufen schleudern konnten.

Und der Strom der Zuschauer riss auch jetzt, nach Einbruch der Dunkelheit, nicht ab.

Der Vereinsälteste hatte das Vorrecht, den Scheiterhaufen dieses Jahr zu entzünden. Einige chemische Mittelchen würden dafür Sorge tragen, dass ein richtig schönes Hutzelfeuer entstehen konnte. Es ertönte ein lautes Trommeln des örtlichen Musikvereins, und sofort herrschte andächtiges Schweigen.

Mit einer großen Fackel wurde der Hutzel-Haufen in Brand gesetzt; die Puppen, die die Besucher in seine Mitte geschoben hatten, fingen sofort Feuer. Die Flammen züngelten vergnügt über das trockene Stroh, und bald spürte man die Wärme, die von ihnen ausging. Das ganze Spektakel wurde von Ohs und Ahs begleitet, und für einen Moment sah es so aus, als würde der Brauchtumsabend ein voller Erfolg.

Doch dann erregte etwas die Aufmerksamkeit des Brandmeisters, der seiner Pflicht entsprechend ein Auge darauf hatte, dass sich das Feuer nicht unkontrolliert ausbreitete. Irgendetwas stimmte nicht mit dem Puppenberg. Der Feuerwehrmann benötigte einen Augenblick, um zu erfassen, dass sich eine der Puppen bewegte. Es war ein Zucken und Strampeln, er konnte es nun deutlich sehen. Er begriff, dass das nichts damit zu tun hatte, dass sich das Bastelmaterial unter der Hitze zusammenzog, diese Bewegung war echt.

Sein lautes Schreien und Rufen unterbrach die ausgelassene Stimmung, die Menschen sahen sich panikartig um. Über sein Funkgerät forderte der Mann seine Kollegen an. Sofort wusste jeder, was zu tun war. Die Zuschauer wurden zurückgedrängt, Männer in Schutzanzügen griffen nach den zappelnden Beinen im Feuer und das Löschfahrzeug brachte sich in Position.

»Mein Gott, wer tut so etwas?«, stöhnte der Brandmeister beim Anblick der verletzten Person. Er konnte nur vermuten, dass es sich um eine Frau handelte – die wenigen vom Feuer verschonten roten Haarsträhnen ließen diesen Schluss zu. Das Gesicht konnte er nicht erkennen, denn der Kopf war fast vollständig in etwas eingewickelt, das wie eine Teigschicht aussah. Ein Teil der Oberfläche war bereits durch die Hitze gehärtet worden.

Der komplette Oberkörper war vom Feuer erfasst worden. Starke Verbrennungen, die die Kleidung mit der Haut hatten verschmelzen lassen, gaben wenig Hoffnung, dass die Verletzte überleben würde.

»Wer hat ihr das nur angetan?«, flüsterte der Feuerwehrmann fassungslos und sah zu der Frau, für die es vermutlich keine Rettung mehr geben würde.

* * *

»Sie liegt auf der Intensivstation«, setzte Jasmin ihren Kollegen Stutter ins Bild, als der am Klinikeingang zu ihr stieß.

Die Beamten eilten die Flure entlang.

»Die Verbrennungen sind so stark, dass sie die Nacht nicht überleben wird.«

»Ein Unfall ist ausgeschlossen?«, fragte Stutter, ohne wirklich selbst daran zu glauben.

»Ausgeschlossen!«, antwortete ihm Jasmin, die kaum mit dem Kollegen Schritt halten konnte. »Man hat ihr Gesicht in Salzteig eingewickelt, das rechte Auge fehlt.«

»Dieses Schwein«, brach es aus Stutter heraus, wofür er vorwurfsvolle Blicke einer Krankenschwester erntete. »Was hat das zu bedeuten?«, fuhr er deshalb mit gedämpfter Stimme fort.

»Er spielt damit vermutlich auf die Geschichte von Lots Frau an.«

»Die, die zur Salzsäule erstarrt ist?«, erinnerte sich der Hauptkommissar.

»Ja, und zwar, nachdem sie eine Warnung nicht befolgt hat.«

»Wie hat er Vera Lenardo zu dem Feuer gebracht?«

»Es gibt keine Zeugen, jede Menge Leute waren auf dem Festplatz und haben ihre Puppen in den Scheiterhaufen gelegt. Wir fragen weiter herum, aber wenn er in der Dunkelheit kam …« Sie machte eine Pause, wartete auf Anweisungen, aber der Hauptkommissar eilte schweigend weiter.

»Die Ärzte konnten kaum fassen, dass sie überhaupt so lange durchgehalten hat.«

»Wird sie das Bewusstsein nochmals erlangen?«

»Schwer zu sagen, die geben ihr große Mengen Morphium wegen der Schmerzen.«

»Ist die Familie benachrichtigt?«

Jasmin schüttelte den Kopf. »Da gibt es niemanden, nur die Kollegen vom Sender.«

Als Stutter das Zimmer betrat, zog er sich einen Stuhl heran und setzte sich ans Bett von Vera Lenardo. Die einst schöne Frau sah nun aus wie ein trauriges Monster. Das Gesicht bestand aus nichts weiter als Knochen, die mit verbranntem Fleisch überzogen waren. Sie atmete schwer und schlief unruhig. Er hätte gerne ihre Hand gehalten, aber seine Berührung hätte ihr nur Schmerzen verursacht.

»Niemand sollte in seinen letzten Minuten allein sein«, sagte er leise zu Jasmin, die ihn für seine Haltung bewunderte.

Ihr fiel es schwer, die Nähe der verletzten Frau auszuhalten und ihr Leid zu ertragen. Als hätte Stutter das bemerkt, schickte er sie los, Kaffee zu holen.

Vera rührte sich, versuchte den Kopf zu heben und schlief wieder ein.

Stutter saß die ganze Zeit unbeweglich neben ihr und starrte auf den verletzten Körper, zwischendurch wurde er von Jasmin mit Kaffee versorgt. Die Krankenschwestern sahen alle zwanzig Minuten nach der Patientin, überprüften die Schläuche und Apparaturen und gaben weitere Dosen Morphium in den Tropf.

Gegen Morgen, Jasmin hatte ihm gerade einen vorläufigen Bericht der Kriminaltechnik gegeben, röchelte Vera Lenardo. Sie versuchte zu sprechen, das linke Auge konnte sie nur einen Spalt öffnen, und auch die verletzten Lippen wollten ihr nicht gehorchen.

»Ich bin bei Ihnen, Vera«, sagte Stutter mit sanfter, beruhigender Stimme.

Jasmin konnte nicht anders. Ihr liefen bei dieser traurigen Szene Tränen über die Wangen.

»Die beiden Mädchen … die Schwestern …«, stammelte die Schwerverletzte leise.

»Wir werden den finden, der das den Zwillingen angetan hat«, entgegnete der Hauptkommissar.

»Nein, nein …«, widersprach sie aufgeregt, was sie sehr anstrengte. »Die Schwester tötet die Schwester« – die Worte waren kaum zu verstehen – »… riecht nach Krankenhaus …«, stotterte die Frau.

»Ja, Sie sind in der Klinik, in guten Händen«, ging Stutter darauf ein.

»Es ist nicht das Krankenhaus«, sagte sie aufgeregt und versuchte sich zu bewegen. »Es ist nicht das Krankenhaus.« Nur mühsam gelang es ihr, einen Satz zu formulieren.

»Alles ist gut, Vera, Sie müssen jetzt schlafen!«

»Schlafen, ja, schlafen«, gab sie müde zur Antwort, und dann, mit ihrem letzten Atemzug, hauchte sie: »Es kommt vom Wasser, der Geruch, das ist vom Wasser, ich … die Schwestern, ich …«

Plötzlich ertönte ein schriller, gleichmäßiger Ton von den Maschinen.

Stutter bemerkte, wie der Körper der Frau erschlaffte. Die Krankenschwester eilte ins Zimmer, ein Blick auf die Patientin genügte, und sie schüttelte den Kopf. »Armes Ding, jetzt hat sie es wenigstens hinter sich.«

Stutter nickte, es gab nichts zu sagen. Ein Arzt bestätigte den Tod der Reporterin, dann ging alles seinen gewohnten Gang. Die Gerichtsmedizin würde den Leichnam obduzieren, und er, Stutter, hatte ein weiteres Mordopfer.

Auf dem Flur der Klinik stand ein Getränkeautomat, der die Wut des Hauptkommissars zu spüren bekam, bis ihn jemand vom Personal aufforderte, doch damit aufzuhören.

Er ging über einen Seitenausgang nach draußen. Ohne es gewollt zu haben, stand er in der Raucherecke. Wäre jemand dort gewesen, hätte er denjenigen garantiert wegen einer Zigarette angehauen. Eine Sekunde überlegte er sogar, eine angerauchte Kippe aus dem Aschenbecher zu ziehen, aber dann erinnerte er sich doch noch einmal daran, wie schwer es ihm die ersten Tage gefallen war, ganz darauf zu verzichten. Dazu mahnte er sich selbst, an das Risiko mangelnder Hygiene zu denken, aber letzten Endes hielt ihn eigentlich doch nur die Tatsache zurück, dass er kein Feuerzeug dabeihatte, um die fremde Zigarette anzuzünden. Er atmete tief durch, der Morgen war kalt, in einiger Entfernung hörte er die Sirene eines Krankenwagens. Die Vorwürfe, die er sich wegen Veras Tod machte, lasteten schwer auf ihm. Er hätte sie zwingen müssen, zu bleiben.

»Jens?« Jasmin war plötzlich bei ihm aufgetaucht.

Er sah sie fragend an.

»Es gab einen Notruf, wir müssen sofort los.« Ihre Wangen waren gerötet. »Sieht so aus, als hätten wir ihn!«

* * *

Gabriel Willer konnte sich nicht auf seine Arbeit konzentrieren. Das rhythmische Knarren aus dem oberen Stockwerk raubte ihm die Konzentration. Er wusste, was über ihm geschah, kannte das Geräusch nur zu gut. Früher war es ein Quietschen gewesen, aber seit sie ein moderneres Bett hatte, waren die Töne leiser geworden. Und doch änderte es nichts daran, dass Gabriel eine genaue Vorstellung davon hatte, was gerade passierte.

»Die sündige Witwe« hatten die Nachbarn seine Mutter genannt und hinter ihrem Rücken gekichert. Man hatte natürlich versucht, im Beisein des kleinen Jungen darüber zu schweigen, aber Gabriel hatte schon früh die Worte *Hure, Nymphomanin* und *notgeil* gelernt.

Als er seine Mutter gefragt hatte, warum die Nachbarn sie so nennen würden, war ihr die Hand ausgerutscht. Sie hatten danach nie wieder darüber gesprochen. Warum auch? Die Bedeutung dieser Beschimpfungen war Gabriel schnell selbst klar geworden. Ihn hatte es damals immer gestört, wenn seine Mutter mit Wildfremden in ihrem Schlafzimmer verschwunden war. Sicher, gelegentlich hatte es auch ganz nette unter ihnen gegeben. Einer war mit Gabriel manchmal zum Fußball ins Stadion gefahren. Dann, eines Tages, waren er und sein Kram ohne Verabschiedung verschwunden gewesen. Das war mit zwei anderen ebenfalls so abgelaufen, woraufhin sich Gabriel entschlossen hatte, sich nicht mehr mit den Liebhabern seiner Mutter anzufreunden. Eigentlich hatte er gehofft, jetzt, da sie auf die fünfzig zuging, wäre es vorbei, dabei war alles nur noch schlimmer geworden.

Sie brachte ständig jüngere Typen mit nach Hause, ließ sich durchvögeln und wurde dann verlassen. Er hörte sie oben stöhnen und hielt sich die Ohren zu. Warum tat sie ihm das immer wieder an? Sie wusste doch genau, dass er es nicht ertragen konnte.

Endlich hörten die Geräusche auf.

Er lauschte und vernahm Stimmen, erst leise, dann lauter.

»He, nichts für ungut, für dein Alter bist du noch ganz passabel im Bett. Aber, Alte, denkst du, ich geh mit dir auf die Straße? Da glaubt ja jeder, ich hätte meine Mutter dabei.«

»Du Scheißkerl, verpiss dich!«, folgte die wütende Antwort, und irgendetwas wurde gegen die Wand geschleudert.

Der *Scheißkerl* lachte amüsiert und riss die Tür auf. »He, Alte, reg dich ab!«, rief er zum Abschied und trabte völlig entspannt die Treppe herunter. Als er Gabriel, der wie gewöhnlich den alten Bademantel trug, mitten im Raum stehen sah, grinste er über das ganze Gesicht. Er war nicht viel älter als der Künstler, hielt den wohl für einen weiteren Liebhaber und sagte flapsig: »Ich habe sie aufgewärmt, viel Spaß, die ist heiß.« Und schon war er mit einem fröhlichen Pfeifen verschwunden.

Im nächsten Moment erschien Gabriels Mutter auf der Treppe. Sie tat so, als wäre nichts gewesen, und trug ihren seidenen schwarzen Bademantel wie ein Königinnenkleid. Langsam schwebte sie die Stufen nach unten.

»Sieh mich nicht so an«, schnauzte sie ihren Sohn an. »Ich bin immer noch eine begehrte Frau.«

»Er nannte dich alte Schachtel«, gab Gabriel gehässig zurück. »Er hat dich gefickt, weil keine Jüngere da war.«

»Halt den Mund«, zischte sie wütend. »Du weißt nichts, gar nichts.« Ihr Gesicht verzog sich vor Zorn und wirkte wie eine dämonische Maske. »Ich werde zu ihm ziehen und dich hier verrotten lassen, du undankbarer Mistkerl.«

»Er wird dich wie Dreck behandeln und dir den letzten Pfennig aus der Tasche ziehen«, ließ sich ihr Sohn nicht beeindrucken.

»Immer noch besser, als ewig in deiner Nähe zu sein. Hast du mir nicht schon genug angetan?« Ihre Stimme war schrill und hysterisch.

Gabriel wusste, was folgen würde.

»Du hast mir mein Leben gestohlen. Nachdem dein Vater starb, hätten sich mir so viele Möglichkeiten geboten, aber du« – das Du stieß sie voll Abscheu aus – »du hast mir alles verdorben.«

»Du hast kein Recht, so etwas zu sagen. Ich bin schließlich dein Sohn.«

»Pah«, rief sie verächtlich, »ein schöner Sohn. Du bist ein Waschlappen, ein Hemmschuh. Ich hätte dich weggeben sollen.«

»Treib es nicht zu weit, Mutter!«, schleuderte er ihr aufgebracht entgegen.

»Sonst was?«, schnappte sie blind vor Wut. »Was willst du tun? Mich verlassen? Ausziehen? Bitte, da ist die Tür. Ich kann dich sowieso nicht mehr ertragen!« Mittlerweile schrie sie die Worte, hatte jede Kontrolle über sich verloren.

Gabriel sah ihr Gesicht, die schönen Augen, die zierliche Nase und die geschwungenen Lippen, zwischen denen all diese hässlichen Worte hervorkamen. Es war nicht das erste Mal, dass sie auf diese Weise stritten, aber heute fühlte es sich anders an. Heute gesellte sich zu der tiefen Enttäuschung, die Gabriel für gewöhnlich empfand, auch der Wunsch, es ein für alle Mal bis zum Ende auszutragen.

Sie beschimpfte ihn, und sein Blickfeld verengte sich. Da waren nur noch ihre Lippen, die sich schnell bewegten, wüste Dinge sagten, die jedoch längst nicht mehr an seine Ohren drangen.

Heute wird es enden, wies ihm eine Stimme in seinem Inneren den Weg. *Hier und jetzt!*

Er erinnerte sich an das Teppichmesser, es lag neben ihm im Regal. Blitzschnell schnappte seine Hand danach. Seine Mutter in ihrer Raserei erfasste die Gefahr viel zu spät.

Gabriel holte aus und schrie: »Sei endlich still!«

Sie hob reflexartig den Arm.

Die scharfe Klinge schnitt ihr tief ins Fleisch, Blut tränkte den Ärmel ihres Bademantels. Gabriel holte erneut aus.

»Halt deinen Mund«, brüllte er wie von Sinnen.

Die Erkenntnis, dass er vorhatte, sie zu töten, mobilisierte ihre Kräfte. Sie rannte los, erreichte ihr Schlafzimmer und schloss sich ein.

Voller Rage hämmerte er gegen die Tür, wollte sie mit dem Fuß eintreten und trommelte mit den Fäusten gegen das Holz.

Willers Mutter sah sich panisch nach ihrem Handy um, wählte mit zitternden Händen den Notruf und fuhr jedes Mal zusammen, wenn ihr Sohn mit der Gewalt eines Rammbocks gegen die Tür trat.

»Schätzchen«, versuchte sie, ihn zu beruhigen. »Du weißt doch, dass ich das nicht so gemeint habe.«

»Halt dein Maul, ich habe deine Lügen satt«, schrie er wie ein Besessener. »Du brauchst mich nicht? Du willst mich nicht? Gut, dann will ich dich auch nicht mehr, aber dann soll dich auch kein anderer haben. Ich hasse dich! Ich hasse dich!« Wieder stürzte er mit seinem ganzen Gewicht gegen die Tür, deren Holz an den Scharnieren bereits gefährlich splitterte.

»Ich bringe dich um!«, brüllte er erneut und hatte nur noch den Wunsch, ihr dieses Messer in die Kehle zu rammen. In seiner Raserei hörte er weder die Sirene noch das gewaltsame Eindringen der Polizisten im Erdgeschoss.

Mit erneutem Schwung rannte er gegen die Schlafzimmertür, die plötzlich, als hätte es eine Explosion gegeben, aus den Angeln sprang. Seine Mutter schrie auf, schluchzte, versuchte zu fliehen, aber er bekam sie zu fassen, schleuderte sie aufs Bett und warf sich auf die Frau, die ihn einst geboren hatte.

Willer umschloss das Teppichmesser mit beiden Händen, sie lag unter ihm, starrte in das Gesicht ihres Sohnes und flüsterte: »Bitte nicht!«

Gabriel war entschlossen. »Ich werde es machen wie der Sündenfänger, ich werde dir die Augen ausstechen, du verdammte Hure.« Er wollte ihr das Messer in den Leib rammen, da hielt ihn eine fremde Stimme zurück: »Polizei, sofort das Messer fallen lassen, oder ich schieße.«

* * *

Gabriel Willer saß im Vernehmungsraum. Er starrte auf die Tischplatte und hatte noch kein Wort gesprochen. Seine Mutter war ins Krankenhaus gebracht worden. Der Schnitt am Arm musste genäht werden, aber es bestand keine Lebensgefahr.

Die Durchsuchung von Willers Atelier hatte interessante Dinge zutage gefördert. Jetzt war es an Hauptkommissar Tall und seinem Kollegen, Stutter ein Geständnis aus dem Verdächtigen herauszuholen.

»Wir haben diesen Skizzenblock in Ihrer Wohnung gefunden. Er war gut versteckt.« Stutter legte ihn aufgeschlagen vor Willer hin.

Der ganze Block war bemalt. Meist nur Gesichter, von vorne, im Profil, manchmal auch mit Oberkörper. Die Skizzen hatten eines gemein, sie zeigten alle Willers Mutter. Und ein auffälliges, weiteres Detail machte den Künstler zum Hauptverdächtigen ihrer Mordermittlung, denn auf allen Bildern hatte er seinem Modell die Augen herausgeschnitten.

Der junge Mann antwortete nicht, die Beamten waren unschlüssig. Nahm er sie überhaupt wahr?

»Herr Willer«, versuchte es Stutter erneut. »Warum haben Sie all diese Menschen getötet?«

Endlich folgte eine Reaktion: »Ich kann mich nicht mehr erinnern.«

Talls Oberkörper hob und senkte sich, es war ein erleichtertes Ausatmen. Offensichtlich hielt er das bereits für ein Geständnis. Auch die Kollegen, die hinter der verspiegelten Scheibe im Nebenzimmer das Verhör verfolgten, glaubten, ihren Mörder gefasst zu haben.

Stutter hingegen war längst noch nicht so zuversichtlich. »An was erinnern Sie sich nicht mehr? An das Warum oder die Morde?«, hakte er deshalb nach.

»Ich kann mich an gar nichts erinnern. Warum hätte ich Menschen töten sollen?«

»Sie sind der Sündenfänger, sagen Sie es mir«, hielt Stutter dagegen.

Der Künstler sah den Polizisten nun das erste Mal an. »Ich bin der Sündenfänger? Bin ich das?« Und dann ging eine Veränderung in dem jungen Mann vor. Er legte die Stirn in Falten und dachte angestrengt nach, bevor er ernst fortfuhr: »Aber wie kann ich der Sündenfänger sein, wenn ich selbst voller Sünde bin?« Er lachte auf, und es klang hysterisch.

Stutter befürchtete schon, Willer würde nun endgültig zusammenbrechen, aber der Künstler fing sich wieder und sagte: »Ich bin krank, abnormal, ich kämpfe schon mein Leben lang dagegen an, aber es ist aussichtslos. Ein Fluch, wenn sie so wollen. Ich dachte, ich könnte mich davon befreien.«

»Wie?«

»Ich hoffte, Bellinda würde mir dabei helfen.«

»Aber die wollte Sie nicht, und das hat Sie wütend gemacht.«

»Nein«, widersprach Willer, »so war das nicht. Bellinda wäre viel zu gut für mich gewesen. Ich wollte sie nicht enttäuschen, deshalb habe ich mich zurückgezogen.«

Stutter sah sich zum venezianischen Spiegel um. Er konnte Jasmin Nau nicht sehen, wusste aber, dass sie da war. Gerne hätte er sich mit ihr beraten, aber dafür war keine Zeit, deshalb folgte er seinem Instinkt und fragte: »Also haben Sie auf andere Weise probiert, dem Fluch zu entkommen. Dachten Sie, es könnte Ihnen gelingen, wenn Sie Gottes Werk tun würden?«

Dieses Mal sah Willer die Polizisten irritiert an. »Gottes Werk?«, fragte er fast empört. »Was soll das sein? Es gibt keinen Gott. Würde es ihn geben, dann wäre ich nicht krank.«

So kamen sie nicht weiter, deshalb übernahm Tall nun die Befragung und wechselte das Thema. »Wir haben in Ihrer Wohnung diese Akte gefunden.«

Wieder wurde dem jungen Mann ein Dokument vor die Nase gehalten.

»Und?«

»Wo haben Sie die her?«

»Die lag eines Tages in meinem Briefkasten.«

Tall sprach in freundlichem Ton. »Sie wissen, dass das die Aufzeichnungen von Doktor Esser, Ihrem damaligen Arzt aus der Klinik ›Zum grünen Park‹ sind? Dem Vorgänger von Doktor Schwarz?«

Willer nickte.

»Sie haben sich nicht gewundert, als eines Tages Ihre Patientenakte im Briefkasten lag?«

»Warum sollte ich? Es ist doch meine.«

»Wer, glauben Sie, hat sie Ihnen gebracht?«

Er zuckte mit den Schultern. »Keine Ahnung, ich dachte, jemand vom Personal hätte sie bei mir eingeworfen. Sie kam nicht mit der Post.«

»Und warum hätte die Klinik das veranlassen sollen?«

»Na hören Sie mal. Doktor Esser hatte das Zeitliche gesegnet, und ich war nicht mehr länger Patient dort. Da fand ich es nur normal, dass man mir meine Unterlagen zusendet.«

»Sie behaupten also, dass Sie nicht wissen, dass so ein Vorgehen absolut unüblich ist?«

»Woher soll ich das wissen? Ich bin kein Arzt«, blieb der Befragte stur.

»Haben Sie jemandem davon erzählt?«

Willers Gesichtsfarbe änderte sich, er wurde verlegen. »Nein, das war mir peinlich.« Er korrigierte sich. »Ich meine das, was da drin steht.«

Auf ein Zeichen hin übernahm wieder Stutter. Er wollte versuchen den jungen Mann zu provozieren, vielleicht würde der sich auf diese Art hinreißen lassen, die Morde zu gestehen.

»Kein Wunder«, sagte der Beamte deshalb, »da steht, dass Sie einen ausgeprägten Ödipuskomplex haben und geradezu besessen sind von ihrer eigenen Mutter. Ich nehme an, dazu gehören auch sexuelle Fantasien. Ganz schön ekelhaft.«

Stutter hatte sein Ziel erreicht, Willer brauste auf. »Was wissen Sie denn schon? Ich habe mir das nicht ausgesucht!«

»Wurden Sie von Ihrer Mutter als Kind missbraucht?«, fragte der Hauptkommissar völlig gelassen.

Willer sprang auf. Die Beamten, die als Wachen im Raum waren, eilten herbei und drückten ihn zurück auf den Stuhl.

»Sie verdammter Mistkerl«, schrie der Künstler. »Wagen Sie es nicht, solche Lügen in die Welt zu setzen. So etwas hätte meine Mutter nie getan.«

»Schon gut«, ging Stutter darüber hinweg. »Warum wollten Sie Ihre Mutter töten?«

»Das wollte ich nicht.«

»Wird schwierig, das einem Richter glaubhaft zu machen. Vor allem, wenn der die Aussagen der Streifenbeamten liest, die gerade noch rechtzeitig kamen, um den Mord zu verhindern. Wieso haben Sie Hubert Lauris getötet? Warum verloren Sarah Roter, Edgar Klein, Pfarrer Lerhard, die Waritsch-Zwillinge und Vera Lenardo ihr Leben? Was ist mit Mildred? Sind Sie der Sündenfänger?«

»Ich …« Er brach ab und sah an den Polizisten vorbei. »Wie geht es meiner Mutter?«, fragte er unvermittelt. »Geht es ihr gut?«

»Warum haben Sie all diese Menschen getötet?«, drängte ihn Stutter erneut.

»Ich weiß nicht, was Sie meinen«, entgegnete Willer tonlos. Sein Gesichtsausdruck wurde trotzig. »Wo ist meine Mutter?«

* * *

Gabriel Willer entschied sich, fortan zu schweigen, und das Verhör wurde beendet. Im Laufe des Tages jedoch überschlugen sich die Ereignisse rund um den Künstler. Ein Schwarm Anwälte, angeführt von Frau Willer persönlich, drängte darauf, Gabriel auf freien Fuß zu setzen. Seine Mutter entwickelte sich zur Furie und bestand auf der Unschuld ihres Sohnes. Unmissverständlich machte sie klar, dass sie niemals gegen ihn aussagen werde.

»Das wird auch nicht nötig sein«, entgegnete Hauptkommissar Tall ruhig. »Wir haben Ihren Notruf auf Band und die Aussagen der beiden Kollegen, es liegt also längst nicht mehr in Ihrer Hand.«

»Das werden wir noch sehen«, schnauzte sie unnachgiebig und machte filmreif auf dem Absatz kehrt.

Am Ende erklärte sich der Ermittlungsrichter damit einverstanden, Willer vorerst in der geschlossenen Abteilung der psychiatrischen Klinik »Zum grünen Park« unterzubringen, und zwar unter Doktor Schwarz' Aufsicht, anstatt im Untersuchungsgefängnis.

»Finden Sie endlich Beweise«, kam die Anweisung von oben, und man überließ die Beamten sich selbst und ihren Aktenbergen.

»Es stimmt«, gab Tall etwas später, als er mit Jens Stutter und Jasmin in dem kleinen Besprechungszimmer saß, zu, »uns fehlen stichhaltige Beweise. Die werden Willer rausboxen. In seiner Wohnung gab es keine Hinweise, dass dort jemand gefangen gehalten wurde, auch sein Wagen war sauber. Nicht einmal die Zutaten für einen Salzteig konnten wir bei ihm finden. Die Mutter wird ihm weiterhin für alle Morde Alibis geben, obwohl er sie selbst beinahe getötet hätte.«

»Zumindest ist er unglaubwürdig, im Verhör sprach er von Erinnerungslücken. Beim Angriff auf die Mutter erwähnte er den Sündenfänger, wollte ihr die Augen rausschneiden. Also wenn das nicht reicht …«, hielt Jasmin genervt entgegen. »Abgesehen davon sprechen seine Kunstwerke für sich.«

»Es sollte vor allem darum gehen, den Richtigen festzunehmen«, gab Stutter zu bedenken.

»Du hast Zweifel?«, entfuhr es der Kommissarin, und auch Tall blickte überrascht auf.

»Sagen wir, ich bin nicht zu hundert Prozent überzeugt.«

»Wieso?«, hakte Jasmin ungeduldig nach.

»Weil er weder gestanden noch sich für unschuldig erklärt hat.« Stutter bemerkte, wie die Kollegin das Gesicht verzog, deshalb fügte er eine Erklärung an: »Er hätte es einfach abstreiten oder zugeben können. Aber dieses halb gare Geschwätz hat ihm mehr geschadet als geholfen. Das war ausgesprochen dumm und passt nicht zu dem Mann, den wir suchen.«

»Was schlagen Sie also vor?« Die Frage kam von Tall.

»Wir machen dort weiter, wo wir aufgehört haben. Wenn Willer doch unser Täter ist, werden wir ihn über kurz oder lang überführen, aber wenn nicht, dann sollten wir bereit sein. Denn dann ist es noch nicht vorbei.«

Jasmin begann noch einmal mit den Recherchen zu Doktor Esser, dem Vorgänger von Doktor Schwarz. Wie war Willers Krankenakte aus der Klinik in die Hände des Malers gelangt und wo waren die anderen fehlenden Patientenunterlagen? Die Berichte gaben nichts her. Der Tod von Doktor Esser hatte damals keine Fragen aufgeworfen. Trotzdem kam Jasmin auf die Idee, mit dem Beerdigungsinstitut zu sprechen. Schließlich hatten die den Leichnam des Arztes zuletzt versorgt.

»Es war eine Feuerbestattung«, gab man ihr Auskunft, dann erhielt sie die Adresse des Krematoriums. Die Angestellte dort war ebenfalls hilfsbereit, suchte die Unterlagen heraus und mailte sie Jasmin zu. Die Kommissarin wollte schon, nachdem sie einen flüchtigen Blick auf das Material geworfen hatte, auflegen, als die Stimme am anderen Ende der Leitung sagte: »Ach, der Arme wurde einen Tag nach dieser ärgerlichen Geschichte verbrannt.«

»Was für eine Geschichte?«, fragte Jasmin sofort alarmiert.

»Nur ein Dummejungenstreich. Die haben uns eine der Fensterscheiben eingeschlagen.«

»Ein Einbruch?«

»Nicht direkt, es hat nichts gefehlt. Das Büro blieb unversehrt. Und auch sonst gab es keine Schäden, nur die Scheibe.«

»Und Doktor Esser?«

»Was soll mit ihm sein?« Eine kurze Pause, dann ein lautes Atmen. »Oh, ich verstehe. Sie denken an Leichenschändung. Also davon ist mir nichts bekannt. Die Särge werden bei uns allerdings direkt vor der Einäscherung nicht mehr geöffnet. Aber soviel ich weiß, gab es keine Anzeichen dafür, dass jemand in den Kühlräumen gewesen wäre.«

»Haben Sie den Einbruch gemeldet?«

Die Frau zögerte, offensichtlich dachte sie darüber nach, ob sie sich durch ihre leichtfertige Bemerkung in Schwierigkeiten gebracht hatte. Etwas trotzig kam die Antwort: »Nein, schließlich ging es nur um eine Scheibe. Der Chef hätte deswegen nicht die Versicherung in Anspruch genommen, dafür war der Schaden zu gering, und am Ende wäre wieder die Prämie erhöht worden.«

»Vielen Dank«, antwortete ihr Jasmin und legte nachdenklich auf. Ihr nächster Anruf galt Dr. Grot, der ihr in gewohnt uncharmanter Art einige Fragen beantwortete.

»Doktor Esser als weiteres Opfer?«, reagierte Stutter auf Jasmins Ausführungen.

»Ich habe mit Grot gesprochen. Er hat mir bestätigt, dass es durchaus Substanzen gibt, die den Tod eines Menschen auf den ersten Blick wie einen natürlichen Herztod aussehen lassen. Esser war nicht mehr der Jüngste, übergewichtig, Raucher und Trinker. Keiner hat einen Gedanken daran verschwendet, eine Autopsie mit diversen Bluttests vorzunehmen.«

»Aber warum hätte jemand den Arzt töten sollen?«

»Keine Ahnung. Aber die verschwundenen Akten, der Einbruch ins Krematorium, da stimmt doch irgendetwas nicht. Kurz nach Essers Tod beginnen die Morde, ist das ein Zufall?«

»Womöglich nicht. Bleib da dran, vielleicht übersehen wir etwas. Was wissen wir über das restliche Personal?«

»Die Oberschwester ist wohl überfordert mit der Verantwortung. Außerdem gibt es Gerüchte, dass sie ein Auge auf Doktor Schwarz geworfen hat, der interessiert sich aber nicht für die Frau. Mit den Patienten ist sie wohl sehr umsichtig, aber beim Organisatorischen versagt sie häufig. *Chaotin* war das Wort, das am meisten fiel. Natürlich hinter vorgehaltener Hand. Es war übrigens nicht das erste Mal, dass ihr die Schlüsselkarte abhandengekommen ist. Die jüngeren Krankenpfleger und -schwestern sind unbeschriebene Blätter. Die Klinik zahlt übertariflich und gewährt den Mitarbeitern viele Zusatzleistungen, deshalb können die sich das Personal aussuchen. Pfarrer Lerhard fanden die meisten gruslig. Nur eine der jungen Schwestern beschrieb ihn als ernsten jungen Mann, der ihr ein wenig leidtat. Vermute, die hatte sich in unseren Prediger verliebt.«

»Sonst noch was?«

»Ja, man ist einhellig der Meinung, dass Doktor Schwarz in den Staaten unglücklich verliebt gewesen sei.«

»Klatsch und Tratsch, das hilft uns kaum weiter«, meckerte Stutter.

»Das würde ich nicht sagen«, widersprach Jasmin. »Ich warte noch auf einen Rückruf aus Amerika, vermutlich hat es da tatsächlich etwas gegeben. Doktor Schwarz hätte in der Klinik in den USA bleiben können, kündigte aber und kam nach Deutschland zurück. Die Leitung dort wollte nicht mehr herausrücken, Schutz der Privatsphäre, also habe ich eine formelle Anfrage abgeschickt. Ich rechne jede Minute mit der Antwort.«

»Wir könnten ihn fragen«, warf Tall ein, der das Gespräch ebenfalls verfolgt hatte.

»Das werden wir, sobald wir die Antwort kennen«, wandte sich Stutter mit einem Augenzwinkern an den Kollegen.

Als Stutter wieder allein war, betrachtete er das Blatt Papier vor sich. Er hatte sich einige Notizen gemacht. Dort stand:

Die beiden Mädchen – die Schwestern – es riecht nach Krankenhaus – es ist nicht das Krankenhaus, es kommt vom Wasser – der Geruch, das ist vom Wasser.

Stutter hatte niedergeschrieben, was ihm von Vera Lenardos letzten Worten noch in Erinnerung geblieben war. Er brütete schon den halben Tag darüber. Als ihn jetzt erneut Jasmin Nau aufsuchte und einen Kaffee brachte, weihte er sie ein.

»Du denkst, das hat etwas zu bedeuten?«, fragte sie neugierig.

»Vermutlich hoffe ich einfach darauf, dass sie mir damit irgendetwas sagen wollte, aber viel wahrscheinlicher ist doch, dass das einfach die letzten verwirrten Gedanken einer sterbenden Frau waren.«

Jasmin drehte das Blatt ein wenig. »Die beiden Mädchen, das sind die Waritsch-Zwillinge. Ich denke, sie hat sich die Schuld an deren Tod gegeben. Immerhin stand sie zu dem Zeitpunkt bereits mit dem Mörder in Kontakt und hat uns nicht hinzugezogen. Schuldgefühle würde ich sagen. Und dass sie das Krankenhaus am Geruch erkennt, ist normal. Aber was meinte sie mit ›es kommt vom Wasser‹? Wasser riecht doch gar nicht.«

»Ich habe keine Ahnung, und das macht mich stutzig. Wenn das nun ein Hinweis sein sollte …«

»Dann werden wir Probleme haben herauszufinden, was das bedeutet.«

Stutter wollte gerade etwas erwidern, als die Tür aufgerissen wurde.

»Kommissarin Nau, ein Anruf für Sie aus den USA!«

Sie nahm das Gespräch direkt an Stutters Schreibtisch entgegen. Ihr Englisch war ausgezeichnet, und deshalb konnte sie sich auch mühelos verständigen.

Stutter verstand das meiste, den Rest las er an Jasmins Körpersprache ab. Anscheinend waren sie erneut auf etwas gestoßen. Nachdem die Kommissarin aufgelegt hatte, brannte sie darauf, die Neuigkeiten ihrem Kollegen mitzuteilen: »So viel zu der Nützlichkeit von Klatsch und Tratsch. Doktor Schwarz hat seine Geheimnisse. Eigentlich wollte er in den USA bleiben. Er hatte eine Freundin und ein Kind, einen kleinen Sohn.«

»Hatte?«, fragte Stutter besorgt.

»Genau. Hatte. Die beiden starben bei einem Autounfall. Der Schuldige wurde nie gefunden. Schwarz hat daraufhin kurzerhand seinen Job gekündigt und die Staaten verlassen.«

»Das ist tragisch«, murmelte Stutter.

»Da ist noch mehr. Bis zu diesem Tag war er ein sehr engagiertes Mitglied einer Baptistengemeinde. Laut Aussage des Pfarrers dort wandte er sich nach dem Tod seiner Familie vollkommen von seinem Glauben ab, und nicht nur das. Es gab einen Zwischenfall mit dem Prediger. Schwarz wurde handgreiflich und hat mit einem Holzkreuz auf den Mann eingeprügelt. Er hat ihn als Heuchler beschimpft und wollte ihn wegen seiner Verlogenheit zur Rechenschaft ziehen, ihn büßen lassen. Andere Gemeindemitglieder mussten dazwischengehen. Der Geistliche trug ernsthafte Verletzungen davon, hat aber aufgrund von Schwarz' persönlicher Situation auf eine Anzeige verzichtet. Auch natürlich, um den guten Namen der Gemeinde zu schützen. Hätten die Behörden auf unser Bitten hin nicht nachgehakt, wäre das nie zur Sprache gekommen.«

Die beiden Beamten sahen sich an.

»Wir sollten schleunigst mit dem guten Herrn Doktor sprechen«, brach Jasmin das Schweigen. »Ich denke, dieses Mal haben wir ihn wirklich.«

Keine zehn Minuten später saßen sie im Wagen.

* * *

Kurz darauf in der psychiatrischen Klinik »Zum grünen Park«

»Ausgeflogen« war das Erste, was der Kommissarin in den Sinn kam.

Stutter machte sich daran, die Oberschwester zu befragen, die sofort nervös wurde und stotterte: »Ich weiß nicht, wo er hinwollte. Er ist einfach gegangen, wirkte ein wenig geistesabwesend.«

»Wann?«

»Vor einer halben Stunde.«

»Hat er vielleicht einen Termin auswärts?«, ließ der Hauptkommissar nicht locker.

»Keine Ahnung, er hat nichts gesagt.«

»Wir müssen sofort in sein Büro«, drängte Stutter.

Die Oberschwester zögerte zuerst, gab aber schnell nach. »Ist ihm etwas passiert?«, fragte sie ängstlich und ließ die Polizisten eintreten.

»Das hoffen wir nicht«, antwortete ihr Stutter knapp. »Danke, wir brauchen Sie nicht mehr«, komplimentierte er sie hinaus.

Jasmin machte sich an dem Computer zu schaffen, während ihr Kollege mit Tall telefonierte. Stutter warf einen Blick auf die handschriftlichen Notizen, während Jasmin eine Datei mit dem Namen »Sündenfänger« fand.

»Sieh dir das an. Er hat sich Notizen gemacht und Berichte gesammelt.«

Besorgt betrachtete der Hauptkommissar den Bildschirm. Die Datei glich einem Polizeibericht. Unter anderen Umständen wäre der Beamte nicht einmal beunruhigt gewesen, diese Aufzeichnungen hätten als Studien eines Arztes durchgehen können. Entsprechende, von Schwarz eingefügte Kommentare, ließen die Datensammlung wie die Recherche zu einer wissenschaftlichen Arbeit erscheinen, aber war das wirklich alles?

»Er hat sich also mit den Morden befasst, lässt ihn das nicht schuldig aussehen?« Jasmin war bereits dabei, Willer von der Verdächtigenliste zu streichen und seinen Platz an Schwarz weiterzugeben.

Stutter schwieg, dachte nach. »Wo ist der Terminkalender des Mannes?«

Jasmin stöberte erneut im Rechner und fand ihn. »Er hat eine Therapiesitzung mit Bellinda Merlhof.«

»Wann?«

Sie sah auf die Uhr. »Eigentlich jetzt.«

Stutter eilte auf den Flur und wandte sich an die Mitarbeiterin am Empfang, die offensichtlich auch die Telefonzentrale bediente und Sekretariatsarbeiten übernahm: »Wissen Sie, ob Bellinda Merlhof im Haus ist?«

»Nein, sie ist nicht da. Ich glaube, Doktor Schwarz hat sie abbestellt.«

Stutter hob die Augenbrauen. »Wie kommen Sie darauf?«

»Na, er hat sie angerufen, und jetzt ist sie nicht zu ihrem Termin erschienen.«

»Haben Sie die Nummer von Frau Merlhof?«

Kurz darauf hatte der Beamte die junge Frau in der Leitung. »Ja, er hat mir abgesagt, ist denn etwas nicht in Ordnung?«

Stutter zögerte, dann sagte er: »Kann ich mit Ihrem Mann sprechen?«

Patrick Merlhof ließ sich seine Gefühlsregungen nicht anmerken, als ihn Stutter ausdrücklich darum bat, Bellinda nicht aus den Augen zu lassen. Außerdem musste er die beiden vor Doktor Schwarz warnen. Keinesfalls konnte er riskieren, das Ehepaar Merlhof durch sein Schweigen zu gefährden, immerhin wäre es möglich, dass sich Bellinda in Gefahr befand.

»Ich mache das nicht gerne, denn bislang haben wir gegen Doktor Schwarz keine konkreten Beweise, und ich hoffe, dass das alles nur ein großes Missverständnis ist.«

»Keine Sorge, Herr Hauptkommissar, wir werden mit dieser Information vertraulich umgehen und sind Ihnen sehr dankbar für Ihre Offenheit. Ich habe nach unserem letzten Gespräch eine Sicherheitsfirma beauftragt, die uns ihre besten Männer zur Verfügung gestellt hat. Bellinda ist also absolut sicher. Wir werden vorerst niemanden hereinlassen.«

»Gibt es etwas Neues?«, fragte Stutter, während er das Büro von Schwarz betrat, in dem sich mittlerweile die Spurensicherung zu schaffen machte.

Ein weiteres Team sollte die Wohnung des Arztes auf den Kopf stellen. Man versuchte, ihn telefonisch zu erreichen, aber es fehlte jede Spur von dem Mann. Auch sein Auto wurde nirgendwo gesichtet.

»Er geht aus seinem Büro und verschwindet, lässt alles zurück. Das ist doch quasi ein Schuldeingeständnis«, griff Jasmin ihr Gespräch von vorhin noch einmal auf.

Stutter stimmte ihr nicht zu, und sie fuhr fort. »Er verliert die beiden Menschen, die ihm am wichtigsten sind, wendet sich von seinem Glauben ab und dreht durch. Vielleicht hat er seinen Vorgänger auf dem Gewissen. Ist doch ein komischer Zufall, dass diese Stelle just in dem Moment frei wird, als Doktor Schwarz unerwartet aus den Staaten zurückkommt. Dann beginnt er mit seinem wahnsinnigen Feldzug gegen die Sünde und Gott. Er kennt die Opfer mehr oder weniger, hat als Arzt leicht überall Zugang und ist schlau genug, uns an der Nase herumzuführen.«

»Da ist etwas dran. Zu ihm wären die Waritsch-Zwillinge in den Wagen gestiegen. Ich frage mich nur, was er jetzt vorhat.«

»Vielleicht flieht er ins Ausland?«, mutmaßte Jasmin.

»Hm«, brummte Stutter unzufrieden. »Seht alles durch, womöglich gibt es einen Hinweis auf seine Pläne. Wenn er unser Täter ist, müssen wir verhindern, dass er noch einmal zuschlägt.«

In den Aufzeichnungen zu Gabriel Willer, den man Schwarz als Patient zugeteilt hatte, fanden die Beamten einige Bemerkungen die Mutter betreffend. Es war nicht viel, aber Tall und Stutter kamen überein, dass es besser wäre, Frau Willer ebenfalls zu warnen. Auch am späten Abend hatte die Suche nach Doktor Schwarz noch nichts ergeben.

Gegen Mitternacht erreichte Stutter die kleine Pension, die er die letzten Wochen sein Zuhause nannte. Er war erschöpft und freute sich aufs Bett. Wie gewöhnlich parkte er den Dienstwagen, den ihm Tall kurzfristig organisiert hatte, vor dem Haus.

»Herr Hauptkommissar?«, wurde er aus dem Dunklen angesprochen. Er schnellte herum, hatte die Stimme erkannt und wollte bereits etwas erwidern, als ihn ein harter Schlag auf den Kopf traf.

Kapitel 15

Am nächsten Morgen

»Wo ist er?«, fragte Jasmin Nau Hauptkommissar Tall und sah sich suchend um.

»Ich dachte, er ist bei Ihnen?« Der Frankfurter Kollege hatte alle Hände voll zu tun. Er leitete die Fahndung nach Doktor Schwarz und delegierte die Vernehmungen und Recherchen zu dem Fall.

»Merkwürdig«, murmelte Jasmin und versuchte ihren Kollegen auf dem Handy zu erreichen. Ein ungutes Gefühl beschlich sie. Jens Stutter war quasi wie einer der schweren Schreibtische in den Büros – immer anwesend und zuverlässig an seinem Platz – und deshalb wäre man niemals auf die Idee gekommen, nach ihm zu suchen.

Sie hinterließ die dritte Nachricht auf der Mailbox und ging online, um die Telefonnummer von Stutters Pension zu bekommen. Die Wirtin meldete sich mit breitem hessischen Dialekt.

»Der Herr Kommissar ist heute Nacht nicht da gewesen. Der muss ja immer so viel arbeiten. Der arme Mann, da merkt man, dass eine Frau fehlt, so eine wie meine Nichte Camilla, ich dachte, ich könnte …«

»Wann haben Sie ihn zuletzt gesehen?«, unterbrach sie Jasmin schroff. Sie hatte weder die Zeit noch den Nerv, sich mit der Frau über Verkupplungsaktionen zu unterhalten.

»Gestern Morgen«, gab die Wirtin beleidigt Auskunft. »Ist halt komisch, dass sein Auto auf dem Parkplatz steht, wo er doch gar nicht hier geschlafen hat.«

»Sein Auto? Und Sie sind sicher, dass er nicht da ist?«

»Fräulein«, fuhr Jasmins Gesprächspartnerin nun wichtigtuerisch fort, »ich weiß, wann ein Bett benutzt wurde, und ich weiß, welche Gäste sich in meiner Pension aufhalten. Ihr Chef ist nicht da.«

Jasmin hatte schon aufgelegt und hörte deshalb das empörte Schnauben der Frau nicht mehr. Die Kommissarin rannte aus dem Gebäude und war innerhalb kürzester Zeit vor der Pension, während Hauptkommissar Tall unruhig auf die Rückmeldung der jungen Kollegin wartete.

Sie musste nur einen Blick in Stutters Dienstfahrzeug werfen, um zu wissen, was passiert war. Sein Dienstausweis, das Handy und die Fahrzeugschlüssel lagen auf dem Fahrersitz, ebenso seine Waffe. Mit behandschuhten Fingern versuchte sie, die Tür zu öffnen; sie war nicht abgeschlossen. Die Botschaft war klar, jemand hatte Stutter in seiner Gewalt.

* * *

Als Hauptkommissar Stutter die Augen öffnete, verschwammen die Bilder im ersten Moment. Dann erkannte er die vielen Kerzen, die den Raum in ein trübes Licht tauchten und es schwer machten, Einzelheiten zu erkennen. Der Polizist wollte sich aufrichten, aber er lag gefesselt auf dem Rücken. Die Unterlage war hart und kalt, womöglich ein Stahltisch. Sein Blick streifte die Wände, und er glaubte, in einem alten Keller gefangen zu sein. Ein eigenartiger Geruch drang in seine Nase. Unwillkürlich dachte er an die Notizen auf seinem Schreibtisch, an die letzten Worte von Vera Lenardo. Jetzt wusste er, was sie ihm hatte sagen wollen. Er war blind gewesen, dabei lag die Lösung die ganze Zeit vor ihm. Mit einem Mal wurde ihm alles klar, die Puzzleteile setzten sich zusammen. Aber nicht er war derjenige, der es beenden würde. Diese Partie hatte er verloren und musste deshalb die gemachten Fehler mit seinem Leben bezahlen.

Vorsichtig drehte er den schmerzenden Kopf auf die andere Seite. Er war nicht allein – auf einem Stuhl in der Ecke, umgeben von flackernden Kerzen, saß Doktor Schwarz.

* * *

»Denken Sie, Schwarz hat ihn?«, fragte Tall und hätte am liebsten die Zeit zurückgedreht.

In seinem vierzehnten Lebensjahr war ihm in den Sinn gekommen, zur Polizei zu gehen. Sollte er Stutter heute verlieren, würde er diese Entscheidung in Zukunft bitter bereuen.

»Jens hat uns gewarnt. Er hat gesagt, wenn Willer nicht unser Mann ist, dann ist es noch nicht vorbei. Willer sitzt in der Klinik fest, aber Schwarz ist verschwunden.«

Die Kommissarin hatte ähnliche Sorgen wie Tall, versuchte aber genau wie der Frankfurter Kollege sich nichts anmerken zu lassen. *Keinesfalls die Nerven verlieren*, sagte sie sich im Stillen immer wieder, *sonst ziehen sie dich vom Fall ab.*

»Ich habe Unterstützung von den anderen Revieren angefordert. Jeder tut, was er kann, aber wir haben immer noch den ganzen Faschingsrummel …« Er fuhr sich mit der Hand über das Gesicht und fluchte laut.

»Wir müssen etwas übersehen haben«, gab Jasmin, die die ganze Zeit auf und ab lief, zu bedenken.

»Natürlich haben wir das, verdammte Scheiße«, verlor Tall die Beherrschung. »Wir jagen einem Gespenst hinterher. *Sündenfänger!*«, spie er den Namen wütend aus. »Es ist zum Kotzen!«

Ein Kollege betrat das Büro. »Die Kriminaltechnik hat die Spuren in Stutters Fahrzeug ausgewertet. Keine brauchbaren Fingerabdrücke, DNA- oder Faserspuren, außer die vom O…« Er wollte Opfer sagen, korrigierte sich aber schnell und beendete den Satz mit den Worten: »Von Hauptkommissar Stutter.«

»Wieso hat Schwarz das getan?«

»Wieso?«, nahm Tall die Frage auf. »Weil er ein Irrer ist, ein Psychopath.«

Jasmin blickte zu dem Hauptkommissar. »Stutter hätte diese Frage gestellt. Er hat mir gesagt, dass die meisten Serienmörder einer eigenen Logik folgen. Was steckt also dahinter?«

Tall lenkte ein. »Stutter ist der direkte Gegenspieler dieses Sündenfängers. Vielleicht ist das so etwas wie der letzte, entscheidende Kampf. Immerhin sind wir dem Mann auf die Spur gekommen. Klingt das für Sie logisch genug?«

Sie verzog das Gesicht. »Das würde bedeuten, wir haben ihn in die Enge getrieben. Aber das konnte er zu dem Zeitpunkt seines Verschwindens doch noch gar nicht wissen, oder?«

Tall überlegte. »So wenig mir das gefällt, kann man nicht leugnen, dass sich unser Mörder die ganze Zeit über äußerst klug verhalten hat. Vermutlich verfügt er über gute Instinkte.«

»Sieht so aus«, antwortete ihm Jasmin und dachte darüber nach.

»Könnte ihm jemand aus den USA gesteckt haben, dass wir uns nach ihm erkundigen?«, machte Tall einen weiteren Vorschlag.

»Wäre möglich.« Sie rieb sich über die Augen. »Wo sollen wir nur anfangen?«

Tall griff zum Hörer: »Ich werde als Erstes meine Kompetenzen überschreiten und mich an Lutz Härtgen wenden. Der soll dafür sorgen, dass uns die Bürokraten vom Hals bleiben. Schließlich hat er Stutter angefordert, und die beiden waren zumindest bis vor Kurzem noch Freunde.«

»Sollten wir mit Stutters Entführung an die Öffentlichkeit gehen? Denkbar, dass jemand etwas gesehen hat.«

»Diese Option behalten wir uns vor. Im Moment laufen die Befragungen der Nachbarn rund um die Pension. Außerdem ist das Bild von Schwarz in allen Medien. Der Mann kann sich keinesfalls unbemerkt durch Hessen bewegen.«

»Was soll ich tun?« Jasmin klang verzweifelt. »Geben Sie mir irgendetwas, ich werde sonst noch verrückt.«

Der Hauptkommissar überlegte, er wollte die junge Kollegin nicht unbedingt auf der Straße haben, sie war im Moment zu aufgewühlt. Allerdings konnte er nachvollziehen, dass sie helfen wollte. Da kam ihm ein Gedanke.

»Gehen Sie Stutters Unterlagen durch. Wie Sie gesagt haben, er hat seine eigene Vorgehensweise. Sie kennen ihn am besten. Versuchen Sie, so zu denken wie er. Seine Art, die Dinge zu analysieren, fehlt uns im Moment am meisten.«

Tall sah ihr nach, als sie eilig das Büro verließ. Wenn Stutter etwas zustoßen sollte, befürchtete er, dass die Kommissarin daran zerbrechen könnte.

* * *

Doktor Schwarz blickte zu dem Polizisten.

Stutter hatte eine raue Kehle, als er das Wort an den Mann auf dem Stuhl richtete: »Es tut mir leid.«

Natürlich erhielt er keine Antwort, nur die Tränen, die dem Arzt über das schmutzige Gesicht liefen, zeugten davon, dass er den Polizisten verstanden hatte. Der Mann war in einem erbärmlichen Zustand. Ein Augenlid hatte sich bereits blau verfärbt und war angeschwollen. Doktor Schwarz bekam kaum Luft. Das Klebeband, das als Knebel dienen sollte, verschloss auch einen Teil der Nasenlöcher. Dass er schon lange auf diesen Stuhl gefesselt war, konnte Stutter an der gekrümmten Haltung erkennen, die Schwarz eingenommen hatte, um den Rücken etwas zu entlasten.

Der Hauptkommissar wollte noch mehr sagen, aber da ertönte leise Musik. Er kannte den Song, erinnerte sich noch gut daran, wann er ihn das erste Mal gehört hatte. Er wusste mittlerweile genau, wo er war, deshalb zeigte sein Gesicht auch keinerlei Überraschung, als er, der Sündenfänger, plötzlich vor ihm auftauchte.

»Sie elender Mistkerl«, schrie Stutter wütend, »das ist also Ihre Vorstellung von Glauben? Denken Sie, das ist Gottes Plan?«

»Ich bin sein Werkzeug und tue, was getan werden muss, also spiel dich nicht auf, denn du weißt gar nichts«, schrie Patrick Merlhof aufgebracht zurück.

»Sie denken also tatsächlich, dass Sie der Sündenfänger sind?«, hielt Stutter spöttisch dagegen.

Vielleicht gelang es ihm, Zeit zu gewinnen. Obwohl der Beamte tief in seinem Inneren wusste, wie aussichtslos seine Situation war, wollte er es zumindest versuchen. Wenn die Kollegen erst einmal sein Verschwinden bemerkten, dann bestand zumindest eine kleine Chance, gefunden zu werden. Solange musste er durchhalten. Schließlich stand nicht nur sein Leben auf dem Spiel. Er sah automatisch zu Doktor Schwarz, der ängstlich seinen Blick erwiderte.

»Der Sündenfänger«, hörte er Patrick das Wort andächtig, fast verträumt aussprechen. »Wenn die gute Mildred noch erlebt hätte, was aus ihrer Lieblingsgeschichte alles entstanden ist.« Er legte den Kopf schräg und betrachtete den gefesselten Polizisten. »Ich muss gestehen, diese Entwicklung hat mich überrascht. Aber der Name ist doch ziemlich zutreffend, nicht wahr? Ich habe sie gefangen, die Sünden und die Sünder!« Er hatte seinen Mund nun ganz dicht an Stutters Ohr und sprach mit einer seltsamen Flüsterstimme. »Eines Tages werde ich sie alle gefunden haben und dann …« Er machte eine theatralische Pause, die Stutter nutzte, um scharf zu erwidern: »Und dann was? Der Heilige Geist bringt Sie persönlich zur Himmelspforte? Wohl eher nicht. Ich sehe Sie vielmehr direkt an die Tür des Antichristen klopfen!«

Patrick Merlhof richtete sich auf und sah seine Geisel böse an. Dann holte er aus und schlug Stutter brutal ins Gesicht.

»Sie alle hatten den Tod verdient. Der alte Mann mit dem schäbigen Museum wollte den Glauben infrage stellen mit seiner anmaßenden Kritik über die Männer, die uns seinerzeit vor den bösen Mächten beschützt haben. Dafür habe ich ihm die Zunge herausgerissen!«

»Die Inquisitoren waren feige Mörder«, provozierte ihn Stutter und bereitete sich bereits auf den nächsten Schlag vor, der jedoch ausblieb. Stattdessen schnappte Merlhof nach Luft und verzog leidenschaftlich das Gesicht: »Diese Männer waren Heilige!«

»Diese Männer haben Unschuldige getötet.«

»Es gibt keine Unschuldigen. Wenn ich mit ihnen fertig bin und ihre Gesichter mit der Farbe der Reinheit überzogen habe, dann vielleicht sind sie auf dem Weg zur Unschuld.«

Stutter sah seine Chance und sagte: »Aber Pfarrer Lerhard war unschuldig. Die Prostituierte Stella hat ihre Aussage zurückgenommen.«

Für einen Moment brachte er Merlhof mit dieser Information aus dem Konzept, allerdings hatte der sich schnell wieder unter Kontrolle. »Allein sich als Mann Gottes bei so einer Frau aufzuhalten, ist eine Todsünde«, schnappte er wütend.

»Und Sarah Roter und Edgar Klein? Was für einen Grund gab es, die zu töten?«

»Die Frau war eine Ehebrecherin, wollte sich scheiden lassen. Sie hat es der Frau von Härtgen auf der Charity-Gala erzählt, das reicht doch wohl. Und übrigens bin ich mir sicher, dass das auch dein unschuldiger Pfarrer gehört hat, ich konnte ihn beobachten. Aber außer der Frau böse Blicke zuzuwerfen, hat er nichts getan. Das allein macht ihn schon zum Sünder.« Vor lauter Verachtung rötete sich Merlhofs Gesicht, als er zischend fortfuhr: »Und dieser Klein? Er war ein Angeber, der geglaubt hat, er könne sich einen Platz im Himmel erkaufen. Bestand darauf, Täfelchen aufstellen zu lassen, damit jeder sehen konnte, was er für gute Werke tat. Ein Heuchler, nichts weiter! Genauso wie die Reporterin.

Ich hatte sie gewarnt, aber diese Sünderin musste ja unbedingt die Polizei einschalten. Die Strafe war notwendig. Und als ihr der weiße Salzteig auf dem verlogenen Gesicht fast die Luft zum Atmen nahm, da verstand sie endlich, was Demut bedeutet.«

»Sie glauben, Sie können Ihre Taten rechtfertigen? Dann erklären Sie mir mal den Mord an den Waritsch-Zwillingen. Die beiden waren noch halbe Kinder.«

Patrick lachte auf. »Du bist nicht sehr bibelfest, Herr Hauptkommissar, sonst wüsstest du, dass der Herr die Kinder besonders gern in seinem Reich empfängt. Außerdem musste ihre Eitelkeit bestraft werden. Sie sind wie die Lämmer in mein Auto gestiegen, als ich ihnen gesagt habe, ich wolle sie zu Vera Lenardo bringen. Sie kannten mich aus der Klinik und haben mir einfach blind vertraut.«

»Ich kann mir nicht vorstellen, dass, falls es denn einen Gott geben sollte, er so etwas anordnen würde.«

»Du ungläubiger Bastard. Wie kannst du an seiner Existenz zweifeln? Ich bin sein Werkzeug, ich …«

»Sein Werkzeug, so wie Mildred?«

»Mildred war schwach, nicht fest in ihrem Glauben. Es war gut, dass er sie zu sich geholt hat.«

»Sie haben sie getötet.«

»Nein«, sagte Patrick schnippisch, »das habe ich nicht. Ich gab ihr lediglich die Schlüsselkarte. Das kleine Plastikteil hatte mir in der Vergangenheit gute Dienste geleistet, aber da ich es nicht mehr benötigte, gab ich es an Mildred weiter. Ihr sagte ich lediglich, dass der Sündenfänger sie in der Nacht draußen erwarten würde. Es war an der Zeit, sie begann für meinen Geschmack zu viel zu reden. Als ich hörte, wie sie gestorben war, da wusste ich, dass der Herr mir beigepflichtet und sie gerichtet hatte.«

Damit schien das Gespräch für Patrick beendet. Er drehte seiner Geisel den Rücken zu und fing an, in einer Ecke zu hantieren.

Aber Stutter war längst nicht fertig, ihm brannte noch eine Frage auf der Seele, die er bisher aus Angst vor der Antwort nicht gestellt hatte. Allerdings musste er Gewissheit haben, deshalb rief er in Patricks Richtung: »Wo ist Bellinda? Wo ist Ihre Frau?«

Doktor Schwarz regte sich, zerrte an seinen Fesseln, und als Stutter zu ihm blickte, schüttelte der Arzt verneinend den Kopf. Der Hauptkommissar deutete diese Geste als Zeichen dafür, dass die junge Frau bereits ihr Leben verloren hatte.

»Sie haben Sie umgebracht?«, stieß Stutter deshalb fassungslos hervor.

Patrick lachte. Es klang nicht nur belustigt, es war, als wollte er sich regelrecht ausschütten, als hätte jemand einen grandiosen Witz gemacht. Dann, als er sich endlich beruhigt hatte, ertönte die zarte Stimme von Bellinda: »Keine Sorge, Herr Hauptkommissar, ich bin nicht tot, ich bin hier.«

»Geht es Ihnen gut?«, wollte Stutter wissen und drehte den Kopf in alle Richtungen, um nach ihr Ausschau zu halten.

»Oh, es geht mir fantastisch.« Immer noch klang sie wie ein braves Mädchen, das höflich einem Erwachsenen Rede und Antwort stand. »Aber ich weiß nicht, wie lange es Ihnen noch gut gehen wird.« Der Tonfall änderte sich.

Stutter war irritiert. »Wie meinen Sie …«

Den Rest des Satzes verschluckte er, als ihn ein plötzlicher Schmerz durchfuhr; er schrie auf.

Patrick begann erneut zu lachen, und dieses Mal war der Irrsinn, der in ihm tobte, unzweifelhaft herauszuhören.

»Ich denke, das beantwortet deine Frage«, sagte Bellinda, die erneut die brennende Zigarre auf Stutters nackten Unterarm drückte.

Dem Hauptkommissar lief der Schweiß über das Gesicht. Er versuchte den Aufschrei zu unterdrücken, in der Hoffnung, seiner Peinigerin damit das Vergnügen an der Folter zu nehmen. Sie bemerkte seine Beherrschung und zuckte nur gelangweilt mit den Schultern, so als wollte sie sagen »Ich bringe dich noch zum Winseln und Schreien, keine Sorge«. Dann schwebte sie grazil zu Doktor Schwarz und strich ihm mit einem Finger über das geschwollene Gesicht. Der Mann zuckte schon zusammen, bevor sie ihn berührte. Jetzt verstand Stutter, wie das verneinende Kopfschütteln gerade eben gemeint gewesen war. Der Arzt hatte Angst vor der Frau, auch jetzt versteifte sich sein gesamter Körper. Bellindas glockenhelles Lachen sollte ausdrücken, dass auch sie die Furcht ihres Opfers zur Kenntnis genommen hatte. Und mit einer schnellen Bewegung drückte sie Schwarz mit dem Finger direkt auf das angeschwollene Auge, was dem einen jaulenden Laut entlockte, der durch das Klebeband gedämpft wurde.

Vergnügt tanzte Bellinda daraufhin um den Stuhl des Arztes herum. Sie trug wieder das flatternde Gewand, in dem Stutter sie schon einmal gesehen hatte. Sie bog ihren Körper hin und her, drehte Pirouetten und immer, wenn es der Takt der leisen Musik im Hintergrund erlaubte, unterbrach sie ihre skurrile Darbietung, zog fest an der Zigarre und presste sie anschließend auf Stutters Haut, bis es im ganzen Raum nach verbranntem Fleisch roch. Dabei ließ sie es sich nicht nehmen, genau seine Reaktionen zu studieren. Das kleine Kätzchen hatte sich verwandelt. Und auch wenn Stutter das nicht für möglich gehalten hätte, war Bellindas Geistesstörung noch eine Stufe gefährlicher als die von Patrick, ihrem Ehemann.

Sie ist eine Sadistin, eine Soziopathin, dachte Stutter entsetzt.

Er hatte sie die ganze Zeit über nicht durchschaut – im Gegenteil, war er doch tatsächlich davon ausgegangen, sie könnte in Gefahr sein. Dabei schien sie eine gleichberechtigte Partnerin von Patrick, wenn nicht sogar der dominante Teil dieses Serienkillerpärchens zu sein.

Patrick mochte glauben, er würde für einen höheren Zweck morden; Bellinda hingegen tat es lediglich aus purem Vergnügen.

Wieder dachte Stutter daran, dass er Zeit gewinnen musste, also richtete er erneut das Wort an die junge Frau. »Es hat nie einen Fremden gegeben, oder? Nicht in der Nacht, als Ihre Schwester starb, und auch nicht neulich auf dem Grundstück.«

Sie kicherte und legte ein charmantes Lächeln auf. »Sehr scharfsinnig, aber solche erfundenen Details machen das Spiel eben interessanter. Außerdem konnte ich ja kaum zugeben, das Feuer selbst gelegt zu haben.«

»Das ist es also für Sie, ein Spiel? Gehörte der Tod Ihrer Schwester auch dazu?«

Patrick mischte sich ein: »Rede nicht so mit meiner Frau.« Und an Bellinda gewandt: »Ich werde ihn knebeln, ich mag es nicht, wenn sie mit uns sprechen und uns ihre unreinen Gedanken mitteilen.«

Bellinda legte ihm besänftigend die Hand auf den Arm. »Lass nur, Liebling, ich will noch ein wenig mit ihm plaudern.«

Er sah sie zweifelnd an, gab aber nach.

»Ihr Mann macht, was Sie sagen, also war das alles Ihre Idee?«

Offensichtlich hatte Stutter die richtigen Knöpfe gedrückt, denn Bellinda gefiel sich in der Rolle der Anführerin.

»Was glaubst du, wie es sich anfühlt, so viele Jahre eingesperrt zu sein?«

»Ich dachte, Sie waren freiwillig in der Klinik?«

»Das ist eine Lüge!« Sie stapfte mit dem Fuß auf wie ein trotziges Kind, dann brach es aus ihr heraus: »Meine Eltern haben mich dorthin abgeschoben. Sie haben mich nie gemocht, gaben immer meiner Schwester den Vorzug. Aber dann war sie weg, ein für alle Mal. Ich tat, was nötig war, um eine falsche Schlange zu beseitigen, die mich um die Liebe meiner Eltern betrogen hatte. Aber dann musste ich in diese Klinik.«

»Wussten Ihre Eltern, was Sie getan hatten?«

Bellinda antwortete ihm nicht sofort, und Stutter sprach einfach weiter: »Ich nehme an, sie ahnten etwas und haben Sie vorsichtshalber in der Anstalt untergebracht.«

»Dieser widerliche Fettsack, Doktor Esser, hat sich von ihnen beschwatzen lassen. Man sagte ihm, ich wäre selbstmordgefährdet, labil«, zischte sie wütend. »Er hat mich dort festgehalten, gegen meinen Willen, er hätte mich nie gehen lassen.«

»Und deshalb musste auch er sterben«, versuchte es Stutter aufs Geratewohl.

»Er hatte den Tod verdient«, mischte sich Patrick ein. »Seine eigene Schuld. Er wollte sich zwischen mich und Bellinda stellen, hat behauptet, sie wäre noch nicht so weit, die Klinik zu verlassen. Ich habe seine Aufzeichnungen gelesen. Er war ein alter, bösartiger Mann, der Lügen verbreitet hat. Ich kenne solche Menschen. Als ich zwölf Jahre alt war, wollten sich mir meine Eltern in den Weg stellen – seit diesem Tag weiß ich, was zu tun ist. Gott hat mich stets geführt.«

»Heißt das, Sie haben Ihre Eltern ermordet?« Stutter bemühte sich, sein Entsetzen zu verbergen, denn das hätte auf das Ehepaar wie Applaus gewirkt.

»Ich habe sie erlöst, und niemand hat mich deshalb angeklagt.«

»Wie viele gab es seither?«, fragte Stutter mit rauer Stimme.

»Es war lange nicht notwendig gewesen. Gott hat mich nicht gebraucht. Aber als Doktor Esser sich in unser Leben gemischt hat …«

»Da haben Sie ihn vergiftet und anschließend die Akte Ihrer Frau gestohlen«, beendete der Hauptkommissar den Satz.

»Ja, das war übrigens meine Idee«, verkündigte Bellinda so stolz wie eine Hausfrau, die ihr erstes gelungenes Soufflé aus dem Ofen holte. »In der Klinik gibt es ja genug Medikamente. Und dann mussten natürlich seine Aufzeichnungen gelöscht werden. Im Computer stand sowieso nichts Interessantes, und dieses handschriftliche Kauderwelsch von *soziopathischen Tendenzen* haben wir einfach vernichtet. Ich weiß, dass ihn meine Eltern für seine Verschwiegenheit bezahlt haben, als er glaubte, herausgefunden zu haben, was angeblich nicht mit mir stimmte. Hauptsache, der gute Ruf der Familie musste nicht leiden. Das hatte zumindest den Vorteil, dass das übrige Klinikpersonal nichts wusste. Die glaubten alle, ich sei wegen meiner angegriffenen Nerven dort. Pah!« Wieder verzog sie verächtlich das Gesicht.

»Und damit niemand Verdacht schöpft, haben Sie gleich mehrere Patientenakten verschwinden lassen.«

»Ja, meine Frau ist wahnsinnig clever«, bestätigte Patrick stolz.

»Warum haben Sie Gabriel Willer seine Akte gebracht?«, hakte Stutter schnell nach, der spürte, dass die beiden ungeduldig wurden und mit dem Töten anfangen wollten. Die Zeit lief ihm davon.

»Gehört zum Spiel, macht es spannender«, erklärte Bellinda mit einem verschwörerischen Grinsen. »Was für ein kleiner Perverser dieser Kerl doch ist. Sexuelle Fantasien von der eigenen Mutter.« Sie schnalzte tadelnd mit der Zunge, bevor sie weitersprach: »Wir hatten sogar überlegt, die beiden zu erlösen, aber vorher waren erst andere dran. Die Reporterin hat mir besonders viel Spaß gemacht.« Sie gluckste vergnügt, schlenderte an Schwarz vorbei, der zusammenzuckte, und widmete sich dann Stutter. Sie stand hinter ihm und sah direkt in das Gesicht des Hauptkommissars. Er blickte nach oben und fragte sich, wie so viel Hass und Grausamkeit in einer so schönen Hülle verborgen sein konnten.

»Ihre Freundin, die Reporterin, hat so unfassbar tapfer für ihre Sünden bezahlt«, stieß Bellinda mit geheucheltem Mitleid hervor.

Plötzlich traf Stutter noch eine weitere Erkenntnis: Vera Lenardo hatte ihm mit ihren letzten Worten nicht nur einen Ort verraten, sondern auch etwas über Bellinda Merlhof. Sie hatte nicht von den Waritsch-Zwillingen gesprochen, sondern von Bellinda und deren Schwester. »Sie haben Vera gesagt, dass Sie die eigene Schwester ermordet haben, nicht wahr?«

Bellinda stutzte, sah ihn dann anerkennend an. »Wie kommen Sie darauf?« Dann nickte sie gleichgültig mit dem Kopf. »Ja, das stimmt. Und ich konnte ihr ansehen, wie gerne sie das in einer ihrer billigen Shows herausposaunt hätte.«

»Sie hat versucht es mir zu sagen.«

»Was?« Patrick schaltete sich wieder ein, ihn schien das zu beunruhigen.

»Keine Sorge, Liebling, sie wird kaum etwas Brauchbares von sich gegeben haben. Das war zu Lebzeiten so und sicher auch kurz vor ihrem Tod nicht anders. Wie bemerkenswert, dass sie so lange durchgehalten hat. Diese elende Hexe hat doch tatsächlich noch gelebt, als wir sie ins Feuer geworfen haben. Was für ein magischer Moment, als man die zuckenden Überreste aus dem Scheiterhaufen gezogen hat, es war einfach unbeschreiblich.« Sie ließ den Blick in die Ferne schweifen, und Stutter überlief ein kalter Schauer. »Ich hätte sie so gerne noch einmal gesehen, von oben bis unten verbrannt. Was für ein herrlich schmerzvoller Tod.« Sie seufzte leidenschaftlich. »Aber Patrick war der Meinung gewesen, ein Besuch unsererseits in der Klinik hätte Aufsehen erregt.« Sie blickte zu Stutter. »Wie hat sie ausgesehen? Beschreibe sie mir, bitte!« Sie klang wie ein bettelndes Kind, das wissen wollte, was es zu Weihnachten bekommen würde. »Feuer ist ein so faszinierendes Element, ich habe es schon als Kind geliebt.« Dann fiel ihr etwas anderes ein, und sie fragte unschuldig: »Und die Zwillinge in der Kiste? Wie haben dir die gefallen, Herr Hauptkommissar? Wir hätten so gerne zugesehen, als die beiden hässlichen Mädchen entdeckt wurden, aber wir kamen auch so auf unsere Kosten. Ich fand die zwei immer schon faszinierend, irgendwie gruslig … Und dann dieser schreckliche Vater, der sie regelmäßig zur Therapie gebracht hat. Deshalb kam mir auch die Idee, den lieben Edgar Klein auf dem Schrottplatz zu deponieren. Mein Gefühl sagte mir, dass die Familie Waritsch perfekt ins Spiel passen würde. Magst du Kostüme?«, fragte sie unvermittelt, erwartete aber keine Antwort. Sie quietschte verzückt, was Stutter einen Schauer über den Rücken jagte. »Unsere Polizistennummer war einfach genial. Was das richtige Outfit doch bewirken kann! Als Beamte verkleidet konnten wir unentdeckt beobachten, wie du hinter dem Faschingswagen hergejagt bist wie ein hungriger Wolf. Wir hatten damit gerechnet, dass uns die Reporterin verrät. Dass wir allerdings das Glück haben würden« – sie lachte auf – »nein, kein Glück, sondern göttliche Fügung.« Ihr liebevoller Blick traf Patrick. »Diese Reporterin ist uns auf der Suche nach einem Taxi direkt in die Arme gelaufen. Meine Perücke und Patricks aufgeklebter Schnauzbart sind ihr nicht einmal aufgefallen.«

»Ja, so blind war sie vor falschem Eifer!«, warf Patrick angewidert ein.

»Jedenfalls hatten wir es uns nicht so einfach vorgestellt.« Bellinda kicherte vergnügt. »Aber du, Herr Hauptkommissar, warst ja auch keine wirkliche Herausforderung. Wie du mich angesehen hast, so voller Mitgefühl: Bellinda Merlhof, das arme Opfer. Du hast mir alles abgenommen, oder? Die unsichere Ehefrau, die nur mit Medikamenten den Alltag bewerkstelligen kann, ständig in Angst, man würde sie verfolgen.« Sie lachte auf. »Der große Unbekannte hat es dir angetan, nicht wahr? Ich konnte regelrecht spüren, wie du dich mit dieser Idee anfreunden wolltest. Die Vorstellung, ich wäre nicht Herr meiner Sinne, gefiel dir nicht. Nein, ich war dein Wunschopfer, gib es zu. So in Sorge um mein Wohl – aber wie du siehst, geht es mir hervorragend.« Ihre Stimme klang immer noch vollkommen unschuldig. »Bitte schließen Sie die Tür ab«, äffte sie den Hauptkommissar jetzt nach. »Bitte, Herr Merlhof, beschützen Sie Ihre Frau!« Sie wollte fortfahren, aber Stutter unterbrach sie.

»Was haben Sie mit uns vor?«, blaffte er.

Warum es für ihn wichtig war, das zu erfahren, hätte er nicht einmal sagen können, aber mittlerweile zweifelte der Polizist nicht mehr daran, dass Bellinda und Patrick Merlhof fest entschlossen waren, ihn zu töten. Vielleicht konnte man das Unvermeidliche besser ertragen, wenn es dabei keine Überraschungen gab?

»Oh, wir werden es mit euch beiden vorerst beenden«, gab Bellinda bereitwillig Auskunft. »Doktor Schwarz gilt doch seit Neustem als der Sündenfänger, warum das nicht ausnutzen?«

»Sie wollen einem anderen den Ruhm überlassen?«, stichelte Stutter in der Hoffnung, wenigstens noch etwas für den Arzt tun zu können.

»Sein Ruhm, wie du es nennst, wird nur von kurzer Dauer sein. Denn bald werden wir unsere Arbeit fortführen«, erklärte Patrick ernst. Offensichtlich war es ihm wichtig, das klarzustellen.

»Ja, wir nehmen nur eine Auszeit, wie man so schön sagt. Und wenn alle Welt denkt, es ist vorbei, dann kommen wir zurück. Aber solange wirst du, Herr Hauptkommissar, als das letzte Opfer des Sündenfängers Doktor Schwarz gelten. Man wird deine verstümmelte Leiche in seinem Auto finden, das momentan sicher in unserer Garage parkt und am Ende auf einem Waldweg landen wird. Doktor Schwarz wird auf dem Fahrersitz Platz nehmen. Selbstverständlich ebenfalls tot. Es wird wie ein Selbstmord aussehen. Schließlich hat er viele Menschen umgebracht, kann mit der Schuld nicht leben oder fürchtet das Gefängnis. Irgendwer wird eine Erklärung dafür finden. Jedenfalls tötet er zuerst noch seinen ärgsten Widersacher, den Polizeibeamten Jens Stutter, übergießt schließlich ihn und sich mit Benzin, und alles ist vorbei.« Sie sah zu dem Arzt. »Sie waren so ein guter Doktor. Warum mussten Sie auch anfangen, meine tiefsten Geheimnisse zu ergründen? Wie dumm von Ihnen, hier anzurufen und Ihren Besuch auch noch anzukündigen.« Dann an Stutter gewandt: »Offensichtlich hat es sich Doktor Schwarz in den Kopf gesetzt, mir eine Geisteskrankheit zu attestieren. Rücksichtsvoll, wie er ist, wollte er mich in meinen eigenen vier Wänden davon überzeugen, in die Klinik zurückzukehren. Wie nett von ihm, uns bereitwillig darüber Auskunft zu geben, bisher noch niemandem von seiner Diagnose erzählt zu haben. Und als Ihr Anruf kam und Sie uns vor Doktor Schwarz gewarnt haben, da war der plötzlich der perfekte Sündenbock. Vielen Dank auch!« Ihr Blick glitt zu Patrick. »Du wolltest mich ja davon abhalten, Liebling. Du wolltest, dass ich die Sitzungen bei Doktor Schwarz beende, aber« – sie seufzte verzückt – »es reizte mich, ihn an der Nase herumzuführen.«

»Sie haben ihn unterschätzt«, schleuderte ihr Stutter entgegen. Zu seiner Überraschung nickte sie zustimmend. »Ja, das habe ich wohl, aber für diesen Fehler werde nicht ich, sondern er büßen.«

Schwarz riss bei diesen Ausführungen panisch an seinen Fesseln, und auch Stutter verlor die Fassung: »Sie sind verrückt, damit werden Sie nie durchkommen.«

»Oh doch, das werden wir!«, widersprach Bellinda und zwinkerte ihrem Opfer zu.

»Ich bin so weit«, unterbrach Patrick seine Frau und hielt etwas in die Höhe, das Stutter als gebogenen Stacheldraht erkannte.

»Darf ich es tun? Bitte«, entgegnete sie daraufhin und hüpfte vor lauter Vorfreude auf und ab.

»Aber natürlich! Meine Königin darf unserem Gast die Krone aufsetzen.«

Stutter wusste sofort, was das zu bedeuten hatte.

Patrick Merlhof, der jetzt mit ernster Miene am Fußende des Stahltisches stand, sagte nun: »Du glaubst nicht an Gott, du denkst, das alles sei ein Witz? Ein Scherz, etwas, das man nicht ernst nehmen muss?« Seine Augen verengten sich, als er Stutter diese Fragen stellte, und wieder brannte der Irrsinn in seinem Blick. »Du wirst die Schmerzen unseres Herrn erleiden, das wird dich lehren zu glauben.«

In diesem Augenblick durchfuhr ein stechender Schmerz Stutters Körper. Die Spitzen des Stacheldrahtes bohrten sich in seine Kopfhaut, verletzten das empfindliche Gewebe und drückten auf beiden Seiten gegen die Ohrmuscheln.

»Die Dornenkrone ist erst der Anfang«, stieß Bellinda voller Genugtuung hervor, nachdem sie dem Hauptkommissar das Geflecht aus Stacheldraht fest auf den Schädel gerammt hatte.

Blut lief an Stutters Kopf herunter.

»Du wirst noch weitere, wundervolle Qualen erleiden«, säuselte Patricks Frau, während ihr Mann eine Bibel aufschlug und begann, daraus vorzulesen. Stutter kannte das Exemplar mit dem aufwendig gearbeiteten Einband von den Fotos aus dem Polizeibericht. Man hatte es nach dem Mord an Hubert Lauris aus dessen Museum entwendet.

* * *

Jasmin saß über den Notizen von Stutter. Sie konnte sich kaum konzentrieren, stand immer wieder auf und ging zum Kaffeeautomaten, nur um anschließend mit leeren Händen zurückzukehren. Eigentlich hoffte sie, irgendwann während ihrer Runde ein erlösendes »Wir haben ihn gefunden« von einem der Kollegen zu hören, aber bisher fehlte jede Spur von Hauptkommissar Stutter und dem Klinikarzt Doktor Schwarz.

Wieder zurück im Büro betrachtete sie erneut den Zettel, auf dem Stutter Veras letzte Worte niedergeschrieben hatte.

»Was bedeutet dieser Mist?«, kam es ihr lauter über die Lippen, als sie beabsichtigt hatte. Sofort tat es ihr leid. Sie hatte der Verstorbenen gegenüber nicht pietätlos sein wollen.

»Hast du uns überhaupt irgendetwas zu sagen gehabt? Was bedeutet ›Es kommt vom Wasser, der Geruch, das ist vom Wasser‹? Wasser riecht nicht!« Jasmin unterbrach ihr Selbstgespräch und richtete sich auf. Hektisch überflog sie mit den Augen erneut die wenigen Zeilen, bevor sie laut fortfuhr: »Es sei denn ... Oh mein Gott, kann das sein?«

* * *

»Du denkst, er existiert nicht?« Patrick Merlhof war längst in seine eigene Welt abgedriftet.

Bellinda hatte Stutter die linke Hand so verdreht, dass die Handfläche nach oben schaute. Die ausgestreckten Finger fixierte sie mit einem Lederriemen an dem Stahltisch so, dass der Hauptkommissar vergeblich versuchte, eine Faust zu machen.

Stutter hatte Angst, er wusste, dass der Schmerz, der nun kommen sollte, unerträglich sein würde. Warum er nicht um Gnade flehte, hatte nichts mit Tapferkeit zu tun, sondern eher mit Resignation und dem Wissen, nichts mehr ändern zu können. Mit zusammengepressten Lippen und geschlossenen Augen nahm er sein Schicksal an. Als der Nagel mit roher Gewalt durch seine Handfläche getrieben wurde, konnte er die Tränen nicht zurückhalten. Ein gequälter Aufschrei entwich seiner Kehle. Der kantige Zimmermannsnagel durchtrennte Sehnen und Muskeln, schob das Gewebe einfach beiseite und ließ einen der Mittelhandknochen splittern. Für einen Moment wurde es vor Stutters Augen schwarz, aber noch bevor ihn die Bewusstlosigkeit erreichte, schlug ihn jemand brutal ins Gesicht.

»Du sollst leiden, wie er leiden musste!«

Sie bereiteten bereits seine zweite Hand vor, als Bellinda, der das nicht genug war, rief: »Warte, ich bin als Nächstes dran!«

Sie zückte ein Messer. In dem trüben Licht konnte der Hauptkommissar nicht erkennen, woher sie es hatte, vermutete aber, dass den beiden ein ganzes Arsenal von Folterinstrumenten aller Art zur Verfügung stand.

»Gab es da nicht die Wunde an der Seite?«, wandte sie sich wie elektrisiert an ihren Mann.

»Oh, mein Liebling, du hast recht, Jesus wurde eine Lanze in die Rippen gerammt«, rief Patrick aus. »Du bist mir wahrlich von Gott geschickt, du bist ein Engel!«

»Ein Engel, der das blutige Zeichen des Teufels mitten im Gesicht trägt«, zischte Stutter mit letzter Kraft. »Niemals würde Gott …«

Den Satz brachte er nicht zu Ende, denn Bellinda stieß, ohne zu zögern, zu. Sie hielt das Messer fest umschlossen und schob es, nachdem die Klinge ins Fleisch eingedrungen war, langsam mit einem fast schon wollüstigen Stöhnen noch tiefer in Stutters Leib. Sein Schrei ließ sie vor Vergnügen kreischen. Das Blut, das nun aus der Wunde austrat, floss über ihre feingliedrigen Finger. Sie genoss dessen Wärme, lachte schallend, riss das Messer zurück und wollte erneut ausholen, aber Patrick hielt sie zurück. »Wir müssen es richtig machen!«

Sie zog einen Schmollmund, aber er trat zu ihr und küsste sie leidenschaftlich.

»Bringen wir es zu Ende«, keuchte sie ungeduldig. »Und vergiss nicht sein Auge! Mach es, solange er lebt, wie bei der Reporterin.«

Patrick schien zu überlegen, ob er ihr diese Bitte erfüllen konnte. Stutter, der kaum noch bei Bewusstsein war, hätte sich gewünscht, nicht Zeuge dieses Gesprächs zu sein. Er spürte, wie seine Kraft schwand. Die Stichwunde an der Seite musste ihn schwer verletzt haben, womöglich war ein Organ getroffen worden. Blut strömte aus seinem Körper, und mit jedem Tropfen, den er verlor, entwich auch das Leben. Ganz automatisch flehte er im Stillen um Rettung. Er hatte wieder das Gefühl zu fallen, wie damals in dem Tabakspeicher. Aber bevor er sich in wirren Träumen und Erinnerungen verlor, holte ihn erneut ein Schlag zurück.

»Du wirst Teil von etwas Besonderem, etwas, das dich Gott näher bringen wird!« Patrick verschwand im Dunkeln und kehrte kurz darauf mit einem großen Einmachglas in der Hand zurück.

»Weißt du, aus wie vielen Perlen ein Rosenkranz besteht?«

Stutter hatte keine Ahnung, was diese Frage zu bedeuten hatte, bis Patrick das Glas öffnete und eine Art Kette herauszog. Es gab ein leises schmatzendes Geräusch, als das Band aus der Flüssigkeit, die es umgab, gezogen wurde.

»Neunundfünfzig Perlen schmücken einen Rosenkranz. Siehst du, es fehlen noch so viele.«

Die Kette bewegte sich direkt vor Stutters Gesicht hin und her. Formaldehyd tropfte auf seine Wange.

»Deines wird ihn weiter vervollständigen.«

Stutter schnappte voller Entsetzen nach Luft. Ja, es war eine Kette – aber nicht Perlen hatte man hintereinander aufgereiht, sondern die Augen von Patrick Merlhofs Opfern. Dafür hatte er sie also gebraucht, um sich daraus einen Rosenkranz zu machen. Die glitschigen Augäpfel stierten den Polizisten erwartungsvoll an. Trotz ihres Bades im Formaldehyd schien ein fauliger Geruch von ihnen auszugehen.

»Es sind bis jetzt acht, Doktor Esser war der Erste«, erläuterte ihm Patrick stolz.

»Der Einbruch in das Krematorium«, stöhnte Stutter.

»Hat keiner bemerkt«, gab Patrick heiter Antwort. »Wie gesagt, erst mit neunundfünfzig ist er vollständig. Ich bin also auch auf dein Auge angewiesen.«

Im nächsten Moment drückte er dem Polizisten den Kopf fest auf den Tisch. Bellinda übernahm es, das rechte Augenlid mit Daumen und Zeigefinger aufzuhalten. »Stell dich nicht so an«, kommentierte sie Stutters Versuche, sich zu wehren. »Am Ende verlierst du doch sowieso.«

* * *

Jasmin Nau hatte so viel Adrenalin in ihrem Körper, dass sie vermutlich die nächsten Wochen nicht mehr schlafen würde. Sie hatte sich weit aus dem Fenster gelehnt. Tall machte keinen Hehl daraus, Zweifel an ihrer Theorie zu haben, folgte aber trotzdem dem Instinkt der Kollegin.

»Wenn das schiefgeht«, hatte er gesagt, »dann sind wir am Arsch, aber etwas Besseres fällt mir auch nicht ein.«

Sie waren sofort losgefahren und hatten nur die Teammitglieder dabei, die nicht gerade unterwegs waren. So standen sie schließlich mit fünf Mann vor dem Anwesen der Merlhofs.

»Ich nehme es auf meine Kappe, sage, es war ein Alleingang«, hatte Jasmin ihm entgegengeschleudert, »ich fahre da jetzt hin, mit oder ohne Sie.«

Tall hatte seine Entscheidung getroffen und stand nun mit gezückter Waffe neben ihr. Sollte Jasmin Nau recht haben, war für einen richterlichen Beschluss keine Zeit mehr. Gefahr im Verzug rechtfertigte das Vorgehen der Beamten.

Jasmin holte Luft und drückte gegen die Eingangstür. Von den Sicherheitsleuten, die Merlhof angeblich zum Schutz seiner Frau engagiert hatte, fehlte jede Spur. Für die Kommissarin ein weiteres Indiz, dass sie richtiglag. Die Eingangstür gab unter der Berührung der Beamtin nach. *Wie arrogant,* ging es Jasmin durch den Kopf, *die müssen sich ja unglaublich sicher fühlen.*

Tall wollte sich bemerkbar machen, aber Jasmin legte den Finger auf die Lippen und bat ihn zu schweigen. Mit gezückter Waffe schlich sie durch das Wohnzimmer. Hätte jetzt Bellinda Merlhof auf der Couch gelegen, vertieft in ein Modemagazin, dann hätte das vermutlich bedeutet, dass Jasmin falschlag. Aber niemand befand sich im Wohnbereich. Tall spähte die Treppe nach oben, aber auch dort rührte sich nichts. Er schickte trotzdem zwei Kollegen hinauf.

Jasmin hielt sich nicht länger damit auf, das Haus zu durchsuchen, ihr Ziel stand fest, sie ging Richtung Schwimmbad.

Erst jetzt zeigte sich das ganze Ausmaß des herrschaftlichen Anwesens. Der Wellnessbereich erstreckte sich über mehr als hundert Quadratmeter: Schwimmbecken, Whirlpool, Saunalandschaft und Fitnessgeräte. Allerdings war die Anlage ausgestorben.

Jasmin fluchte leise, wo konnten sie sein?

»Bei der Größe müssen die einen Technikraum haben«, schlug Tall vor.

Die Beamten machten sich auf die Suche und fanden sich bald im Kellergeschoss wieder. Der Chlorgeruch war hier unten besonders penetrant.

»Sie denken, das war es, was Vera Lenardo gerochen hat?«, fragte Tall flüsternd.

»Es muss so sein, durch das Chlor entsteht dieser typische Schwimmbadgeruch. An den hatte sie sich in ihren letzten Minuten erinnert. Deshalb hat sie gesagt, der Geruch käme vom Wasser. Es war ein Hinweis auf den Ort ihrer Gefangenschaft, und damit konnte kein öffentliches Schwimmbad gemeint sein. Dort könnte man niemanden über einen längeren Zeitraum festhalten. Die Merlhofs haben ein riesiges Anwesen, ein Schwimmbad, eine Verbindung zu der Klinik und den Opfern.«

»Und Doktor Schwarz?«

»Hängt vermutlich mit drin, immerhin galt sein letzter Anruf Bellinda Merlhof.«

Tall war zwar nicht vollkommen überzeugt, aber momentan galt es vor allem, Stutter zu finden, deshalb stellte er keine weiteren Fragen, sondern konzentrierte sich auf die Umgebung.

Die Beamten folgten einem langen Gang, an dessen Decke diverse Rohre und Leitungen verliefen. Plötzlich hörten sie ein Geräusch – ein Schrei hatte die Stille unterbrochen.

Nach einer Biegung erreichten Jasmin und ihre Kollegen eine verschlossene Tür. Erneut erklang das gequälte Stöhnen eines Menschen.

Patrick hatte das löffelähnliche Werkzeug bereits an Stutters Auge angesetzt. Der Hauptkommissar stemmte sich gegen den festen Griff und konnte den Kopf zur Seite drehen, was einen schmerzhaften Einschnitt unter dem rechten Auge zur Folge hatte. Er schrie auf.

Plötzlich folgte ein lautes Hämmern an der Tür: »Polizei, öffnen Sie sofort!«

Stutter erkannte Jasmins Stimme und schnappte vor Erleichterung nach Luft.

»Wir sind hier drin, Sie sind zu zweit, Patrick und Bellinda Mer…« Der Faustschlag ließ ihn verstummen.

»Öffnen Sie sofort die Tür, machen Sie es nicht noch schlimmer«, erklang nun Talls tiefe Stimme. »Es ist vorbei, so oder so!«

Patrick sah seine Frau an. Bellinda blickte sich panisch um, sie hatte das Spiel zu weit getrieben, war leichtsinnig geworden und hatte die Gegenseite unterschätzt, das wurde ihr jetzt bewusst.

»Wir bringen sie beide um, sofort!«, schlug sie deshalb hektisch vor. »Dann gibt es keine Zeugen. Du könntest sagen, ich war deine Geisel, dann komme ich hier raus. Ich kann nicht zurück in diese Klinik, das siehst du doch ein, oder?«

»Dann werden sie mich einsperren!«

»Ja, aber ich komme dich besuchen, besorge die besten Anwälte, damit wir schnell wieder vereint sein werden.«

Er griff nach ihr, zog sie zu sich und küsste sie auf den Mund: »Das dauert mir zu lange. Ich kann nicht ohne dich sein.«

»Und ich nicht ohne dich«, säuselte sie, versuchte es aber noch einmal: »Wenn ich eingesperrt werde, bringt mich das um.«

»Das lasse ich nicht zu!«

Die Tür erzitterte, offensichtlich versuchten die Polizisten sie nun gewaltsam zu öffnen.

Das Ehepaar Merlhof drehte sich um und sah, wie das Holz unter den Stößen bebte, woraufhin Patrick zu einer Ecke des Raumes ging.

Stutter, der kaum noch bei Bewusstsein war, die Wunde an seiner Seite pochte und brannte, nahm nur undeutlich zur Kenntnis, was gerade passierte. Die Zielstrebigkeit, mit der sich Patrick Merlhof bewegte, ließ jedoch vermuten, dass er schon längere Zeit einen Plan für den Fall hatte, dass ihm die Polizei auf die Schliche käme.

Noch bevor Bellinda eine Frage stellen konnte, schüttete ihr Mann den Inhalt eines Benzinkanisters über ihren Kopf, dann übergoss auch er sich mit der brennbaren Flüssigkeit.

Sie schrie entsetzt auf: »Was hast du vor?«

»Wir werden zusammenbleiben, auf ewig, das wolltest du doch?«

»Nein, nicht so! Patrick, hör auf!«

Aber der hatte schon nach einer der Kerzen gegriffen.

»Ich liebe dich«, rief er voller Leidenschaft, »lass uns zum Herrn beten.« Er trat auf sie zu, Bellinda wich zurück, aber es war zu spät. Er ließ die Kerze fallen. Sofort entzündete sich das Benzin auf dem Boden und erfasste Patrick. Die Flammen umzüngelten zuerst nur seine Beine, dann fraßen sie sich in den Stoff der Hose und erreichten die darunterliegende Haut.

»Wir sind frei von Sünde, Gott wird uns erretten«, schrie Bellindas Mann und bewegte sich auf seine Frau zu. Das Gesicht gerötet und verzerrt vor Schmerz versuchte er, dem Feuer zu trotzen, aber es war vergebens. »Bellinda«, stammelte er, während sich die Flammen an seiner Hüfte entlangschlängelten, dann waren die Qualen zu groß. Er begann zu schreien, wollte der Hitze entfliehen, aber schon stand er komplett in Flammen. Er bäumte sich auf, riss durch seine Bewegungen noch weitere Kerzen um und fachte das Feuer so erst richtig an. Bellinda witterte ihre Chance, sie wich der lebenden Fackel aus, vermutlich mit dem Ziel, Doktor Schwarz und Stutter zu töten und sich selbst am Ende als Überlebende zu präsentieren.

Stutter kam zu sich, der Rauch ließ ihn husten. »Jasmin«, brüllte er, so laut er konnte.

Immer noch versuchten die Beamten, die Tür aufzubrechen. Bellinda griff das Messer, das Benzin tropfte ihr aus den Haaren, als sie sich jetzt auf den Polizisten stürzen wollte. Dann passierte alles gleichzeitig: Die Tür barst und sprang aus den Angeln, und noch während Bellinda ausholte, traf sie die Kugel aus Talls Dienstwaffe in die Schulter. Sie wurde zurückgerissen, kam ins Taumeln und stürzte. In Sekundenschnelle hatte sie das Feuer erfasst, die linke Körperhälfte entzündete sich. Sie schrie auf, wälzte sich auf dem Boden, aber erst das Eingreifen der Beamten, die geistesgegenwärtig einen Feuerlöscher von der Wand rissen, machte es möglich, die Flammen zu ersticken. Man zog die junge Frau nach draußen, während die anderen Doktor Schwarz und Stutter befreiten. Für Patrick Merlhof kam hingegen jede Hilfe zu spät.

Jasmin drückte ihre Jacke auf die stark blutende Wunde des Kollegen. Schwarz kümmerte sich um die verletzte Hand des Hauptkommissars.

»Wir müssen hier raus, das Feuer ist nicht aufzuhalten, und da hinten stehen noch mehr Benzinkanister«, rief Tall den anderen zu.

Der Rauch wurde immer dichter und nahm ihnen die Luft zum Atmen.

Links und rechts gestützt, half man Stutter durch den lang gezogenen Kellerbereich. Sie erreichten genau in dem Moment den Ausgang, als eine heftige Explosion die Grundmauern des Anwesens erbeben ließ. Fast alle Fensterscheiben gingen dabei zu Bruch. Die kleine Gruppe spürte die Druckwelle, die sie von den Füßen riss.

Stutter lag auf der schneebedeckten Fläche, sein rotes Blut bildete einen harten Kontrast zu dem weißen Untergrund. Doktor Schwarz war sofort bei ihm, versorgte ihn, so gut er konnte, und rief nach einem Krankenwagen. Jasmin hielt dem Kollegen die Hand, wich nicht von seiner Seite und ließ es sich auch nicht nehmen, im Krankenwagen bei ihm zu bleiben.

Sein Zustand war kritisch, der Notarzt machte ein besorgtes Gesicht.

»Du hast mich gerettet, danke« war das Einzige, was Stutter sagte, bevor er endgültig das Bewusstsein verlor.

»Wird er es schaffen?«, schluchzte Jasmin. »Er muss«, fügte sie noch leise an.

Der Arzt blieb ihr die Antwort schuldig.

* * *

Vier Monate später

Pater Thomas hatte es sich in seinem Stuhl bequem gemacht und betrachtete seinen Gast voller Neugier. »Ich hatte gehofft, dass wir uns wiedersehen«, sagte er mit einem Lächeln.

»Immer noch ein Mann der Hoffnung«, erwiderte Stutter mit freundlichem Spott.

»Was soll ich sagen?«, antwortete der Geistliche und reichte seinem Gast ein Glas Rotwein.

Sie saßen eine Weile schweigend beieinander und genossen die Ruhe.

Dann begann der Polizist zu sprechen: »Wir haben die beiden erwischt.«

Pater Thomas nickte bedächtig. »Sie wären fast dabei gestorben.«

»Ja, aber ich hatte einen Schutzengel«, entgegnete sein Gegenüber, und leise fügte er an: »Wieder einmal!«

»Der Herr hat vermutlich noch einiges mit Ihnen vor«, ging Pater Thomas darauf ein.

»Sie wissen ja, ich bin in der Beziehung offen, also verlasse ich mich darauf.«

Der Geistliche sah ihn abwartend und ein wenig provozierend an, und Stutter gab sich geschlagen. »Also schön, ich gebe es zu. Ich habe ihn, als ich dachte, es wäre vorbei, angefleht, mich zu retten. Macht mich das nun zu einem Gläubigen oder einem Heuchler?«

Pater Thomas lachte vergnügt. »Diese Frage, mein lieber Freund, müssen Sie sich selbst beantworten.«

Der Hauptkommissar ließ einen Moment verstreichen. Er dachte an all das, was in den letzten Wochen passiert war. Lutz Härtgen hatte ihn im Krankenhaus besucht. Sie versöhnten sich und versprachen, künftig mit einem Wiedersehen nicht zu warten, bis einer von ihnen im Sterben lag. Lutz hatte die Stelle in Brüssel bekommen, seine Frau würde mit ihm umziehen. Sie war wohl noch nicht bereit für ein Leben ohne Lügen. Sein Freund hatte aber noch weitere Neuigkeiten. Die Arbeit, die Stutter in Frankfurt geleistet hatte, war nicht unbemerkt geblieben. An höchster Stelle hatte man daher beschlossen, eine spezielle Taskforce einzurichten, der Stutter vorstehen sollte. Direkt dem Bundeskriminalamt angegliedert, konnte die dann in besonders schwierigen Mordfällen von den Landeskriminalämtern angefordert werden. Stutter hatte das Angebot akzeptiert, und befragt nach Wunschkandidaten für sein Team, war natürlich als Erstes Jasmins Name gefallen.

Seine Retterin, wie er sie gerne nannte, hatte täglich an seinem Bett gesessen, bis er über dem Berg gewesen war. Er konnte sich kaum an die Zeit erinnern, aber eines wusste er noch: Jedes Mal, wenn er die Augen geöffnet hatte, war es ihr besorgtes Gesicht gewesen, das ihm entgegengeblickt hatte. Jasmin Nau würde mit ihm gehen. Sie hatte sich längst mit der Scheidung abgefunden und weinte der Vergangenheit keine Träne mehr nach. Auch ein offenes Gespräch mit ihrem Vater hatte ihr neue Kraft gegeben, und die beruflichen Veränderungen kamen für sie genau zum richtigen Zeitpunkt.

Hauptkommissar Tall schuldete Stutter ebenfalls ein Dankeschön. Der Frankfurter war bereit gewesen, seine berufliche Karriere zu opfern, um den Kollegen zu retten. Immer wieder machte sich Stutter deshalb bewusst, wie viel Glück er eigentlich gehabt hatte.

Sein Blick wanderte zu Pater Thomas, und er hob das Glas. »Dann sagen wir einfach, die Vorstellung, dass bei all dem Bösen da draußen auch irgendwo etwas Reines und Gutes existiert, gibt mir die Kraft weiterzumachen.«

»Eine gute Antwort, wenn auch die eines Pragmatikers!«, erwiderte Pater Thomas und prostete Stutter mit einem Augenzwinkern zu.

* * *

Zur gleichen Zeit in der psychiatrischen Klinik »Zum grünen Park«

»Wer ist das?«, fragte der neue Krankenpfleger seine Kollegin Alicia, die ihn an seinem ersten Tag herumführte. »Der kommt mir bekannt vor.« Sie standen im Gang und beobachteten durch die offene Zimmertür einen jungen Mann, der gerade in seine Arbeit an einer Staffelei vertieft war.

»Das ist Gabriel Willer, der Maler.«

»Ich wusste nicht, dass der hier ist. Ich dachte, er lebt jetzt im Ausland.«

»Nein, das ist nur das, was seine Mutter allen erzählt.«

Alicia führte den Kollegen in Willers Zimmer. Es war ein großer, lichtdurchfluteter Raum. Überall lehnten Bilder an den Wänden, und auf dem Boden lagen Skizzen.

»Gabriel?«, versuchte Alicia den Patienten anzusprechen, aber er reagierte nicht, schien die beiden Besucher überhaupt nicht wahrzunehmen.

»Schöne Bilder«, versuchte es der neue Krankenpfleger, der sich darüber wunderte, dass alle Zeichnungen das gleiche Motiv hatten, nämlich das Gesicht einer Frau. Tatsächlich reagierte der Künstler auf das Lob und unterbrach seine Arbeit. Er wandte sich nicht um, starrte nur auf die Leinwand, auf der er ebenfalls das Frauengesicht abgebildet hatte.

»Das ist meine Mutter, ich habe sie umgebracht«, antwortete er tonlos. Sein Kopf drehte sich nun doch in Richtung des Krankenpflegers, und ein glückliches Lächeln erschien auf Gabriels Gesicht. »Es ist hier so friedlich«, flüsterte er, wandte sich ab und widmete sich wieder dem Gemälde.

Alicia schob ihren Kollegen aus dem Raum.

»Er hat seine Mutter umgebracht?«, fragte der ungläubig, als sie wieder auf dem Flur standen.

»Das nicht«, antwortete Alicia. »Aber er hat es versucht. Seither glaubt er, sie sei tot. Und wenn sie ihn besucht, dann erkennt er sie nicht, ignoriert sie einfach.«

»Wird er wieder gesund?«

Alicia zuckte mit den Achseln. »Das hängt wohl auch davon ab, ob er das will.«

Sie gingen schweigend zum nächsten Trakt.

»Hier gelten verschärfte Sicherheitsbedingungen«, klärte Alicia den Neuen auf.

Der blieb vor der ersten Tür stehen und sah durch das Fenster, das darin eingelassen war. In dem hellen ausgepolsterten Raum saß eine wunderschöne Frau auf dem Boden. Man hatte ihr eine Zwangsjacke angelegt. Er erblickte ihr zartes Profil und hatte das Gefühl, noch nie zuvor so viel Sanftheit bei einem Menschen gesehen zu haben.

Alicia zog die Augenbrauen in die Höhe, als sie seinen bewundernden Blick bemerkte. »Das ist Bellinda Merlhof, also Vorsicht!«

»Wirklich?«, rief der Neue ungläubig. »Es gab bisher keine aktuellen Bilder in der Presse, und die, die es gibt, werden ihr kaum gerecht.« Er legte den Kopf schief und konnte sich kaum an der Frau, die als Serienmörderin Berühmtheit erlangt hatte, sattsehen.

Schwester Alicia ärgerte sich und war zugegebenermaßen ein wenig eifersüchtig. Deshalb konnte sie sich auch nicht zurückhalten und sagte: »Es sind viele Menschen gestorben, weil sie sich von dem hübschen Gesicht haben täuschen lassen.« Und ein wenig gehässig fügte sie noch an: »Zumal es so hübsch auch wieder nicht ist.«

Der Mann neben ihr wurde verlegen. Er räusperte sich. »Ja, natürlich.«

In dem Augenblick erklang über den Lautsprecher die Stimme der Oberschwester, Alicia wurde abgerufen. »Bin gleich zurück, schau dich doch einfach um.«

Der Neue nickte und sah der Kollegin nach. Als sie außer Sichtweite war, drehte er sich erneut zu dem Fenster, um einen weiteren Blick auf Bellinda Merlhof zu erhaschen.

Sie saß nicht mehr in der Mitte des Raumes. Wo war sie?

Plötzlich schnellte ihr Kopf direkt hinter der Scheibe hoch, er sah ihr Gesicht nun das erste Mal von vorne. Automatisch wich er zurück.

»Kannst du mich hier rausholen?«, fragte die Frau in herzzerreißendem Tonfall.

Er starrte sie an, konnte den Blick wieder kaum abwenden. Aber dieses Mal war es das Schauderhafte, das ihn anzog, und nicht die Schönheit. Als hätte man ihr Gesicht in der Mitte geteilt, überzogen die gesamte linke Gesichtshälfte starke Brandnarben. Während die rechte Schädeldecke von üppigem blonden Haar bedeckt war, hatte die Gegenseite überwiegend kahle, schorfige Stellen. Nur über dem linken Ohr hingen ein paar fettige blonde Strähnen, die aber nicht die hässlichen, zerfransten Reste der Ohrmuschel verstecken konnten. Die zwei Hälften standen in so krassem Gegensatz zueinander, dass der Krankenpfleger fast glaubte, das Werk eines talentierten Visagisten vor sich zu sehen.

»Ich bin dem Sündenfänger begegnet«, sprach sie weiter und schien das Grauen, das er empfand, als er nun auch noch die Zahnlücken und schwarzen Stummel auf der entstellten Seite des Kiefers sah, nicht zu bemerken. Er wich weiter zurück, aber schon hatte ihn Bellinda vergessen. Sie stieß ein irrsinniges Kichern aus und begann sich vergnügt im Kreis zu drehen, dabei rief sie: »Er wird bald kommen und mich hier herausholen, und dann wird er den Tod bringen. Fürchtet nicht mich, sondern fürchtet ihn, denn er ist schon ganz in der Nähe. Der Sündenfänger findet euch alle!«

ENDE

Schlusswort und Anmerkungen

Alle Personen, Institutionen und Handlungen in meinem Buch, nebst Namen und Bezeichnungen, sind frei erfunden. Ähnlichkeiten mit lebenden oder toten Personen und deren Handlungen sind rein zufällig und nicht beabsichtigt.

Dieses Mal habe ich die Stadt Frankfurt als Schauplatz gewählt. Diese vielfältige Metropole, die von Großstadtflair bis grüner Idylle alles bietet, hat mich bei meinen Besuchen immer sehr beeindruckt. Gerne hätte ich mehr lokale Details einfließen lassen, aber das hätte den Rahmen meines Buches gesprengt. Die erwähnten Stadtteile, der Fluss Nidda und die typische Apfelwein-Kneipe sind daher nur einige Beispiele. Viele Örtlichkeiten, unter anderem die Dienststellen der Beamten, die Hochschule und die psychiatrische Klinik »Zum grünen Park« sind jedoch meiner Fantasie entsprungen.
Wer mehr von Frankfurt am Main kennenlernen will, sollte diese großartige Stadt unbedingt einmal selbst besuchen, es lohnt sich.

Die Geschichte des Sündenfängers während der Inquisition, die ich in meinem Buch erzähle, ist eine meiner Erfindungen. Allerdings ist mir der Begriff bei meinen Recherchen im Zusammenhang mit Fasching begegnet. Die Puppen, die traditionell nach Ende der Karnevalszeit verbrannt werden, nennt man teilweise *Sündenfänger*. Je nach Region haben sie unterschiedliche Namen. Im Kölner Raum kennt man zum Beispiel den Nubbel, in meiner Heimatstadt Baden-Baden

sprechen wir von der Schatulla. Diese Figuren symbolisieren unter anderem die Sünden, die die Narren im Fasching begangen haben.
Ein anderer Brauch ist das sogenannte Hutzelfeuer. Wie im Buch beschrieben, dient das der Vertreibung des Winters.

Herzlichen Dank, dass Sie sich die Zeit für meinen Psychothriller »Der Sündenfänger« genommen haben. Ich hoffe, ich konnte Ihnen damit spannende Lesestunden bereiten, und würde mich freuen, wenn ich Sie gut unterhalten habe.

Herzliche Grüße
Ihre Ilona Bulazel

Weitere Titel der Autorin

Verdorbene Ernte (Psychothriller)
http://www.amazon.de/dp/B07494DKKH

Bitterblutige Wahrheit (Kriminalroman)
http://www.amazon.de/dp/B0716MQZXZ

Ufer der Angst (Psychothriller, Band 5)
http://www.amazon.de/dp/B01NCTUIFX

Schmutzige Tränen (Psychothriller)
http://www.amazon.de/dp/B01H92SI1Y

Lautloser Hass (Psychothriller, Band 4)
http://www.amazon.de/dp/B01CTAO28E

Sepsis – Showblut (Psychothriller, Band 3)
http://www.amazon.de/dp/B01ADMWI8G

Sepsis – Das Schandmaul (Psychothriller, Band 2)
http://www.amazon.de/dp/B015WUW2QM

Sepsis – Verkommenes Blut (Psychothriller, Band 1)
http://www.amazon.de/dp/B00V0R616E

Das Geheimnis von Herculaneum (Historischer Roman)
http://www.amazon.de/dp/B06XR29T4J

Blutiger Schein (Thriller)
http://www.amazon.de/dp/B01J2WXQ6Q

Projekt Todlicht (Thriller)
http://www.amazon.de/dp/B011AKKO22

Die Akte Aljona (Thriller)
http://www.amazon.de/dp/B00Q5KOL2M

Operation Castus (Thriller)
http://www.amazon.de/dp/B00IDI70R2

world: reset – Nach den Aschentagen (Krimi/Science-Fiction-Thriller)
http://www.amazon.de/dp/B00CG8G79W

Mystery-Geschichten (Kurzgeschichten)
http://www.amazon.de/dp/B00LOVB5K8

Scifi-Geschichten (Kurzgeschichten)
http://www.amazon.de/dp/B00M4E48P8

Alle Titel erhalten Sie als E-Book (die Shops finden Sie auf der Website der Autorin unter http://www.autorib.de) oder als Taschenbuch über Amazon!

Printed in Poland
by Amazon Fulfillment
Poland Sp. z o.o., Wrocław

50628318R00173